三民叢刊 192

沈從文的文學世界

王繼志
陳龍 著

三民書局 印行

序

王繼志

一九九一年六月，當拙著《沈從文論》即將完稿之際，我在其〈後記〉中曾說過這樣兩段話：

十年來，我陸續寫了十來篇沈先生的研究論文，雖說分別記錄下了我閱讀學習他的散文、小說、文論及代表作的心得體會，但總是感到未能盡意。近來花了將近一年的時間寫成的這本小書，總算是對以往的論文作了補充、拓展和深化。這本小書雖然叫做沈從文「論」，其實是包含很多「述」的成份的，……原因是，我總感到，有許多問題與其非要把別人或作家本人已經論述或客觀存在的事實硬是化成自己的「論」，倒不如老老實實把這些事實述說個明白。當然，「述」不等於「炒冷飯」，述中有辯正，述中有比較，述中有評論，述中有觀點。論述，論述，有論就得有述，述是論的前提和基礎，論是述的昇華與概括。光「論」不「述」，那麼「論」就往往會架空，會人云亦云，會「論」入非非，甚至會雲苫霧罩，歪曲事實，唬人騙人。對於沈從文來說，我覺得現今「論」與「述」相比，「述」仍然很為重要。在過去的一段很長的時間內，不是有人不僅自己不「述」，而且也不聽不看別人的和作家本人的「述」，就妄下結論，以至謬種流傳，蒙蔽視聽嗎？

我老是想起魯迅先生。我覺得他是很重視「述」的。你看他的那一篇篇深刻的雜文，他的七篇《立此存照》，他的《關於〈子見南子〉》，他的《偽自由書後記》，哪一篇不是花了大力氣去陳述事實的。……因為他知道：凡是倒掉的，都不是因為罵，只因為揭穿了假面。而揭穿假面就要指出事實來。(《招貼即扯》)另外，我覺得「述」還有一個好處，就是：一述就得指明出處，而一指明出處，就在行文中斷絕了「你我不分」的後路。

自說這話時算起，至今又是七個年頭過去了。臺灣三民書局慨然應允印行我與陳龍合著的這本小書，我們很是高興。這本小書自然涵納了我近年來，尤其是一九九三年十一月受張兆和女士之聘，編輯《沈從文全集》的有關卷冊以後的部分沈研成果，但有些內容仍只是對以往成果的進一步爬梳、整理與補充。因此從我所撰各章來看，在「論」與「述」的關係處理上，堅持的仍然是《沈從文論》所堅持的原則。這除了我在上面的引文中所說的原因外，還存在著兩條理由：一是一個人的研究方法一旦形成，改變起來就十分困難，雖力圖適應別人的某些新的研究方法及其話語方式，但總不免保留下幾十年用筆形成的習慣。二是我雖然也很羨慕時下的某些擅長於「高空作業」的評論家們，在學術研究上表現出來的那份縱橫捭闔、風流倜儻、無拘無束、天馬行空的氣概，但又同時牢牢地記住朱光潛先生的如下教導：寫作說理文，最基本的方法之一是「舉例證」，即「拿具體的個別事件說明抽象的普通原理，如律師辯護，博引有關事實，使聽者覺其證據確鑿可憑……」，切不可把「許多高深的思想都埋沒在艱晦的文字裡」，因為這「對於文學和文化都是很大的損失」。所以我最終還是忘卻了「羨慕」，按照朱先生的要求執筆為文。

好在，本書的另一作者陳龍博士，在攻讀文藝學碩士時，曾投於敝人門下，受我之影響，對沈從文先生的作品亦很感興趣，先後發表了數篇有見地的沈研論文。他們這一代學人跟我不同的是，讀書期間就遇上了一個「解放思想，實事求是」，學術氛圍空前寬鬆活躍的時代，加上他天資聰穎，刻苦好學，吸收消化力又特別旺盛，因此，能在現代的中西方文化的江流中，以更新的學術視野觀照研究對象，從而對我的研究方法構成一種補充。

義大利的美學大師克羅齊有句名言：「詩人死在批評裡。」因為在他看來，藝術是不同於哲學、科學和歷史的。藝術只構成意象，不產生概念，而對藝術的批評卻不能不運用抽象的概念、判斷去思考和表述，而一旦使用了概念去思考就必然地會把單純的意象變成證理的事實，因此也就必然地陷入哲學、科學或歷史而無法自拔。他也承認藝術作品中常含哲理，因為一個作家如果沒有對人生的大徹大悟，就根本創造不出偉大的作品，但是藝術中含有哲理是一回事，而借用藝術去抽象地談哲理又是一回事。克羅齊這樣全盤性地否定文藝批評，自然有失偏頗，而這種偏頗事實上也已經被他之後的形式主義、結構主義、英美新批評以及符號學、現象學、解釋學的批評所糾正。但是，藝術批評畢竟不同於藝術作品的創作。作為展現作家「心和夢的歷史」的文學創作，不僅要求作家調動一切官能去捕捉、打撈並描繪他所經驗的現象世界的一切，而且還要求作家能深入人的靈魂深處、意識底層去掘露人之所以為人的種種複雜感情。這樣一來，它所提供的意象就往往是多義的、不定的，不清晰明確的。正如沈從文所說，他的《邊城》即便是對於那些「對中國現社會變動有所關心，認識這個民族的過去偉大處與目前墮落處」的有理性的讀者，也「或者只能給他們一點懷古的幽情，或者只能給他們一次苦笑，或者又將給他們一個噩夢，但同時說不定，也許尚能給他們一種勇氣同信心」。而文學批評，即便是單純的意象批評，作者的體悟和對這種體悟的表述，都必須是確定的，清晰明朗的。就這個意義來說，我們的這本小書，只是我和陳龍對沈從文的文學世界（包括他的小說、散文、詩歌、傳記作品乃至家書、文論）所作的一點粗淺的純屬個人的解說。懇請方家、讀者批評指正。

一九九九年四月

引言

二十年代初至四十年代末這一段時間對於中國來說是一個非常時期，國家經受著內憂外患，在動蕩不安的政局中，傳統的文化意識領域也正經受著西方文化尤其是人本主義思潮的衝擊，東西文化由相互對立，走向相互融合。這樣的時代，這樣的文化背景，為這個時代的作家提供了活動的舞臺。沈從文在中國文壇的出現決非偶然，這位被國外學者譽為「中國的大仲馬」❶的現代作家，經過文學界潮漲潮落的是非評價後，已成為中國現代文學史上一個神秘之謎。究竟怎樣的評價才不致偏頗呢？現在看來，釐清沈從文創作思維的嬗變過程，對於把握其創作的整體特徵具有至關重要的意義。

文學藝術在某種意義上說是一種文化現象，我們還可以更具體一點說，作家也是一種文化現象。美國當代文學批評家艾伯拉姆斯(M. H. Abrams)在他的文藝美學著作《鏡與燈：浪漫派理論與批評傳統》中，以作品為中心，依據作品與「世界」、「讀者」、「作者」三者關係的

❶〔美〕金介甫著，符家欽譯《沈從文傳》，時事出版社，一九九〇年版。

側重點不同，總結出文學批評的幾種理論模式即所謂模仿理論：研究作品與世界的關係；表現理論：研究作品與作者的關係；實用理論：分析作者對讀者的影響；客體理論：本文研究❷。由此，我們得到啟發，如果把「艾伯拉姆斯結構」改以「作者」為中心，那麼作者—世界關係，作者—作品關係，作者—讀者關係剛好是我們研究某一個具體作家所必須考慮的幾個重要層面。一個作家的創作個性的形成不是偶然的，它必然是個體的和群體的，先天的和後天的各種文化衝擊、熏陶、影響的結果。皮亞傑的發生認識論也告訴我們，任何作品的審美效果，是由三個因素在相互作用中「生成」的。這三個因素是：作品—讀者—場（包括社會背景的各個方面）。因此，考察作品的審美效果單從某一個方面著手是不足的。據此，當我們面對沈從文這一具體的「文化現象」時，就不再是僅僅進行一般意義上的文本分析，而必須從哲學、社會學、美學、文化學、民族學等多角度來加以考察，通過對作家創作的整體形態的內部結構與外部結構的探討去發現一些本質內容。作家的創作思維應當包括內容與形式兩個方面，母題的選擇，主題的變換，敘事方式的調整，故事結構的安排無一不跟創作思維的變化有著密切的關係，所以本書正是循著這樣的線索，去探討沈從文創作的每一個階段。

❷〔美〕艾伯拉姆斯著，酈子牛等譯《鏡與燈》，北京大學出版社，一九八九年版。

沈從文的文學世界　目次

一、依傍　背離　超越

——沈從文早期創作心態論

如果你想成為哲學家，你就寫小說。

——加繆(A. Camus)

(一)「為什麼寫作」

著名的存在主義哲學家薩特(Jean-Paul Sartre)在闡述藝術家創作的動因時說，「各有各的理由：對於這個人來說，藝術是一種逃避；對於那個人來說，是一種征服手段」❶。在沈從文，顯然不存在什麼逃避命運的問題，相反，倒是頗有幾分征服命運的意味，二十歲他懷

❶〔法〕薩特〈為什麼寫作〉，柳鳴九編《薩特研究》，中國社科出版社，一九八四年版。

著「向一個生疏世界走去，把自己生命押上去，賭一注看看」的想法，隻身來到北京，在無所依託、無人憑藉的情況下，他遭受了一次又一次的挫折，而後又毅然選擇了寫作這條孤寂、艱難的道路。

對於一個初涉創作的人來說，必須具備兩個起碼的條件，一是對於生活要有較深刻的理解，二是要有一定的抒情、敘事的能力。前者似乎不成問題，而後者對於沈從文卻是一個困難，因為初到北京時他「連標點符號還不會使用」。在這種情況下從事創作，沒有征服命運的勇氣是不行的。

那麼創作前的主體準備情況是怎樣的呢？一、從文化構成看，應當說，沈從文的文化素養是不能以其學歷來加以衡量的，未出現湘西以前，他一直接受儒家傳統文化的熏陶，從小讀過《論語》、《尚書》、《詩經》，也讀過《聊齋》和《今古奇觀》等古典抒情敘事作品，自述「由《楚辭》、《史記》、曹植詩到〈桂枝兒〉小曲，什麼都喜歡看」（《從文自傳》），因而古典文學的淵源很深，也正是由於他以後堅定不移地沿著中國古典藝術的創造精神走下去，才使他的作品標示出鮮明的民族性。二、在思想狀況上，雖說二十年代初「五四」運動已失去先前轟轟烈烈的勢頭，但它的影響，卻早已深入人心。沈從文在舊軍隊裡充當司書、報館校對時就閱讀過《申報》，接觸過《改造》、《新潮》等富有時代意義的刊物，儘管湘西地方偏僻、閉塞，但他還是多少接受和感受了「五四」以來的一些新思想。正是這種思想的動力，才促使他懷抱著「尋找理想」的美好願望，奔向北京這個新文化的策源地。三、在生活積累方面，他擁有孩童以來親身經歷的種種巨大的、瑣碎的、慘烈的、壯觀的、美麗的、醜惡的「哀樂人事」，他所讀的生活「大書」明晰地保存在他的腦海裡，縈繞在他的情緒記憶之中，他可以隨時「翻閱」：碧溪岨、吊腳樓、白塔、楓木坳，巫舞、對歌、殺人、打鐵、擺渡，「老戰兵」渾身的本領與絕活，稀奇古怪的「睡屍」故事，「土匪大王」的膽大妄為，土著軍閥的為非作歹……。四、在心理狀態上，從事創作之前，沈從文的心境是很複雜的，一方面他充滿著「多見幾個新鮮日頭，多過幾個新鮮的橋」，「向更遠處走去，向一個生疏世界走去」的愉悅感和開始新的人生道路的信心，另一方面，內心深處還殘留有與「白臉女人」初戀失敗的痛苦。同時，初到京城，來自各方面的壓抑感、陌生感、恐懼感也是不可避免的。現代都市並沒有敞開大門來歡迎他這個異鄉來的鄉下青年。都市生活根本不是充滿向上，充滿活力的理想生活，在那種傲慢、無情、冷漠、自私的環境中沈從文感到異常憋悶。另外，求學無門、生活困頓、飢寒交迫時時對他構成威脅。我們看到，與沈從文同時期的「僑寓作家」蹇先艾、許欽文、黎錦明、王魯彥等都曾有過痛苦的遭際。「寫作是命運不濟者的甘露」，在生活的困窘中，在壓抑、苦悶、寂寞的心境中，他們都無一例外地想到了創作。魯迅在分析許欽文的心境時說：「無可奈何的悲憤，是令人不得不捨棄的，然而作者仍不能捨棄，沒有法，就再尋得冷靜和詼諧來做悲憤的衣裳；裹起來了，聊且當作『看破』。」❷他的這一分析，實質上說出了這一部分作家的共性。為什麼寫作？沈從文自己的回答是為了維持生活，其實原因遠沒有這麼單純（如果僅為生計著想，他完全可以去當某紳士的幕僚，還可以去充當警察足以維持個人生活）。顯而易見，受過五四文化思想熏陶的二、三十年代的熱血青年，他們大多不甘自我淪落。胡也頻、丁玲等人不都是試圖通過自己的努力，闖出一個新天地來的嗎？筆者不想一味地拔高，但必須肯定除了一定的理想動機外，更多的是他對於命運的一種韌性的挑戰，他要用寫作來證明自己不比上層社會的人矮一等。再者，意識與潛意識的心理動力也是沈從文從事創作的重要原因。文藝心理學家廚川白村指出，「在內心燃燒著似的欲望，被壓抑作用這一個監督所阻止，由此發生的衝突和糾葛，就成為人間苦。但是，如果說這欲望的力免去了監督的壓抑，以絕對的自由而表現的唯一的時候就是夢，則在我們的生活的一切別的活動上，即社會生活、政治生活、經濟生活、家族生活上，我們能從常常受著內底和外底的強制壓抑解放，以絕對的自由，作純粹創造的唯一的生活就是藝術」❸。沈從

❷《中國新文學大系・小說二集》導言。

❸廚川白村著，魯迅譯《苦悶的象徵・出了象牙之塔》，人民文學出版社，一九八八年七月版。

文在都市生活中形成的心理壓力負荷日益沉重，自然而然創作就成為發洩個人情緒的手段。實際上，從沈從文的許多早期創作來看，多半還是一些發洩情緒的「自我表現」之作。沈從文作為創作主體的諸多方面的準備情況，都顯示出他與當時其他僑寓京城的作家的不同，為日後創作個性的形成奠定了基礎。

但是，創作究竟應從哪裡入手？能否寫好？對於沈從文都是一個未知數，因為創作不是一般的文書寫作，它屬於個人創造性的範疇，它有一定的方法和一定的形式。拿最起碼的文體結構、語言組織來說，在沈從文那裡就是一個實實在在的困難。因此，初期創作主要是從事探索性的工作，這一工作是從模仿開始的。

㈡從依傍到背離

1.生活觀念、藝術觀念的萌發與激活

二十年代初期，承接著五四運動的餘韻，白話文學創作呈現出繁榮景象，當時的《國聞周報》、《小說月報》、《晨報副刊》等較有影響的刊物都發表了大量文學作品。從發表的小說情況來看，中長篇小說不是這一時期的主流，二三十年代的中長篇小說除了魯迅的〈阿Q正傳〉影響較大以外，其他諸如張資平、汪敬熙的作品都未產生較大的反響。而短篇小說卻成

了這一時期的主潮，作者隊伍龐大，郁達夫、葉紹鈞、冰心等都寫有大量作品。從作品所表現的題材看，根據郎損對一九二一年四、五、六三月的統計，以「描寫男女戀愛的」與「描寫一般社會生活的」占據較大的比重。可以說一九二〇年至一九二三年間的小說創作，除了魯迅、葉紹鈞等的作品反映了下層人的生活外，其餘大多抒發個人遭遇、愛情、恩怨得失。「知識階級中人和城市勞動者還是隔膜得厲害」❹。這一時期以郁達夫的創作最具代表性，較受讀者尤其是青年讀者的歡迎。郁達夫的小說創作始於一九二一年，當時的中國，人們經過了五四運動的洗禮，對於個性解放、個性自由的要求十分強烈。青年人對於國家的前途、個人的自由幸福充滿了美好的理想。但是，隨著封建軍閥黑暗統治的加劇和帝國主義鐵蹄的蹂躪，不少青年知識分子很快陷入了彷徨苦悶的境地。郁達夫當時的心理狀況正體現了這一時代人的典型特徵，在「名譽、金錢、女人」世俗的「三角聯盟」聯合攻擊下，他感到「真正有說不出的悲哀」，而在日本留學期間，他焦灼的心境並未得到緩解，相反卻又遭到異邦人的歧視、欺淩。弱國子民的自卑心理，長期壓抑著他，心理世界的積淤，成了創作的源泉。郁達夫認為，「文學作品，都是作家的自敘傳」。因此，他強調主觀，注重感情，表現自我。在他的小說中，各種藝術手段，不是用於典型性格的刻畫，而是用於表現主人公的情感。這

---

❹《小說月報》一九二三年第七期。

就形成了沈從文後來所說的「郁達夫式的悲哀」。郁達夫小說的意義主要表現在兩方面，一是再現了生活在現代都市中青年的生活情形。《春風沉醉的晚上》中的「我」就是一個失業青年知識分子的典型，即郁達夫小說一再出現的「寒士」。二是描繪了「懷鄉病者」的遊子形象。如《銀灰色的死》、《沉淪》中的主人公。這兩類人物形象明顯都帶有作者「自敘」性質。反映在他們身上的特徵是那種憂鬱症和性苦悶以及由此而產生的恐懼、羞愧、自責心理。車爾尼雪夫斯基說過，「在一些偉大作家作品裡，除了這種心理分析以外，我們還能看到它的另一方面，它的出現引起讀者或觀眾極大的驚奇，這就是描寫由一種感情變成另一種感情，從一種思想化為另一種思想的戲劇性的過程」❺。郁達夫的「自我暴露」「自我剖析」的心理描寫，把那些雖有才華但卻無所作為，對黑暗現實強烈不滿，卻又懦弱無能，無力擺脫自己困境的「不幸者」表現得淋漓盡致。因此，這些作品的問世，符合大批青年知識分子的審美趣味。對於當時的情形，沈從文在〈論中國的創作小說〉一文中說：「多數的讀者由郁達夫的作品，認識了自己的臉色和環境。」

的確，沈從文當時也從郁達夫的創作中看到了自己的面孔，他對《沉淪》、《春風沉醉的晚上》等作品中主人公的遭遇有著深切的理解，因而很容易產生心理認同和情感共鳴。甚至

---

❺《車爾尼雪夫斯基論文學》，上海譯文出版社，一九七八年版。

他把郁達夫視作「知音」作家，在走投無路時，曾寫信向他求援，請他指點出路。沈從文對郁達夫作品產生情感共鳴的心理依據在哪裡呢？在物質因素上，他離開湘西到了京華，生活無著落，無經濟來源且求學不成，形同郁達夫小說中「失業」的主人公。在精神上，由於從鄉村到都市空間上的跨度很大，作為一個「鄉下人」對於都市的生活方式，難以習慣、適應，在心底產生了嚴重的自卑、孤獨、苦悶，所面臨的困境正是《沉淪》等小說中所描寫的「生的意志與現實之衝突」和「理想與現實的衝突」❻。沈從文此時的心理感受與郁達夫離開故鄉到異邦求學的心理表現如出一轍，具體地說即是在沈從文的心底世界現代都市一直被視為一個「國度」，而湘西社會則被視為「別一個國度」，二者有著本質的不同。在都市的國度裡他擁有的皆是痛苦的回憶，因此，他很看中郁達夫小說中的「感傷主義」情調，並以此作為一個時期的審美價值取向。小說〈棉鞋〉、〈長夏〉，很能代表他這一時期的創作特色。無論從形式還是從內容上講，〈長夏〉、〈老實人〉、〈棉鞋〉都帶有濃烈的郁達夫色彩，敘事、抒情完全照搬了郁達夫小說「自敘傳」模式，在這一類型的小說中，作者抒發了個人的不平遭遇與憤懣心情，揭示了都市社會人情冷漠的現實。在素材選擇上已開始注重反映下層社會人的生活、人的精神，並善於捕捉生活的細枝末葉，準確細膩地描繪人物的心理活動。但是同

❻ 周作人《談虎集》，上海北新書局，一九二八年版。

時也存在著這樣幾個明顯的缺點：一是他沒有能像郁達夫那樣把抒寫個人心靈遭遇與時代、家國利益聯繫起來，也就是說作品缺乏必要的「昇華」，總是停留在低格調的「牢騷」發洩上。正唯如此，〈老實人〉、〈蜜柑〉、〈宋代表〉等始終維持在這樣一個格局下：把自己以及身邊所發生的事件作為創作的素材，以相同的諷刺筆調來開釋心中的「自卑情結」，而被諷刺的對象通常是大學生、大學教授等城市知識分子，缺少信息的新鮮感。二是由於世界觀的局限，對於都市所發生的一切現象的認識和分析不可避免地顯得膚淺，因而在處理故事情節時總借助「偶然」來解決問題，而在這些「偶然」中卻又看不到必然的因素存在。小說〈初八那日〉敷寫了一則社會新聞：鄉下小伙計七老與老木匠四老一邊幹著木工活，一邊議論著年輕人婚姻喜事，興奮地憧憬著未來，然而正當他們為未來的幸福而陶醉時，一場大的災難降臨到了他們的身上：突然倒下的方木壓在了他們的身上，奪去了他們的生命。這篇小說除了結構比較謹嚴外，內容無非是藉城市中這一偶發事件抒發自己人生無常的觀感。缺少本質性的發掘，類似這種狀況一直到《石子船》、〈船上岸上〉、〈記陸韜〉等作品都未得到改觀。宿命思想顯然是造成這類作品創作格調低沉的原因之一。三是從嚴格的體裁規範上來說，這些篇幅在二、三千字左右的作品不強調「主腦」的統帥，散漫鬆垮，缺乏意境的創造，很難準確地歸為某一類具體的文學體裁。正如蘇雪林《沈從文論》所批評的那樣，有「隨筆化」

傾向。由於處在「用筆」階段，還不能靈活裕如地把握材料，因此無論都市題材還是鄉村題材都未建立自己創作穩定的母題及形式體系，也就無從產生打動人心的深層意蘊。特別是較有價值的鄉村題材內容如〈船上〉、〈夜漁〉、〈占領〉等在作家手中並未能雕琢出精彩的美玉來。

在不斷地摸索實踐與收集讀者反饋信息中，他漸漸發現了自己創作中存在的問題，為了擺脫創作上的窘境，他一方面努力挖掘題材，即主要把創作的焦點集中在鄉村社會。另一方面他繼續從魯迅、周作人、廢名、葉聖陶、冰心、契訶夫、屠格涅夫等作家的作品中吸取營養。我們可以清晰地看到，沈從文創作母題的形成與冰心、葉紹鈞、王統照小說的關係，即他的「美與愛」的主題的形成，受三人「愛與美」小說的影響是不容忽視的。冰心是文學研究會中在「五四」時期產生過較大影響的一位作家。「五四」以來，她的一些作品如《斯人獨憔悴》、《超人》等，宣揚了「愛的哲學」，其目的在於慰藉當時知識青年共通的悲苦心靈，因而把「母愛、童真」這些「人類之愛」作為一以貫之的主旨。沈從文十分欣賞她的這一類作品，認為「在創作方面給讀者的喜悅，在各個作家作品中，還是無一個人能超冰心女士」。他總結冰心的創作特色是「以自己稚弱的心，在一切回憶上馳騁，寫卑微人物如何純良具有優美的靈魂，描畫夢中月光的美以及姑娘兒女們生活中的從容，雖處處略帶誇張，卻因文學的美麗與親切，冰心女士的作品，以一種奇蹟的模樣出現，生著翅膀，飛到各個青年男女的心上去，成為無數歡樂的恩物……」（〈論中國的創作小說〉）。冰心的創作的確是開了文壇新風，她對「美」的創造，使沈從文感受到在作品中一味地發牢騷是不能打動讀者的（〈給一個寫小說的〉），必須學會細致地體驗。他的文體風格的形成，冰心的影響是重要的因素之一。我們不難體會，沈從文創作的美學風貌中所體現出的陰柔之氣——親切的敘述，細膩地描繪，多少帶有冰心創作風骨。與冰心同時期的另一位五四作家的創作也使沈從文受到不少啟發，這便是當時文壇上較有影響的葉紹鈞，他的以「最誠實的態度」寫下的大量作品，「在文字方面明白動人，在組織方面則毫不誇張」。與冰心相似處在於他「以平靜的風格，寫出所能寫到的人物事情」，其作品誘人之處同樣是在於對美的追求上，他不僅擁有浪漫的表現技法而且還有寫實的才能，他的許多反映下層社會生活的創作諸如《隔膜》、《火災》等小說集，都能給人以新鮮的感覺，並能使人產生心靈的震顫。他的童話宣揚了童心、母愛，並以之構成純潔天真的世界。沈從文敏銳地感覺到「從創作中取法，在平靜美麗文字中，從事練習、正確的觀察一切，健全的體會一切，細膩的潤色，美的抒想，使一個故事在一切故事組織篇章中，具各樣不可少的條件，葉紹鈞的作品是比一切作品還適宜學習取法的」（〈論中國的創作小說〉）。只要將〈稻草人〉與〈龍朱〉、〈神巫之愛〉等作品稍事比較便不難發現二人筆法上有許多相似之處。只不過沈從文與葉紹鈞各自運用這種筆法服務的話語體系不同而已。

當然，作家的思維運動的動力來自多方面，創作實踐的結果帶來的是文學藝術觀念的強化和生活觀念的進一步深入。而這種理性層次的強化和深入又反過來促進了作品從內容到形式的轉變。這一時期使沈從文獲益匪淺的中外作家很多。從郁達夫到冰心、葉紹鈞、王統照以至徐志摩、張資平，從魯迅、周作人、廢名到契訶夫、屠格涅夫、王爾德。要說沈從文最大的收益便是自我創作主體意識的覺醒，敘述視點發生了根本的變化，通常是以城市現代人視點觀照鄉村社會的一切，話語體系向風俗畫與抒情詩、散文靠近，同時他的文體意識逐步增強。從《雨後及其他》集開始，沈從文逐步擺脫了藝術創造中的僵化模式，「再現」與「表現」都呈現出較大程度上的靈活性，不過「表現」的成份仍然占有很大的比重，《雨後及其他》與《龍朱》兩集中的小說作品大都是「再現」的框架下充實著現代主義的「表現」內容，如心理分析派小說技巧的採用，即時性的心理描寫，人物主體性的突出，都使作品具有了濃郁的解讀意味。同時，作品中的視、聽、味立體感覺效果的調遣，為日後風俗畫面的描摹打下了雄厚的基礎。

2. 鄉土精神的自覺弘揚

一九三三年前後，沈從文的創作發生了質的變化，「不但盡除講故事的習氣、文字冗贅的毛病，並且在技巧上推陳出新，獨創一格」❼。其原因一方面是因為作家認識的深入，另一方面，通過兼取各家之長，並融會自己的創作實踐，筆法已漸趨老到。在他看來「揉遊記散文和小說故事而為一，使人事凸浮於西南特有明朗天時的地理背景中，一切都帶有『原料』意味」，「這樣寫無疑將成為中國小說之一格」❽。於是，沈從文的敘述背景更趨穩定，敘述的基點也更為明確，他開始進入探尋和建構自己的鄉土文學體系的新時期。他一再標榜自己是「鄉下人」，自覺地用「鄉巴佬」的熱情、愛憎和哀樂的「獨特式樣」，描繪自己的鄉村世界。從建立自己獨特的生活和藝術觀念到自覺以鄉土作家從事創作，這是一個質的飛躍。那麼是什麼促成作家這一蟬蛻的呢？

現代文藝心理學告訴我們，一個作家某一時期的創作，通常都為一個大的創作動機左右，而這個創作動機生成於主體的需要指向具體對象並開始轉化為創作意圖的臨界點。沈從文鄉土文學創作的孕育和確立有若干鮮明的特點。首先，他的自我蛻變、更生的勢能不是無緣無故、憑空而降的，在大體成功的創作實踐和對此所作的廣度、深度二維的反思之後，加之在文學、人生、哲學、政治等多重力量的驅使下，主體早已有了旺盛的創作欲求，處於良好的

❼ 司馬長風《中國新文學史》，香港昭明出版公司，一九八〇年第三版。

❽〈沈從文談自己的創作〉，載《中國現代文學研究叢刊》一九八一年第四期。

預備狀態，一經啟用，便勢如破竹。其次，雖然經過跌打滾爬的修煉，在眾人開墾過的薄田如心理小說、戲劇裡收穫總是很小，始終擺脫不了「隔」的感覺。而湘西題材則是不需探查的泉眼，一經發掘便「不擇地而出」。其中的人生意味卻是其他題材所無與倫比的。沈從文駕馭這類題材無疑會得心應手、左右逢源。第三，魯迅、周作人等以故鄉為背景的小說創作作為被仿模式的出現，以及以契訶夫、屠格涅夫為代表的俄國鄉村文學在中國的流播使沈從文鄉土文學的意識增強。沈從文曾明確表示，魯迅先生以鄉村回憶做題材的小說使他的「用筆因之獲得了不少勇氣與信心」（《沈從文小說選・題記》）。而真正使沈從文以鄉土作家的自覺性從事創作的還是廢名。廢名直接繼承了周作人的衣鉢，對周作人鄉土文學的藝術宗旨有著深刻的理解，因此，他的創作以古代隱逸詩情來突出自然美、風土美，強調個性美。他的小說大多表現湖北水鄉自然經濟衰敗下的社會底層的小人物。或讚美純樸的人性，或同情痛苦的人生。作品的風格大體「以沖淡為衣」，「是充滿了一切農村寂靜的美」，「與平凡的人性的美」（〈論馮文炳〉）。〈竹林的故事〉、〈浣衣母〉、〈桃園〉等作品都是「以清淡樸訥的文字，原始的單純、素描的美支配」的產物。沈從文在吸取廢名美學經驗的同時，也發現了他對於封建文化普遍意義上的倫理道德有認同傾向，因此，他清醒地規避了廢名的消極遁世情調。這樣，在早期鄉土作品如〈牛〉、〈菜園〉、〈蕭蕭〉、〈在別一個國度裡〉中前兩篇灌注的是杜甫式傳統文人的人道主義精神，而後者不僅具有杜甫的「人民性」，而且也滲透了西方人本主義的某些特質。我們看到，在〈雨後〉、〈旅店〉、〈龍朱〉等小說中，作家對於酒神精神的放縱已到了無以復加的地步，他試圖在這種放縱中消除人的隔膜以達到人與自然的契合和天人合一的境界。另一方面，又時時刻刻以日神的精神作為鄉土小說抒情的主宰以維持小說整體的和諧與平衡。這分明都是對廢名創作風格的修正與「揚棄」。與其他現代作家一樣，沈從文在創作的實踐過程中也曾吸吮過俄羅斯文學的乳汁。他十分讚賞契訶夫、屠格涅夫對於鄉土題材處理的獨到之處，這就是「把人和景物相錯綜在一起」的寫法，在契訶夫的筆下背景總是表現出深廣、沉雄的特徵，常常成為一種象徵、隱喻的力量而存在，不斷供給讀者一種暗示、一種對比、一種召喚。他的鄉村題材小說如《草》、《農民》、《山谷中》等都出色地傳達了人與自然之間的那種諧應關係。沈從文很看中契訶夫的這類小說的另一個原因，是契訶夫幽遠、深邃的思想家氣質以及他進行審美觀照時所具有的整體把握形象的高層次的哲學文化主體意識，從他的作品中沈從文悟出了中國社會癥結之所在。契訶夫筆下農奴制社會解體，資本主義萌芽的背景雖然與中國半封建半殖民地社會的歷史現狀有所不同，但有一點似乎是共同的，即人的生命正逐漸失去原有的蠻悍、強雄的本性，而顯現出異化的特徵。因此，對於契訶夫小說平行式的借鑒，無疑是富有意義的。這一時期沈從文正在尋找小說敘述通向深層的途徑。恰逢當時大量的俄國文學優秀作品被評價過來，他閱讀了《獵人筆記》，屠格涅夫這位異邦作家的作品裡，沈從文嗅到了來自「俄羅斯的典型味道」，他讚嘆屠格涅夫的獨到，讚嘆他筆下「俄羅斯自然風光與匯融在這風光裡的人們」。他更欣賞《獵人筆記》的結構方式。小說中那種「無結構的結構」，很適合沈從文的口味。在敘事形式上，契訶夫與屠格涅夫的作品「沒有什麼事件，卻永遠保持著作品個人的情調，在敘述上添些抒情的親切的色彩」❾。對於一個不具備藝術氣質和審美眼光的讀者來說，不會輕易對契訶夫、屠格涅夫的那些節奏緩慢、帶有散文詩色彩的鄉村題材作品產生興趣，而只有當藝術的認知能力熟巧之後，才能發現出契訶夫、屠涅格夫小說中熠熠生輝的魅力所在，理會其中深邃的生命哲學內涵。可以說，正因為沈從文創作個性逐步走向成熟，他才感到兩位俄國文學大師「方法上可取處太多」。這種藝術觸角的敏銳性，正標明和預示了沈從文真正的創造期的到來。

沈從文從事鄉土文學創作有著自己不同於他人的優勢。他生活在湘西這個苗漢雜居的特定文化區域，那裡充滿野性的苗文化與漢儒文化交織而形成了一種獨特的文化形態，這種區域文化，正如沈從文在《湘西・苗民問題》中總結的，是以「宗教情緒」和「遊俠精神」為外部特徵的。由於從小受這種文化的浸染，所以他對漢文化為主體的都市文明很容易產生隔

---

❾ 耿濟之譯《獵人日記・引言》。

膜，正因為這種隔膜，才使他把自己放在與五四文化精神並行不悖的位置上，剔除現代文化思維模式的干擾，以「鄉下人」的獨立視角，來觀照鄉村社會的一切。因而在他的前期作品中政治情感作為思想主宰尚未滲透進來，這就保證了他的創作能沿著正常的藝術軌跡行走，讀者看不到他的作品中世界觀因素的人為介入，卻只有對城市文明的強烈排拒。他反對人們從他的作品中尋找「人生觀」或「世界觀」。實際上我們在他的作品的閱讀中體悟到的深層意味，卻不是任何「世界觀」「思想」之類的概念能涵蓋得了的，真正體現了康德美學的「無目的的合目的性」思想。因而他的創作沒有一般鄉土派作家的矯情。作為審美主體，無論是從事都市題材還是從事鄉土題材創作他都保持著自身的獨立性。我們清楚地看到，魯迅作為中國鄉土文學的開山祖師，為鄉土文學創立了兩套話語系統：一是以〈從百草園到三味書屋〉、〈社戲〉、〈風箏〉為代表，以風俗畫為表徵，提倡返歸自然、純真，呼喚傳統文學美型的「鄉土回憶」；一是以〈阿Q正傳〉、〈祝福〉、〈風波〉為代表，以反諷、戲謔、調侃為外觀，以「苦悶的象徵」為深層結構，以「曲筆」進行冷峻、客觀分析的鄉土寫實。沈從文正是沿著前者的路子發展了自己的前期鄉土題材創作，沿著後者的路子發展了自己的都市題材創作。他調弄著明快色彩，描摹著詩情畫意，把民族鄉土文學導向力和真、美與善的世界鄉土文學母題。在他的小說文本中充斥的是野美、俗美、非文化之美，他的風景畫、風俗畫不再是像某些作家那樣成為主題的潤滑劑，而是轉化為契訶夫式的隱喻象徵，它抹去了情感上的狂躁，以中性冷觀的敘述，給讀者留下創造的空間。正是在這一點上，沈從文完成了對肇始於周作人、廢名的鄉土詩情小說的創造性背離，以及對魯迅未能續筆的「童年回憶」話語的哲學、文化層次的超越。相形之下，王魯彥、蹇先艾、黎錦明等鄉土寫實作家，雖然充滿著人道主義和啟蒙主義的思想，雖然有「異域情調」的風景畫，也使用了「曲筆」對鄉土人生作冷峻的分析，但由於缺乏高層的文化主體意識的統領，因而未能實現對魯迅鄉土寫實話語的超越。也正是在這一點上，沈從文成功地實現了對郁達夫、冰心等都市生活題材創作的超越。

二、藝術審視中的自我

——沈從文成熟期創作特徵

敘述美而不真之事物，乃藝術之正務！

——王爾德(O. Wilde)

標誌一個作家成熟期到來的通常有兩個關鍵因素：一是文學觀念已具有獨立性和獨特性，二是創作實踐、創作技巧已出現嫻熟的特徵。與現代許多「再現」意識濃厚的作家不同的是，隨著創作的日積月累，沈從文對於文學本質的認識也越來越清醒、深刻。那麼，這一時期作家創作思維又有哪些本質的變化？創作的主要成就又表現在哪些方面？本章擬從主題選擇、認知方式、美學風格來探討沈從文創作成熟期（一九三四年前後）的個體風貌。

㈠主題的重新選擇

五四新文化運動給新文學帶來了空前絕後的文體革命，這是為了適應思想啟蒙的需要，即以文學為手段，承擔起新文學運動中的思想啟蒙任務；周作人等在五四初期提出的「人的文學」到二十年代就發展成為「為人生的文學」、「為藝術的藝術」兩大代表流派，對兩派文學主張的缺點與不足周作人曾提出批判，他認為文學「為人生」與「為藝術」的看法都有偏頗，因為「為人生的藝術」以藝術附屬於人生，未免將藝術當作了改造人生的工具，而「為藝術的藝術」則將藝術與人生分離，並將人生附屬給了藝術。他認為科學的提法應是「人生的藝術」，即「以個人為主人，表現情思而成藝術，即為其生活之一部，初不為福利他人而作，而他人接觸這藝術，得到一種共鳴與感興，使其精神生活充實而豐富，又即以為實生活的基本」❶。他的觀點中包含了「獨立的藝術美」，又有「無形的功利」。既反映人生同時又不失文學的自主地位。這一理論當時並未得到廣泛的響應和宣傳。在茅盾任《小說月報》主編時，新的文學觀念又產生了，這就是茅盾發表於《小說月報》上的〈新舊文學評議之評議〉一文提出的「表現人生、指導人生」，而他的「人生」內涵是「一社會一民族的人生」，因此

---

❶ 周作人《自己的園地》，頁六，岳麓書社，一九七八年版。

作家在表現人生時應該不帶私人的主觀色彩，他們只有用文學表現「社會、民族的人生」的權利，文學作品的思想感情，也只能是「屬於全人類的，而不是作者個人的」。這種文學觀後來成為「普羅文學」的源頭。從周作人的理論到茅盾的觀點，正標誌著「人的文學」通過「人生派文學」的過渡向著「為人生的文學」轉化。茅盾的理論與創作後來成為「為人生的文學」的代表，他曾在《新文學大系・小說一集》導言中，總結文學研究會成員的創作特點時說：「文學研究會集團名下有關係的人們的共通態度，在當時是被理解作『文學應該反映社會的現象，表現並且討論一些有關人生一般的問題』。這個態度，在冰心、廬隱、王統照、葉紹鈞、落花生，以及其他許多被目為文學研究會派的作家作品裡，很明顯地可以看出來。」❷這裡所謂「共通態度」即文學研究會「宣言」中指出的「文學是於人生很切要的工作」一條，文研會的理論主張不僅在其成員內部得到廣泛的響應與貫徹，在社會讀者群中也獲得認同。必須承認和肯定的是它在當時的重大貢獻在於它使得文學啟蒙與啟蒙的文學深入人心。

圍繞著「為人生」這一思想核心，產生了許多文學立意，如個性解放問題；揭露階級壓迫、反映階級對立；提倡「勞工神聖」反映下層人（小人物）疾苦等。五四以來的思想啟蒙

❷《新文學大系・小說一集》導言，良友出版公司，一九三五年版。

使得許多作家注重對社會現實的透視和解剖，因此，把揭露社會現實作為創作的使命。三十年代，左翼文學更是把思想內容、傾向性看得很重，「左聯」以後的文學創作甚至在形式上都形成了模式，雷同化現象日趨明顯。在這一時期，對於五四精神沈從文有著自己獨特的理解，他認為時下中國缺少的不是這個「思想」那個「主義」，最根本的也是最急迫的是如何解決生命力萎頓的問題，因而，他有意識地迴避了當時成為文學創作時尚的個性解放、階級反抗等主題，走了一條屬於自己的創作道路。作家所作的努力主要表現在鄉土題材方面，在當時，魯迅的〈故鄉〉、〈祝福〉、〈阿Q正傳〉等作品相繼問世，產生了很強烈的反響，特別是〈阿Q正傳〉，作者運用由形而下到形而上的感知方式將人本主義內涵與傳統文化批判有機疊合在一起，使魯迅的鄉土小說達到了一種罕見的高度。許多青年作者也從中得到了啟發，轉而去觀照、審視自己的故土，他們高揚「為人生」的大旗，將較深廣的現實社會內容與民俗風情描寫相融合，作品往往多著力揭露農村社會的黑暗，對勞苦民眾的疾苦，表示了深切的同情，同時通過對下層民眾靈魂的解剖，指出他們的落後、愚昧和不覺悟，以引起療救的注意，直接受魯迅的影響、自覺仿效魯迅的作家作品則有蹇先艾的〈水葬〉、許欽文的〈鼻涕阿二〉、王魯彥的〈阿長賊骨頭〉等，從這些作品的主人公身上，可以見出舊中國農民的慘像，看到農村社會存在的尖銳複雜的社會矛盾。這些作品都不同程度地體現了魯迅鄉土小說的格局特徵，同樣地，離開了對於舊中國農村社會的本質認識，就不可能解讀他們的文本。然而，正如前章所述，鄉土文學在走過了它的發軔期後，就開始發生分野，一派走茅盾所規範的道路，另一派則是沿著周作人、廢名創造的風格發展下去。因而當茅盾的《農村三部曲》、葉紹鈞的〈多收了三五斗〉以及後來葉紫的〈豐收〉等小說把「豐收成災」的主題發揮得淋漓透徹之時，沈從文卻默默地選擇了自己觀察農村社會的視角，這就是使他的創作連連奏效的生命視角——對於鄉村社會生命形式的關注。這也是他的創作別具一種氣質的原因之一。

鄉村社會生活的歷史、現狀與未來，作為文學作品所要反映的一個重要方面，是豐富而複雜的。在沈從文筆下，不同的創作階段有著不同的表現，早期創作中存在的社會見聞和隨筆傾向到了這一時期有了本質的改觀，並且具有強烈的藝術震撼力。不難領悟，造成沈從文與左翼作家創作旨趣不同的原因，一方面是他沒有過於看中對於現實生活的社會學、政治學角度的觀照和剖視，另一個很重要的原因，是他沒有像部分作家那樣從表面上領會五四精神，膚淺地模仿魯迅的創作模式。而是從根本上去釐定自己所要表達思想核心。他對於「人性」問題的探討，就是從本質上對魯迅「改造國民性」思想的回應。然而這一創作主題的確立，對於沈從文來說，確實不是一個心血來潮，靈感頓悟的結果，伴隨著作家主體意識的增強，他開始感覺到作品功利性的膚淺表露，使文學成為時代精神的傳聲筒，必然將文學導向歧途。

文學作品首先是審美的，它的社會功用必須從作品內容與形式的關係上體現出來，它的傾向性不能「特別把它指點出來」，而應當「從情節和場景中自然而然地流露出來」（恩格斯語）。也正是在這一點上，批評家劉西謂（李健吾）稱沈從文是「藝術的小說家」。之所以是「藝術的小說家」是說其創作中藝術性與思想性相融合所達到的高度。沈從文這一時期的創作實踐表明，創作活動不是個人化的東西，也不是某個集團、階級的附屬物，它是一個「非個人化」的過程——一個揭示公共靈魂的過程，這就要求作家不可局限於個人的悲歡離合的情緒波動，也不是把自己放在政治傳聲筒地位，寫口號標語式文學作品，而應關注整個國家、民族的命運，表現出人類所渴望的理想、詩意、夢幻。

眾所周知，沈從文是在中西文化的撞擊、傳統文化大轉型的總的時代背景上崛起的現代作家，其創作動機不僅僅來源於個人的欲望和衝動，而且也來源於世界文化潮流對他的啟迪。我們不妨把最能代表沈從文創作個性的鄉土文學創作作為研究沈從文創作母題的一個窗口，沈從文的鄉土作品的民族性特徵非常濃厚，正如魯迅先生所言，「有地方色彩的，倒容易成為世界的」❸。沈從文鄉土文學創作的形式與內容是與世界鄉土文學的節奏合拍的，因而其創作母題必然與之有相似之處。這裡，我們有必要對世界鄉土文學的格局作一簡單的巡禮。

❸ 魯迅〈致陳煙橋〉，一九三四年四月十九日。

早在十八世紀前工業社會的歐洲文學中就已有了鄉土文學的雛形，西班牙浪漫主義作家塞萬提斯(M. de Cervantes S.)在他的作品《唐・吉訶德》中就曾以繪畫的筆法反映中世紀的風土人情，展現靜態的田園牧歌。但此時還缺少工業時代的文化參照，鄉土意識得不到充分的體現，十九世紀上半葉鄉土文學才開始逐漸形成一股潮流。在英國，以哈代為代表的鄉土作家，將變幻的風俗畫面與人的命運緊密結合在一起，達到了驚人的高度，其代表作品是《遠離塵囂》、《綠蔭下》。比哈代稍早的英國女作家喬治・艾略特(J. Eliot)的創作也有著極為迷人的鄉村風物習俗的描寫，她的《教區生活場景》、《亞當・比德》以感傷懷舊的筆調對她所熟悉的鄉村作了精彩的描繪。十九世紀的法國，批判現實主義文學與浪漫主義文學呈現出雙峰對峙的局面，然而無論哪一種文學流派，都將他們的藝術觸角伸向了鄉村社會。巴爾扎克(H. de Balzac)的「人間喜劇」中就有對「外省風俗」的再現；莫泊桑(G. de Maupassant)的作品《羊脂球》等也展示了法國工業化以後的鄉村社會的風俗畫；然而當時法國鄉土風俗小說的集大成者當推喬治・桑(G. Sand)，她的《魔沼》、《棄兒弗朗沙》、《安吉堡的魔坊》等都煥發著濃郁的鄉土氣息和鮮明的地方色彩。在十九世紀俄羅斯文學中鄉土文學所占的比重也很大，契訶夫、屠格涅夫的大量作品如《草原》、《獵人筆記》等都展示了俄羅斯鄉村社會的實情。在美洲，美國經歷了南北戰爭後，反映南方鄉土人情的文學開始流行，地方特色、方言土語、社會風尚、民間傳說以及地方獨特的景色是其主要的內容和美學外觀。其先驅為庫珀，發展到後期產生了美國的所謂「邊疆小說」，馬克・吐溫(Mark Twain)就曾採用鄉土小說的手法來描述他的家鄉密西西比河的生活。鄉土小說成為美國南北戰爭後延續近三十年的文學形式。

二十世紀初以來，世界文學的形勢發生了根本的轉變。鄉土文學發展的中心移到了美洲大地，美國以福克納為代表的南方小說曾產生廣泛的影響，同時也產生了奧康托(O'conter)、格拉斯果(S. Glasgow)、斯坦貝克(J. E. Steinbeck)等大批作家，鄉土小說空前繁榮。拉丁美洲的鄉土文學發軔於土著主義文學運動，這一文學潮流一直延續到二十世紀六、七十年代的結構現實主義、魔幻現實主義。加西亞・馬爾克斯(G. Marx)在諾貝爾文學獎（一九八二年）獲獎演說中闡述了他的創作動機乃是要尋找一種方式來使生活在另一世界的人們相信「拉丁美洲異乎尋常的荒誕的現實」即「充滿了詩人和乞丐、音樂家和預言家、戰士和無賴」的社會現實。要求人們用平等的尺度來衡量這一世界的生活❹。拉丁美洲的鄉土文學也是從模仿開始的，一個世紀以後，這一文學樣式在此地廣泛傳播，產生了很大的轟動效應。作品中的有關當地人的人情、人性、民間風俗、宗教信仰等內容的描寫成了拉丁美洲鄉土文學的魅力源泉。

❹《諾貝爾文學獎頒獎演說集》，頁六九〇，百花洲文藝出版社，一九八九年版。

縱觀整個西方鄉土文學的發展歷程，有一點似乎是共通的，即作家普遍性地對於工業文明有著清醒的認識，關注人的生存處境、人的生命現狀以及規避都市文明、對原生態鄉村社會的嚮往，最終企圖從鄉土社會尋找自己的真正的精神樂園。這一母題的形成與西方社會意識形態的變革如哲學思潮的變革是合拍的，尼采、叔本華都曾著眼於人的個體精神，建構他們的哲學體系。盧梭就曾在文明歷史進程中找到了人性退化的根源，他認為「人的苦難的真正根源就在於人的所謂進化」❺。所以他向人類發出了「返歸自然」的吶喊。這一吶喊在文學創作領域得到了廣泛的響應，夏多布里昂(F-Rde Chateaubriand)在北美印第安人部落和曠野森林中發現了人的自然情感，梅里美(P. Mérimée)在吉卜賽人那裡尋找到了雄健強悍的自然人情。他們的創作實證了一條古訓：人類走出原始森林、山川大澤之後，勿要失去自我的本性，勿與自然失去和諧。

沈從文也正是在這樣一個世界性文學潮流中尋找到了自己創作的座標和藉以立足並不斷發展的根本。他用自己的創作標舉出鄉土文學的中國特色，那就是在具有濃烈古風的中國鄉村風俗人情中發現關於「人」的故事，同時也以此「為上等人」、「為都會中人造一面鏡子」。小說〈雨後〉構築的就是一個生命場，這篇作品給讀者的深切印象是環境與人的和諧、默契，

❺ 盧梭《懺悔錄》第二部，頁四八〇，商務印書館，一九八一年版。

晴空、綠野、山林是阿姐、四狗、七妹們賴以生存、生活的場所，阿姐、四狗們屬於那充滿野性的山山水水。〈柏子〉著重渲染的是生命的力度，那充滿強烈的地方特性的水手與碼頭妓女的愛情故事絲毫也不讓人覺得醜惡、骯髒，這與作家所持的「返鄉」視角有關，「返鄉」是作家的情感原型。因為阿姐、四狗、柏子所生活的場所、空間已成了作家的精神家園。作家的大膽之處在於他選擇了「性」這一敏感而又難以把握的題材作為表現人生形式的最明瞭、最直接的突破口。作家這樣做決非以此招徠讀者。試將〈阿黑小史〉、〈雨後〉、〈柏子〉、〈月下小景〉與〈誘——拒〉、〈某夫婦〉、〈紳士的太太〉、〈天福先生〉等涉「性」的都市題材作品稍加比較，便不難發現，前者從環境到人物行為、心理無一不是美的、善的，而後者卻處處隱藏著或公開著猥褻的、低級的甚至骯髒的兩性關係。無疑，前後二者都試圖透過文本對於「性」這一客觀現象的表層敘述來服務於其深層內涵。前者在於表現健全的人性，後者則在於批判萎頓、畸變的人性。然而也必須承認，沈從文對於這一題材內容的把握與處理確實存在粗糙的傾向，尤其是存在量與度控制的失當，以及含蓄不足，直白有餘等毛病。我們很清楚地看到，這一現象到了《邊城》、《長河》、〈夫婦〉以及散文《湘行散記》、《湘西》等作品中已完全改觀。不管怎樣說，沈從文已基本把握住了弘揚自然、健康、雄強生命偉力這一世界性文學母題。

(二)美與愛：沈從文的美學觀及其實踐

長期以來，許多研究者帶著從魯迅、茅盾等現實主義大家那裡所獲取的關於思想、藝術的研究經驗，企圖熟門熟路、按部就班地進入沈從文所創造的藝術世界時，馬失前蹄似乎成了共同的結局。於是種種毫無根據的懷疑、指摘，種種不加分析的定論、偏見便自然而然地產生了。隨著批評方式的解放，人們從不同角度向事物的真理接近。有人指出沈從文的文學觀就是「寫我自己的心與夢的歷史」❻。也有人把沈從文眾多不同的文體創作比作「磨盤」而這個「磨盤」的軸心就是「人性」，即他所創造的形形色色的故事和人物都可以說是從人性軸心向四面八方輻射出來的❼。這些觀點可謂仁者見仁，智者見智。筆者以為，關於沈從文的美學思想，最具說服力的應當是他自己的著述，因此，我們必須從沈從文的理論及創作的著述中去尋繹他的美學思想。當然，沈從文的美學觀，不是一個凝固態的某種具象物，它滲透在他的言論的各個方面，要完整地分析、歸納、評價這一屬於作家精神領域內的東西，確實不是一件易事。美國文學理論家丹尼爾・霍夫曼提醒我們說：「批評家或文學史家，面

---

❻ 〈「寫我自己的心和夢的歷史」——評沈從文的文學觀〉，載《吉首大學學報》一九八九年第一期。

❼ 吳立昌《沈從文作品欣賞》，頁七，廣西教育出版社，一九八八年版。

對個人的、有特性的作品和作者，有可能把這些作品或作者歸為一般的類別和趨勢；他甚至可能不惜犧牲其他所有的作品和作者，著重強調那些他寫作時看得見的趨勢。」❽這似乎是我們擺脫在浩繁的材料面前產生困惑的有效途徑。

〈美與愛〉是沈從文總結別人及自己藝術實踐經驗寫成的具有較高理論價值的美學篇章。沈從文從生物進化角度認為文學藝術是一項生命活動，是人類生命獲得永生的一種方式，它同「子嗣延續」的生物現象一樣，同源於「愛」。

> 一個人過於愛有生一切時，必因為在一切有生中發現了「美」，亦即發現了「神」。必覺得那點光與色，形與線，即是代表一種最高的德性，使人樂於受它的統治，受它的處置（〈美與愛〉）。

沈從文的這段論述，我們可以聯繫格式塔心理學來加以認識，格式塔心理學認為，認知對象對於主體具有多種屬性，而主體對於對象由於不同的需要，則必然導致不同的著眼點和對於對象不同因素的注重，並依此構成對象的不同知覺整體。藝術需要，作為自我實現的情感形態的需要，它也就必然突出對象與主體需要的情感屬性以及與這種屬性相應的整體結構。這種與情感屬性相對的整體結構在主體組織的過程中，能夠滿足、喚起、伴隨主體情感，或

❽ 丹尼爾・霍夫曼著，王逢振譯《美國當代文學・序》，頁三，中國文聯出版公司，一九八四年版。

者說是按照某種情感的需要而加以組織，因此它承載著情感。沈從文所說的「愛有生的一切」的情感，正是產生於「有生一切」的整體結構中所具有的某種情感屬性。然而作為認知、審美的主體不是僵化、被動地存在的，主體與對象的關係也不是固定不變的關係，沈從文進一步指出：「美固無所不在，凡屬造形，如用泛神情感去接近，即無不可見出其精巧處與完整處。生命之最高意義，即此種『神在生命中』的認識。」這一方面說明知覺捕捉喚情結構的能動性，另一方面也印證了王國維的著名論斷：「有我之境，以我觀物，故物皆著我之色彩。」❾

深思一步，沈從文所謂「美在生命」的美學觀及其實踐，概括地講似乎應包含以下幾個方面：

1.美存在於生命的自然神性

作為作家的沈從文不可能像哲學家那樣為建立自己的美學體系，去進行那些永遠也扯不清的理論思辯，因而，他的美學觀是體驗性的，描述性的。沈從文根據自己的體驗得出了美不在生活，美也不在人生而在生命的結論。他認為生活中總是糾結著許多金錢、名份、地位等利弊得失的考慮，而在庸俗的利弊權衡中是不可能產生真正的美的。美的創造必須是超越

❾ 王國維《人間詞話》。

於一切物質利益之上，必須是合乎自然的。這樣，從靜態的喚情結構上看，「一片銅，一塊石頭，一把線，一組聲音，其物雖小，亦可以見世界之全」；而從動態的喚情結構來說，「一微笑，一皺眉，無不同樣可以顯出那種聖境」（〈美與愛〉）。因此，那充滿野性的自然山水，那敢於決鬥，敢於拚命，富有原始蠻勁，粗獷健美的人性，往往是生命美的源泉。為生活而生活，這種生命是畸型的，萎頓的，而只有當人為生命而生活時，才能見出生命的莊嚴。辰河小船上那患著熱病奄奄待斃的老兵，面對即將來臨的死亡，他的神情是從容的，他平淡、寂寞的生與死同那些孜孜以求，苟且偷生的都市人相比不正具有一種生命之美嗎？

正是在這一點上，沈從文才提出了「美在生命」「神在生命中」的觀點。

2.對美的認識來源於對自然的宗教般的信仰

沈從文「美在生命」的美學命題，來源於他深厚的傳統文化的積澱。湘西民間所盛行的儺戲、祭祀等活動都是對生命之神的一種信仰與崇拜。在湘西人看來，人的出生、死亡與日月的陰晴圓缺同樣都受生命之神的主宰，因而他們堅信生命是神聖的。沈從文生活於湘西那個「充滿原始神秘的恐怖、交織著野蠻與優美」的地域，自然也學會了「用泛神的情感去接近」世界，於其中見出生命的莊嚴。評論家李健吾將「小說家」分為「藝術家的小說家」和「人的小說家」兩類，認為沈從文屬於「藝術家的小說家」。沈從文之所以能獲此殊榮，關鍵在於他能虔誠地自覺地從事美的發現與創造，以藝術家獨具的慧眼於萬事萬物中發現美，甚至是在非道德非倫理的事物上發現美的感性。自然界、人類社會各種事物的運動變化，都有自身的規律，而這種規律性即使在「光與色，形與線」的一般形式上，往往也「代表一種最高德性」（〈美與愛〉）。所以沈從文說：「對於一切自然景物，到我單獨默會它們本身的存在和宇宙微妙關係時，也無一不感覺到生命的莊嚴。」（〈水雲〉），「我正在發瘋，為抽象而發瘋，我看到一些符號，一片形，一把線，一種無聲的音樂，無文字的詩歌，我看到生命一種最完整的形式，這一切都在抽象中好好存在，在事實前反而消滅。」（〈生命〉） 這裡，沈從文明白地宣稱，對於生命神性要有宗教般的狂熱崇拜。

把理性思維的結果運用到現實中來，沈從文一直關注著這樣的問題，即人與自然的關係究竟應當怎樣？由此開始了對都市人生和湘西人生對照考察。他給讀者描畫了一個鮮活的生命世界，在湘西的山水人事中，我們幾乎看不到城市人所具有的任何抽象空間觀念的痕跡。湘西人的空間是一種行動的空間，他們的生命與那片自然的山水渾然疊化，水乳交融，成為造化的一部分，因而充滿了生命的活力，〈龍朱〉、〈山鬼〉、〈雨後〉正是作家對這種生命形態所作的宗教般虔誠記錄！正如作家在遊記散文〈箱子岩〉中所讚嘆的那樣：「彷彿『自然』已相融合，很從容的各在那裡盡其生命之理，與其他無生命物質一樣，惟在日月升降寒暑交替中放射、分解。」

3.美的創造是生命活動的一個部分

沈從文「美在生命」的一個重要方面就是把創作與生命放在同等的地位上，視創作為一項生命活動。他認為文學的根本目的，就在於它「在一切有生陸續失去意義，本身亦因死亡毫無意義時，使生命之火，煜煜照人，如燭如金」（〈燭虛〉）。因此，文學創作的過程是非政治、非經濟、非功利的過程，創作行為也是一個神聖的行為，而不是隨便的遊戲，它是「情感發炎」的過程，所以，「你得離開書本獨立來思索，冒險向深處走，向遠處走。思索時你不能逃脫苦悶，可用不著過分擔心，從不聽說一個人會溺斃在自己的思索裡。你不妨學學情緒的散步……你得學『控馭情感』，才能夠『運用感情』，你必須『靜』，凝眸先看明白了你自己，你能夠『冷』方會『熱』」（〈情緒的體操〉）。由此觀之，美的創造之所以能成為生命活動的一個部分，其中一個不可忽略的中介環節就是必須使藝術創作成為情感的操作過程。

我們不妨這樣認識：沈從文的美學實踐——文學創作正是一個情感內容的外化過程。當作家面對自己的審美對象情感洶湧澎湃，思緒萬斛泉湧之時，為了建築自己的藝術世界，他必然想到去尋找適當的符號結構。沈從文用以建造「有意味的形式」的材料，在內容上體現為美人物、美事物、美行為、美觀念等，而在形式上則表現為美文體。這裡，我們著重探討一下沈從文用以創作的內容材料的一些特徵。法國著名的傳記大師莫洛亞(A. Maurois)說，「一個偉大的藝術家可以改變我們對世界的看法」⑩。讀者對於沈從文作品中文化美型的嚮往正是因為作者對作品自覺的美的灌注。

首先讓我們看一看沈從文作品中「美人物」的符號意象。在世界文學史上，似乎存在這樣一個普遍現象，即當某一作家在某一領域有所成就時，他就不厭其煩地挖掘這一題材。所以莫洛亞說，「某些作家總是重覆地寫著同一本書」⑪。事實確乎如此，福樓拜(G. Flaubert)在他的每一部小說裡，都鞭撻那種「永不改悔的浪漫情調」；司湯達(Stendhal)將一個青年原型反覆寫了三次，他們分別是于連・索黑爾《紅與黑》、法布里斯・臺爾・唐戈《巴馬修道院》、呂西安・婁凡《呂西安・婁凡》；契訶夫筆下的「小人物」也不止在一篇小說中亮相。作為中國現代作家的沈從文也不能例外，他的藝術直覺對於自然美的感悟，所創造的藝術形象，以青年人著力最多，因為青春本身就象徵著一種生命力，其性格通常是以強壯、純樸、率真、健美為特徵的。只需稍加留意，舉凡表現健美人性的作品，作家筆下的青年女性寫得最為出色。作家為自然美所牽引，在心目中早已朦朦朧朧地存在一個純情少女的原型，

⑩ 莫洛亞著，袁樹仁譯《從普魯斯特到薩特》，漓江出版社，一九八七年版。

⑪ 同注⑩。

這一原型意象是美的化身，她初次誕生於〈阿黑小史〉中，她以阿黑的角色在這部作品出現與另一主人公五明都是感情純真的金童玉女。以後在其他小說中不斷出現，《邊城》中她變成了翠翠，〈三三〉中變成了三三，《長河》中她又以夭夭的形象出現，這個美麗的「黑姑娘」的原型在作者心目中根深蒂固，以至作者一想起她就為她那「觸目為青山綠水」的形象所醉心、所傾倒。《邊城》中的翠翠擺渡遇上陌生人對她有所注視時，「便把光光的眼睛瞅著那陌生人，作隨時都可舉步逃入深山的神氣」。《長河》中的「黑裡俏」夭夭在「清疏而爽朗」、「靜美到不可形容」的秋景裡，「一面打掃祠堂前的秋葉，一面抬頭望半空中飄落的木葉，用手去承接捕捉」。她們都成了與青山綠水同生命、同韻律的精靈，渾身透出一種野性美。我們可以看出，作家在他所精心塑造的人物翠翠、柏子、黑貓、夭夭等身上投注了理想和情感，他們都不同程度地折射了作者自己的面影，他們的行動都不同程度體現著作者自己的性格、思想、智慧，在他們身上寄託著作者對現實的憂思和對未來的嚮往祈盼！誠如羅曼・羅蘭所言，作家「脫離了自我，又發現了自我」。作品的人物意象是自我的消亡同時又是自我的回歸。

其次，沈從文作品內容的美還體現在對鄉土人情觀念的描寫上即所謂的人情美。在沈從文筆下，湘西的農民、水手無不是正直、誠實、勤勉的，作者寫他們時便不帶任何誇張、矯飾，「為了使其更有人性，更近人情，自然便老老實實的寫下去」（《邊城・題記》）。無論是〈阿黑小史〉、《邊城》，還是〈三三〉、《長河》人們總可以從中看到一幅幅和諧、溫馨的風俗畫，《邊城》中的老船工，撐船擺渡，不管白天黑夜刮風下雨，五十年如一日，熱誠負責，忠於職守。「渡頭屬公家所有，過渡人本不必出錢，有人心中不安，抓了一把錢擲到船板上時，管渡船的必為一一拾起，依然塞到那人手心裡去……」即使有時卻情不過，老人必用此錢買了草煙茶葉，免費供渡人享用。在〈阿黑小史〉中，阿黑的爹與五明爹之間兄弟般的友誼，阿黑、五明和他們的父母們在婚姻選擇上絕口不提財富、門第等已成為窺湘西人情全豹之一斑。《長河》裡的滕家是那樣的善良，居然可以收留一個孤苦的老水手滿滿成為家中的一員，敬重如同家中的親人。滕家的桔子可以隨意吃，卻從不在買賣上斤斤計較。作者在這裡明白地告訴人們，湘西社會的「樸素的組織」內，充斥的不是都市社會常有的勾心鬥角、爾虞我詐、金錢至上的人人關係，而是仗義疏財，情誼真摯的人際關係。從天保、儺送兄弟的情讓中，從〈雪〉裡娘兒倆對「我」的精心關照中，從阿黑家的父女情深中，沈從文都發現了「樸素的美」。

　　再次，與美好人事相關的是對地域氛圍的描繪。在風俗文化的地域空間上，魯迅總是選擇那些具有傳統文化空間形式的獨特形態作為其「故事」的場景，如「祝福大典」、「酒肆茶館」，目的都是為具有反諷意義的主題服務的，它們已由傳統文化美的象徵演變為罪惡的淵藪，是「惡」的根源，因而在魯迅的筆下是被批判的對象。與魯迅不同，沈從文竭力要張揚那種民族傳統文化的美型。人們在沈從文的作品中常常可以領略到大量的神話傳說，巫術法事、儺戲場面，但作者「很難有異域情調來開拓讀者的心胸，或者炫耀他的眼界」⓬。更不是一種才學的賣弄。無論是敬神祭祖的各類儺舞，還是婚喪紅白喜事的歡悲心曲，也無論是煙霧裊裊的山間風光還是狂風驟雨的神廟之夜都帶有濃郁的宗教色彩，成為一種「美麗聖境」。〈神巫之愛〉、〈龍朱〉中的童話般境界帶有濃郁的桃源情調；〈媚金、豹子與那羊〉中飄逸、哀婉的畫面後似乎還伴有清麗的鬼神之歌，令人想到了屈原筆下的湘君與湘夫人；而〈七個野人與最後一個迎春節〉則又暗含氏族長老社會種種風情。從吊腳樓到桔子園，從茶峒的白塔到沅水上的貨碼頭，作者都在人們面前展現了一幅幅古樸的、放射著強烈而又奇異的文化光芒，在這光怪陸離的文化背景上，作者精心構造了各種典型環境，在典型環境中展開他的作品意圖，塑造其理想的人物。

4.美本源於愛：愛的主題變奏

一九三〇年前後，沈從文的表現領域逐步轉到「回歸故土，擁抱地母」的鄉土文學的情

⓬ 魯迅《中國新文學大系・小說二集》序。

感與形式上來。然而他所走的路與同時期「鄉土派」作家許欽文、王魯彥等又有許多不同，他的創作展示給讀者的不是「玩世的衣裳」也不是「地上的憤懣」（魯迅語），是關於「生命力」、「人性」等問題的思考，是基於對都市社會人生現狀的認識，加之受西方社會「返歸自然」的啟蒙主義哲學思潮的影響而形成的。倡導生命與自然的和諧，建立健全的人生體系是本世紀世界各國文學所要探討的共同母題。沈從文沒有使他的創作停留在對於現實生命表象的描述與批判上，而是作了更為深入的思索。很早他就發現了現實人生中存在的生命墮落現象，當時他認為造成這一現象的原因在於現實中人過於計較金錢名位等利弊得失，以生活取代了生命。此時，「從深處認識」他進一步認識到，現實人生「雜亂而無章次」，其原因在於對「生命」缺乏尊重，缺乏「愛」，對於「美」缺乏認識，「美字筆畫並不多，可是似乎很不容易認識。『愛』字雖人人認識，可是真懂得他意義的人卻很少」⓭。這樣，原先較單純的情感模式和主題又衍生出「愛」的意圖指向，但這一主題的內涵構成也較複雜，我們可以從中咂摸出這樣幾個層次：

第一，只有對生命自尊自愛，才能擺脫平庸、墮落，可望達到美的人生境界。早期，沈從文曾醉心於童年回憶內容的描摹、渲染，〈龍朱〉、〈神巫之愛〉、〈月下小景〉等浪漫之作，

⓭ 〈昆明冬景〉，《沈從文散文選》，人民文學出版社，一九八二年版。

雖然是作家所營構的生命理想的文本，但畢竟對於現實的指導意義不大，他認識到應當從現實入手尋找社會弊端的癥結所在。人們看到，從〈柏子〉、〈雨後〉到〈新與舊〉、〈八駿圖〉，人的生命的質截然不同。人類本來的那種勇猛、強悍、自由自在的生命本性已為生活中的金錢名利所沖淡、蠶食，發生了蛻變。那麼生命療救的方式在哪裡呢？沈從文在〈丈夫〉中開了一劑藥方。作品中那個鄉下到城裡看望妻子的年輕丈夫，面對妻子身受蹂躪和自己的難堪處境，起初竟是那樣的麻木，以能和妻子說幾句貼心話為滿足，甚至當總兵、巡官們調戲自己的妻子時，竟嚇得躲進後船，不敢出聲，在水保面前表現出十足的猥瑣。經過一晝夜的屈辱，他終於發現了自己在現實中的地位：做丈夫的權利，人的尊嚴已被剝奪殆盡。於是他「把票子撒到地下去，兩隻大而粗的手掌捂著臉孔，像小孩子那樣莫名其妙地哭了起來」。並毅然決然地帶著妻子回轉鄉下去了。這裡，沈從文為我們展示了一幅人的自我覺醒圖！從為了生活將妻子送出來「做生意」到「把票子撒到地下去」。這不正是對曾失去的生命自尊、自愛意識的重新找回嗎？沈從文所開出的生命療救的良方就在於尊重生命：要從生命內部調整自己，樹立自己的主心骨，以抵禦外部世界物質的精神的、政治的經濟的壓力，做個真正意義上的人。然而要達到生命美的境界還必須擁有「放大的人格」，即用「意志代替命運」、使「理想」與「韌性、犧牲」相粘附、努力「向未來凝眸」。像〈早上——一堆土一個兵〉中那位在民族戰爭中為了保疆守國，寧可「腦子炸了，胸脯癟了」、「讓它爛，讓它腐」也寸步不離陣地，死得「硬朗」死得「值價」的老兵，〈三個女性〉中那位深受大家崇敬，「為一個遠大理想，甘受各種折磨」的堅強女性孟軻，〈黑夜〉中那位在生死關頭把死亡留給自己，把生存留給戰友的軍人羅易，他們都是重生命而摒棄生活的典範，他們的生命才能進入美的境界。

第二，人類之愛是組成美的人生結構的基石。在沈從文的心目中，人性應當是美的善的，它最終通過「人類之愛」集中體現出來。阿姐與四狗的愛讓我們看到愛的力量對於等級門戶觀念的衝擊（〈雨後〉）；柏子與吊腳樓妓女的愛情讓我們領略到愛的熾烈與純粹（〈柏子〉）；翠翠與儺送二老的愛情則讓我們感受到愛的溫馨、愁怨（《邊城》）；媚金與豹子的愛情悲劇則向人們證明著愛的忠誠與純潔（〈媚金、豹子與那羊〉）。這些都是兩性之愛的美；而油坊主對自己獨生女的關切，老船工對孫女婚事的操心，標明的是親子之愛的美；〈船上岸上〉、〈記陸韜〉卻又分明敘述朋友之誼的可貴。這些構成人類之愛的方方面面，是理想的人生世界裡所不可忽闕的，正唯如此，沈從文才更為看重其中的價值。

如果僅從表現對象角度來看沈從文「人類愛」思想是不全面的，它還應包括創作主體的一些情感動向。威廉・福克納曾告誡作家說：「占據他的創作室的只應是心靈深處的亙古至今的真情實感：愛情、榮譽、同情、自豪、憐憫之心和犧牲精神，少了這些永恒的真情實感，任何故事必然是曇花一現，難以久存。」⑭美的創造確實與這些真情實感密不可分，我們從沈從文人類愛的思想中還可演繹出這樣兩層意思：一、對於山民淳樸的品性的「溫愛」。在《邊城・題記》中，沈從文開宗明義地聲言：「對於農人與兵士，懷了不可言說的溫愛，這點感情在我一切作品中，隨處皆可以看出。我從不隱諱這點感情。」他與魯迅一樣都發現中國國民性問題的一個最大特點是「缺乏相愛相助的心思」，因而明確提出「當灌輸誠愛二字」的主張⑮。沈從文對故鄉湘西的農人及農家子弟的兵士有著深切的了解，他看重他們身上的那些優良品性，他們大都是「正直的、誠實的，生活有些方面極其偉大」，「性情有些方面極其美麗」（《邊城・題記》）。因此他對於筆下人物所投注的情感是真摯的認同感⑯，從柏子（〈柏子〉）、老船工（《邊城》）、老水手滿滿（《長河》）、會明（〈會明〉）等人身上，我們可以看到，沈從文是以他們的純樸的品性為一種典範的。二、對於貧苦的、弱小的、生活在社會底層的人們應給予憐憫與同情。這種傳統的情感類型同樣也成為沈從文美的創造的動力源。

---

⑭ 福克納〈在接受諾貝爾文學獎時的演說〉，《福克納評論集》，中國社會科學出版社，一九八〇年版。

⑮ 許壽裳《我所認識的魯迅》。

⑯ 參閱陳龍〈沈從文鄉土文學創作的情感形態〉，載《貴州社會科學》一九九一年第十期。

通過回鄉考察，沈從文發現，近代社會給湘西帶來了巨大的變化，戰爭、屠殺、苛捐雜稅，一切自然的、人為的天災人禍壓得百姓民不聊生。他認為作家此時的使命就是為民請命——為下層人的命運而呼籲、吶喊！《湘西・辰溪的煤》通過礦工向大成一家的遭遇，真實地反映出湘西人民在物質和精神上所遭受的壓榨，在貧困和死亡線上掙扎的慘狀以及生命「在無知與窮困包圍中必然的種種」。沈從文感覺到，「讀書人的同情」、「專家的調查」對這些人的命運毫無用處，而應當義不容辭地給予「愛心」的撫慰。

(三)情感形式的內在依據

基於以上的考察，我們隱隱地發現，沈從文在選擇其符號表述模式時，態度十分謹嚴而無絲毫的隨意性。事實上，他的文學表述性的形成，都是源於他內心深處一次次巨大的裂變，這一次次裂變的結果，形成了其表述性的兩個層面，其一是外顯的文體表述內容，其二是隱蔽存在的被表述對象。幕後操縱者就是那個不直接拋頭露面的潛意識。然而最根本的決定因素是作家心理的內在素質，這就是沈從文作品中一再出現的孤獨意識，這種孤獨意識是造成他審美符號選擇的根源。有趣的是在寫實大師魯迅那裡孤單感成了他審美選擇的過濾器。他總是著眼於靈魂的「冷膜」和「隔膜」，總是著眼於「示眾的材料」和「看客」關係意義上的社會和人生的獨特格局，因而他的創作總是顯現出超凡脫俗、石破天驚的政治學、哲學、文化學意義，這就是在他的思想家與藝術家雙重觀照視角上產生的。魯迅作品的敘事形態是以開掘潛意識為特徵的。這不是某一部作品、某一個創作階段所特有的偶然現象，而是貫穿魯迅所有作品和整個創作過程的一種穩定的、必然的品格。一方面他欣賞廚川白村的「苦悶的象徵」學說，強調「孤獨」、「苦悶」對於創作深度的重要，另一方面他十分推崇陀斯妥耶夫斯基開掘「靈魂的深」所表現出的非凡功力。通過對兩方面的吸收，魯迅在其創作實踐中擯棄了自然主義的表層敘述，而轉入對寫「靈魂深」（魯迅語）的真正現實主義的追求。

孤獨感、苦悶感往往能夠使作家作品具有某種複調效應。從世界文學的巨大成就看，俄國的杜思妥也夫斯基，日本的川端康成，美國的福克納他們無一不是依靠孤獨苦悶的心理所產生的巨大人格力量而使他們的作品在世界範圍的傳播中被公認為驚世駭俗之作。

孤獨也是沈從文創作的一個源泉。他曾坦率地表白：「我有我自己的生活與思想，可以說是皆從孤獨中得來的，我的教育也是從孤獨中得來的。」（〈我的寫作與水的關係〉）他的孤獨感的成因十分複雜，這首先是與他長期堅持文藝的獨立性，堅持藝術的「獨斷」分不開的。確實，將文學與政治、商業結盟，很可能形成一種表面上轟轟烈烈的場面，如許多特定時期的宣傳文藝。但由於缺顯示「靈魂深」的內容，因而難以擁有永久的生命。沈從文反對文學的「清客家奴」化、「政治化」，堅持文學的非功利性，他為文學出路所做的設計常常被人誤解，在抗戰的特殊時期，被歸入了「與抗戰無關論」而遭到批判。自然，他的觀點響應者寥寥，從而形成一種孤掌難鳴的局面。同時，他許多用心良苦的創作也被一些趕時髦讀者當作奇詭的故事欣賞，他感到從未有過的孤獨悲哀。這種孤獨感最終積澱的原型而被保存在潛意識裡，其次，沈從文的孤獨、寂寞感還有其歷史成因，這種心境與創作過程中的悲憫感一樣是來自外部世界創傷之後的反應又或許是古老民族特有的氣質，這種氣質使他與都會中人格格不入，他時常感到「鄉下人」太少了，為此，他努力保持自己「鄉巴佬」獨特的愛憎哀樂方式，不為流行的時尚所干擾，執著專一地從事自己的創作，在孤寂的心境中去默會那種「美麗的聖境」。他說：「我需要靜，到一個絕對孤獨環境裡去消化生命中具體與抽象。」又說：「我好單獨，或許正希望從單獨中接近印象裡未消失的那一點美。」（〈燭虛・五〉）正因為如此他的創作才具有了獨特的品格。

　福克納認為，作家應注意「處於自我衝突之中人的心靈問題」，「只有這種衝突才能產生優秀的文學」⑰。沈從文的寂寞、孤獨感深深地轉化在他所自居或認同的認知對象和表現對象上。因此沈從文筆下許多人物都負載有表層和深層雙重內涵，即除了表層的意義外都有一

⑰ 福克納〈接受諾貝爾獎金時的演講〉，見《美國作家論文學》，三聯書店，一九八四年版。

個原型的影子存在，這個影子，即是他自我宣稱的：「天穹下的獨行人」(Lao Mei, zou hen)。《邊城》中的翠翠是作家這種心境塑造的最成功的形象之一，內向的翠翠她的內心世界是複雜的：

……她有時彷彿孤獨了一點，愛坐在岩上去，向天空一片雲一顆星凝目。祖父若問：「翠翠，你在想什麼？」她便帶著害羞情緒，輕輕的說：「看水鴨子打架！」照當地習慣意思，便是「翠翠不想什麼」，但在心裡卻同時又自問：「翠翠，你真想什麼？」同時自己也就在心裡答道：「我想的很遠、很多。可是我不知道想起什麼。」她的確在想又的確連自己也不知是想些什麼。

這是作家受弗洛伊德精神分析學說的影響，對翠翠朦朧的愛情心理所作的分析。但是換一個角度，翠翠的內心世界如此複雜迷惘，卻沒有一個人可以向他推心置腹、一吐為快，這難道不是一個「天穹下的獨行人」的原型活生生的存在嗎？小說結尾，寫翠翠爺爺的死，天保大老的死，儺送二老的出走，明確地告訴人們翠翠的孤獨處境。「這個人從此也許不回來了，也許明天回來」。正是「獨行人」從潛意識領域上升到意識領域所作的一次表白，從中我們不難體味到那淡淡的憂愁。〈夫婦〉中作者藉小說中人物璜的感嘆：「鄉下人與城裡人一樣無味」抒發自己「微斯人，吾誰與歸」的心境，夜幕裡那對趕路的青年夫婦，他們的行為符合自然的生命規律，卻遭到過境百姓的懲罰，他們的處境既孤寂又十分危險，他們不正是「獨行人」形象的又一次再現嗎？同樣在〈會明〉、〈燈〉中，作為「老鄉村的兒子」的會明與那位老兵，他們是「平凡中的平凡人」，只有「一顆平庸的心」面對周圍世界改朝換代的時事質變無所適從，因而他們與所處的時代與周圍世界失去了和諧，永遠是那樣的別拗和不協調。在熙熙攘攘的社會中，這些淳樸、誠實、和善的老鄉村兒子便成了孤獨的「遊魂」，這些孤獨的「遊魂」不正說明作為鄉下人的孤獨嗎？

應當看到，魯迅是從文化危機意義看出人的危機的，這危機在於人的基本文化屬性已經失去了它協調與溝通人們精神和行為的最基本功能，僵化為人與人之間的某種隔離關係，這樣個體被隔離孤立了，由此產生魯迅強烈的孤獨意識。在這樣的「情感」下，作家必然選擇與之相應帶有複調意義的「形式」：四種自我形象的塑造。一、逃離的自我，〈祝福〉中那個代表作家個性氣質的「我」竟要逃離故土；二、失落的自我，〈故鄉〉中的「我」與周圍人格格不入，似有失落感；三、變態的自我，〈魏連殳〉中孤獨的「我」已搖身一變，成了變態的魏連殳；四、反抗的自我，〈長明燈〉、〈狂人日記〉中「我」孤獨得要讓狂人和瘋子喊出抗爭，這些構成魯迅個性氣質的內在表述結構。

同樣，沈從文也從文化危機中見出了人的危機。對於這種危機的原因，沈從文作出了不完全同於魯迅的解釋，他認為這種危機在於人的生命力的不足，所以他說：「我崇拜朝氣，歡喜自由，讚美膽量大的，精力強的。」「這種人也許野一點，粗一點，但一切偉大事業、偉大作品就只這類人有份。」（蕭乾《籬下集・題記》）在沈從文看來，本民族要想在世界舞臺上立於不敗之地，必須首先具備「鄉下人」那種自然血性，那種生命的旺盛勁，因此，「鄉下人」日益減少在他心中所產生的悲哀失落，構成他富有個性色彩的孤獨感的主要內容。與魯迅相比，他雖然缺少思想家的高屋建瓴，但他從現實觀感中產生的認識，也同樣富有針對性和嚴肅意義。

(四)成熟期小說創作的藝術風貌

如果說創作初期沈從文是以他多變的文體而得到毀譽不一的反響的話，那麼在成熟期他則以嫻熟而穩定的藝術形式，創作出富有特殊韻味的作品而獲得讀者的青睞。

沈從文的創作一直秉承這樣的原則，即「一切都應當美一些」（〈美與愛〉）。毫無疑問，他對自己的創作從內容到形式都有著精心的設計，為使其成為真正的「希臘小廟」，在敘事形態上獨標一格，他做了許多努力[18]。正如當時的一位評論家所言，他的作品「一切準乎自然，……在這種自然的氣息下，藏著一個藝術家的心力。細致，然而絕不瑣碎；真實，然而絕不教訓；風韻，然而絕不弄姿；美麗，然而絕不做作」[19]。與早期那種帶有田園詩特徵的創作相比，他更熱衷於對文體進行更高層次的美學探索。他有意識地將技巧因素融進小說之中，一九二九年寫〈阿黑小史〉時就作了較為成功的嘗試，小說採用章節式塊狀結構，各章節之間沒有鋪敘與過渡，故事的來龍去脈似乎殘缺不全，但只要讀者細細推敲，故事總有「遠因」、「近果」，這正是作者的空白藝術所在。到了《邊城》中故事敘述更加成熟，故事的結構勻稱，「每一節都自成首尾，而又一氣貫注」[20]，「每一節是一首詩，連起來成一首長詩；又像是二十一幅彩畫連成的畫卷」[21]。然而《邊城》並未成為一個固定的模式。事實上，他在不斷探索新的文體形式，他感覺到「用屠格涅夫寫《獵人筆記》的方法，揉遊記散文和小說故事而為一體……這樣寫無疑將成為現代小說之一格」（〈新廢郵存底〉）。在《長河》等小

[18] 參閱本書十二、〈論沈從文小說文體的敘事形態〉一章。

[19] 《李健吾文學評論選》，頁五四，寧夏人民出版社，一九八三年版。

[20] 汪曾祺〈沈從文和他的《邊城》〉，載《芙蓉》一九八一年第二期。

[21] 司馬長風《中國新文學史》，香港昭明出版公司，一九八〇年版。

說中也正是按照這一藝術方法展開小說的情節的。別林斯基指出：「文體——這是才能本身，思想本身，文體是思想的浮雕性，可感性；在文體裡表現著整個的人；文體和個性、性格一樣，永遠是獨創的。」㉒

考察作為二三十年代小說創作普遍傾向的小說散文化歷程，我們發現，這一藝術技巧始於魯迅的鄉土小說，魯迅加重了世態風情的描繪在小說中的比重，郁達夫、郭沫若、廢名等都曾把心態散文引入小說創作，然而他們都還未完全進入審美選擇的自覺狀態，到了沈從文手中，已變成一種自覺的美學追求。同時代的蕭紅也是以探索這種介於小說與散文之間的小說樣式而造就她的文學地位的。與沈從文相同的是，她拋開了各種條條框框的束縛，而是依據心靈的直覺進行創作的，《呼蘭河傳》等作雖曾精心設計，但卻無雕琢之嫌。蕭紅是個感情勝於理想的作家，她的創作在於努力「釀出一種『情調』來，使讀者受了這『情調』的感染，能夠很切實的感著這作品的氛圍氣」㉓。因此為痛苦的回憶所縈繞的她便賦予她的文體以淒婉悲哀的基調和灰暗、陰沉的畫面。她的「返雛意識」訴諸讀者的「呼蘭河」意象群是傷感而黯淡的。沈從文是個理想重於現實的作家，這就決定了他選擇散文化的抒情、議論、

㉒ 《別林斯基論文學》，新文藝出版社，一九五八年版。

㉓ 郁達夫〈我承認是「失敗了」〉，《郁達夫文集》㈢，浙江文藝出版社，一九八八年版。

寫景為營構他的理想畫面服務，因此為美好的回憶所激動，他所敘述的長河意象群是明快而安詳的。由於沈從文在文體方面所做的努力，他的小說風格有些獨到之處：景致描寫淡雅，人物性格淡泊，故事情節淡化；結構形式散漫，語言恬淡饒有情趣，限於篇幅，筆者將在另外的章節裡加以系統闡述。

三、靈魂的解剖「抽象的抒情」

——沈從文後期創作淺探

在所有的文學中，我喜歡用血淚寫成的文字！

——尼采(F. Nietzsche)

如前所述，在沈從文創作思維嬗變的第二階段，作家把表現健全的人生形式，尋找「精神家園」作為自己創作的一個主題「原型」。到了三十年代末與四十年代初作家的思維形態又發生了質的變化，這主要是因為長期在與左翼和右翼各種文藝思想的論爭中，逐步辯清了文藝的本質特性。另一方面，他也認識到文學不能離開現實。同時由於當時特殊的政治形勢，人們對革命文學認識的趨同，而對於他的作品卻不能給予正確的理解，使他不得不變換一下作品的創作方法，以一種易於接受的面目出現。怎樣使作品具有現實性而又不失去藝術性，是他這一階段探討的問題。

早在二、三十年代，他的獨特而又不合時宜的藝術見解與革命文學以及文學革命思潮極不協調，甚至產生齟齬。中國社會革命的現實，激起廣大作家、藝術家對於這場革命的熱情，它要求新文學從誕生時起，就必須擔負著政治革命和社會革命所賦予的偉大使命。這也是中國現代文學的特殊性所在。從社會革命角度批判一切舊制度所有的存在物是新文學的一個普遍有效視角。許多作家都選擇了社會批判作為文學創作的立足點和出發點。而沈從文則牢牢守定自己獨特的審美視角，始終把創作的重心放在對於現時空人的生存現狀的關注上。在他看來，革命也好，愛國也好，第一要素是生命是否具有驅動力，他的前期創作都是著眼於解決社會革命的這個前提條件，拋開了對於「主義」、「口號」、「觀念」的空談，所從事的是一些實質性的工作。對於作品思想性、現實性追求的結果，是他在作品中加入了大量的理性思辯內容，這一傾向在《邊城》即已露出端倪，在〈湘西〉、《鳳子》、《長河》等後期作品中大量的全知敘述人的議論代替了敘述就是一個明證。所幸的是，《長河》的創作本應向沙汀、艾蕪等人的創作模式靠攏，走思想「昇華」的老路，但藝術的自覺，又使沈從文把《長河》納入了〈雨後〉、〈柏子〉「抒寫美好人生形式」、「為美好的人性唱讚歌」的軌道。不同的是他以前所使用的「客觀的敘述方法」在這部作品中不斷為現代理性的思緒所衝亂，鄉村社會的嚴峻現實使得他再也不能保持「情感的零度」，而是迫不得已地在作品的開場作了大段的議論、「表態」，從而破壞了作品的整體和諧，留下點小小的遺憾。

如果說沈從文前期創作是從文化學、人類學角度對現代的生命現狀所作的思考的話，那麼到了後期，則是本著人道主義精神，以一個民主主義者的眼光，從一個更廣闊的歷史視野去研究現實中種種社會現象，這就保證了他能沿著現實主義創作道路走下去。這一時期，作家的最大收穫在於一、現實主義創作意識的增強，二、創作中的唯美主義成份有所減弱，換取的是文化批判和人性批判的突出。也就是說，越到後期，沈從文越不滿足一般生態環境的考古式描述，在完成對都市人生現實由困惑到批判的同時，作家也由對鄉村社會現實的困惑轉入了文化批判。他逐步找到了鄉村文化負面的病態根源，於是他的整個創作思路包括創作的主題、結構都發生了轉型。應該看到，這樣的變化是作家創作實踐、美學思辨的一個水到渠成的必然結果。

我們這裡所提的「後期」顯然是一個相對的概念，因為沈從文的創作有其漸變過程卻無截然的分期，理性層面的內容構成了他作品的內在統一。本章，筆者想著重剖析一下沈從文後期創作的意圖以及創作中的一些重要特色。

㈠批判現實人生，重造生命體系——後期創作要義

我們知道，對於一個作家來說，理性世界的道德意識、文化價值觀、歷史觀並不是永遠都一成不變的。隨著對世界認識的加深，我們發現，沈從文關注的中心已經轉移，即生命美已不再是他表現的主要意圖指向，在與左翼作家的論戰後，他在文學觀念上稍作了一些讓步，他也開始注重表現現實社會中的階級對立、階級鬥爭的主題。通過對都市、鄉村兩個人生世界的文化考察，「人的重造」、「民族精神的重造」作為今後創作主題的構想已經形成，越是到後期這一思想變得更為明確。

沈從文的「重造」思想是著眼於整體文化的，在他看來，「人的重造」與「民族精神的重造」是一個更新的莊嚴課題，它必須「將宗教政治充滿封建意識形成的『強迫』、『統治』、『專橫』、『陰狠』種種不健全情緒，加以完全的淨化廓清，而成為一種更強更力的光明健康人生觀的基礎」（〈一個傳奇的本事〉），從而在「中國建立一種更新的文化觀和人生觀」（〈窮與愚〉）。這一認識來源於對傳統文化的深切認識，近代中國何以積弱那樣深，關鍵一點是國民精神「讓這個來自四面八方看不見摸不著的有歷史性的活結套住，越縛越緊」（〈窮與愚〉）。這種文化熏陶出的最後結果，就是使我們民族變成了「一個有迷信無理性的

民族」，這就是所謂的民族根性所在。

對於國民性問題的探討是中國現代文學十分引人注目的現象，在魯迅那裡有過較為深刻的論述。

國民性、民族性，主要指人們在理想、意圖、動機、性格、風尚、習慣等方面所表現出來的一種社會心理。這種社會心理又是一定的民族文化心理結構的表現。一定的心理過程總是在特定的文化背景下產生的，而心理現象本身則又是一種文化現象的體現。文化意識所造成的心理深深地埋在人們的潛意識裡，形成了「集體無意識」，反映在人們的價值觀念、思維方式、倫理道德、風俗習慣等各個方面，在中國兩千多年的封建社會心理環境的滯化，造成了許多消極心理，這些消極心理又沉澱成為某種穩定的根性的東西，阻抑著社會的變革。魯迅先生早就看出中國國民性所存在的問題的實質，因此，他的改造國民性思想目標十分明確：揭示弱點，挖掘病根，引起療救的注意。五四運動以後魯迅思想發生了質的飛躍，「思想革命」、「掃蕩廢物」構成他的思想深度，他清醒地看到愚弱的國民性的根子在於千百年來所患的「昏亂病」。

> 我們幾百代的祖先裡面，昏亂的人，定然不少：有講道學的儒生，也有講陰陽五行的

> 道士，有靜坐煉丹的仙人，也有打臉打把子的戲子。所以，我們現在雖想好做「人」，難保血管裡的昏亂分子不來作怪，我們也不由自主，一變而為研究丹田臉譜的人物：這真是大可寒心的事。❶

魯迅所關注的正是中國古老文化中「死人抓住活人」的現象。幾千年來封建思想的戕害，已使中國人的品性在這種磐石般的重壓下被扭曲，形成病態的國民魂靈。因此要改造國民性就必須清掃掉「像夢魘一樣糾纏著活人的頭腦」❷的封建傳統思想的一切舊的體制、舊的意識形態。魯迅的深刻還在於他把文明、文化批判與社會批判結合起來，把民族心理的研究與階級心理的研究結合起來，在揭露「奴隸規則」、「國民惰性」的同時，重視和強調科學思想在改造國民性中的作用，以塑造新的國民性格。

應當說，沈從文的「重造民族品德」的思想與魯迅「改造國民性」思想有著精神上密切的聯繫，沈從文很早就接觸魯迅的作品，十分「敬視」魯迅「否定現實社會工作」的成就，認為他「一支筆鋒利如刀，用在雜文方面，能直中民族中虛偽、自大、空疏、墮落、依賴、

---

❶ 魯迅〈熱風〉，《隨感錄・三十八》。

❷ 《馬恩選集》第一卷，頁六〇八，人民出版社，一九五八年版。

因循種種弱點的要害」《學魯迅》。認為這些很值得「示範取法」。實際上，魯迅的雜文大都是針對國民性問題所發的一篇篇戰鬥檄文，也就是說沈從文是十分看重魯迅在改造國民性方面所作的努力。也許正是「站在巨人的肩上」的緣故，沈從文「重造民族品德」的努力具有著較高的起點，他將國民精神改造的目標定得更為寬泛，視野更為開闊，即要實現包容國民性的「文化重造」。

中國封建社會在幾千年的發展中，完備了它封閉保守而又完整的封建理論體系，這一體系的核心是封建禮教，而環繞這一核心的是以父父子子、君君臣臣為內容的倫理道德觀念，它像一張無形的網，完全箝制和扼殺人的天性和自由，長期的禮教馴化，使得國民從初始時的強制執行，變成了習慣接受，生活在「禮治」社會毫無痛癢，安之若泰。更為嚴重的是，「禮治」社會中的人視一切典章制度，三墳五典為正常規範，而把人道、自由視為洪水猛獸。人變成了千年不變萬年不變的僵屍，其特點是愚昧、順從、卑怯、虛偽、懶惰、迷信。在沈從文看來，「惟繁文縟禮，早早地就變成了爬蟲類中負甲極重的恐龍，僵死在自己完備的組織上」《看虹摘星錄・後記》。沈從文正是基於這樣的認識帶著「人的重造」、「重造民族品德」的研究課題開始他的鄉村與都市兩個社會文化的考察。

都市的知識階層，更多承襲的是古老的傳統文化，因此，他們是古老傳統文化的代言人。

在他們身上體現了為傳統理性所壓抑、扭曲的種種特徵。〈八駿圖〉其意即在「表現『人』在多種限制下所見出的性心理錯綜情感」。展示的是人的心靈為這種「道德」文化所扭曲變態的情形。一方面是作為人存在許多欲望和合理天性，另一方面是「非禮勿視、非禮勿言、非禮勿動」的徹底的禁欲主義。在這種文化氛圍中，生命只有屈從，滅絕欲望，自甘墮落，人最終成為「閹寺性」的人，同樣的主題在〈薄寒〉中我們感受到的是傳統儒家教化對人性、人的生命力的窒息，女史地教員想得到一點哪怕「更直接的專私」都難以實現。

> 街上人多如蛆，雜聲囂鬧。尤以帶女性的男子話語到處可聞，很覺得古怪。心想這正是中華民族的悲劇。雄身而雌聲的人特別多，不祥之至。
>
> ——〈長庚〉

那麼，造成這種生命退化的根源在哪裡呢？沈從文認為，其根源就在於現代人生命與自然失去了和諧，失去了原有自然品質：富有血性、雄健、強壯。「許多『場面上』人物只不過如花園中盆景被所謂思想觀念強制扭曲成為各種小巧而醜惡的形式罷了，一切所為所成就，無不表示對於自然之違反，見出社會的拙象和人的愚心」（〈美與愛〉）。由此看來，沈從文「文化重造」命題的第一步是人的品質的重造即對喪失人的質的規定性而成為畸形生命的糾正。這同時也構成了沈從文「人的重造」、「民族品德重造」思想的一部分。

由人的品質的喪失，必然形成一種庸俗平凡的類型，「類型的特點是生命無性格，生活無目的，生存無幻想。一切都表示生物學上的退化現象」（〈燭虛・一〉）。人成為無理想無抱負的生物，由於目標渺小，目光短淺，因此必然在人的性格上產生一種「惰性」，這種現象不正是傳統理性所規範的結果？沈從文認為「一個民族中懶惰分子日多從生物觀點上說，不算是件壞事，從社會進步上說，也就相當可怕」（〈燭虛・四〉），他嚴肅地指出：這種懶惰現象，實質隱含著「民族墮落」的危機信號。「這個民族目前或將來，想要與其他民族競爭生存，不管戰時或承平，總之懶隋不得的」（〈燭虛・四〉）。只有擺脫「習慣的心與眼」的束縛，將目光從日常瑣碎事務中抽出，「戰勝懶惰」把自己的人生與國家民族利益掛上鉤，才能使人與蟲豸生物類區別開來，然而現實中把「剩餘生命」耗費在吃穿玩樂，「把一部分生命交給花骨頭和花紙」卻不以為「可怕」、「可羞」的人太多了，沈從文體會到「使讀書人感覺到某種行為『可怕或可羞』在迷信、禁忌以及法律以外產生這種感覺，實在是一種艱難偉大的工作」。因此批判封建傳統文化，實現「民族文化重造」的第二步是人生觀的重造。這也是民族利益的當務之急。沈從文是站在歷史上和世界時空的縱橫關係上來看這一問題的，他覺得要是不能在全民族重建一種「堅韌樸實的人生觀」就不能「應付將來」，更談不上「現代化建設了」（〈變變作風〉）。

在對封建傳統道德批判的同時，沈從文對造成都市病態人生景觀的原因作了理性的分析，認為除了傳統的道德觀念外，近代文明也是毀滅人性的重要因素。近代文明對中國都市的侵入，改變了中國傳統倫理上的人與人之間的關係。金錢、享樂成了人們追求和嚮往的目標，那些「和尚、道士、會員……人人都儼然為一切名分而生存，為一切名詞的迎拒取捨而生存」。他們對許多事都只是「糊糊塗塗、馬馬虎虎」，從來不敢也不打算超越「習慣的心與眼」，向生活的深處思索，「只知道從『實在』上討生活，或從『意義』、『名分』上討生活」。〈有學問的人〉、〈紳士的太太〉、〈都市一婦人〉等正是這種人生的寫照，在這些小說的主人公身上，達官、貴婦、知識分子、摩登女郎們，一個共同的特徵是，他們都在勾心鬥角、阿諛逢迎、患得患失中討生活，「像蟲蟻一樣，在庸俗的污泥裡滾爬」以生命換取生活，在生活中消耗生命。因此，在他們身上除了封建傳統文化熏陶的「保守」、「卑微」、「懦弱」、「懶惰」外，又增添現代文明中所沾染的「虛偽」、「狡詐」、「勢利」等特點，這樣，沈從文在鞭撻傳統文化的同時，也把對現代文明的批判納入了「文化重造」的課題。與魯迅相同，沈從文主張對於沒落的文化予以摧毀，以改造整個社會關係，因而，重造人與人之間的關係便成了沈從文

「人的重造」、「民族精神重造」的又一重要內涵。

如果說沈從文的文化批判、文化重造是全方位觀照的話，那麼對於積澱了封建傳統理性病根又生有現代文明毒瘤的都市文化的批判只能說是完成了他整個思想體系的一半或一部分，而另一半或另一部分，則是對長期浸沐在腐朽、頑固的封建禮教封建道德的鄉村社會深切關注。

誠如魯迅所指出的那樣，中國整個封建社會史就是一部「吃人」的歷史。應當說，沈從文所觀照的這片土地，其封建社會的歷史還不算長。「改土歸流」前的湘西還未徹底封建化，人們生活在自在自為、自給自足的所謂「未開化社會」之中，也正是在這樣的社會，才衍化出許多美麗動人的故事，人的生命才顯得那樣強悍、無拘無束。封建統治者大肆屠殺，在強權政治下樹立了封建禮教的權威，在湘西純真思想血脈中注入封建文化的毒素，湘西封建化歷史雖然很短，然而封建文化給湘西人的毒害與摧殘卻到了令人髮指的地步。

這首先表現為人的精神的麻木。〈丈夫〉中那個從鄉下來到城市，未見過世面的年輕丈夫，目睹了自己新婚妻子所遭受種種屈辱卻忍氣吞聲甚至麻木不仁。原先存在於他這樣湘西人身上的雄強、勇猛的品性，那種敢於決鬥、敢於拚命的蠻勁，已被封建禮教「吃」得一乾二淨。於是在水保、兵痞等地頭蛇面前表現出十足的猥瑣膽怯；〈夫婦〉中那一群鄉下男女，面對異鄉青年遭受淩辱，居然無動於衷，視為自然之事；〈新與舊〉中，「共產黨」的兩個小學教員被綁赴刑場，慘遭屠殺，城中老少竟然視作「好玩」的遊戲，絲毫沒有心靈上的觸動。「信神」、「守法」（封建綱常）、「怕官」是那個時代中國農民的普通特點，魯迅筆下的閏土、祥林嫂無一不是如此。〈新與舊〉中的楊金標與閏土的共通之處就在於他們自身的奴性，慣於為別人所使喚。把官府權責統治者的意志奉若神明。沈從文與魯迅同樣都把筆觸伸向人的靈魂深處，展示國人靈魂的內在心理結構。封建宗法制、封建理性熏陶下的國民其精神特徵是缺乏對「人」的尊重以及人的自重。人的精神、人的生命變得一文不值，在哪個時代殺人變得司空見慣。在沈從文筆下又一次再現了魯迅小說〈藥〉、〈阿Q正傳〉、〈示眾〉中的情形。

> 當初每天必殺一百左右，每次殺五十個人時，行刑兵士還只是二、三十人，看熱鬧的也不過三十左右。有時衣也不剝，繩子也不捆縛，就那麼跟著趕去的。常常有被殺的站得稍遠一點，兵士以為是看熱鬧的人就忘掉走去。被殺的差不多全從苗鄉捉來，糊糊塗塗不知道是些什麼事，因此還有一直到了河灘被人吼著跪下時，方明白行將有什麼新事，方大聲哭喊驚惶亂跑，劊子手隨即趕上前去那麼一陣亂刀砍翻的。

——《從文自傳》

在殺人場面中，劊子手把人當作畜牲一樣宰殺，他們殺人後，沒有任何靈魂的自責，反而會產生異常的興奮，「殺了一個人後，他們全都像是過節，醉酒飽肉，其樂無涯」（〈我的教育〉）。被殺者莫名其妙被殺，在血腥之中，他們是那樣的呆鈍、毫無反抗的念頭。〈新與舊〉中的看客們把屠殺當作遊戲來欣賞，同胞的血並未使他們有所覺悟。令人不禁想起魯迅所一再批判的「庸眾」。這是多麼悲哀、多麼慘痛的「國民世像畫」啊！

其次，體現在種種人性的迫害面前人所表現的巨大的忍耐力。一切任憑命運的擺布。〈黔小景〉所要揭示的就是我們民族那種在命運面前「心字頭上擱把刀」的忍從心理。在小說中那個孤寂的老人看來，冥冥之中一定有一個主宰著自己的力量存在，那就是天就是命。人不知不覺地生下，然後寂寞孤獨地死去，都是上蒼的安排，這就是湘西社會較為普遍一種無可奈何的心態。在〈巧秀與冬生〉中，封建禮教「吃人」的場景更是慘不忍睹。一個年輕的寡婦，因與鄰村的鐵匠「偷情」，違反了族規，被心底骯髒下流，表面道貌岸然的族長處以「沉潭」的酷刑。她明知族長的種種穢行，但卻不願揭露與反抗，反而在臨刑前一再囑託別人，讓自己的孩子「長大了不要報仇」。明明是無辜的迫害，卻還是虔誠地順從。造成這種畸型心理的深層原因，沈從文曾有過分析，他認為「中國是個三千年來的帝國，歷來是一人在上，萬民匍匐。歷史負荷太久，每個國民血液中自然都潛伏一種奴隸因子」（〈作家間需要一種新運動〉）。正是這種「奴隸因子」在起作用，所以，什麼事情都能忍受，形成一種牢固的「順天委命的人生觀」，這已經成了中國民族的劣根性。正如魯迅先生所說：「奴隸們受慣了『酷刑』的教育，他只知道對人應該用酷刑。」「酷的教育，使人們見酷不再覺其酷，例如無端殺死幾個民眾，先前是大家就會嚷起來的，現在卻只如見了茶飯事。人民真被治得好像厚皮的，沒有感覺的癩皮一樣了。」❸

如果說都市文化是封建文化與近代工業文明的聯體的怪胎，那麼，湘西社會的文化組織則是宗法制與原蠻文化結合的畸型兒了。沈從文在對湘西故鄉的現實主義觀照過程中，並沒有忘記那些從浪漫主義角度看去充滿了「宗教情緒和浪漫情緒」的具有神性魔性的放蠱、殺人、落洞、行巫等奇詭的人事背後，卻時刻隱現著它的殘酷性、野蠻性、原始性、悲慘性。細心的讀者應當會發現，在對〈柏子〉、〈雨後〉、〈旅店〉等故事素材的二次開發後，重新組織現實主義的敘事話語，出現在讀者眼前的畫面失去了昔日的歡快的基調，一切都籠罩在低沉慘烈的情緒中，〈柏子〉中那個毛手毛腳充滿活力與生機的水手柏子，到了《長河》裡，

❸《偶成》，《魯迅全集》第四卷，頁五八四～五八五，人民文學出版社，一九七四年版。

他已成了一個孤苦的老水手滿滿了，等待他的命運將會是什麼？同樣那個有情有義的妓女，在〈桃源與沅州〉裡她的命運怎會變得那樣淒慘？完全是那個社會的經濟與文化所逼迫的結果。妓女無論如何都是一種畸形的社會現象，她們為生活所迫去從事這種屈辱營生，然而在這種生活中，她們並不是一天天覺醒，而是變得十分的習以為常。〈丈夫〉中那個年輕的妻子不是把賣淫看作是與一般的商品買賣一樣的生意嗎？〈廚子〉裡那個七十多歲的老鴇當回憶起自己年輕時作「狀元」供達官貴人玩弄的情景，竟還不無幾分自豪，那種美醜不分，以恥為榮的嘴臉實在讓人噁心，與阿Q毫不羞恥地向別人吹噓「我們先前比你闊的多」言行相比，何其相似乃爾！反映出為畸型文化浸泡出來農民，在文化根性方面的變質、扭曲。

顯然，沈從文在對國民病態進行剖析時，沒有忘卻對作為封建文化組成部分現代理性以及外來理性勢力的批判。造成「鄉下人」許多優良品德異化的原因，正在於統治者所強力推行的殘酷統治：精神上的箝制、肉體上的迫害。在「新生活運動」等「文明政策」的「改造」下，「鄉下人」逐漸喪失自我，走向墮落。「他們受橫徵暴斂以及鴉片煙的毒害，變成了如何窮困與懶惰！」（《邊城》）

值得注意的是，沈從文與魯迅研究國民性的方法不盡一致，魯迅從一開始就注重對現實本質的捕捉，所運用的基本上是自上而下的方法，從早期的進化論者、民主主義者到自覺的共產主義者的演變中，他不斷修正自己的認識，他的「國民性改造」注重的是從靈魂、思想領域的根本變化以帶動整個社會的變革。沈從文「人的重造」思想最初來自對都市社會種種文化現象的深切感受，因此，其出發點是對都市文明造成人性墮落的批判。在對都市、湘西兩個社會人生現狀中所透示出的國民品德墮落問題作了深入的剖示後，沈從文提出「人的重造」、「重造國民品德」的出路和方向，即為人性的發展樹立一個參造系。這首先必須對舊有文化在人們心靈深處的痼疾進行徹底的滌蕩，清除那種「墮落傳染現象」，使「一切重新起始、重新想、重新作、重新愛和恨、重新信仰和惑疑」（〈黑魘〉）。「使人人對於新的時代新的世界，能有個新的態度新的習慣去適應」（〈窮與愚〉）。為了實現這一點，他主張「工具重造」、「重造經典」，「這工具是抽象的觀念，非具體的槍炮」（〈燭虛・四〉）。即用一種新的思想、新的觀念來教育、武裝國民的頭腦，其整個宗旨乃在於發展中國人的現代理性精神，用一種新的文化為經典來取代封建的理學吃人經典。那麼作為人的典範又是什麼呢？沈從文痛感國民人性衰頹，主張在都市人生命中培植野蠻來取代那種猥瑣、懦弱、無血性的生命形態，這一意指曾經在〈虎雛〉、〈柏子〉等作品一再得到表現。令人感興趣的是，他的這一觀點竟與魯迅的設想不謀而合。魯迅在抨擊一部分中國人的馴良、奴性時，曾以「人＋獸性＝西洋人」與「人＋家畜性＝某一種人」作比喻並進行對比，指出：「人不過是人，不再夾雜別的東西，當然再好沒有了，倘不得已，我以為還不如帶些獸性。」❹這些觀點都透示出兩位作家思想上的「片面的深刻」。由此，我們也可以判定，那種把沈從文描寫自然人生的作品歸為「牧歌」一類，顯然是膚淺的。沈從文終究不是耽於懷舊者，他清醒地認識到：「與其把大部分信仰力量傾心到過去不再存在的制度上去，不如用到一個嶄新的希望上去。」（〈一周間給五個人的信摘抄・丁〉）這個新希望就是新的國民人性的建立。也就是建立那種「放大的人格」——在〈大小阮〉、〈三個女性〉、〈過嶺者〉、〈早晨——一堆土一個兵〉等作品的主人公身上所體現出的精神，那種已「超越習慣的心與眼」「個人得失」對「人類遠景凝眸」的人格，它既有柏子、虎雛般的強悍，又有翠翠、夭夭般的純真，同時又不乏小阮、羅易的健康的人生觀，擁有新的現代理性、智慧。這一設想不正與魯迅「改造國民性」理想殊途同歸嗎？

誠然，沈從文「人的重造」、「重造民族品德」的創作宗旨本身與中國現代文學創作的主流是異曲同工的，但是由於作家過於看重文化心理的力量，即通過文化心理的改造來實現「人的重造」，因而多少帶有點書生式的幻想。他忽視的新事物取代舊事物是對舊事物本質的「揚棄」，而封建文化的本質正在於其階級屬性只有政治經濟的徹底變革才是文化重造的決定性

❹ 魯迅《而已集・略論中國人的臉》，人民文學出版社，一九七四年版。

因素。所以他的設想總是不合時宜，總是孤立於新文學的主潮之外。

沈從文對於現實人生的批判的另一個重要方面是對國民黨統治區黑暗現實和庸俗人生的厭惡、否定。在後期作品〈黑魘〉、〈白魘〉和〈綠魘〉等作中，作者都敘及了抗戰時期各階層人民不斷遭受生死別離和死亡威脅種種情形，同時也描繪了那些官僚、商人和紳士淑女們只知升官發財、吃喝玩樂卻不顧民族未來的「猥瑣粗俗」的人生現象。《湘行散記》、《湘西》、《長河》諸作都分別控訴了國統區的種種倒行逆施：屠殺、橫徵暴斂、販賣鴉片等給湘西帶來的災難。《湘行散記》、《湘西》不僅真實地反映出湘西人民在經濟上受到的殘酷榨取，及其在貧困和死亡線上的淒慘，還進一步揭示出他們在封建專制下遭受的精神摧殘，顯示出沈從文正視現實的勇氣。

㈡「抽象的抒情」——後期創作的文體特徵

三十年代末到四十年代初沈從文對人生的思考由感性階段上升到理性階段，由具象進入了「抽象」，其創作也由對外部世界的客觀敘寫轉入對社會人生的內心觀照。在《長河》等寫實之作中作家繼續實踐他的象徵化、散文化的創作技巧，而在另一些作品特別是四十年代創作的部分中，沈從文採用了一些不同於傳統的手法與技巧，主動放棄情節的連貫性、豐富性和完整性等現實主義創作的傳統原則往往把展示心態歷程的軌跡作為結構，以自由聯想、內心獨白、對白等方法來描述人物的心理活動和事件發展的複雜層次。無論是小說還是散文創作，作家都不是把情節的因果照應、起承轉合作為結構要旨，而是打破心理上的時空秩序，讓意識的內容與潛意識的內容交相出現，互為補充。這就使得他的創作帶有明顯的意識流特徵（並非完全的意識流）其外觀具有隨意性、跳躍性和散漫性，但卻隱藏著作者精心的設計與構思。也正因為這種結構外觀，使得一些研究者們把〈綠魘〉、〈白魘〉、〈黑魘〉等作劃入了散文一類。〈雪晴〉自始至終是由夢幻、夢囈組成的，小說的主人公「我」在清晨夢境的「迷濛意識」裡追敘了夢魘般的幾個意緒，這些意緒「在蕩動不居情況中老是變化，想把握無從把握，希望它稍稍停頓，也不能停頓。過去印象也因之隨同這個而動蕩、鮮明、華麗，閃閃爍爍、搖搖晃晃」。雪中獵獸、參加主人家的喜筵、老太太和巧秀為「我」安頓住宿、古老的鄉村婚俗等情景在夢境裡幻化為時而清晰、時而模糊的印象。寫意的筆觸使得人物飄忽不定，最終演變為一種象徵。巧秀的形象反覆閃現，在「我」心目中成了富有青春活力的美的生命化身。舊禮教、舊理性對於鄉村人性的摧殘，使「我」激憤，從而在心中產生了強大的心理壓力，在「惆悵」中「我」進行了內心獨白。敘述人的思維不時地在無意識邊緣滑動。而當「我」從睡夢中清醒過來，意識上升為主導地位時，對巧秀媽與巧秀的愛情悲劇輪迴的敘述則又轉入地地道道的寫實。這就決定了他的小說與純意識流作品相比又有區別：純意識流作品其情節的跳躍似乎毫無規律，而在這裡情節卻有著自然的心理秩序，是作者完整的心路歷程的展示。

這種結構方式在〈綠魘〉中表現得更為明顯，敘事者以「綠」為聯想的契機和媒介，借助「我」與黑螞蟻關於「手」的問題的對話，想到了古代鑽石取火的傳說，想到了戰爭，想到了同行大學生的人生觀。在對於手的用途是「打拱作揖」還是「找尋出路」問題上，「我」陷入了沉思，於是「彷彿觸著了生命的本體」又聯想到了生命意志的形式、民族精神的重造等問題。語言上飄逸散漫、捉摸不定，使作品具有獨特的藝術效果。

毫無疑問，沈從文這一文體形式的採用，是他對生命、生活、現實等問題深刻思索後認識達到一個新的階段的必然結果。正是沈從文在這一領域的努力，才使他的創作又一次實現了革新嬗變。

四、沈從文的文學觀：「寫我自己的心和夢的歷史」

在中外文學史上，凡被稱作文學巨匠的作家，往往同時擁有著兩個文學天地：創作天地和理論天地。他們一方面用辛勤的汗水開墾、耕耘著一塊獨特的題材領域，為世界的文學藝苑培植出一朵朵奇花異葩，另一方面又以藝術家的眼光與識見，審度文學現象，掘露藝術根源，探尋藝術創造的奧秘，既以此規範指導著自己的審美實踐，又用來推動世界文學藝術的發展。

沈從文是一位在中國浮沉半個世紀在世界卻產生巨大影響的現代著名作家。他從一九二四年登上文壇到一九四七年基本終止文學創作的二十餘年間，不僅以等身的創作數量、獨特的藝術風格以及同時代人從未涉足的題材領域擁有了自己的第一個天地——創作天地；而且在創作之餘，結合在大學中的講課、培育文學青年、參與文藝論爭等活動，寫下了大量的文學論文。僅結成集子的就有，一九三四年上海大東書局出版的《沫沫集》，一九三七年上海文化生活出版社出版的《廢郵存底》，一九四〇年上海文化生活出版社出版的《燭虛》，一九四三年重慶國民圖書公司出版的《雲南看雲集》等。此外他還為自己的創作寫下了一系列序言、題記以及回顧自己的文學創作道路的散文，如〈水雲〉、〈從現實學習〉等。從而建造了他的另一個文學天地——理論天地。

在這些理論著述中，沈從文不僅反覆地表達了他對文學藝術本質規律的理解與把握，而且明確地申述了他對文學的社會功能，作家的寫作態度、思想藝術修養以及文學作品的風格流派、樣式特點、運思結撰乃至文字表達等各方面的見解和主張。在這篇文章中，我們不想也不可能對沈從文的全部理論著述作出全面的評述，只想對他的藝術理想即審美追求作一粗淺的評介與討論。

美，廣泛地存在於自然和人生中。作家藝術家之所以要創作文學作品，就因為他們受到了「美」的征服與教育。然而在今天，在現時的中國，作家們的審美活動由於受到了金錢與政治的左右，染上了庸俗的「目的」色彩，甚至成了「貪財商人的流行貨」和「狡猾政客的裝飾品」。因此，作家要想真正地完全按「美的法則」創造出較之今天更高「標準」的作品，第一，必須超越「世俗的愛憎哀樂」，尤其是擺脫商人與政客加於文學的「近功小利」的困縛，通過接觸自然、接觸人生，使自己的人格和靈魂擴大，從而調動身心，運用各種感覺去捕捉表現自然與人生中的「美」，並在這種捕捉與表現中使人們看到「生命本來的種種」，明白生命的莊嚴與價值。第二，必須以「徹底地獨斷」精神，讓審美主體從世俗的、人為的「真和不真」的框子中掙脫出來，對題材加以人格與感情的改造和熔鑄，使之成為不包含「道德成見」又不摻雜「商業價值」，只承載著「自己的心和夢的歷史」的文學作品。

——這就是沈從文的審美理想，也就是他為之身體力行的藝術追求。

(一)

沈從文是一位以全部身心緊緊擁抱文學，把文學事業看得異常神聖、莊嚴的作家。他把在「五四」精神鼓舞下產生又轉而表現「五四」精神的新文學看成是「重造的經典」，他甚至相信現存的「一切由庸俗腐敗小氣自私市儈人生觀建築的有形社會和無形觀念，都可以用文學作為工具，去摧毀重建」（《燭虛‧長庚》）。為了擔當起「經典重造」的時代重任，他總是極力呼籲並堅定主張作家應該保持自己的人格獨立和思想藝術獨立，在使自己的作品「浸透人生的崇高理想」、表現「時代精神和歷史得失」的前提下，應獲得自由地看取人生表現人生的權利。但是，在他看來，中國的新文學運動發展到一九二六年以後便在上海與商業結了緣，一九二九年以後，又愈來愈變得跟「政治」不可分。作家中愈來愈滋長出一種「附庸依賴」思想，作品則儼然成了「大老板商品之一種」或「在朝在野政策之一部」。沈從文認為，這種現象表面看來似乎活潑熱鬧，值得樂觀，「可細細分析，也就看出一點墮落傾向，遠不如『五四』初期勇敢天真，令人敬重」（〈新的文學運動與新的文學觀〉）。正是基於這樣的觀察與思考，沈從文提出了他的反「商品化」和反「政治化」（即政策化）的主張。一九三三年十月十八日，他在自己主編的天津《大公報・文藝副刊》上發表了〈文學者的態度〉一文，批評了上海與北京的一些寄食於書店、報館、官辦雜誌和教育機關的，把文學視為「白相」、缺乏「認真嚴肅」創作態度的文人。直到一九四六年十一月三日發表於《大公報》上的〈從現實學習〉一文，他批評的仍然是一些人對文學的不嚴肅態度。他認為一個人要充作家就必須名副其實地謹守作家的職分，不應該成為「政治的清客」，「社會的交際花」和「宣傳機構的屬員」，他們「必需如一般從事科學或文史工作者，長期沉默而虔敬的有所作為」，「謹嚴認真持久不懈」地擁抱自己的事業。認為只有這樣，才可望創作出「受得住歲月陶冶的優秀作品」，否則就「不必搞文學，不必充作家」，因為社會分工本來就極多，他們「很可以在其他部門中得到更多更方便的機會」。

不難看出，沈從文要求作家擺脫「附庸依賴」思想，堅守人格獨立，反對文學成為「商品之一種」、「政策之一部」，其出發點完全是為了捍衛作家與作品在反映生活、改造人生、促進社會進步方面所必須具備的「特殊性」原則的。而這種「特殊性」原則的捍衛又完全是為了實現其按照「美」的原則創造出「較高標準」的藝術作品的文學理想服務的。

然而，長期以來，在文藝學上的簡單化、政治化批評面前，沈從文的這一文學觀正像他的創作遭到了不公正的待遇一樣，遭到了曲解與貶斥。被認為政治上「超功利」的言論，是含有「毒素」的、要「造成一批誤國文人」的論調，甚至成了他「一直有意識的作為反動派而活動著」的佐證。

其實沈從文絕不是一個主張文學超越一切功利，擺脫一切政治的「藝術客觀主義」論者。相反，他總是在反對作家的「清客家奴」化和作品的「政治」化（即成為「宣傳政策、解釋政策的工具」）的同時，提出了他的更高的功利要求。除了上面引述的他所強調的作品應「浸透人生崇高理想」、表現「真正的時代精神與歷史得失」之外，在抗日戰爭開始階段的一九三九年，面對國家民族的存亡絕續，沈從文更是公開號召作家應該把「自己的一點力量，粘附到整個民族向上努力中」，並且要做到「在任何困難情況下，總永遠不氣餒」，這樣，我們的國家，我們的民族就會從急風猛雨中，慢慢站起來，向理想邁進，任何惡鄰想用戰爭方式或懷柔政策妨礙我們的發展，是辦不到的，要消滅我們，更是不可能的（〈白話文問題〉）。在《新廢郵存底・給一個作家》中，沈從文甚至明確地斷言，那些在明天能「增加文學光輝」的作品，必定是那些記錄說明「這個民族遭遇困難掙扎方式的得失，和從痛苦經驗中如何將民族品德逐漸提高」，「在思想上能重新點燃起年青人熱情和信心」的作品。

在對待文學與「商業」結緣的問題上，沈從文的論述也是十分辯證的。他一方面反對文學的「商品化」，提出：「作品成為商品之一種，用同一意義分布，投資者當然即不免從生意經上著眼，趣味日益低下，影響再壞也不以為意。『五四』談男女解放，所以過去一時南方就有張資平三角多角戀愛小說出現，北方就有章衣萍《情書一束》出現，同時在國內卻得到廣大的銷路。變本加厲，因此過不久張競生所提倡性生活亦成為一時風氣。……過不久，因北伐清黨時代多禁忌，說話不易討好，林語堂便辦了一個《論語》，提倡幽默，又以一個諧趣通俗風格，得到多數讀者。讀者越多，影響也就越不好。」……但，與此同時，沈從文又認為：作為精神產品之一種的文學作品，既然客觀上具有「商品意義」，因此把它看成商品也「未嘗無好處」。因為只有承認文學作品也是一種特殊的商品，才能產生靠創作作品謀生的「職業作家」，而他們創作的作品也才能在以商品的方式分布中顯示出價值的存在。他指出：「五四」新文學運動以來所湧現出來的一大批優秀作家，如魯迅、冰心、茅盾、巴金、曹禺、老舍、丁西林、丁玲、徐志摩等人，他們的「眼光當然不在製作商品，可是卻恰好因作品可以用商品方式分布推廣，引起各方面讀者關心，方有許多優秀示範作品繼續產生」（〈新的文學運動和新的文學觀〉、〈白話文問題〉）。

由此可見，被沈從文視為帶有「墮落傾向」的「商品化」的作品，指的只是那些不顧社會影響，只以賺錢營利為目的、粗製濫造如張資平之流的作品。而被他視為另一種帶有「墮落傾向」的「政治化」的作品，也只是指那些一味配合宣傳、淪為「政策工具」的作品。他說：這樣一來，只會「便宜了一群投機者與莫名其妙的作家」，因為「政策是易變的，所以這些人也盡在變」；如此變來變去，不僅使這些個作家成了「朝秦暮楚」、「東食西宿」的「清客家奴」，而且把「文學運動真正極為莊嚴的那一點思想問題完全諧謔化，漫畫化」了（引文同上）。

誠然，沈從文作為現代文學史上的一位既對社會人生、文學藝術懷有獨立的思考與追求，又始終未能突破民主主義政治立場的作家，在三十年代和四十年代左翼文壇的激烈鬥爭中，表現出強烈的「超黨派」思想色彩。他一方面猛烈地抨擊替國民黨反動派的法西斯統治盡「寵犬」職務的「民族主義」文學家，把他們看成是《金瓶梅》中依附於權貴西門慶的應白爵、謝希大一流人物，說他們名曰「文人」，其實不過是一批通過「湊趣幫閑，從中撈點小油水」以「滿足一個動物基本欲望，食與性」的人物。另一方面也對左翼文學陣營的某些作家與作品表現出反感。他把「在朝」與「在野」並提，本身就混淆了是非，含有對「左翼文學」的指責。在《燭虛・文運的重造》一文中他又一次把「普羅文學」和「民族文學」並提，並武斷地得出籠統的結論，說它們雖是近十年來人所習聞的「兩個名辭」，但「並無什麼作品附於這兩個政治意識名辭下得到成功」。在寫於一九三九年的〈一般或特殊〉中，他強調作家投身抗戰應以文學為武器，不應紛紛擱筆去從事抗戰的一般政治工作，這當然是對的，但同時又完全無視抗戰作品的藝術成就，把宣傳鼓動抗戰的作品統稱為「抗戰八股」，說它們是「一會兒就成過去」的「宣傳品」，這就表現了他的思想偏見。但是，作家的文學藝術觀畢竟不等同於作家的政治觀念、政治立場。如果我們摒除「左」的偏見，對抱有民主主義思想的作家不作「政治」上的苛責的話，我們就不難發現，沈從文關於文學與政治的關係問題的論述是含有很多科學的合理性因素的。直到今天，它對我們正確理解文學所應具備的特殊社會功能，把握藝術創造的特點與規律，都是具有十分重要的參考與指導價值的。

(二)

如果說反對文學創作的「商品化」、「政治化」傾向，還只是要求人們必須堅持藝術創造的獨立性原則，並未涉及到沈從文審美理想的具體內容的話，按照「美」的原則，探索「生命」的莊嚴價值則成了沈從文審美理想的核心。

沈從文是一位積累了豐富的生活經驗之後才走上創作之路的作家。在他執筆為文之前就曾經歷了兩個截然不同的人生世界：古樸淳厚而又愚昧落後，即所謂「既美麗又殘忍」的湘西人生和彌漫著「現代文明」，卻又處處表現出「墮落與無恥」的都市人生。在這兩種人生及其表現出來的兩種不同文化形態的參照、比較與撞擊中，剛剛接受了中國和西方的民主主義啟蒙思想影響的沈從文，一方面以「鄉下人」的目光打量著「都市人生」，一方面又以覺醒了的知識分子的新進世界觀和審美情趣審視著「湘西世界」。在這種打量和審視中沈從文終於發現：最有價值的文學應該是超越上面兩種文化形態所表現出來的世俗的「愛憎哀樂形式」，即擺脫倫理、道德、法律等現存秩序，完全按照「美」的原則，探索「生命的價值與意義」的文學。

關於「生命的價值與意義」，別人看來似乎過於空洞、抽象，可在沈從文看來卻十分現實、十分具體。首先他認為「生命」不同於「生活」，其次他認為「生命」表現為高低兩個不同的層次。

他說：「金錢對『生活』雖好像是必需的，對『生命』似不必需。生命所需，惟對於現實之光影瘋狂而已。因生命本身，從陽光雨露而來，即如火焰，有熱有光。」「生命隨日月交替，而有新陳代謝現象，有變化，有移易。生命者，只前進，不後退，能邁進，難靜止。」而「生活」卻總是跟「保守」、「凝固」、「虛偽」、「懶惰」、「勢利」、「退化」等相聯繫。他把造成都市人生墮落、腐敗風氣蔓延的原因，在很大程度上歸結為生活其間的人不願對「生命」與「生活」作出區分。他說：照道理講，那些生活在都市上流社會的紳士階級、貴婦、摩登女郎、知識者，由於所受教育的增多，本應跟「生物的單純越離越遠」，可在實際上，他們總「不願對生命與生活來作各種抽象思索」，結果在做「人」的意識上仍只是「一個單位，一種『生物』」，只滿足於「能吃，能睡，能生育」。他們對許多事都只是「糊糊塗塗，馬馬虎虎」，從來不敢也不打算越過「習慣的心與眼」，向生活的深處思索，「只知道從『實在』上討生活，或從『意義』、『名分』上討生活。捕蚊捉虱，玩牌下棋，在小小得失上注意關心，引起哀樂……生活安適，即已滿足，活到末了，倒下完事」。或者「以阿諛作政術」，取悅逢迎，相互競爭，「像蟲蟻一樣，在庸俗的污泥裡滾爬」。沈從文認為這完全是一種以生命換取生活，用生活耗盡生命，使人只能產生「悲憫感」的人生形式。而這種人生形式的形成，在沈從文看來，既因緣於悠久的傳統文化在人們心理的積澱，又來自現代文明（金錢、物質、名利、地位、知識）的污染。

正是在對「生命」與「生活」作出上述區分的基礎上，沈從文把自己的文學觀上升到了一種哲學的層面，提出了「美在生命」的重要美學命題。認為生命在於「自然」，自然中美無所不在，「生命的最大意義在於對自然或人工巧妙完美的傾心」，而文學就是利用「各種感覺」，捕捉住自然與人生的「美麗聖境」，表現「生命本來的種種」，從而使人明白生命的莊嚴與價值（《燭虛》集、《雲南看雲集・美與愛》）。

作品是作家審美理想的物化形式。如果讀一讀沈從文的作品，則會對他「美在生命」的美學命題獲得更加具體而深刻的認識。沈從文的小說創作概括起來也正是描繪了都市和鄉村兩個世界。而鄉村世界在他的藝術思維中又總是作為都市世界的否定形象存在的。在描繪都市世界時，沈從文的筆觸更多地伸進了上流社會的人群之中，而在勾畫這一人群的心靈面貌時又往往選擇的是人物面對異性時的言談舉止和內心活動。〈八駿圖〉中那群被都市上流社會視為最有教養的知識分子，在「異常動人」煥發著美麗青春的異性面前，呈現出來的是何等虛偽與怯弱啊！他們「心靈上的欲望全部抑制著，堵塞著」，靈魂全被城市的「文明病」培植起來的一種「閹宦觀念」籠罩著，只會自欺欺人的打發時日。〈薄寒〉中的那位年輕貌美的史地教員置身於都市人生，可跟她對面的男人們，卻始終都是「微溫、多禮、整潔」的一類，竟使她想跟「人間本性對面」，那怕只是「出之於男子直接的、專私的、無商量餘地的那種氣概」對她的「壓迫」也得不到。〈有學問的人〉展現的是人的自然本性跟學問、道德間的衝突，衝突的結果道德戰勝了情欲，然而靈魂的虛偽也因此而暴露無遺：明明不想做「閹雞」，卻終究成了「閹雞」；心想撒野，想入非非，可行動上卻只能嗅嗅所謂「美酒」

的氣味，知識、地位、道德就是如此地蠹蝕了人的本質，使行為處處顯示出對「自然」的違背。然而，當沈從文的筆觸一旦離開了對這種人生形式的描繪而伸進對鄉村世界的描摹時，一種完全不同的審美意蘊便流瀉於讀者的感覺之中。他也寫性愛，但是它們的表現形態卻是那樣的自由、奔放、熱烈、真誠，既不受「道德」的羈絆，也失去了法律的約束。〈旅店〉中的女老板黑貓與大鼻子客人，〈柏子〉中的水手柏子與吊腳樓上的那位多情的妓女，〈雨後〉中的阿姐與四狗等等，他們充分地利用著造物的賦予，享受著「人」的生活，天真地袒露著行為的美與醜，靈魂的善與惡。他們是「自然」之子，因此對他們的行為有權作出裁決的也獨獨只有「自然」這尊神。人們從他們的行為中，從他們性的放縱、情欲的滿足中，發現的並不是「猥褻」、「渺小」與「不潔」，而是一個個有血有肉的活鮮鮮的人以及充溢在人身上的「健全人性」，發現的是一股強健生命力的恣肆與迸濺。即便於蠻荒、殘忍中，也會使人看到美麗生命的自然存在，情不自禁地發出「美在生命」的嘆喟。

沈從文在《習作選集‧代序》中曾經要求人們對照著讀一讀他的〈柏子〉與〈八駿圖〉，以便從中把握他「對於道德的態度」。在〈答凌宇問〉（載《中國現代文學研究叢刊》一九八〇年第四期）中他又回答說：〈柏子〉與〈八駿圖〉相比「前者單純，後者複雜，如此而已」。這個回答看似簡單籠統，其實早在寫〈燭虛〉時沈從文就對「單純」與「複雜」作了具體闡釋。在〈燭虛・三〉中，沈從文在概括都市文化與都市人生的特點時就指出：「和尚，道士，會員……人人都儼然為一切名分而生存，為一切名詞（即『道德、法律、綱要、理想、設計』等——引者注）的迎拒取捨而生存。禁律益多，社會益複雜，禁律益嚴，人性即因之喪失淨盡。許多所謂場面上人，事實上來說，不過如花園中的盆景，被人事強制、曲折成為各種小巧而醜惡的形式罷了。一切所為所成就，無不表示對於『自然』之違反，見出社會的抽象和人的愚心。」而當敘述到他的一位朋友來信歡迎他到駐防大西北的部隊裡來「看你要看的，寫你要寫的」時候，作為「老兵」的沈從文禁不住怦然心動了，他說：「我真願意到黃河岸邊去和短衣漢子坐在土窯裡，面對湯湯濁流，寢饋在炮火鐵雨中一年半載，必可將生命化零為整，單單純純地熬下去，走出這個瑣碎、懶惰、敷衍、虛偽的衣冠社會。一份新的生活，或能夠使我從單純中得到一點新的信心。」（重點號為引者所加）由此可見，「單純」就是「自然生命」的代名詞，而「複雜」則是造成社會人生的種種「抽象」的根源。對「單純」的歌頌與嚮往同對「複雜」的厭絕與排斥，粘附了沈從文的全部審美理想，表現了他對待鄉村文化和都市文化的兩種截然不同的態度。有的評論者指出沈從文寫湘西，固然是為了表達自己的美學理想，但也未始不是為了「逃避」，逃避一種「使人疲乏，令人萎頓，讓人在渺小情欲和煩囂擾攘中消磨盡男性氣概」的都市文化空氣（參見趙園《論小說十家》，浙江文藝出版社一九八七年版，第一一七頁）。我認為這是非常有見地的：因為「逃避」出於厭絕，正是在厭絕與渴望逃避中沈從文最終發現了屬於他的並足以表現自己審美理想的湘西世界。

但是，我們必須看到，沈從文在他的文論和創作中，除了論述和描畫了世俗生活與充溢著自然生命力的生命形態的不同之外，還進一步論述、描畫了「生命」由低級到高級的不同發展形態，從而進一步昇華了他的「美在生命」的藝術哲學命題。在沈從文看來，生活與生命相比，即便是處於原始自在狀態下的單純「生命」也比那些只在世俗的泥淖中滾爬，「生命如一堆牛糞，在無熱無光中慢慢燃燒」（《雲南看雲集・美與愛》）的人莊嚴得多，高尚得多。但是處於原始自在狀態下的單純生命畢竟不是「生命」的理想形態，人的生命除了「單純」、「雄強」、「自由奔放」之外，還必須由自在狀態上升到自為狀態，即上升到理性把握自己，自覺地運用「生命」的階段。

正因為如此，所以沈從文不僅在文論中反覆強調，作為「重造的經典」的新文學，除了「從生物學新陳代謝自然律上，肯定人生新陳代謝之不可免」外，還必須描繪放大了的人格，描繪那些用「意志代替命運」、使「理想」與「韌性、犧牲」相粘附、努力向更好的「明天」或「未來」邁進的生命。同時還在他的創造中塑造了一系列自覺運用生命的人物形象。諸如〈早上——一堆土一個兵〉中那位在民族戰爭中為了守土保疆，寧肯「腦子炸了，胸脯癟了」、「讓它爛，讓它腐」寸步不離陣地，死得「硬朗」死得「值價」的老兵；如〈過嶺者〉中的那群為著階級解放而前仆後繼的「過嶺者」和那位冒死踏上敵人關隘的番號第十九的年輕士兵；如〈黑夜〉中的那位在生死關頭把死亡留給自己，生存留給戰友的羅易；如〈菜園〉中的那位為了尋求知識與真理，拋家別母趕去北京，最後被作為共產黨死於地方統治者屠刀下的玉琛；如〈三個女性〉中的那位深受三個新女性崇敬，「為一個遠大理想，甘受各種折磨」的女共產黨員孟軻。以及〈媚金、豹子與那羊〉中的那位以死來糾正「人類說謊本能」捍衛愛情純潔的媚金；〈如蕤〉中的那位為了尋求「光明熱烈如日頭」的愛情，一次次衝破金錢、門第觀念和萎瑣、柔懦男性包圍的如蕤；〈扇陀〉中的那位為了國人的全體利益，心甘情願犧牲自己的美麗與青春降伏「魔性」的美女扇陀……沈從文認為，只有這樣的生命才是更具「神性」莊嚴而有價值的生命。文學作品只有描繪了這樣的生命，才會引導人們「為眼前這個愚昧與貪得、虛偽與卑陋交織所形成的『人生』而痛苦」(《看虹摘星錄・後記》)，才能讓讀者真正「從作品中接觸到另外一種人生，從這種人生景象中有所啟發，對人生或生命作更深一層的理解」(《燭虛・小說作者與讀者》)。

(三)

沈從文以探索生命的莊嚴與價值為核心的文學觀念，在三、四十年代的中國得以形成，應該說既帶有他自己極強的個體意識又明顯地烙上了「現代」的印記。也就是說，它既完整地表達出沈從文建立在深刻的文化意識和歷史意識基礎之上的寓於個性特徵的審美理想，又傳達了當時世界文學中對於藝術創造的某種共同的思索與探求。

就個體意識而言，特殊的出身經歷和走上創作道路之前的人生教育，使沈從文的文化心理結構和審美意識一開始就帶有極強的反傳統儒學的傾向。他說，在治理社會、整治人生中，「佛釋逃避，老莊否定」，惟有「憨愚而自信」的儒者，「獨想承之以肩，引為己任」，但他們為此而設計的種種「繁文縟禮」，不僅使社會「早早地就變成爬蟲類中負甲極重的恐龍，僵死在自己完備組織上」，而且成了專門「收容讀書人並愚弄普通人」的工具（《看虹摘星錄・後記》）。因此，沈從文所一再強調的他身上的那種根深蒂固的「鄉巴佬」性情和「鄉下人」的道德標準，其實就是一種由荊楚文化浸潤而成的，以反抗「支配中國兩千多年」的古老傳統文化（即造成人性扭曲、變異，產生「閹寺性」的儒學文化）為內容的文化心理結構。沈從文的這種文化心理結構和審美意識，表面看來是與整個新文化運動的大趨勢相吻合的，因為新文化運動的中心內容之一就是打倒孔家店，但是，這僅僅只能說是一種暗合。正像在湘西的近代史上也同樣爆發過辛亥革命，可是作為以苗族、土家族為主體的湘西的辛亥革命卻跟其他地區的辛亥革命具有完全不同的政治內容。

在同時代的作家中，恐怕再也找不到第二個人能比沈從文所承受的心靈壓力更大的了。他一方面背負著傳統文化的重壓，另一方面又承受著民族歧視、民族壓迫造成的心理負荷。「雖願意成為附庸，但終不免視同化外」就是這後一種心理負荷的真實流露。然而，「物極必反」，當自視文明的人類對處於自然洪流狀態下的人類傲然地採取鄙視態度，並且超過限制達到「恃強淩弱」的地步時，藝術就往往要站出來對此加以「糾正」了，於是專門展現文明人類的病態，發掘受鄙視人群中潛存的「美」質、「美」形的文學便出現了。況且，在文明與道德「二律悖反」的作用下，人類社會在漫長的歷史進程中，人的自然本質，不僅不隨著文明程度的提高愈來愈多地得到釋放，相反卻越來越嚴重地受到束縛與限制。因此沈從文創作中出現的兩種鮮明對照的文化視景，在很大程度上可以說正是這種「物極必反」心理的寫照。也只有從這個意義出發，我們才能夠理解朱光潛先生所得出的《邊城》所表現的只是一個「受過長期壓迫而又富於幻想和敏感的少數民族在心坎裡那一股沉憂隱痛」的精闢結論（《從沈從文先生的人格看他的文藝風格》，載《花城》一九八〇年第四期）。

應該說沈從文並不是一開始就對「現代文明」抱有敵視態度的，他之所以由偏遠的湘西跑向擁有「百萬之眾」的大都市北京，本身就記載著他追求光明與文明的心靈足跡。然而，最終他完全失望了。他看到的所謂現代都市文明，只不過是大小官僚政客的貪婪和腐敗、濫用職權、蠅營狗苟以及「懶惰，拘謹，小氣，又全都營養不足，睡眠不足，生殖力不足」的社會眾生相。於是，在失望中，他又不得不把探尋的目光轉而投向養育他成長，給了他一顆愛「美」天性的湘西，投向那塊被文人鄙視的、雖原始洪荒卻處處閃耀著人性光輝的土地，從而確立他「只想造希臘小廟」用來供奉完美「人性」的文學觀。

對於這樣一種文學觀，沈從文自己也曾努力地為其尋找著個人心靈與性格的根據。他說：「我正感覺楚人血液給我一種命定的悲劇性。生命中儲下的決堤潰防潛力太大太猛」（《燭虛・長庚》），以致使他對文明社會的「一切成例與觀念皆十分懷疑」，卻心甘情願地「受自然的統制」（《從文自傳》、〈美與愛〉）。他認為「自然既極博大，也極殘忍，戰勝一切，孕育眾生。螻蟻蚍蜉，偉人巨匠，一樣在它的懷抱中，和光同塵」（〈燭虛・二〉）。因此，他不願意再用自己的創作為「蠹蝕人性的鄉愿蠢事」增加內容，只想用文字去描繪自然的生命，並希圖「在一切有生陸續失去意義，本身亦因死亡毫無意義時，使生命之光，熀熀照人，如燭如金」（引文出處同上）。這也可以說是沈從文富於個體意識的文學觀形成的過程。

然而，沈從文的文學觀畢竟又是最富「現代意識」的。我們只要縱觀一下世界範圍內從十八世紀開始到二十世紀初美學文藝學的研究動向，就不難發現人們對藝術本質的理解與把握，正經歷了由哲理思辨到社會學再到心理學這樣一個歷史嬗變過程。雖說文藝學的哲理思辨、社會學方法和心理學方法作為人們揭示文學創作奧秘的三種「思維工具」，在促進文藝學走向科學化的歷史進程中都曾作出過貢獻。但是，文藝學的心理學方法較之文藝學的哲理思辨和社會學方法畢竟標誌著人們對藝術創造的本質規律的更加切近的把握，因而也就更具「現代意識」。文藝學的心理學方法的最大貢獻亦即最大特點就在於，它把人們觀察文藝現象的視點由形而上引向了形而下，由尋找它們的外部配合作用引向了對作家心理機制的窺視，由強制作品的集體功利引向了發掘人們的「集體潛意識」。總之，一句話，它開始從創作主體的內在心理結構出發，著重研究審美主體的主觀意識及心理流程。如果我們把沈從文的文學觀嵌入由上述三種方法構成的文藝本質論的大格局中去考察的話，我們就會看出，沈從文對藝術本質的理解與把握恰恰是跟最富現代意識的心理學方法相吻合的。

沈從文不止一次地把自己的創作說成是「情感發炎的記錄」，是用文字記下的「自己的心和夢的歷史」（《水雲》），是一種「用人心人事作曲的大膽嘗試」（《看虹摘星錄・後記》），一再強調作家創作時「要獨斷，要徹底地獨斷」，要做到「除了用文字捕捉感覺和事象以外，儼然與外界絕緣，不相粘附」，並且認為只有這樣，才能使作品「浸透作者的人格感情」（《習作選集・代序》）……這就說明，沈從文早在三、四十年代就追趕著世界文藝學研究的新潮頭，高揚起文藝學心理學方法的旗幟，突出了創作主體在藝術創造中應具的主導地位。而沈從文的這種「追趕」與「高揚」在當時的情況下，在許多人還只對文學創作的本質作著社會學、政治學的理解，甚至把文學看成是「政治的留聲機」的情況下，的確是難能可貴的。

既然文學創作是作家感情流動的產物，是作家「用人心人事作曲的大膽嘗試」，創作主體的人格與感情在創作中始終處於主導的地位，那麼，判斷一部作品是否「真實」，就不應僅僅以是否符合生活事實的原樣為依據，而應以創作主體的「經驗」、「幻想」、感覺，即藝術思維中認為是否合理、是否真實為依據。因為生活從來都只能給作家提供創作的元素，不能給作家提供無需加工、改造、製作的「完整」藝術品。而一部作品的全部審美價值也只在於它能使讀者「信以為真」，不在於能使讀者從生活中找到可以跟作品完全對照的事實來。為此，沈從文從捍衛藝術創作的主體地位出發，提出了「我不大明白真與不真在文學上的區別，……文學藝術只有美與惡劣……精衛銜石杜鵑啼血，事即不真實，卻無妨於後人對於這種情操嚮往」的另一美學命題。在對自己的作品作出解釋時，沈從文也曾指出：看他的《邊城》，只應看它「表現得對不對，合理不合理。若處置題材表現人物一切都無問題，那麼，

這個世界雖消失了，自然還能夠生存在我那故事中。這種世界**即或根本沒有，也無礙於故事的真實**」（《習作選集・代序》，重點號為引者所加）——這應該說又是一個既逼近藝術本質又具有匡正時弊性的美學命題。

大家知道，儘管早在一九三四年夏丏尊和葉聖陶就在他們合著的《文心》中提出了「外部經驗」與「內部經驗」的區分問題，指出：外部經驗是差不多人人共有的，而「內部經驗卻各人不同」。文學作品既可寫外部經驗與內部經驗的結合，也可純粹寫作家的內部經驗。而對於純粹屬於作家個人的「內部經驗」，「我們除了說作者自己覺得如此之外，便沒有什麼可解釋的了」。也正是在這個意義上，現代小說的奠基人詹姆斯才提出了創作就是作家的印象或「經驗」的說法。的確，作家的審美經驗和藝術經驗是構成創作的兩大「基因」，一部作品應該包含著作者全部的藝術思維的創造性。但是，長期以來，尤其是沈從文的文學觀提出的當時，許多人在強調文學的「配合」、「服務」功能的前提下，完全否定了藝術創造中的主體功能，要麼把是否表現了自己眼見的並且具有思想意義的「生活真實」作為判斷作品真實性的標準，要麼就是強求作家只能按政治學、歷史學、社會學所概括的時代「總特點、總規律、總趨勢、總的革命鬥爭需要」去杜撰、演繹作品。否則，作品就是「不真實」、「無內容」的作品；作家就是「空虛的」、「無思想」的作家。難怪沈從文不得不發出這樣的感慨了：

這些人「他們的生活經驗，常常不許可他們在『博學』之外，還知道一點點中國另一地方另外一種事情」，同時不得不以斷然的態度告訴他們：「你們多知道要作品有『思想』，有『血』，有『淚』，且要求一個作品具體表現這些東西到故事發展上，人物語言上，甚至一本書的封面上，目錄上。你們要的事多容易辦！可是我不能給你們這個。我存心放棄你們……你們所要的『思想』，我本人就完全不懂你說的是什麼意思。」（《習作選集・代序》）

文藝學心理學方法的真正創建者弗洛伊德，在他的「原本思維定勢」理論中，曾經表達了這樣的意思：文學作品作為一種幻想的藝術，其實是包含著三個「時代」的，這就是「過去——現在——未來」。「現在」是作家創作欲念產生的依據，但是作家卻常常通過對「過去」的描繪來實現其對「未來」的追求與嚮往。把弗洛伊德的這個說法跟沈從文的所謂用文字「寫我自己的心和夢的歷史」的說法拿來對照一下，我們就會發現它們其實只是一個意思的兩種不同的表述。沈從文所說的「心」實際上就是作家的「既往經驗」在感情世界中的一種美好「殘留」，而「夢」便是作家對「未來」理想生活的憧憬。由「心」與「夢」結合而成的作品當然是作家由現實生活引起的靈魂震顫的結果。它是作家審美觀念、藝術智慧的物化形式。

如果說上面的這個「對照」還只能說是一種暗合的話，那麼《看虹摘星錄・後記》中的一段話，則明顯地表現出沈從文接受弗洛伊德影響的存在。他說他的《看虹摘星錄》「合於理想的讀者，當是一位醫生，一個性心理分析專家」。因為這本書所記錄的是「生命力，在某種情況下，無可歸納挹注時，直接遊離成為可哀的欲念，轉入夢境，找尋排洩，因之天堂地獄，無不在望，從挫折消耗中，一個人或發瘋而自殺，或又因之重新得到調整，見出穩定。這雖不是多數人所必經的路程，也正是某種人生命發展一種形式，且即生命最莊嚴的一部分」。遺憾的是今天我們已經無法看到《看虹摘星錄》，否則將會獲得更具體的理論印證。不過在帶有「地方誌」性質的散文作品《湘西・鳳凰》一節中，還可以看到沈從文運用「精神分析」的方法分析人們行為、心理的一個例證。在這篇散文中，沈從文通過人物行為的描述指出：人們常說的湘西女性的三種迷信方式——老年婦女的「放蠱」、中年婦女的「扮巫」、年輕女子的「落洞」——其實「同源異流」，都是「情緒被壓抑後」產生的「變態女性神經病」。而造成情緒被壓抑的原因，或由「窮苦寂寞，道德約束」，或由「新歡舊愛，怨憤鬱結」，「感情無所歸宿，性行為受到壓制」，於是便依年齡的不同分別採取三種不同方式以「排洩情緒」，中和感情，為受壓抑的生命力尋找一條出路。針對上述行為表現，沈從文指出：這裡面「既隱藏了動人的悲劇，同時也隱藏了動人的詩」。因為它使「浪漫與嚴肅，美麗與殘忍，愛與怨」交縛起來無法分開。

同榮格(C. Jung)對弗洛依德(S. Freud)的學說所作的揚棄一樣，沈從文在以「現代意識」

建構自己的審美理想時，也對弗洛伊德的「精神分析」理論作了揚棄。最重要的表現是，弗洛依德將他的「精神分析」最終引向了「泛性欲主義」，而沈從文卻以「精神分析」為起點引出了他的全新的「生命」學說。他們雖然都把「人」的精神世界作為文學創作和創作文學的根本加以探究，但是弗洛依德探究的是人的生物本能，而沈從文探究的卻是人的「神性」即美麗生命的莊嚴與價值。

五、沈從文的鄉村題材小說及其創作意蘊

沈從文營造的藝術世界，首先是由他所創作的題材各異、風格獨具的幾百篇小說構成的。從創作的試筆階段開始，沈從文的小說就力圖從鄉村和都市兩個方面描繪出他所經驗過的歷史與現實的人生景象。一九二八年以後，他的小說創作逐漸走向成熟，但所反映和描摹的仍然是鄉村和都市兩種對立的人生視景。

在對都市人生視景的描摹中，沈從文的小說題材基本上由三個側面所構成：一是以〈紳士的太太〉、〈有學問的人〉、〈八駿圖〉、〈大小阮〉等為代表，旨在暴露都市上流社會號稱「紳士淑女」、「社會中堅」、「學者名流」的人們虛偽、自私、怯懦的性格特徵以及他們庸俗、卑鄙的日常行為；二是以〈如蕤〉、〈薄寒〉、〈都市一婦人〉等為代表，意在再現那些雖處於都市的人生環境卻不甘心沉淪墮落的人們，努力從扭曲人性的泥淖中掙脫出來，或取得愛情與人格獨立，或向「人生遠景凝目」的生活場景；三是以〈泥塗〉、〈失業〉、〈道德與智慧〉為代表，直接描繪都市下層社會被剝削被壓迫者的生活困境，以及他們在痛苦掙扎中顯露出來

的正直、善良、相互扶持的道德品質。

與都市題材的小說相對照，沈從文在對鄉村世界及其人生視景的描摹中，其小說風貌呈現出更為豐富的、多姿多彩的局面。歸納起來大約可分成如下幾個題材領域：一是以〈神巫之愛〉、〈龍朱〉、〈月下小景〉、〈媚金、豹子與那羊〉為代表，它們多以人物的愛情、婚姻及兩性關係為切入點，再現了湘西古老的文化習俗、美麗蠻荒的自然環境以及人們原始的生命形態。單純、熱烈、自由、奔放，重承諾、輕生死，敬神守法而又粗獷豪直成了這種生命形態的主體內涵。二是以〈阿黑小史〉、〈雨後〉為代表，描繪了漢族文化尚未完全浸入湘西這個帶有原始色彩的文化環境之前，山村小女兒們擁有的那份自由、活潑、純乎自然的婚戀形態。三是以〈柏子〉、〈蕭蕭〉、〈夫婦〉、〈貴生〉、〈巧秀與冬生〉等為代表，它們均以湘西的現實生活為背景，再現了由原始部族社會進入封建宗法社會之後，湘西下層人民的人生形態。從表面上看，這裡的原始民風猶存，人們作為「自然人」的某些習性猶在，但人與人之間的關係卻發生了質的變化。柏子與吊腳樓上那位多情妓女的愛，終於呈現出某種畸形狀態；貴生與金鳳的婚戀也不再像五明與阿黑（〈阿黑小史〉）、四狗和阿姐（〈雨後〉）那樣單純、熱烈，不受金錢與權勢的左右。這類作品往往將「常」與「變」交織，「必然」與「偶然」錯綜，描畫出湘西「現代」社會人生形態中蘊含的那份莊嚴與悲涼的景象。四是以〈七個野人與最後一個迎春節〉、〈顧問官〉、〈丈夫〉、〈牛〉、〈新與舊〉、〈菜園〉等為代表，忠實地描繪了在資本主義近代文明的侵擾下，湘西民眾所受到的官、商、兵、匪和地方權勢者們的精神壓榨、肉體剝削。揭示了這一地區自清朝「改土歸流」開始直到三十年代以來，伴隨「官府」、稅務局、大煙館的設立，「點綴都市文明的奢侈品大量輸入」，農民們「性格靈魂被時代大力所壓，失去了原來的樸質、勤儉、和平、正直的型範」，呈現出來的種種「墮落」跡象。這些作品往往通過鮮明而強烈的對比手法，真實地反映出資本主義和外來統治者對荒僻農村的威逼，以及人們在這種威逼下無法掌握自己命運的人生境況。你看，那逃入山洞躲避官府橫徵暴斂的七個野人最終逃脫不了被官府剿殺的悲劇（〈七個野人與最後一個迎春節〉）；走出湘西到北京尋求人生理想的善良正直的玉少琛及其妻子，在回家省親時竟被地方惡勢力作為「共產黨」而殺害（〈菜園〉）；承負著農民老牛伯的全部希望、被老牛伯視若親生兒子的一條耕牛，好不容易被主人醫治好傷病，卻突然間被官府「徵發到一個不可知的地方去了」（〈牛〉）；劊子手楊金標，在被迫斬首了兩名「共產黨」後，終因接受不了國民黨的凶殘現實，「痰迷心竅」驚嚇而死（〈新與舊〉）；從窮困的農村來到水碼頭的妓船上做皮肉生意的老七，雖然已由被動的承歡賣笑變成主動地適應賣身生活，但最終仍在不堪忍受的蹂躪中恢復了做人的尊嚴，跟著丈夫回到了毫無希望的悲慘農村（〈丈夫〉）。五是以〈會明〉、〈虎雛〉、〈卒伍〉、

〈早上——一堆土一個兵〉等為代表，這些作品均以湘西人的卒伍生活為內容，再現了一群或出身於山野，或出身於行伍世家，或受當地尚武精神的影響而列身軍籍的老兵和小兵的精神面貌與生活經歷。他們中有的人溫順、善良、誠實、天真，生命雖處於蒙昧混沌狀態，但卻恪盡職守遵循著做人的準則，質樸的靈魂中閃耀著人性的光華（〈會明〉）；有的人粗野蠻悍，無拘無束，不被現代都市文明同化與改造，永遠把握住粗糙的靈魂和雄強的精神氣質不放，在不可「理喻」中透露出個人與民族生存的希望（〈虎雛〉）；有的人則懷鄉戀土，多愁善感，雖傾心於湘西自然的人文風光，但生命之舟卻繫在不可知的時代命運的砧石上（〈卒伍〉）；有的人則以「結實硬朗」作為做人的準則，把個人的生死粘附在民族的解放事業上，為了守土保疆，他們不怕流血犧牲腐爛，生命中閃爍著神性的光芒（〈早上——一堆土一個兵〉）。六是通過《邊城》、《長河》這兩部小說代表作的精心營造，分別從歷史與現實的角度，為讀者們繪製了兩幅存在於湘西的「優美、健康、自然，而又不悖乎人性」的人生畫圖。若就其思想內容看，《邊城》表現的是勤勞、善良、淳樸、熱情的山民們，在原始民性與封建宗法關係相雜糅的社會環境中，仍然保持著的一種自主自為的生命形態；而《長河》卻既具有這些，又不止這些。它通過作品人物（專指當地的善良百姓）與抗戰前夕急劇變化的政治形勢的關係描寫，使人們可以更加清晰地「聽到時代的鑼鼓，鑒察人性的洞府，生存的喜悅，毀滅的哀愁」（司馬長風《中國新文學史》，香港昭明出版社），因而也就更加映現出湘西人民在時代風雨襲擊下的歷史命運，以及他們渴望主宰自身命運、抗擊本國邪惡勢力和外國侵略勢力的自覺要求與堅強信心。若就作品蘊含的作者的情感內容而言，《邊城》和《長河》這兩部小說代表作都表現了「受過長期壓迫而又富於幻想和敏感的少數民族在心坎裡那一股沉憂隱痛」（朱光潛〈從沈從文先生的人格看他的藝術風格〉，《花城》一九八〇年第五期），顯示了沈從文執著地向「生命的神性凝目」的創作心理和隱憂感情。

這裡我還必須說明，沈從文的鄉村題材小說，若就寬泛的意義看，除應含蓋上述六個具體的題材側面之外，還應含蓋他取材於《法苑珠林》諸經，通過演繹與改造寫成的一組佛經故事小說。這組小說（共八篇，含十一個故事），它們之所以跟那篇以湘西苗族古老的風俗習慣為題材的小說〈月下小景〉編在同一個小說集中，並且以「月下小景」為書名，我想，一是因為它們都以浪漫的傳奇手法所寫成，二是因為它們都來源於古老的民間傳說。就這些佛經故事的本身來說，自然應屬於異域文化的範疇，但就其對初民的人生形態的描摹來說，卻又正與湘西現存的原始宗教情緒相吻合。加之作為東方兩個文明古國的印度和中國，愈向遠古凝望，其人生景象就愈加相似，而湘西的部族文化作為人類原始文化的活化石，就愈加可以照見兩國原始人生形態的共同面影。因此，沈從文依據佛經故事為原型改作的這組小說，與其說記述的是異域的古老傳說，不如說是對湘西古老習俗的藝術再現。對於作者來說，原來的佛經故事只不過是一個影子，一點啟示，一個創作動機的誘發與提供。這組小說，可以說穿的是佛經故事的「戲裝」，演出的是反映湘西民間風習的「中國戲」。正因為如此，所以就體裁的歸類而言，我們仍應該把這組小說歸入沈從文鄉村題材小說的範圍之內。

在此，我僅想就這些鄉村題材小說所表現的沈從文的創作意蘊談一點個人的看法。

沈從文在一九三六年寫的《習作選集・代序》中，曾要求讀者不妨把他的〈柏子〉和〈八駿圖〉找出來，參照著讀一讀，在比較中看一看「鄉下人之所以為鄉下人」，他們在「道德」、「愛情」和「人生」等方面跟「都市中人」存在著哪些不同。一九八〇年，沈從文在〈答凌宇問〉一文中，又曾明確指出：〈柏子〉跟〈八駿圖〉相比，「前者單純，後者複雜，如此而已」。這裡的「單純」二字，可以說是沈從文對他在鄉村題材小說中所塑造的湘西鄉下人性格型範的精練概括。正是在對「單純」的湘西鄉下人性格靈魂的描摹揭示中，顯示了沈從文獨特的創作意蘊。

柏子作為一種人物典型，在沈從文的湘西題材作品中曾屢屢出現。《邊城》中的金亭有著他的影子，〈一個多情水手與一個多情婦人〉中的牛保凝聚著他的靈魂，〈鴨窠圍之夜〉中那位「大老」體現出他的生活習性。在他們身上寄託了沈從文與「文明人」迥然有異的審美理想，表現了沈從文對倫理道德這一重大社會問題的審美價值取向。從作者對柏子們的生活與行為描繪中，我們可以清楚地看出，他們的一切都準乎自然，是一群與自然完全契合的人。他們根本不去追究錢是在何等辛苦中得來，又在怎樣的情形中花掉。他們從不作值得不值得的考慮，從不為自己的未來打算。他們完全生活在現實的感覺——聽覺、嗅覺、味覺、視覺、觸覺——的滿足中，有錢時就用，沒錢時就忍受，有吃時就吃，沒吃時就挨餓，一切都是那麼現實，一切又都是那麼自然。單純得完全是一種自然的存在。他們猶如自然界中的一株樹木，自然給它陽光、雨露、土壤、養分，它就茁壯生成，自然加於它雷電、風暴，它就任其摧毀。因此，生長時他們並不感到特別的喜悅，死亡時也不感到特別的悲哀，他們總是「很從容地在那裡盡其性命之理」。作品的最後，沈從文故意讓告別了情感專一的妓女回到船上來的柏子，聽到貨船老板娘哄孩子的聲音，小老板吮奶的聲音；似乎在提醒柏子們應該思索生命的由來和如何去做連接生命的工作，應該把「母親」跟吊腳樓上的妓女作同等看待。然而，作家又好像同時提示人們，當這個新的生命長大成熟之後，他又會跟柏子有什麼不同呢？

應該說沈從文對柏子們所代表的這種湘西「鄉下人」的人生形態，既是讚頌的又是哀戚的。他期望柏子們能從麻木與混沌中走出來，但又擔心從麻木混沌中走出來的柏子們失去這種「自然人」的單純與質樸。因此，他既為柏子們「這點千年不變無可記載的歷史」感到「無言的哀戚」，又覺得他們的「欲望同悲哀皆十分神聖」。

如果說，〈柏子〉旨在表現湘西「鄉下人」的內在精神氣質，那麼〈雨後〉一篇則通過四狗與阿姐的性行為描寫，表現了沈從文對文明社會現有成例的反向思維成果。同都市上流社會人群的道德觀念相反，在四狗與阿姐的道德觀念中，根本就不存在一絲一毫的金錢、地位、門閥、身價和勢力的影子。作為讀書識字的阿姐，雖然明明知道「她從書上知道的事，全不是四狗從實際上所能了解的事」，但她仍然接受四狗對自己的「撒野」行為。因為她深知「女人只是一朵花，開的再好也要枯。好花開不長，知道枯的比其他快，便應該更深的愛」。阿姐是「讀書人」，但更是「自然人」，她同柏子一樣，生活在一種「單純」之中。在這裡，我們終於看到了沈從文排斥「複雜」，稱頌「單純」的真實原因了。在沈從文看來，隨著人類社會文明程度的提高，文明與自然人性間的悖反現象也就愈來愈嚴重，高度完備的「文明教化」不僅不能使人的自然本性得到釋放，相反卻愈來愈窒息人的自然生命力的伸張。正是從這個意義出發，我們認為沈從文的這種逆向思維的文明批判，恰恰表現了他對人類未來命運的深情關注。也就是說，沈從文的〈柏子〉與〈雨後〉等，並非主張把人還原為獸，把人欲退還給獸欲，而是要把被「現代文明」扭曲的人還原到真正的「人」的地位上來。

〈夫婦〉較之〈柏子〉和〈雨後〉，是一篇意蘊更加豐富的小說。粗粗地看起來，似乎覺得這篇小說是站在「都市文明」的角度對「鄉下人」的人生形態提出的批判，違背了沈從文一貫的創作主旨。其實不然，它實際上是在都市與鄉村道德觀念的交匯與對照中，更加深沉曲折地寫出了「都市文明」對「自然人」的摧殘與迫害。小說是以那位到鄉下來養病的城裡人——璜的眼光來觀察和描繪生活的。璜具有「城裡人」的一切精神特徵：不敢吃「帶血的炒小雞」，患有都市人常患的「神經衰弱症」，褲帶上戴著使當權者產生敬畏的「黨部的特別證」，而他身上的那套奇怪的洋服和黑色方嘴皮鞋更是「都市文明」的象徵。他的感覺細膩、敏銳，也容易被鄉下美麗的風景所感染，但他又非常懂得如何壓抑著自己的感情。總之，他能夠欣賞美，卻不敢接近美；他只能以扭曲的心情對待美，他具有那種文明社會裡的人們所具有的雙重的複雜性格。與「城市中人」的道德型範形成對照的，是那對在大白天作愛被捉到的年輕夫婦。他們是「自然人」，如同被惡作劇的圍觀者插在被羞恥的那位婦女頭上的鮮花一樣。他們並不認為自己的行為「有傷風化」，相反卻覺得十分自然、十分合理。正因為如此，所以當這對具有「自然人」素質的鄉下人，被羞辱、摧殘，連縛在那婦人頭上的那束不知名的鮮花也隨之變成「半枯」之後，璜卻仍然可以從中嗅出使他「曖昧欲望輕輕搖動」的花香。小說的主旨在分明地告訴人們，「城市中人」受著現代文明的污染，很想回到象徵自然的鄉間去尋求自然的生命力，而鄉村世界卻正在都市文明的浸染下逐步失去那原始的、自然質樸的生命美和人性美。只有那對年輕的夫婦仍能緊緊地把握住「自然」不放，但他們卻又何等地孤立無援！如同盧梭面對西方的工業文明造成道德淪喪生出的「文化越發展，文明越墮落」的感嘆一樣，沈從文面對都市文明對「自然人」的傷害，也不禁發出了這樣的嘆謂：道德風化已成為虛偽的裝飾，受著文明扭曲的人們正幹著殘害人性的蠢事。因此，這篇小說實際上喊出了作者渴望恢復人性自由的心聲。

中國的現代文學，從某種意義上說也是一部人道主義文學；是一部在「輕視人、使人不成其為人」的社會制度下。呼喚個性解放、人身解放和階級解放的文學。沈從文出於他一貫的思想獨立和藝術自由的原則，的確曾不遺餘力地歌頌人的自然、健康的美好生命，但是這並沒有影響和減弱他對不合理的人生制度提出批判的力量。他在《阿麗思中國遊記》第二卷的序〉中，一方面要求別人不要把他列入「什麼系什麼派，或什麼主義」之下，另一方面又表示，決不放棄對帝國主義與偽紳士的攻擊，決不放棄為被侮辱的弱者和被虐待的人類畜類吶喊說話的權力。他深深地為那些只能欣賞他作品文字上的清新樸實卻忽略了作品背後隱伏著的熱情與悲痛的人們感到遺憾，他認為這種現象頗近於「買櫝還珠」。

關於沈從文的兩部鄉村題材小說代表作——《邊城》與《長河》，我們已在上文加以評述，這裡不必再作詳論。需要強調的是，沈從文對《邊城》的創作成功是很欣賞的。他說：「這部原本近於一個小房子的設計，用料少，占地少，希望它既經濟又不缺少空氣和陽光。」又說：它是一座「希臘小廟」，它「精致、結實、勻稱，形體雖小而不纖巧，是我理想的建築」（《習作選集・代序》）。

中國現代文學史家嚴家炎先生指出：「沈從文的長篇《邊城》，則蘊蓄著較全書字面遠為豐富的更深的意義，可以說是一種整體的象徵。不但白塔的坍塌象徵著原始，古老的湘西的終結，它的重修意味著重造人際關係的願望，而且翠翠、儺送的愛情挫折也象徵著湘西少數民族人民不能自主地掌握命運的歷史悲劇。」（〈論京派小說的風貌和特徵〉）如果把嚴先生的這段深刻論述結合於結構主義的批判方法，我們則可以認定，《邊城》的確蘊含著表層和深層兩種結構。它的表層文本結構，敘寫的是一個處處由「偶然」支配的美麗動人而又淒清哀惋的愛情故事，是湘西酉水流域的「一個小城市中幾個愚夫俗子，被一件人事牽連在一起時，各人應有的一份哀樂」。而它的深層意蘊結構，則整體地象徵著沈從文企圖用民族的「過去偉大處」來重塑民族形象，重造民族品德的熱切願望，以及這個願望在「墮落趨勢」面前顯得無可奈何的孤寂與苦悶。

六、鄉下人寫「鄉下人」的靈魂

幾乎所有的沈從文研究者和沈從文作品的讀者，都承認沈作中最具魅力、最能引起閱讀興味的是他的湘西題材作品。這一點跟作者對自己的估價是完全一致的。在一九五七年出版的《沈從文小說選集・題記》中，作者就曾經這樣總結自己的小說創作收穫：「一九二八年到一九四七年約二十年間，我寫了一大堆東西。……至於文字中一部分充滿泥土氣息，一部分又文白雜糅，故事在寫實中依舊浸透一種抒情幻想成分，內容見出雜而不純，實由於試驗習題所形成。筆下涉及社會面雖比較廣闊，最親切熟悉的，或許還是我的家鄉和一條延長千里的沅水，及各個支流縣分鄉村人事。這地方的人民愛惡哀樂、生活感情的式樣，都各有鮮明特徵。我的生命在這個環境中長成，因之和這一切分不開。」❶

然而，沈從文的上述這段話，除了告訴我們他認為自己最成功的小說創作是那一部分「充滿泥土氣息」、「故事在寫實中依舊浸透一種抒情幻想成分」的作品外，還分明昭示我們，對

❶《沈從文選集》第五卷，頁二六一～二六二，四川人民出版社，一九八四年版。

作家作品的研究，必須緊密聯繫作家的生命「成長」的環境，聯繫作家自幼置身於其間對其性格人品的形成產生決定作用的那塊特有的土地，特有的人群，特有的社會歷史文化氛圍。否則，對作家作品的研究總不免顯出某些隔膜感。沈從文曾屢次稱自己是「鄉下人」。在《習作選集・代序》中他說他「實在是一個鄉下人」，在為蕭乾所作《籬下集》的〈題記〉中，他稱自己是一個「崇拜朝氣，歡喜自由」，感情「向高處跑」的「鄉下人」，在《沈從文小說選集・題記》中他說自己是一個「從內地小城市來的鄉下人」，直到他八十四歲寫《我的自序》時，仍然稱自己是一個「不習慣城市生活，苦苦懷念家鄉」的「鄉下人」。但是作為「鄉下人」的沈從文終究是湘西這塊土地特有的區域文化哺育出來的「愛惡哀樂」、「感情式樣」、「性格特徵」都純粹湘西化的「鄉下人」，而不是抽象了的，即「城裡人」所概稱的「鄉下人」。從文化社會學的角度來看，區域文化作為區域歷史的投影總是深深地烙印在生於斯長於斯世代相傳永生不滅的群體身上，然後，這群體又借助於人的生活和心理因素把這種文化複印於每一個單個的人身上，從而鑄造出一個個既凝聚著區域的歷史文化內容，又活動於現實社會中的具有鮮明個性特徵的個人來。這樣，每個個體雖因生命有限而不能直接面對該群體所面對過的全部歷史，但卻成了特定區域歷史文化的載體。這個作為區域歷史文化載體的個人，可以由鄉間走向城市，由小城市走向大都會，由農人、獵人變成軍人、幹部、商人、教授，由本鄉本土邁向省外、境外、國外、海外，但他總是如同自幼形成的口味與鄉音那樣頑固地秉持著區域歷史文化鑄就的秉性與人格。這就是人們常說的「山難改，性難移」，這就是沈從文常說的，他到哪裡都使用他固有的「一把尺、一桿秤」去度量一切。從這個意義上說，任何獨特的個性特徵都不會失去群體的型範，所謂個性特徵最根本的只是不同的群體性格型範間的差異。可以說，正是湘西獨有的區域歷史文化賦予了沈從文一個活鮮鮮的生命和一顆愛美的心靈，反過來，沈從文又以自己的這個活生生的生命和這顆愛美的心靈去諦視家鄉群體的性格型範，從中為我們提煉並塑造出一個個凝聚著湘西群體性格型範的活鮮鮮的個性生命——一個個「鄉下人」形象。

既然如此，我們就有必要首先看一看作為湘西社會現實存在的「鄉下人」的群體性格型範，然後再來看一看沈從文筆下的一個個體現著這種群體性格型範的「鄉下人」形象。

湘西是一片古老洪荒的土地，處於湘、鄂、川、黔四省相交的邊境地區。直到本世紀初，這裡公路不通，火車不行，只有兩條河流——沅水與澧水注入洞庭，成了湘西與外部世界的聯結紐帶。沅水上游及其支流——酉、巫、武、辰、沅等五溪，流貫、延伸於湘西的崇山峻嶺間，所以這裡又被歷代封建王朝編撰的正史稱做「五溪蠻」。「五溪」說的是這裡的地理水土，「蠻」即指這裡居住最早、世代繁衍生息的苗、瑤、峒、土家等少數民族。在土家族的語言裡，土家族自稱「畢茲卡」——本地人，苗族則被作為「白卡」——鄰居的人。至於居住在湘西的漢族，卻是後來的移民，土家族稱其為「帕卡」——外來的人，亦即史籍上所說的「客民」。因此，從歷史文化的淵源上看，苗族、土家族是最早開發湘西，創造了這塊土地上最古老文明的民族。據流傳於湘西苗語區的苗族史詩〈鴝巴鴝瑪〉❷的記載，苗族的先民們本來也生活在黃河流域。後來被迫遷徙到了長江、洞庭湖一帶，其後又在北方的華夏族征伐南方的少數民族時才被趕到這一帶崇山峻嶺中來的。他們在這一帶仍待不下去，只得再向湘川黔邊境遷徙，一部分則在湘西定居下來。這樣就最終形成了「東南北三面環旋湘境七百餘里，西北兩面環旋黔境二百餘里」❸的苗疆，這大約就是土家族稱苗族為「鄰居的人」的原因。隨著後世征苗之役的不斷進行，於是才有大量的「客民」(即漢族人)在當地定居。

〈鴝巴鴝瑪〉的歌詞對苗族由長江、洞庭湖一帶向崇山峻嶺間的大遷徙，作了這樣的描述：

❷ 全詩主幹部分共有五千多行，第一部分為「創世紀」；第二部分記述民族大遷徙；第三部分為「定居」。部分節錄的文字，載《吉首大學學報》一九八二年第三期，民族問題增刊《湘西苗族》一書。

❸ 呂振羽《中國民族簡史》。轉引自凌宇《沈從文傳》，頁二五，北京十月文藝出版社，一九八八年版。

人間坐不安寧，
世上住不成家；
一幫代熊代螢代酥，
一群代穆代來代卡；❹
又扶老攜幼上遷，
又撥船繼續上划。

從務滾務嚷上來，
從務流務泡上來；
從洞務洞黨上來，
從洞焦洞灣上來，……❺

跨江過湖上來，

---

❹ 代熊、代螢、代酥、代穆、代來、代卡即苗族的各部落名。

❺ 務滾、務嚷、務流、務泡、洞務、洞黨、洞焦、洞灣，傳說中位於長江、洞庭湖一帶的苗語地名。

穿雲破霧上來，
行水依水上來，
走山靠山上來，
獵獸打魚上來，
開山開土上來，……

湘西苗疆在清王朝的康、雍年間對西南少數民族地區實施「改土歸流」（即廢除土司統治，改為派滿漢流官統治）政策之前，曾有八百餘年由土家族建立的土司王朝轄治，每當苗漢衝突時，土司則「為王前驅」。在「以夷制夷」政策的執行過程中，明萬曆年間，一面沿苗區邊緣修築「邊墻」，實行所謂「客不入峒，苗不出境」的民族隔離政策，一面又將苗族分割成所謂「生苗」與「熟苗」，採取援剿「生苗」，兼撫「熟苗」的方針，以達到逐步同化的目的。所以直到今天，一入湘西，你仍會看到這樣一種情況：凡大山之頂多為苗寨，山腰民居則為土家族村寨，而河流交通發達的平川闊地則多為漢族村鎮。由此可見，苗族儘管是這一地區古老的民族，但在歷史上卻處於最受壓迫與歧視的地位。

大約由於這裡的確是「地極荒，人極蠻」，歷代中央王朝雖對這裡屢興征剿之役，但對這塊土地卻只能「望洋興嘆」。即使想出了「以夷制夷」的「妙法」，可對多數苗鄉來說仍然只是一個「既無流官治理，又無土司管轄」的「世界」。到了近代，隨著封建王朝的覆滅，以田應詔、陳渠珍相繼為首建立起來的湘西自治政府，與國民黨中央政權若即若離，各縣紛起的地方武裝與各縣政府也不相統屬。這些地方武裝既在區域內殺人奪物，綁票訛錢，但又「保境安民」，不許外來勢力騷擾。正是在這種歷史背景下，這個似乎被歷史遺忘的一隅，竟層層積澱下豐厚的湘西本土文化的內涵——自屈原以來的「巫鬼文化」的某些鮮明的特徵。然而，隨著歷次征蠻之役的進行，「客民」越來越多地移居湘西，封建文化因而也逐漸滲入於這塊古老的土地，到本世紀初葉，隨著西方傳教士進入湘西，外資及洋貨的輸入，資本主義文化也隨之滲入其間。於是，原始文化、封建文化、資本主義文化三股文化也便交織出了湘西特有的人生型範。當然，三種文化形態的交織並非按同樣的比重均衡地存在於湘西的各個地方。比如偏遠荒蠻的山寨與人口稠密的集鎮，地處交通要衝的沿河水碼頭，其文化表徵就不盡相同。至於苗族聚居區、土家族聚居區、漢族占優勢的雜居區，更是各自頭上一方天，因此，反映生命特徵的文化背景也就無法用同一的模式來描繪。這大約就是造成沈從文筆下生命多方的鄉村世界的根本原因。

俗語說：「入鄉隨俗。」儘管隨著歷史的演進，湘西呈現出各種不同文化因素相互滲透又雜然並存的局面，但原始的，悠久的本土文化卻不僅表現出頑強的排他性，而且表現出對異族和異域文化的征服性。即以愛情婚姻形態而言，在漢族，土家族聚居或三族雜居區域，雖然封建婚姻形態已經占著主導地位，講究起「父母之命，媒妁之言」來，到本世紀初，一些在本地較大城鎮水碼頭，或出境、出省在外讀書的青年，感受著時代風氣，甚至不願受父母包辦、主張婚姻自由，但仍有年紀十二、三歲的女孩子，仍按當地的習俗，被嫁往婆家當童養媳，長到十五、六歲時才與其小丈夫圓房的，也有晚婚待嫁的女子，被年輕的野孩子的山歌或舊戲文唱開了心竅，偷偷上山與小情人幽會，或跟隨飄鄉的戲子，過路的軍人私奔的。後者雖給本地人留下說不完的話柄，但終於無可奈何。而在苗族聚居區域，至少到沈從文尚未離開湘西時為止，愛情與婚姻仍延續著一種原始自由形態。男女間的結識與相愛，多以對歌的方式進行。任何未婚男子都有權向自己鍾情的未婚女子用山歌求愛，而女方，不問同意與否，都有以歌作答的義務。若雙方有意交往，便再以歌約定下次見面的時間與地點。經過進一步了解接觸，雙方都感到滿意時，才互贈禮物，以約永好。男女定情後，徵得雙方父母同意，即可託媒提親。若父母不允，女方可以找舅舅，只要舅舅點頭，便可結婚，即使父母從此不理舅舅，也無權阻止婚姻進行。如舅舅也不認可，才有奔婚與自殺殉情的事情發生。據說這種「舅權為大」的觀念，不僅盛行於湘西土著民族，即使在較早移居湘西的漢族中間，也維持著相當大的影響。至於舅家的男子看中姑家的女兒，託人說親，姑家更是沒有任何推託的餘地。「姑家女，伸手取，舅家要，隔河叫」幾乎成了一種不成文的法典。

生產力水平的低下，生存環境的惡劣，使這裡的人生行程到處充滿著隨機性和偶然性。或許是由於人在這裡還根本無法掌握自己的命運，抑或是由於這裡的人過多地看到了人生的迅疾變幻，所以在他們單純而迷亂的理智中，只能將人生的無常歸因於天命難反。從而使這裡仍然停留在遠古巫鬼文化的多種或泛神信仰的階段。雖然這裡並未形成統一的宗教，但神卻普遍的存在著。苗族最重要的神祇是儺公儺母；土家族則為八部大神。他們每年都要以盛大的祭祀活動謝神拜神，其場面之隆重、肅穆、莊嚴，常使人置身其間感到祖先的魂靈就要返回人間。除這些民族大神之外，苗族還有三十六神，七十二鬼，土家族亦有灶神、土地神、四官神、五穀神，甚至連山水洞穴、風雨雷電、花草樹木、禽獸蟲魚都有神。在這些山民的眼裡，整個自然成了一個巨大的生命整體，人與自然不僅融為一體，而且能通過神發生交感。他們全部的人生哀樂，他們埋藏於心底的期待與嚮往，全像荒莽群山中的草木，隨四時的變化，周而復始地無聲無息地自行枯榮。

這種生命一體化的觀念，不僅體現在重大的祭祀活動中，而且滲透於日常生活的習俗上，比如孩子生下來，擔心長不大，就拜一棵老樹為乾媽，給樹繫上一塊紅布，除燒紙燒香外，還祭上一盤「刀頭」，供樹神享用。他們有多種忌諱，如夜間不得在家吹哨，以防招惹鬼怪；大清早不准談龍、蛇、虎、豹、鬼；在外客死的人不准抬進屋，原因是野鬼不得見家神；見蛇交配不能對人說，只能先對樹說，因為此乃不祥之兆，對人說人就會死……神在這裡不僅能夠交通感應，而且還可以裁決人事糾紛。因此凡遇疑難是非，當事人常常砍雞頭，飲血酒，以明心跡，凡做虧心事者往往怯於報應，不敢這樣做。他們有專司神職的人員，負責主持一切祭祀活動，完成人神溝通的任務。這類被稱為「巫師」或「土老司」的人，享有神之下、人之上的社會地位。

總之，在這塊古老的土地上神尚未完全解體。因此，在這種對神的真誠信仰的背後，人們看到的是人性的淳樸，觀念的單純，以及彌漫於人際交往中的以誠相待。當然這裡也有野蠻殘忍，但即使這種野蠻與殘忍，也透露出敢於拿來與神對面的率直與天真！原因是在這裡神尚未蛻變成人與人之間瞞和騙的工具。也正因為如此，所以具有愛美天性的沈從文，才把這裡稱作是一塊在神秘的背後，既「隱藏了動人的悲劇，同時也隱藏了動人的詩」的地方，是一塊將「浪漫與嚴肅，美麗與殘忍，愛與怨，交縛不可分」的地方，是一塊將「浪漫情緒和宗教情緒兩者混而為一」的地方❻。

❻《湘西・鳳凰》，《沈從文散文選》，湖南人民出版社，一九八一年版。

沈從文在《湘西・鳳凰》中還曾明確指出：「這個地方的人格與道德，應當歸入另一型範。由於歷史環境不同，它的發展也就不同。」如果說上述的湘西歷史文化背景還只是造就湘西群體性格型範的根據，並不就是這裡的人們性格型範本身的話，那麼，在這種歷史文化背景下，究竟形成了湘西怎樣的一種群體性格型範呢？概括起來，大約有以下幾點：一是由於生活環境的險惡，陡坡懸崖，惡灘急流，毒蛇猛獸，瘴癘彌漫。一個活鮮鮮的人，稍有不慎，轉眼間就會成為地下鬼，加之官府常常無端抓殺，人禍不期而至，人生充滿艱辛。為應付生存，所以自幼就得磨練自己膽量和勇氣，從而形成一種驃悍勇武的性格。他們張揚頑強，講究「價值」，輕生死、重然諾，甚至抹去功利，不以成敗論英雄，只以頑強本身為目的。二是依然由於生存環境的險惡，一家一戶往往無力應付突然降臨的災禍，他們對人生的艱辛有著相同的切膚之痛，對別人的難處也能感同身受。因此，對別人常心懷悲憫，慷慨救助，以重義輕利，熱情爽直待人，也以重義輕利，熱情爽直求報。對信得過的人，心如一團火，不惜捨命相助，若發現不誠不真，受到欺騙、侮辱，則翻臉為仇，將人生尊嚴看得極重。因此常因小小嫌隙釀成人與人、寨與寨、宗族與宗族之間的械鬥，常使純樸與蠻悍合二而一。三是自然條件既很險惡，也很美麗，隨四時變化，草木由榮變枯，色彩斑斕，飛瀑掛虹，竹篁滴翠，鳥語花香，自然界充滿淋漓元氣。這一切一經與古老的楚文化中的萬物有靈的原始宗教意識相融合，於是便培植了他們性格中的那份愛美戀鄉，易於感動，富於幻想，悲憫之心遍及草木的詩意的浪漫主義情緒特徵。他們同自然結為一體，生命同自然同律，強烈的愛美傾向，常使他們的生命也充滿了淋漓的元氣。四是在泛神思想的浸染下，他們信神好鬼的宗教情緒專誠熱烈到了不可想像的地步。那種潛在的個人的浪漫情緒一經與歷史的宗教情緒糅合在一起，便形成了男人的一種遊俠精神。他們認定外出闖蕩光榮，坐守「老營」可恥，他們只對神祇低首皈依，絕不在人事上趨吉避凶。而男人的這種游移不拘的生活與情緒特徵，又常使婦女忍受著巨大的犧牲，因此婦女在新歡舊愛得失之際，常常認為神比人更鍾情於自己，於是浪漫情緒與宗教情緒的糅合，往往使她們發狂、囈語，天上地下，無往不至，從而形成了婦女中的三種人神錯綜的變態「神經病」——「放蠱」、「扮巫」、「落洞」。在外人看來，實覺荒唐，可對心高氣傲卻又倍受壓抑的婦女來說，卻又是順理成章的事情，因為只有這樣，才能排洩情感，使情緒得到中和，實現夙願。總之，勇悍而又善良，粗豪而又愛美，敬神守法而又放蕩不拘，重義輕利而又好結怨仇，熱愛有生而又不畏死亡，雜糅錯綜構成了湘西民族的主要性格型範。

在我們結合特定的歷史文化背景，對湘西的群體性格特徵有了如上粗略了解的情況下，再來看一看沈從文筆下的「鄉下人」究竟是一種具有何種精神與氣質的鄉下人。

對於沈從文筆下的「鄉下人」形象，凌宇和澳大利亞的普林斯、美國的聶華苓都曾作出過分析與研究。凌宇說：「雖然我在我的那本書裡（指《從邊城走向世界》——引者注）對鄉下人的性格特點進行了一些概括，但發明權不屬於我，最早從鄉下人的角度來談沈從文作品中的人物性格形象的是澳大利亞的普林斯和美國的聶華苓，他們的著作中都指出了沈從文作品中的鄉下人形象的存在和它的基本特徵，我只是在他們的基礎上作了些深化工作，把鄉下人概括為自然人、蒙昧人、陌生人。」❼這裡我想首先把凌宇與聶華苓的有關「鄉下人」的記述，作點比較，然後再結合有關作品談談我對沈從文筆下「鄉下人」的理解。

首先看看凌宇對「鄉下人」的精神實質的把握。他指出：一、從道德狀況看，「鄉下人」首先是一種「自然人」。因為他們的靈魂尚未或者沒有完全被封建的、資本主義的「文明」所污染，對人生尊嚴有著方式特殊的感覺，信守做人的傳統美德：熱情、勇敢、誠實、善良、純樸。他們儘管被現實驅逼著與黑暗、粗野、骯髒的生活為緣，卻仍然掩不住他們屬於下層人民本質的道德光彩。二、從人的理性精神著眼，「鄉下人」是一種「蒙昧人」。因為他們的理性世界還是一片混沌，原始、蒙茸、處於休眠狀態，生命是自在的。他們的人生命運是悲涼的，然而，他們並不自覺其悲涼。他們的生命在強烈外力刺激下，也有反抗，但這種反抗

❼〈首屆沈從文研究學術座談會發言摘錄〉，載《吉首大學學報》一九八八年第一期。

是自發的、朦朧的、原始的、缺乏理性之光照耀的。三、從人物與急劇變化的現實世界的關係看，「鄉下人」又是一種「陌生人」。原始的自然道德觀與理性精神的蒙昧狀態，必然導致他們與現存社會秩序和變化的道德觀念的不相適應。在現代的激烈競爭中，他們必然成為失敗者。由於他們的主觀精神與已成過去的世界相聯結，因此他們對於變化著的現實世界，感到一片陌生。他們的誠實、純樸、善良反現出呆、傻與拙象，往往成為人們嘲弄的材料❽。

再來看看聶華苓對於「鄉下人」的理解與闡釋。首先，她亦認為，「鄉下人」是一種「自然人」，她引用沈從文在《湘行散記》中所說的：「這些人生活卻彷彿同『自然』已相融合，很從容的各在那裡盡其性命之理，與其他無生命物質一樣，惟在日月升降寒暑交替中放射，分解」，證明沈從文所謂「鄉下人」就是「自然人」。認為這些鄉下人的愛、憎、欲望、死亡、青春、殘暴全是赤裸裸的自然，是文明人所不認識的自然。第二，她指出，由於這些自然人跟現代文明社會的一切規範毫無關係，因此，他們在文明人的眼中便成了「荒謬人」。第三，她指出，這種「鄉下人」又有些像卡繆的「異鄉人」，因為「異鄉人」生活在一個沒有上帝，沒有任何價值的世界中，而沈從文筆下的「鄉下人」生活在一個被現代文明破壞了的世界中。另外，異鄉人和鄉下人都活在自己的感官中，一切可以摸到、看到、聽到、聞到的東西都叫

❽《從邊城走向世界》，三聯書店，一九八六年版。

他們快樂；他們的命運同是死亡，他們又同樣超越了死亡。所不同的是「異鄉人」對於死亡的命運是反叛的，「鄉下人」都是認命安命的。他們都沒有未來，沒有希望，沒有幻覺，決不退卻❾。

把凌宇和聶華苓的上述理解與把握對照起來，我們似乎可以看出，聶華苓之所謂「荒謬人」基本上等同於凌宇的「陌生人」，而聶華苓所說的「異鄉人」又基本上等同於凌宇的「蒙昧人」。可是他們在使用相同的術語——「自然人」——來概括「鄉下人」的某些性格特質時，卻存在著分野。聶華苓偏重於從文化人類學和文化社會學的角度，強調「鄉下人」是一種與自然契合，生命與自然融為一體，同自然的律動保持一致的「自然人」。這種自然人與所環繞他的有生與無生世界一樣，保持著天然的本質屬性。凌宇則從「道德」的角度，強調「鄉下人」性格靈魂中保有的熱情、勇敢、誠實、善良、純樸的傳統美德，以及這種美德對封建的、資本主義的物質「文明」的抗拒性。由於凌宇把沈從文「鄉下人」的藝術創造，只限定在跟「浪漫的傳奇」並舉的「憶往的寫實」這一類作品之中，認為沈從文的「鄉下人」僅僅存在於作者以現實主義原則描繪的湘西沅水流域鄉村人事的小說裡，所以他就把「鄉下人」即「自然人」的論述納入了跟都市文明社會「非自然人」相對立的理論框架。其目的在於回

---

❾〈鄉下人——淺淡沈從文的小說〉，載《海內外》一九七二年第二十八期。

答，沈從文的鄉村題材作品究竟有沒有創造出「凝聚著社會現實關係本質」的人物性格與命運的問題。然而，這樣一來，淩宇固然揭示出了「自然人」身上的諸如熱情、勇敢、誠實、善良、純樸等「傳統美德」，但卻忽略了沈從文筆下的作為特定區域、特定歷史文化背景和氛圍籠蓋下的「自然人」所特有的性格特徵。因為在別的鄉土作家筆下的「鄉下人」，也同樣具備著熱情、勇敢、誠實、善良、純樸等方面的性格特徵，這些鄉下人也大都被現實驅逼，「與黑暗、粗野、骯髒為緣」，卻又在他們身上保持著「屬於下層人民本質的道德光彩」。

正因為如此，所以在淩、聶兩人有關「自然人」的論述中，我倒更加傾向於聶華苓的觀點，不僅如此，我還認為沈從文筆下的「鄉下人」其所有的精神性格特質就只在於他是「自然人」。至於淩宇之所謂「蒙昧人」、聶華苓之所謂「異鄉人」，其實只是作為「自然人」的性格特質的一種具體而實在的精神內涵。而淩、聶兩位的所謂「荒謬人」、「陌生人」，則是站在另一角度，即站在「文明人」的角度對「自然人」的精神性格特徵的情感評價。也就是說在「都市文明」的現代人眼中，自然人才成了「荒謬人」、「陌生人」。而在客觀實際上，「自然人」就只是「自然人」。

那麼，沈從文筆下的「鄉下人」究竟應該涵蓋他的哪些小說人物呢？我以為，除了應該涵蓋沈從文以嚴格的現實主義創作方法，逼真地再現了湘西典型環境中的典型人物的小說，如〈柏子〉、〈雨後〉、〈蕭蕭〉、〈丈夫〉、〈三個男子與一個女人〉、〈夫婦〉、〈貴生〉、〈新與舊〉等作品人物外，還應該涵蓋以浪漫的傳奇手法，根據湘西少數民族的某些生活習俗點染誇張寫成的，諸如〈龍朱〉、〈媚金、豹子與那羊〉、〈神巫之愛〉、〈月下小景〉、〈七個野人與最後一個迎春節〉等作品人物，以及在都市與鄉村生活的匯流中，再現「鄉下人」精神特質的〈會明〉、〈虎雛〉等作品人物。甚至還應包含糅合現實主義與浪漫主義創作方法，以「象徵的抒情」方式塑造出來的《邊城》與《長河》的主要人物。原因是在他們的身上都歷史地或現實地體現著湘西的群體性格型範，都統屬於沈從文所鍾愛的「一大堆」充滿了「泥土氣息」的作品之中。

人類社會的歷史發展，常常以其巨大的慣性力扭曲著人類自身。受著「文明」與「自然」二律背反規律的左右，人性一方面隨著文明程度的提高而得到釋放，另一方面這釋放了的人性又常常「表現為對某一神聖事物的褻瀆」⑩，從而又給自身帶來了新的束縛。「惡是歷史發展的動力」⑪，黑格爾的這句被恩格斯稱引的話，揭示了人性解放歷程中往往不得不以犧

---

⑩ 恩格斯〈路德維希・費爾巴哈與德國古典哲學的終結〉，《馬恩全集》第二十一卷，中共中央編譯局，一九七八年版。

⑪ 同注⑩。

牲某些人性為代價的歷史事實。正因為如此，所以以描繪具體人生形態為己任的藝術家們，常常不得不於人性與文明衝突造成的兩難境地中選擇著自己的價值標準。沈從文本是為了逃避家鄉給自己規定的生活道路，才離鄉背井來到都市追求一種新的生活理想的。但是，當他深味了都市文明的種種人生滋味之後，他身上的那種少數民族的血緣潛質和自幼浸染過的湘西地域文化氛圍，使他終於發現：「惡」，作為現代社會發展的動力，既驅動著歷史車輪的前進，也吞噬著人性的光輝；伴隨著都市文明發展的是作為「自然人」的健全質樸人性的淪喪。因此，他一面以一個湘西「鄉下人」特有的道德審美尺度去度量「都市文明」對湘西「神聖事物的褻瀆」程度，一面又從他所熟悉的鄉村文化的記憶中，從那些尚保持著原始古樸民風的文化遺存中構築一個自認為理想的人生縮圖，用來同都市文明相抗衡。這個理想人生縮圖的最大意義在於，它以現代小說的形式，向我們這個歷史負累極重的「文明古國」，提供了一個在精神上回復自然人性和活潑童心的純淨世界。在這個純淨的世界中，沒有欺騙與哄瞞，沒有虛偽與狡詐，沒有金錢的鏽蝕、沒有禮教的束縛，沒有萎頓瑣碎的人格，有的是真誠、勇敢、燃燒的感情，雄強的人格，鮮活的充滿淋漓元氣的生命。活動著的是一個個與自然融為一體的「自然人」。

讓我們先以〈月下小景〉、〈龍朱〉、〈媚金、豹子與那羊〉為例，看一看沈從文以浪漫的傳奇手法，根據湘西少數民族的某些習俗點染誇張而成的一類作品中的「鄉下人」（即「自然人」）的形象。

中國的「五四」新文學中，有關婦女解放、人格獨立的主題，經歷著由個性解放到社會解放的歷史進程。婦女解放的現代意義表現在爭取戀愛婚姻的自主權上。從淦女士、丁玲到茅盾、巴金的筆下，新女性的形象往往以接受「五四」洗禮的知識女性——即現代文明女性追求個性解放的行為來體現。因此，進入讀者眼簾的常常是一個個挾帶著時代風雲、沖決舊禮教樊籠的現代文明意識極強的女性形象。然而，沈從文為了與現代的物質文明相抗衡，即便以男女的性愛為描寫內容，也完全採取了與上述作家截然不同的審美態度。他以肯定人的自然屬性、本能欲望為前提，通過描繪湘西傳說中的苗族青年男女的婚戀形式，表達出人類所要追求的愛情理想。儘管他通過這些愛情的浪漫傳奇，不是要告訴人們生活中的愛就是這個樣子而是合乎理想的愛應該是這個樣子；儘管他在描寫這些愛情故事時曾經按照自己的理想標準，對人物性格、環境、氛圍作了某種淨化與誇張；但是，他到底還是依據了湘西流傳於今的某些習俗，使讀者從中看到了鮮明的湘西「自然人」的生活印記，看到了未受「文明」污染的，雜糅著原始神性與魔性的人性內容，看到了湘西群體性格型範的某些個性特徵。

〈月下小景〉，文後的題款為「黃羅寨故事」，黃羅寨是沈從文祖籍所在地，這裡修有沈從文祖母──被沈家發賣外鄉的苗女──的假墳，沈從文年輕時常來此，並在祖母的假墳前磕過頭，對這裡懷有特殊的感情。因此，這篇小說所記述的某些風俗，現實中雖不復存在，但在歷史上卻真實地存在過。故事敘述的是××族寨主的獨生子、二十一歲的儺佑深深地愛上了另一個寨裡的少女。然而這個民族卻不知從何時遺留下來這樣一種野蠻風俗：一個女子同第一個男子戀愛，卻只許同第二個男子結婚。因此，第一個男子雖然可以得到女子的貞潔，卻不能永遠得到她的愛情。女子若違反了這種規矩，就要受到習俗的懲罰：或者將石磨捆在背上沉潭，或者被活活地拋到地窟窿裡去。因此，為了遵從這古老的規矩，許多人就常常不在第一個戀人身上做長久戀愛的夢，正像他們所唱的一首憂鬱感傷的歌中所說的那樣：「好花不能長在，明月不能長圓，星子也不能永遠放光。」然而，「這些魔鬼習俗不是神所同意的。年青男女所做的事，常常與自然的神意合一，容易違反風俗習慣。女孩子總願意把自己整個交付給一個所傾心的男孩子，男子到愛了某個女孩時，也總願意把整個的自己換回整個的女子。風俗習慣下雖附加了一種嚴酷的法律，在法律下犧牲的仍常常有人」。

儺佑與他相戀的女孩子就是一對只顧遵從「自然的神意」，不惜破壞「魔鬼習俗」的戀人。他們從「棠棣花開」的春天，一直狂熱地愛到「果子落了地，穀米上了倉，秋雞伏了卵」的秋天。他們「連做夢都沒有想到要遵從習慣先把貞操給一個人蹂躪，後然再結婚」。秋成熟了一切，他們的愛情也像熟透的果實一樣成熟了。於是：

> 理智即或是聰明的，理智也毫無用處。兩人皆在忘我行為中，失去了一切節制約束行為的能力，各在新的形式下，得到了對方的力，得到了對方的愛，得到了把另一個靈魂互相交換移入自己心靈深處的滿足。到後來，於是兩個人皆在戰慄中昏迷了，喑啞了，沉默了，幸福把兩個年青人在同一行為上皆弄得十分疲倦，終於兩人昏睡去了。

當這兩個「只適宜於生活在夏娃亞當所住的樂園裡」的「自然人」，終於意識到要戰勝命運，躲避「魔鬼習俗」的懲罰就只有「死亡」時，女孩子便唱著「水是各處可流的，火是各處可燒的，月亮是各處可照的，愛情是各處可到的」，擁在儺佑的懷裡進行了「死的接吻」，然後一同咽下了「那點同命的藥」，微笑著躺在「業已枯萎了的野花鋪就的石床上」，等待著死亡的到來。

在這一對年輕人的身上，充分體現了「自然人」的特徵。男的健壯如獅子，美麗如流星，靈活敏捷如羚羊；女的「彷彿是用白玉、奶酥、果子同香花，調和削築成就的東西」，「一微笑，一睞眼，一轉側，都有一種神情存乎其間」。他們「不要牛，不要馬，不要果園，不要田土」，不要物質的一切，因為他們本身就是一切，「是光，是熱，是泉水，是果子，是宇宙的萬有」，他們秉承著自然，屬於自然的造物，是自然的精靈，他們的生命來自於日光、雨露，他們無法生存於「漢人的大國」，因為「漢人見了他們就當生番殺戮」，他們也不見容於「魔鬼所頒的法律」，因此，他們只能在「自然」的引導下，羽化而登仙！他們生時如野花，如山泉，「用明露作被，用月兒點燈」，死去也如「月兒隱在雲裡」一樣自然。透過沈從文描繪的這個美麗、動人、孤獨、無淚的悲劇，我們看到了他對「自然人」的謳歌與禮讚，同時也聽到了他對以暴力摧殘、扼殺自然生命的憤懣心聲。

〈媚金、豹子與那羊〉，寫的也是傳說中的一對苗族青年男女戀愛的悲劇：一個白臉苗中頂美的女子媚金跟鳳凰營中的一個相貌極美又具有男子一切美德的男青年豹子，因唱歌成了一對。他們在唱歌中把「熱情交流」了之後，便約定夜間到一個名叫寶石洞的山洞中約會成婚。按照當地的風俗，一個男人要獲得他情人貞女的紅血必須送給她一隻小小的白山羊作為聘禮，以表示自己愛情的忠誠與堅固。可是由於豹子太愛媚金了，他找遍了當地許多個村寨的羊欄，始終找不到一隻他認為理想的配得上送給媚金作聘禮的小白羊。就在他急急忙忙趕到另一個更遠的村子尋找小白羊時，無意中卻在一個土坑裡發現了一隻周身白得如積雪的理想的小羊羔，然而卻又因這隻小羊的一隻腳受了傷，需要請地保敷上一點藥才好帶去送給心上人。等到他把這一切做完，匆忙趕去約會的山洞時，媚金卻誤以為豹子有意爽約，自己受了欺騙，把刀插進胸膛自殺了。豹子眼見情人因為自己爽約而自殺，也就把剛從媚金的胸膛間拔出的「全是血的刀子扎進自己的胸脯」，含笑地死在了她的身邊。

這篇美麗動人的愛情悲劇，不僅忠實地記錄著湘西苗族由來已久的通過對歌戀愛成婚，以白羊換紅貞血的地方風習，蘊含著一種深沉曠遠的歷史文化背景，而且還具體地揭示了湘西「鄉下人」性格型範中的某些本質的東西。在這些「自然人」的觀念裡，人必須信守靈魂的天真。他們，尤其是婦女，可以為自己所愛的人犧牲一切。她們生活在這個世界上彷彿就只是為了愛人和被人愛，她們摒除一些物質的欲念，與人相對面的就是心靈的真誠。她們崇尚雄強，稱讚山豹子的勇武與人中豹子的美麗，她們那「照著何仙姑捏型成就」的「完全的精致模型」，能夠「容納一個莽撞男子的熱與力」，允許男人在她身上「作一切撒野的事」。正如媚金所心許的那樣，「明知豹子要咬人，她也願意被吃被咬」。但是，她們最不能容忍的是說謊和欺騙，她們不惜以死來救治人類說謊的缺點。

對於自幼受著湘西文化的浸染，「永遠不習慣城裡人所習慣的道德的愉快，倫理的愉快」，只「崇拜朝氣，歡喜自由，讚美膽量大的，精力強的」⑫沈從文來說，媚金身上所體

⑫《籬下集・題記》，《沈從文文集》第十一卷，花城出版社，一九八四年版。

現出來的苗族婦女的性格型範，自然是他極為推崇和讚揚的。所以他在深情地敘述這個古老的愛情故事的同時，總情不自禁地對「已經被無數骯髒的虛偽的情欲所沾污的愛情」發出嘆息，對造成人情淪落的「現代文明」提出強烈地針砭。他慨嘆這塊曾經將媚金、豹子作為菩薩供奉的土地，如今在「時代的大力壓擠下」，「地方的好習慣是消滅了，民族的熱情是下降了，女人也慢慢的像漢族女人，把愛情移到牛羊金銀虛名虛事上來了，愛情的地位顯然是已經墮落，美的歌聲與美的身體同樣被其他物質戰勝成為無用的東西了」。他惋惜「白臉苗的女人，如今是再無這種熱情的種子了。她們也仍然能原諒男子，也仍然常常為男子犧牲，也仍然能用口唱出動人靈魂的歌，但卻不能作媚金的行為了！」他通過〈媚金、豹子與那羊〉，實際上歌頌與禮讚的是一種躍動著原始生命力的「自然人」的童心，他對人類的這種「童心」，曾從哲學的高度給予崇高的評價，他認為自己的「所有故事都從同一土壤中培養生長，這土壤別名『童心』」。他說：「一個民族缺少童心時，即無宗教信仰，無文學藝術，無科學思想，無燃燒情感實證真理的勇氣和誠心。童心在人類生命中消失時，一切意義即全部失去其意義，歷史文化即轉入停頓、死滅，回復中古時代的黑暗和愚蠢，進而形成一個較長期的蒙昧和殘暴，使人類回復吃人肉的狀態中去。」⓭因此，沈從文十分渴望在我們的現實生活

⓭〈青色魘〉，天津《益世報・文學周刊》一九四六年十一月二十四日。

中能夠回復「童心」，亦即重新煥發出如同媚金與豹子那樣的青春活力！

沈從文曾把「在『神』之解體的時代」讚頌「神」作為自己創作使命之一，他說：「我還得在『神』之解體的時代，重新給神作一種讚頌。在充滿古典莊嚴和雅致的詩歌失去光輝意義時，來謹謹慎慎寫最後一首抒情詩」，「即用一支筆來好好的保留最後一個浪漫派在二十世紀生命取予的形式」⑭。〈月下小景〉、〈媚金、豹子與那羊〉、〈龍朱〉等可以說就是在「神」之解體的時代，對生命中最具有神性的「自然人」所唱的最後一首讚美詩。然而，如果說〈月下小景〉中作為神之子的「自然人」，由於受到有悖於自然的魔鬼習俗的戕害而陷於悲劇，那麼，〈龍朱〉中作為神之子的「自然人」，則完全由於自身的完美無瑕而陷於孤獨、寂寞之中。「獅子永遠孤獨，就只為了獅子全身的紋彩與眾不同」，「尊貴而又如虹如月」的郎家苗王子，就是因為「得天比平常人多」，所以才深深地陷入寂寞之中。這就是〈龍朱〉的哲學意蘊之一。正因為如此，所以作者在敘述郎家苗王子，「美男子中的美男子」龍朱在追求愛情的過程中，總是對湘西古老的風習表示極度的讚賞，對這種風習的失落禁不住流露出心靈的杞憂與痛苦。沈從文以無限喜悅嚮往的心情寫道：

⑭〈水雲〉，《沈從文文集》第十卷，花城出版社，一九八四年版。

> 郎家族男女結合，在唱歌。大年時，端午時，八月中秋時，以及跳年刺牛大祭時，男女成群唱，成群舞。女人們各自穿了峒飾衣裙，各戴花擦粉，供男子享受。平時，大好天氣下，或早或晚，在山中深阿，在水濱，唱著歌，把男女吸到一塊來，即在太陽下或月亮下，成了熟人，做著只有頂熟的人可做的事。在此習慣下，一個男子不能唱歌，他是種羞辱，一個女子不能唱歌，她不會得到好丈夫。抓出自己的心，放在愛人的面前，方法不是錢，不是貌，不是門閥也不是假裝的一切，只有真實熱情的歌。

然而，美到極處反因離群而孤獨。世俗觀念和靈魂深處從眾的自卑情結，常常限制人向更完善的境界追求。龍朱正是由於太完美了，成了「人中的模型」，成了權威、力與光的象徵，所以反而成了「受折磨的天才與英雄」。他得到的只是女人的尊敬與愛重，只是把他的名字「放到口上嚼」的光榮，卻得不到女人真實的愛，得不到女人狂醉的溫柔與熱情。沈從文認為這是世俗與自卑造成的不幸，他禁不住呼喚道：

> 婦女們，在愛情選擇中遺棄了這樣完全人物，是菩薩神鬼不許可的一件事，是愛神的恥辱，是民族滅亡的先兆。女人們對於戀愛不能發狂，不能超越一切利害去追求，不

能選她頂歡喜的一個人，不論是什麼種族，這種族都近於無用，很像漢人，也很明顯了。

幸好，花帕族黃牛寨寨主的女兒，是一位敢於衝破「習慣的心與眼」向神挑戰的女人。她的容貌、歌聲和膽量，終於使「看日頭不眨眼睛，看老虎也不動心」、氣概軒昂的龍朱為之傾倒，給因完美而陷於孤獨寂寞的王子以美滿的愛的歸宿。

我們從作者在〈龍朱〉中所抒發的一正一反的議論中，似乎可以窺探出沈從文的全部創作心理、審美取向和道德判斷標準。在沈從文看來，一個民族要取得精神的健全，要向上，要充滿活力，就必須要有「有勇氣，能瘋狂，徹底頑固或十分冒失的人」，否則，如果「人人都無個性，無熱情，無『糊塗』希望與『冒險』企圖，無氣魄與傻勁」，那麼這個民族就沒有什麼希望可言⑮。因此，他總是把「鄉下人」所擁的那種自然、純真、樸野、放縱、任性、瘋狂的生命形態和性格特徵，看成是最真，最美，最善的；他把人的自我感情的阻塞和羈絆，看成是人性變異，生命扭曲，道德淪喪的根源之一，也是危及民族與社會，使民族不能自強自立，不能向上發達，使美無法安家，使文化難以重造的歷史的惰力之一。因此，無

⑮〈風雅與俗氣〉，《沈從文選集》第五卷，四川人民出版社，一九八三年版。

論從審美領域，還是從「文明」批判的角度來看〈龍朱〉，都是十分有意義的。它既可以說是以湘西特有的區域文化為內容寫成的「成人的童話」，也可以說是沈從文受壓抑的文學品格及人格的曲折表徵。

下面再讓我們以〈柏子〉、〈雨後〉、〈夫婦〉為例，看看沈從文筆下湘西現實中的「鄉下人」形象。

現實是歷史的延續，作為區域歷史文化載體的現實人群，總是秉持著特有的區域文化賦予他們的鮮明的性格特徵，這一點，我們在本節文章的開頭就已論述，這裡不再重覆。如果說沈從文通過〈月下小景〉、〈龍朱〉、〈媚金、豹子與那羊〉、〈神巫之愛〉等浪漫傳奇式的作品給我們再現了湘西歷史上的「自然人」所具有的群體性格型範，那麼，〈柏子〉、〈雨後〉、〈夫婦〉、〈三個男人與一個女人〉、〈旅店〉、〈丈夫〉、〈蕭蕭〉、〈貴生〉諸篇，則構成了另一個創作的整體世界，再現了現實生活中湘西「鄉下人」的群體性格型範。

沈從文在《習作選集・代序》中，曾經要求讀者不妨把他的〈柏子〉和〈八駿圖〉放在一起，互相參照著讀一讀，從比較中看一看「鄉下人之所以為鄉下人」，他在「道德」、「愛情」、「人生」等方面的愛憎態度。在〈答凌宇問〉一文中，他又曾明確地指出，〈柏子〉與〈八駿圖〉相比，「前者單純，後者複雜，如此而已」。這裡的「單純」，我以為其所指就是他作為湘西「自然人」的性格型範的「單純」。

柏子作為一種人物典型，他在沈從文的湘西題材的作品中曾屢屢出現。《邊城》中的金亭有著他的影子，〈一個多情水手與一個多情婦人〉中的牛保凝聚著他的靈魂，〈鴨窠圍之夜〉中那位「大老」體現出他的生活習性。在他們的身上的確寄託了沈從文與文明人迥然有異的審美理想，表現了沈從文對倫理道德這一重大社會心理問題的審美價值取向。

在《湘行散記・一個多情水手與一個多情婦人》中，作者對柏子式的水手們的精神氣質曾作過這樣的概括描述：「古怪的是這些弄船人，他們逃避激流同漩水的方法，十分巧妙。他們得靠水為生，明白水，比一般人更明白水的可怕處；但他們為了求生，卻在每個日子裡每一時間皆有向水中跳去的準備。小船一上灘時，就不能不向白浪裡鑽去，可是他們卻又必有方法從白浪裡找到出路。」——明白水，知道水的可怕處，可又隨時準備向水裡跳去；為了生存，他們常設法逃避水，可同樣為了生存，卻又隨時隨地向白浪裡鑽去——這種古怪處，在「文明人」的眼中當然是「荒謬」的，不可理解的，但它卻又集中表現了「鄉下人」亦即「自然人」的全部「單純」與質樸。他們的行為，一切都準乎自然，他們是與自然契合的人。在他們的原始信念中，自然既然可養育自己，當然也可以毀滅自己。自然允許你避開它時，你才可以避開它，自然不允許你避開它時你就別想避開。他們猶如自然界中的一株樹木，自然給你陽光、雨露、土壤、養分讓你生長時就生長，然而自然的暴雨、雷電摧毀你時你也只能任其摧毀。因此，生長時他們不感到喜悅，死亡時也不特別地感到悲哀。他們總是「很從容地在那裡盡其性命之理」，這就是柏子式的「自然人」的全部精神氣質。

既然他們「與其他無生命的物質一樣，惟在日月升降寒暑交替中放射，分解」，所以他們在其生命旺盛期，又總是元氣淋漓的。他們的身體裡充滿著用不完的力氣，他們對待一切花力氣的勞作如同玩耍一般。因此，柏子又被人作為一個「會唱歌的飛毛腿」，體魄健壯如「妖洞中的嘍囉」。光溜溜的高桅，他只要一貼身就可以飛快地爬上去，全同兒戲；而且他總是一面在高桅的頂上整理繩索，一面還對著下面唱歌，罵野話。精力充沛，無處支付，就另外想出辦法去消耗——上岸到吊腳樓上的妓女處胡鬧。在粗俗野性的交流中，妓女戲罵他「像一條牛」，他也如同「整理櫓繩一樣扳了婦人的腰」。這種粗獷驃悍的舉動，使人看不到「文明人」道德的虛偽，性畸形造成的羸弱，卻真實地感到這是「自然人」的生命力的迸濺。直到欲望的完全滿足之後，從吊腳樓下到船上來的柏子，記住的仍然只是「婦人的笑，婦人的動」，它們「死死地像螞蝗一樣」釘在他心上。——這種生活，這種作愛的方式，反而使他感到生活的充實，感到生命的滿足。他認為這樣的生命力的迸濺與消耗，這樣地支付了自己一個月積攢下來的腰板錢，是可以「抵得過一個月的一切辛苦，抵得過船隻來去路上的風雨太陽，抵得過打牌輸錢的損失……」以後他「將高高興興的作工，高高興興地吃飯睡覺」。他根本不去追究錢是在何等辛苦中得來，又在怎樣的情形中花掉。他從不作值得不值得的考慮，從不為自己的未來打算，從不考慮這種性的滿足、愛情的方式合不合理。他完全生活在現實的感覺——聽覺、視覺、觸覺、嗅覺、味覺——的滿足中。有錢就用，沒錢就忍受，有吃的就吃，沒吃的就挨餓，一切都是那麼現實，一切又都是那麼自然，單純得完全是一種自然的存在。柏子的行為告訴我們，這種「鄉下人」的生命來自自然，在自然中滿足一切。作品的最後，作者故意讓告別妓女回船來的柏子聽到貨船上的老板娘哄孩子的聲音，餵小老板時吭奶的聲音。似乎在提醒柏子們應該思索生命的由來和如何去做連接生命的工作，應該把「母親」與吊腳樓的妓女作同等對待。但是新的生命長大成熟後，他們又能跟柏子有何不同呢？

沈從文對於柏子所代表的這種湘西「鄉下人」的人生形態，既是讚頌的又是同情與悲哀的。他期望柏子們能從麻木中走出來，但卻又擔心從麻木中走出的柏子們失去那份「自然人」的單純與質樸。因此，他一方面慨嘆「他們那麼忠實莊嚴的生活，擔負了自己那份命運，為自己，為兒女，繼續在這世界上活下去。不問所過的是如何貧賤艱難的日子，卻從不逃避為了求生而應有的一切努力。在他們生活愛憎得失裡，也依然攤派了哭，笑，吃，喝。對於寒暑的來臨，他們便更比其他世界上人感到四時交替的嚴肅。歷史對於他們儼然毫無意義，然而提到他們這點千年不變無可記載的歷史，卻使人引起無言的哀戚」⓰。另一方面他又從一個雖被老煙鬼縛住身體卻具有天生無拘無束愛美性格的「多情妓女」的身上，看到了她們「欲望同悲哀都十分神聖」⓱的人生內容。這種「神聖」就在於他們作為「自然人」的單純與質樸。

如果說，〈柏子〉主要表現的是作為現實中的湘西「鄉下人」的內在的精神氣質，即他們的那種直接滿足感官愉悅的價值觀念和義利取捨原則，那麼〈雨後〉所表現的則是這種「鄉下人」對文明社會現有成例的反向思索形式。在四狗與阿姐的道德觀念中，根本就一絲一毫不存在金錢、地位、勢力、門閥、身價高低的影子。阿姐唯一考慮的就是她作為一個人也像自然界的花草一樣，秋天一來，就要變黃變枯。現在既然是春天，萬木吐秀，那就應該像春草發芽，鳥雀啼鳴一樣，不受任何拘束而自由地支配自己的生命。按照「文明人」的觀點，阿姐是位讀書人，不僅念過「落花人獨立，微風燕雙飛」等許多古詩詞，而且還能看如今的小說；不用說這是一位出身高貴的富家小姐了。她跟一個大字不識，只會纏住她撒野，做「一種神聖遊戲」的四狗，無論從哪方面說都是不相稱的。然而，同四狗一樣，這位自幼生活於

⓰《湘行散記・一九三四年一月十八》，《沈從文散文選》，湖南人民出版社，一九八一年版。

⓱《湘行散記・一個多情水手與一個多情婦人》，出處同注⓰。

這種特定的歷史文化氛圍下的阿姐，雖然明明知道「她從書上知道的事，全不是四狗從實際上所能了解的事」，但是她同時感到：「女人只是一朵花，開的再好也要枯。好花開不長，知道枯的比其他快，便應當更深的愛。然而四狗不是深深的愛嗎？雖然深深的愛，總還有什麼不夠，這應當是認字的錯。」因此，當她承認並縱容四狗在她身上做了壞事之後，她說不明白四狗得到的究竟只是「快樂」呢，還是別的什麼，但四狗給她的卻是「一些氣力，一些強硬，一些溫柔」，一些使她「陶醉」的東西。這種生命的陶醉使她把「所讀的書全忘掉了！」——因為她雖然是「讀書人」，但是她更是「自然人」，她同柏子們一樣，生活在現實的感官之中。她知道「一個青年女人得到男人的好處，不是言語或文字可以解說的」。

作家的創作總是負載著作家的審美理想。沈從文通過這個簡單的故事，再明顯不過地告訴讀者，如果文明、知識等限制了人的自然本性的自由發展，還不如不要這種文明與知識為好。沈從文所以極力稱頌〈柏子〉、〈雨後〉等作品人物生命的「單純」，厭惡、排斥〈八駿圖〉式的人物生命的「複雜」，就是因為他看到了隨著人類社會文明程度的提高，文明與自然人性間的悖反現象也就愈加嚴重，看到了人類在不斷實現其對自然與初我的超越過程中，對自身認識的危機感也在加強。高度完備的「文明教化」不僅不能使人的自然本性得到釋放，卻愈來愈窒息著人的本身生命力的伸張。從這個意義出發，我們認為沈從文的這種逆向的文明批判舉動，恰恰表現了他對人類未來命運的深情關注。也就是說，沈從文的〈柏子〉與〈雨後〉並非主張將人還原為獸，將人欲退回到獸欲，而是要把被「現代文明」扭曲的人還原到真正的「人」的地位上來。

〈夫婦〉較之〈柏子〉、〈雨後〉，可以說是一篇意蘊更加豐富的小說。這篇小說粗粗一看似乎覺得作者是站在「都市文明」的角度去審度「鄉下人」，頌揚的是「都市文明」，貶斥的是「鄉下人」的人生形態，因而得出沈從文在改變自己一貫的創作主旨的結論。其實仔細分析品評，卻可以看出沈從文批判的仍然是現代的都市文明。只是作品中更多地使用了象徵主義的創作手法。它實際上是在都市與鄉村道德觀念的交會中更加深沉曲折地寫出了「文明」對「自然人」的摧殘與迫害。

小說的故事情節並不複雜。寫的是鄉下一對年輕的新婚夫婦，丈夫陪同妻子回娘家省親，路過××村時，因看到天氣太好，便坐在一個新稻草堆上看風景，看山上的野花，「那時風吹來都是香氣，雀兒叫得人心膩」，於是兩人便情不自禁地就地作起愛來。碰巧被××村人看見，便被雙雙縛住捉到村裡來，接著便引來了全村老少的圍觀、羞辱與折磨。此時，村中正住著一個從城裡來療養的璜，聽人說從村外「捉來一對東西」，以為是捉了「兩隻活野豬」，便也趕去看熱鬧。當他弄清事情的原委，便站出來替這對夫婦說情，最後終於從練長和團總的手中救出了這對夫婦。由於這對年輕夫婦被圍觀折磨了大半天的時間，所以等到他們重新上路時，那女人頭上被圍觀者惡作劇纏上的一束野花業已有些枯萎，但「城裡客人」璜卻因此受了感動，分別時，他從這女人的手中討了那束半枯的花，獨自「坐在石橋邊」，嗅著這「曾經在年青婦人頭上留過的很稀奇的花束」。璜本來是為治好自己的「神經衰弱症」才來到清靜的鄉下的，最後卻因感到「地方風景雖美，鄉下人與城市中人一樣無味」，決計返回城裡去了。

小說是以璜為視點來觀察描繪生活的。這位璜顯然是因為看透了都市文明，過厭了都市生活才來到鄉下尋找質樸自然的人性的。他具有「城市中人」的精神特徵：不敢吃「帶血的炒小雞」，患著都市人常患的「神經衰弱症」。他的褲帶邊戴著使鄉下的當權者產生敬畏的「黨部的特別證」，而其奇怪的洋服襯衫、小管褲子和黑色方嘴皮鞋也是鄉下人不熟悉的「都市文明」的象徵。他的感覺細膩，也容易被美的風景所感染，但他卻又懂得如何壓抑著自己的感情，嗅著婦女留下的那束半枯的花，他只感到「不可理解的心為一種曖昧欲望輕輕搖動著」，覺得自己倘若也有「這樣一個太太，他這時也將有一些看不見的危險伏在身邊了」。於是他開始厭煩這個地方了。總之，他能夠欣賞美，卻不敢接近美，他只能以扭曲的心情對待美。他具有某些文明人的雙重性格，代表著城裡人的「複雜」性格。

璜所說的同「城市中人一樣無味」的「鄉下人」，自然是不包括那一對在大白天作愛被捉到的年輕夫婦的。他們是「自然人」，如同被惡作劇的圍觀者纏在那婦人頭上的那束野花一樣。在這裡野花與那對年輕夫婦構成了作品中最主要的一組象徵比喻關係。野花本來是鮮艷奪目的，給人一種「非常優美的好印象」，而那位被捉的婦人，在璜的眼中也正是「臉上微紅，身體頎長，風姿不惡」的一副自然面貌。作為「自然人」，他們並不認為他們的行為「有傷風化」，相反倒是覺得這完全是合理的、自然的。因此，那女人被捉後，「雖在流淚，似乎全是為了惶恐，不是為了羞恥」。正因為如此，所以當這對具有「自然人」素質的鄉下人，被污辱、折磨、摧殘之後，那束縛在婦人頭上不知名的鮮花也隨之變成「半枯」，然而璜卻仍然從中嗅出了使他「曖昧欲望輕輕搖動」的花香。

摧殘這對夫婦的雖然也是「鄉下人」，可大都是那種受了都市文明熏染的「變了味」的鄉下人。那些真正的鄉下人，作品中寫道，「他們雖然捉來了那雙夫婦，但捉來了，怎麼處置?捉人的人可不負責了」。至於「為什麼非一定捉來不可，被捉的與捉人的兩方面皆似乎不甚清楚」。這就說明了習俗的荒謬性——捉他們只是出於一種不捉不行的習俗(這種習俗或者是因為不允許大白天作愛，或者僅僅因為他們是外鄉的過路人，抑或是因為看到了作愛不捉不吉利)，至於為什麼要有這種習俗連遵從這習俗的人們也不清楚。正是在這種情況下，所以第一個站出來極力主張將這對夫婦的衣服剝下，拿荊條打的是一個滿臉疙瘩加上一條大酒糟鼻子的人，他那酒糟鼻子，滿臉肉塊，大而有毛的手以及被人扯住的大褲頭，都象徵著醜陋的肉欲。這種人其實就是〈丈夫〉中的水保、巡官，〈貴生〉中的四老爺之流，他們其實是都市文明的產兒，代表著殘忍而又淫邪的勢力。他表面上打著「維持風化」的幌子，肚子裡充滿男盜女娼的壞念頭；但卻又唯「城裡人」是從，因此，當有人告訴他有「城裡人」在場時，他便膽怯地停止了叫嚷，後來當他又一次跟著「練長」起哄時，一看瓚有反對的表示，便立即「心有所內恧，趕忙把頭縮下」，不敢為所欲為了。而練長則代表著維持「文明社會」的法律勢力。他一出場，小說就揶揄地寫他「摹仿在城中所常見的營官閱兵神氣」，他一方面以「城市中人」的口氣，盤問這對夫婦，一方面又以一個無賴男子的輕薄目光盯住那所謂女「犯人」穿著雙鳳繡花鞋的腳。他利用「鄉下人照例怕見官」的思想，一面以押解城裡「要官斷案」或「供眾人用石頭打死」相威脅，一面又想通過罰錢索財而從中叨光。總之從大酒糟鼻子和練長身上，我們看到了「都市中人」的勢利、淫邪、虛偽、奸詐而又虛弱的性格特徵。

小說的題旨似乎在著意告訴我們，「城市中人」受著現代文明的污染，很想回到那象徵自然的鄉下人中間去尋找自然的生命力，可原本潛藏著自然生命力的鄉村世界卻正在都市文明的浸染下逐步失去那原始的、自然質樸的生命美和人性美。只有那一對夫婦，雖在折磨與摧殘下仍能把握住自然不變——那束野花雖然已是半枯，可那女人仍只是從頭上取下，拿在手裡，不願放棄——然而他們又是何等地孤立無援。難怪璜最終發出了「地方風景雖美，鄉下人與城市中人一樣無味」的感嘆了！這種感嘆充分表現了沈從文對自然人性淪落的惋惜。同盧梭面對西方工業文明造成道德淪喪發出的「文化越發展，文明越墮落」的感嘆一樣，沈從文面對都市文明對「自然人」的戕害也不禁發出了這種嘆喟：道德風化已成為虛偽的裝飾，受著文明扭曲的人們正幹著最殘忍野蠻的事。因此，這篇小說實際上喊出了作者渴望恢復人性自由的心聲。

讓我們再以〈會明〉、〈虎雛〉為例，看一看沈從文筆下的那群雖進入都市卻始終保持「自然人」的粗糙樸野性格型範的「鄉下人」形象。

由於歷史的原因，湘西多出軍人。以鳳凰縣城為例，誠如沈從文在《湘西・鳳凰》一文所說，這裡「每家俱有兵役，可按月各到營上領取一點銀子，一份米糧，且可以從官家領取二百年前被政府所沒收的公田播種」，「鳳凰軍校階級不獨支配了鳳凰，且支配了湘西沅水流域二十縣」，「一些由行伍出身的軍人，常識且異常豐富；個人的浪漫情緒與歷史的宗教情緒結合為一，便成遊俠者精神，領導得人，就可成為衛國守土的模範軍人。這種遊俠精神若用不得其當，自然也可以見出種種短處。或一與領導者離開，既不免在許多事上精力浪費，甚焉者即糜爛地方，尚不自知」⑱。

〈會明〉和〈虎雛〉這兩篇沒有完整故事情節，很趨近於敘事散文的小說，分別記述的就是從湘西走出來的兩個軍人的事跡。在這一老一少兩位軍人的身上仍凝聚著湘西「鄉下人」的某些性格型範。

〈會明〉中的老兵會明，本來是個農民，辛亥革命後，參加了蔡鍔領導的討袁部隊，當上了一名火伕，可是十多年過去了，「成千成百的馬弁、流氓都做了大官」，可他還仍然是一名火伕。他並不缺乏湘西軍人特有的「浪漫情緒」，甚至也曾抱過「當司令的希望」。他更具有作「司令」的條件：「峨然巍然的軀幹」，「使人見後生出近於對神鬼的敬畏」，他「身高四尺八寸，長手長腳長臉，臉上那個鼻子分量也比他人的長大沉重。長臉的下部分，生了一片毛鬍子，本來長得像野草，因為剪除……橫橫的蔓延發展成一片」——總之，「這品貌，若與身份相稱，他應當是一個將軍」。他尤其不缺乏當「司令」的勇敢與忠誠：他所在的連隊——陸軍四十七團三十三連，原先總共一百零八條好漢，如今只剩下一面軍旗和他這個最「呆相」最具有「元氣」的人了，但他仍然不忘蔡都督當年的話，隨時準備把這面軍旗插到敵堡

⑱《沈從文散文選》，湖南人民出版社，一九八一年版。

上去；他崇拜蔡鍔就是因為他「像一個人，不像一個官」，「袁世凱要做皇帝，就是這個人告訴老百姓說，『中華民國再不應當有皇帝坐金鑾寶殿欺壓人』，大家就把老袁推翻了」。他從不怕「流汗、挨餓，以至於流血、腐爛」。當然他更純樸、天真、善良得可愛：他認為要打仗，就最好在「天氣合宜，人的精神也較好」時趁早動手，不要等到「五黃六月」，人一倒下，氣還不斷，糜爛處就發了臭。「自己的生死雖應當置之度外，可是死後那麼難看，那麼發出惡臭，流水生蛆，雖然是『敵人』，……究竟也是不很有意思的事！」他「忠厚馴良如母牛」；對於自己親手飼養的一隻母雞和孵出的一群小雞，侍候起來，比一個「做母親的人還細心」。跟別人討論起那隻母雞來，也像一個「母親和人談論兒女一樣」高興；聽到小雞吱吱的叫聲，好像聽到牠們叫他做「外公」。

然而，使會明終究不能成為「司令」的，又恰是他的這份「鄉下人」的純樸、天真、勇敢、善良和真誠。他最缺乏的是「聰明」，是那些四肢和頭腦都像猢猻一樣的同類人所具有的「聰明」。他根本不懂得「新時代的記錄，是流一些愚人的血，升一些聰明人的官」的道理。他不會見風使舵，投機取巧，不懂得隨時代的風氣變化而變化。他來自一個邊鄙的誠實的農村，因此他也總是誠實地一成不變地記住蔡鍔都督在一次訓話中對他留下的軍人的神聖感。他認為軍隊就像一片闊大的樹林，而自己就應該像一株極易生長的大葉楊。他要求自己不避風雨寒暑，不怕摧折磨難，他對軍隊的理解也是：「樹林中沒有會說會笑的軍法，沒有愛標致的中尉，沒有勛章，沒有錢，此外嘲笑與小氣也沒有。……軍隊為保衛國家駐了營，作著一種偉大的事業，一面墾闢荒地，生產糧食，一面保衛邊防。」然而，他不知道他所生活的這個世界已經發生了質變，他不明瞭十年前他所在的軍隊的神聖職責是「打倒軍閥」，十年後他的「上司的上司，也就是一個軍閥」。他依然沉浸在他過去光榮的「老故事」中，跟人說起的仍是他的老上級如何鼓勵他，「嗨，老兄，勇敢點，不要害怕，插到那個地方去！」但不知道聽的人早就對他搖頭，把他當作一個傻子了。他始終弄不明白，為什麼好不容易贏得了一個打仗的機會，兩軍對峙，戰事已經迫在眉睫，「應當見到血，見到糜碎的肢體，見到腐爛的肚腸」，卻突然「做頭腦的講了和」，雙方「開了一次玩笑，一切的忙碌，一切的精力的耗費，一切悲壯的預期，結果太平無事，等於兒戲」——這一切，說到底，全因為會明始終是一個湘西的「鄉下人」。

我們肯定會明的形象塑造，就是因為他蘊含了沈從文的審美理想。沈從文在《邊城・題記》的開頭就曾經明確說過：

> 對於農人與兵士，懷了不可言說的溫愛，這點感情在我的一切作品中，隨處皆可以看

出。我從不隱諱這點感情。……我的祖父、父親，以及兄弟，全列身軍籍；死去的莫不皆在職務上死去，不死的也必然的將在職務上終其一生。……因為他們是正直的、誠實的，生活有些方面極其偉大，有些方面又極其平凡，性情有些方面極其美麗，有些方面又極其瑣碎，——我動手寫他們時，為了使其更有人性，更近人情，自然便老老實實的寫下去。

會明這個「老老實實」寫下來的人物形象，其生活和性情，的確是「有些方面極其偉大，有些方面又極其平凡」，「有些方面極其美麗，有些方面又極其瑣碎」的。他的精神實質是高尚而神聖的，他永遠信守著靈魂的天真，對於真理和所從事的職業是那樣虔誠、執著和不怕犧牲。即使是他身上的平凡與瑣碎，糊塗與固執都顯得那樣可貴與可愛。的確會明的精神世界總常常與過去的時代相聯結，但是作者塑造這一人物形象時，並不旨在引導人們退回到以往的時代中去，而是要從他身上提取出一種現代社會所缺少的精神品質：人類天性中應具有的天真、誠實和善良。因此，在作品中，作者總讓會明跟現代社會中的那些狡黠多變的「聰明人」相對面。沈從文在一九四三年寫成的《長河·題記》中曾說：「驟然而來的風雨，說不定會把許多人的高尚理想，捲掃摧殘，弄得無蹤無跡。然而一個人對於人類前途的熱忱，和工作的虔誠態度，是應當永遠存在，且必然能給後來者以極大鼓勵的！」⑲這篇一九二九年作、一九三四年改定的小說，其主旨正是要給那些對於人類的前途抱著熱忱與虔誠的人以鼓勵，並且期望人的高尚理想，不要被時代的風雨「捲掃摧殘，弄得無蹤無跡」。

如果說〈會明〉通過一個湘西走出來的老兵的形象塑造，目的主要是掘露「鄉下人」靈魂中的美點，那麼〈虎雛〉則通過一個小兵的形象塑造，目的在於披露出湘西「鄉下人」蠻野雄強性格的雙重性和頑固性。小說幾乎自始至終把虎雛置於現代都市文明與地方的「民族積習」的爭奪之中。「我」之所以要把這個年僅十四歲勇敢如小獅子的小兵安置在自己身邊，讓他接受都市教育，原是想以現代文明的模式將他培養成一個「理想的完人」，即培養成一個既懂「音樂和繪畫」，又對「文學有極深的趣味，對於科學又有極完全的知識」，同時又「堅毅誠實，健康高尚」的人。但是由於這小兵是從那個被人稱為「野蠻地方」長大的，所以在他的那副乖巧、秀氣的外表裡面包藏的是一個「粗獷豪放」、「放蕩不羈」的靈魂。他小小的年紀就因為游泳時別人罵了他一句醜話，他就差一點用槍把人家打死。他津津樂道的是他隨同「我」的那個做軍官的「六弟」到各處「剿匪」的故事。他記住的是他如何伏在一堆石頭後面用盒子槍打匪，如何眼看船上失了火而紅光滿河，如何搜索殘匪，用煙子熏××山洞，

⑲《沈從文選集》第三卷，頁二四一，四川人民出版社，一九八三年版。

結果熏出了十七隻三斤重的白老鼠，如何結識一個勇敢重交情不願意搶劫本鄉人的苗匪大王……因此，在接受了都市文明的種種教育之後，他表面上雖然收拾得像「王子」，成了「上等人」，實質上卻不過「讀了幾本書，學得一些禮貌和虛偽世故而已」，他那在原先環境裡鑄就的「野蠻」天性卻絲毫沒有改變。所以正當「我」依然被他迷人的外表所騙，做著把他培養成一個詩人、一個工程師或一個律師的夢時，他卻因為「惹了禍」——同另一個同他一樣具有粗野靈魂，名叫三多的副兵「打死了一個人」，而三多「也被人打死在自來水管上」——悄悄離「我」而去了。作品的最後，「我」不得不面對這個無法改造的靈魂，發出如下的慨嘆：

> 我真是一個什麼小事都不能理解的人，對於性格的分析認識……我連一個十三四歲的小孩，還為他那外表所迷惑，不能了解，怎麼還好說懂這樣那樣。至於一個野蠻的靈魂，裝在一個美麗盒子裡，在我故鄉是不是一件常有的事情，我還不大知道；我所知道的，是那些山同水，使地方草木蟲蛇皆非常厲害。我的性格算是最無用的一種典型，可是同你們大都市裡長大的讀書人比較起來，你們已經覺得我太粗糙了。

作者的這種慨嘆，帶有檢討的性質，但是他檢討的重點，只在於不該一廂情願地將「一個野蠻的靈魂，裝在一個美麗盒子裡」，不該受他那外表的迷惑，而忽略對他「性格的分析認識」。至於對虎雛靈魂中潛伏的那種野蠻強悍的自然天性，以及他不甘忍受欺壓，敢於同惡勢力爭鬥的雄強精神，卻是讚揚的。這不僅可從「我的性格算是最無用的一種典型」這句話中能夠品味出來，而且可從小說敘述文字之後的情感評價中明顯的覺察出來。比如當「我」聽了虎雛敘述他的「剿匪」事跡之後，作者寫道：「凡事由這小兵說來，攙入他自己的觀念，彷彿在這些故事的重述中，見到一個小小的靈魂，放著一種奇異的光。」又比如當「我」回憶到自己小時候受人欺侮，卻不敢報仇，只會在空想上設計復仇辦法的「天賦弱點」之後，作品寫道：「不過我身邊有了這麼一個勇敢如小獅子伙伴，我一定從此也要強悍一點，……我的氣質即或不能許我行為強梁，我的想像卻一定因為身邊的小伴，可以野蠻放肆一點。他的氣概給了我一種氣力，這點力是永遠能夠存在而不容易消滅的。」

如果說這篇小說其主要題旨在於寫出都市文明對一個具有湘西「鄉下人」粗野靈魂改造的失敗，證明「一切水得歸到海裡，小豹子也只宜於深山大澤方能發揮牠的生命」的道理，因而對虎雛身上的「遊俠精神」並未給予過多批判的話，那麼在《湘行散記・虎雛再遇記》中作者則十分明確地指出了這種「遊俠精神」正反兩方面的意義，即：使用得好，將可能使他們人人成為「衛國守土的模範軍人」；使用不當，便可在「許多事上造成精力浪費」——

> 我正同他談及老游擊在臺灣與日本人作戰殉職的遺事，且勸他此後忍耐一點，應把生命押在將來對外戰爭上，不宜僅為小小事情輕生決鬥。想要他明白私鬥一則不算腳色，二則妨礙事業。⑳

應該說，在虎雛的身上既凝聚著沈從文的人生道路和個人氣質，又標識著沈從文的人生理想。沈從文受「五四」新文化新思潮的影響，決心離開原始洪荒的湘西到都市尋求嶄新的人生時，曾經明確表示：「知識同權力相比，我願意得到智慧，放下權力。」㉑而小兵虎雛初到上海時也曾明確表示：「我不願意做將軍，願意做一個有知識的平民。」然而，到了都市生活了十多年，而且業已成了作家，獲得了「知識」與「智慧」的沈從文，卻仍然不得不對都市人群說：「我和你雖然共同住在一個都市裡，有時居然還有機會同在一節火車上旅行，一張桌子上吃飯，可是說真話，你我原是兩路人。」「我實在是個鄉下人，說鄉下人我毫無

---

⑳〈雛再遇記〉，《沈從文散文選》，頁二一〇，湖南人民出版社，一九八一年版。

㉑《從文自傳》，出處同注⑳。

驕傲，也不在自貶，鄉下人照例有根深蒂固永遠是鄉巴佬的性情，愛憎和哀樂自有它獨特的式樣，與城市中人截然不同。」㉒不僅如此，他還屢次慨嘆自己的靈魂行將被都市的病態人生「蛀空」，他渴望自己能夠「到黃河岸邊去，和短衣漢子坐在土窯裡，面對湯湯濁流，寢饋在炮火鐵雨中」，以便「將生命化零為整」，使自己走出眼前這個「瑣碎，懶惰，敷衍，虛偽的衣冠社會」，為自己「贏得一份新的生活」㉓。正因為如此，所以當虎雛不堪都市文明改造而重返「深山大澤」之後，作者不無欣喜地寫道：「幸好我那荒唐打算有了岔兒，既不曾把他的身體用學校錮定，也不曾把他的性靈用書本錮定。這人一定要這樣發展才像個人！」「這個人打來打去總離不開軍隊，一點生存勇氣的來源卻虧得他家祖父是個為國殉職的游擊。『將門之子』的意識，使他到任何境遇裡皆能支撐能忍受。」㉔那麼，「我」當初又為何一定想用「都市文明」去改造這個「粗糙」的靈魂呢？這裡不能不說它表示了沈從文的人生理想。他渴望通過「文明教育」，在虎雛的身上實現自己未能實現的夢想。他說：「如今我的夢，自然已經早為另一件事破滅了。可是當時我自己是忘記了我的奢侈誇大想像的，我在那

㉒《習作選集・代序》，《沈從文選集》，四川人民出版社，一九八三年版。

㉓〈燭虛・三〉，出處同注㉒。

㉔〈虎雛再遇記〉，《沈從文散文選》，頁二〇八～二一〇，湖南人民出版社，一九八一年版。

個小兵身上做了二十年夢，我還把二十年後的夢境，也放肆的經驗到了。」這夢想就是都市文明能與人的自然天性融合，從而鑄造出一個既保持原始質樸的雄強精神又浸潤著現代文明的積極成果與完整人格的「人」來。這才是虎雛性格塑造的真正本意。因為只有這樣的人，才能迎擊任何「驟然而來的風雨」，頑強挺直地立於世界之上。

以上，我們舉例論述了沈從文筆下的「鄉下人」形象，並且力圖尋找並把握沈從文筆下的「鄉下人」跟一般鄉土作家筆下的「鄉下人」的相異處。誠如凌宇所說：「沈從文的文學世界是由他數以百計的小說、散文作品建構起來的。這是一個縱橫交錯，橫直勾連的藝術體系。他的每一篇作品，只有放在這一整體構造中，才能顯示出它在沈從文對整個人生世界認識中的地位，……他的每個短篇，甚至單個的中篇、長篇，往往只能觸及人生的一角，各自的內在蘊含只有合起來才能得到充分顯現。……因此，只有從沈從文作品的整體把握中，才能真正認識單個作品的思想內涵。」㉕沈從文的「鄉下人」題材作品也是如此。如果說沈從文的全部小說創作營造了一個宏麗的藝術整體，那麼他的「鄉下人」題材作品則構成了這個宏麗整體中的一個極為重要的分體系。它幾乎涵蓋了他的全部湘西題材作品。這些作品的每一篇都只寫了湘西民族性格型範中的一鱗、一爪，一個側面的性格特徵，合起來卻顯示了湘

㉕ 凌宇《從邊城走向世界・緒論》，北京三聯書店，一九八六年版。

西「鄉下人」的總體性格內蘊。而沈從文審美理想的特異性也就在這個總體的性格內蘊的披露中鮮明地展現了出來。

沈從文早在一九三〇年寫的《生命的沫・題記》中就說過：

> 我願意回返到「說故事的故事」那種生活上去。我總是夢到坐一只小船，在船上打點小牌，罵罵野話，過著兵士的日子。我歡喜同「會明」那種人抬一籮米到溪裡去淘，我極其高興地用一支筆畫出那鄉村典型的臉同心，如像《道師與道場》那樣據說猥褻缺少端倪的故事。我的朋友上司就是「參軍」一流人物。我的故事就是〈龍朱〉同〈菜園〉，在那上面我解釋到我的生活和愛憎。……我太與那些愚暗、粗野，新犁過的土地與冰冷的槍接近熟習，我所懂的太與都會離遠了。

這段話充分表現出沈從文對他努力繪製的反映湘西「鄉下人」群體形象的作品的欣賞程度。它們的確是沈從文營造的文學世界中最為璀璨奪目的一部分。

七、模式的超越

——沈從文鄉土小說的特異性

(一)

如果我們不把鄉土文學僅僅看作是新文學運動的第一個十年所出現的一種文學現象、文學流派，而把它看成是作家們在所謂「戀鄉情結」的驅使下採用「回憶」或直接寫實的方式，對鄉村世界的一系列觀念、情感和生活樣式所作的描摹與反映的話，那麼，鄉土文學在中國現當代文學史中，可以說是一直處於別的文學題材無法比擬的極為顯著的地位。以至愈到後來（文革為止）愈以其結構的宏偉、篇幅的巨大、場景的遼闊雄踞於「主流文學」的位置。對於鄉土文學在中國文學中層出不窮並且地位愈來愈顯著的原因，許多文學評論者都試圖作出理論的探究。趙園同志從新文學的兩大題材——鄉村題材和知識分子題材——相互消長的比較角度出發，概括地總結了自二十年代始到四十年代末鄉村文學不斷興盛的原因。從作家個人的審美理想看，由於強大的極富誘惑力的中國傳統文化的影響，「中國現代知識分子的審美理想，很難完全超越『鄉村的中國』這個現實」，「因而，中國現代作家難以由城市生活形態，由大工業生產的宏偉氣象發現美，難以由『不和諧』中發現更具『現代意味』的美感」❶。就作家與周圍世界的審美關係言，由於這一時期的社會科學理論，為一貫注重文學社會功能的中國作家們提供了最簡便易行的社會解剖和階級分析的方法，因此，鄉村文學也就必然地由作家的一種個人的審美選擇逐步走上群體化的價值取向。因為作家們愈來愈感到，鄉村文學較之寫知識分子的作品，更能「充分地體現著那一時期主導的美學理想，以及作為那一時期文學基本特色的『理性化傾向』；更強調客觀性、結構展現的精確性，更排斥作者個人觀點的介入，卻又因此更『主觀』(更體現時期思想對於經驗事實的改造)」❷。

然而，文學創作畢竟不同於對社會進行哲學的、歷史的、社會的理論概括。因為理論的過分明析性不僅不利於引導作家進入真正的藝術創作狀態，而且極易使文學創作走上主題和結構敘述方式的模式化。文學創作的追求目標始終應該突出其個別性，突出作家面對紛繁複雜、變幻不居的現象世界時個人的情感體驗。從這個意義上說，文學創作包括鄉土文學創作，

❶ 趙園著《論小說十家・沈從文構築的「湘西世界」》。

❷ 〈鄉村文學：模式及其變易〉，載《萌芽》一九八九年第九期。

作家所要揀拾的審美創作對象恰恰是被理論歸納的巨篩篩去的那些生活中的不純粹的成份，即用理性的眼光審度起來感到含糊、混沌、不清晰、不穩定的生活現象。否則，就將無可避免地會把社會分析的方法直接移用於文學創作，就會用社會理論模式去規範文學創作實踐，從而取消文學創作的特殊性。可是，只要我們稍稍回顧一下鄉土文學從二十年代興起到五、六十年代的發展衍進過程，就不難發現其愈到後來，尤其是當代文學的十七年中，一些被稱為結構宏偉、內容遼闊、具有史詩的鴻篇巨製，一面的確對中國的社會生活（政治的、經濟的、思想的、組織的）作出了包羅萬象盡善盡美的具象化展現，但另一方面也越來越標準化、模式化了。以至標準化到了使人從作品所描繪的一個村莊中就可以看出整個中國的「縮影」，由一部作品勾畫出來的人際關係就可以印證出一部社會學著作對現代中國所作出的全部結論。這不能不說是鄉土文學在一般社會科學理論普遍規律的規範引導下，欲求「本質地」、「全面」而「真實」地反映農村社會所支付的一種沉重代價。

沈從文的湘西題材小說自然也屬於廣義的鄉土文學，但卻是屬於另具特點的鄉土文學。他筆下的鄉村世界只是作為都市社會的特殊參照物存在的。當然他的這種鄉土小說不可能不受到一定的審美理想的支配，但是這種審美理想並不僅僅依附於一般的社會科學理論，而是保持其藝術創造的獨立性的。他曾一再聲言他的創作並不想追求什麼「社會價值」和「一般目的」。他說：「我雖然明白人應在人群中生存，吸收一切人的氣息，必貼近人生」，但到執筆寫作時，「我除了用文字捕捉感覺和事象以外，儼然與外界絕緣，不相粘附」，因為只有這樣，才能「不落窠臼」，才能「浸透作者的人格和感情」，才能實現「徹底獨斷」的目的❸。他之所以要將鄉村世界作為都市社會的對立物加以描繪，又只是因為他看到了「文明與道德二律背反」這一人類歷史發展無法逃避的矛盾。在「美在生命」的美學觀的指導下，他覺得只有那些充分地利用造物的賦予，自由地支配生命的湘西鄉民，才更像一種「活鮮鮮的人」，才更具備自然的人性。他們跟那些接受了都市文明的熏陶但性格上卻充滿「閹寺性」的庸俗懦弱的知識分子以及都市上流社會中堪稱棟梁的偽君子假道學相比，其生命形式顯得更單純、更純潔、更健康，因而也更美。因此他說：「我接近人生時永遠是個藝術家的感情，卻不是所謂道德君子的感情。」也正是在這種美學觀的指導下，他的湘西小說從來不想著要對湘西作史詩般的全景式再現，而只是細心地從湘西世界中揀拾著一個個審美片段，即使像《長河》這樣的描繪「重大題材」的作品他也故意要將「大事化小」，不去提煉強烈的戲劇衝突，不去構置宏大的鬥爭場面，只從「人事瑣屑處」入手，寫出「平凡人物」生活中應有的「一份哀樂」。他為湘西辯護的一切出發點只是「自然」與「美」。為了表現自然的美和生命的美，

❸ 沈從文《習作選集・代序》。

他甚至公開否定對文學作品作「真與不真」的判斷。他說：「我不大明白真與不真在文學上的區別，也不能分辯它在我感情上的區別。文學藝術只有美或惡劣，道德的成見與商業價值無以摻雜其間。精衛銜石杜鵑啼血，事即不真，卻無妨於後人對於這種高尚情操的嚮往。」在談到他的《邊城》時，他也只要求讀者「看它表現得對不對，合理不合理。若處置題材表現人物一切都無問題，那麼，這種世界雖消滅了，自然也還能夠生存在我那故事中。這種世界即或根本沒有，也無礙故事的真實」❹。

正由於沈從文上述的一系列審美理想的特異性，才最終造成了他鄉土小說的特異性。

(二)

二十世紀的中國鄉土小說，無論其創作實踐還是理論探究都起始於魯迅。就創作實踐而言，在新文學運動的最初階段，魯迅就以〈風波〉、〈故鄉〉、〈阿Q正傳〉、〈社戲〉、〈祝福〉、〈離婚〉等作品為先導，替鄉土文學奠定了基礎、開闢了道路。沈從文在總結自己的創作收穫時，一方面承認在他的全部創作中，「最親切熟悉的，或許還是我的家鄉和一條延長千里的沅水，及各個支流縣份鄉村人事。這地方的人民愛惡哀樂，生活感情的式樣，都各有

❹ 沈從文《看虹摘星錄・後記》、《習作選集・代序》。

鮮明特徵。我的生命在這個環境中長成，因之和這一切分不開」。另一方面又承認，他的這類鄉土小說之所以能夠創作出來，又是受了魯迅作品的啟迪和影響。他說，當時「由魯迅先生起始以鄉村回憶做題材的小說正受廣大讀者的歡迎，我的用筆，因之獲得不少勇氣和信心」❺。就理論研究而言，「鄉土文學」這個概念就是由魯迅首先提出，繼而才被文學史家和文學批評者承認並廣為使用開來的。在《中國新文學大系・小說二集》序中，魯迅針對「五四」後期出現的一批以描繪鄉村生活見長的青年作家的文學創作現象及其實績，指出：「蹇先艾敘述過貴州，裴文中關心著榆關，凡在北京用筆寫出他的胸臆來的人們，無論他自稱為用主觀或客觀，其實往往是鄉土文學」，「許欽文自名他的第一本短篇小說集為《故鄉》，也就是在不知不覺中，自招為鄉土文學的作者」，「看王魯彥的一部分的作品的題材和筆致，似乎也是鄉土文學的作家」❻。

但是，魯迅儘管是中國二十世紀鄉土文學的最先實踐者和理論探究者，可絕不是鄉土文學模式化的製造者。他所總結的只是那時「僑寓」北京卻用回憶的方式描寫故鄉人事的一批年輕作家的一種文學創作現象，而在評論中突出的也只是這些作家不同的描繪方式和創作個

❺《沈從文小說選集・題記》。

❻《魯迅全集》第六卷，頁二四七～二四八。

性。因此，那種把魯迅筆下的「魯鎮」和「未莊」看成是中國社會的「縮型」，力圖從中為鄉土文學理出一套創作的模式（即所謂階級對立模式，社會階級結構模式，全景展現使每個人物都成為一種合於目的存在的模式），只是社會理論研究者和文藝批評者從思想史的角度出發對魯迅作品所作的詮釋。不僅如此，甚至我們還可以這樣說：儘管三十年代初，以茅盾的《農村三部曲》為代表的鄉土文學開始呈現出「主題趨近」的傾向（如許多作品都表現「豐收成災」的主題），一九三六年，茅盾又在〈關於鄉土文學〉一文中對鄉土文學提出了一個帶有規範性的要求——「我以為單有了特殊的風土人情的描寫，只不過像看一幅異域的圖畫，雖然引起我們驚異，然而給我們的，好奇心的饜足。因此在特殊的風土人情之外，應當還有普遍性的與我們對於命運的掙扎」——但是鄉土文學畢竟也沒有在茅盾的手中形成模式。因為任何文學模式的形成都必須具備兩個條件：第一，創作實踐業已由個體取向走上群體取向；第二，理論立場也已發展到別無選擇的時候。而茅盾的創作實踐和理論立場還只能說是在文學多元發展時期的一種個人的選擇。

沈從文的鄉土文學創作的真正起點恰恰就是在這種文學創作雖仍呈多元發展的態勢，但模式化傾向又的確已露出端倪，追求全面展現鄉村世界的階級對立和社會階級結構逐步成為鄉土文學創作者的共同價值取向和美學理想的時期。因此，沈從文鄉土小說創作的最基本的價值，也正在於他以獨闢蹊徑的創作態度和創作內容，從命意到敘述結構上都在助長、鼓勵著一種避免和超越模式化的傾向，進而證明了文學創作既不是為了演繹社會科學的某些理論觀點，也不是為社會學提供形象化的分析、解剖材料，而是要把描繪人展現人，即描繪和展現特殊環境中的具有生命活力的人的一種特殊的生命形式和感情樣式作為表現對象。用沈從文自己的話來說，就是要在大多數讀者的「閱讀興味」已被「批評家、理論家」們那千篇一律的、只要求作品「必須有『思想』、有『血』、有『淚』」的創作理論「凝固」化了的情況下，故意要讓讀者「從一個鄉下人的作品中，發現一種燃燒的感情」，一種「對於人類智慧與美麗永遠的傾心，康健誠實的讚頌，以及對於愚蠢自私極端憎惡的感情」❼。同時也讓那些「念了三五本文學理論文學批評問題的洋裝書籍的人們，能夠在『博學』之外，還知道一點點中國另外一個地方另外一種事情」❽。從而「對於『人生』或生命，看得寬一點，懂得多一點，體會得深刻一點」❾。

❼ 沈從文《習作選集・代序》。

❽ 沈從文《邊城・題記》。

❾ 沈從文《雲南看雲集・給一個作家》。

(三)

沈從文鄉土文學的特異性，首先表現在他對鄉土文學特殊命意的理解上。在沈從文看來，鄉土文學中的人物絕不會純然地生活在一種只有階級對立的社會組織結構中，也不僅僅生存於一種只有自然地域景觀的階級對立之中，而是生活在一種自然與民俗、歷史與現實、愛與怨、美麗與殘忍、浪漫與嚴肅交縛而成的茫然混沌卻又整合單一的具體的社會環境中。面對著這種古老而又切實，茫然而又具體，既滲透著種種不易破譯的人生奧秘又奔騰著活鮮鮮的生命形式的鄉村世界，如果作家只想著用「本質」、「規律」、「必然」等理性的鑽頭去穿透它，解釋它，那是徒勞無益的。因此，當沈從文意識到他所要表現的湘西一隅的生活「有些方面極其偉大，有些方面又極其平凡，熱情有些方面極其美麗，有些方面又極其瑣碎」的時候，為了把它們表現得「更有人性，更近人情，自然便老老實實的寫下來」⑩。——這「人性」、「人情」，顯然不是兩個抽象的字眼，而是「生活的原生態」的代名詞，它的對立面正是當時的「批評家、理論家」和「社會解剖派」作家所主張的理性概括原則。明白了這一點，我們就不難理解為什麼在沈從文的鄉土小說中往往於主要情節之外，不惜以大量篇幅細致入微

---

⑩ 沈從文《邊城・題記》。

地描繪與展現湘西的歷史、地理、風物、人情、習俗、宗教儀式、傳說故事等文化景觀的原因了。

請不要以為這只是沈從文的一種文字敘寫風格。他如此重視展現一個地方的地域、文化景觀，實出於他的一種審美理想。首先證明的是他已經自覺地意識到「人」與「自然」之間的一種對應和默契關係。他認為作品只有恰當地「處理」好這種關係，才能「達到一種藝術上的純粹」⓫，才不會因為只追求「理性」而放棄了「藝術」。這正是沈從文區別於其他鄉土文學家的不同的創作思想基礎。

沈從文是把人歸於自然之中的，他認為人「出於自然而又有異於自然」，自然與人的相異處是「自然似乎永遠是『無為而無不為』，人卻只像是『無不為而無為』」⓬。他說：「對於一切自然景物，到我單獨默會它們的存在和宇宙的微妙關係時，也無一不感到生命的莊嚴。一種由生物的美與愛有所啟示，在沉靜中生長的宗教情緒，無可歸納，我因之一部分生命，竟完全消失在對一切自然的皈依中。」⓭「自然既極博大，也極殘忍，戰勝一切，孕育眾生，

⓫ 沈從文《斷虹・引言》。

⓬ 沈從文〈水雲〉。

⓭ 沈從文〈燭虛〉。

螻蟻蚍蜉，偉人巨匠，一樣在它的懷抱中，和光同塵。……智者明白『現象』，不為困縛，所以能用文字，在一切有生陸續失去意義，本身亦因死亡毫無意義時，使生命之光，煜煜照人，如燭如金。」⑭如果把沈從文的這些話再加以具體闡釋，我想他無非是表述了這樣的意思：一個作家，只有皈依「自然」，才能「超越世俗的愛憎哀樂」方式，「超越習慣的心與眼」在作品中真正描畫出人的生命的莊嚴；而作品只有真正地描畫出人的生命的莊嚴，才能使作家的人格擴大，使作品占有更大的空間和更長久的時間，才從產生出永不衰退的藝術魅力。我認為這種美學追求即創作命意的獨特便是沈從文鄉土小說的最大的特異性。

正是由於這種創作命意上的特異性，才使我們在閱讀沈從文的鄉土小說時獲得了一種不同尋常的藝術感覺。這其中最明顯的是，作家為了更好地凸現湘西人生獨特的感情樣式，創造出一種唯湘西才有的自然、社會與人的精神氛圍，給古老而神秘的湘西世界一個完整的藝術再現，有時甚至不著意於對人物的性格遭遇進行細致的刻畫，有時又只在對風俗環境的詳細介紹中，恰到好處地嵌進一些富於情節性的敘述段落，始終將人與自然粘附在一起。比如〈雨後〉，通篇雖寫一對青年在雨後的山坡上偷情的過程，可其中的「她」甚至連一個正式的姓名都沒交代。〈連長〉一篇，雖然敘述了主人公的一段完整的愛情故事，但其分量遠不

---

⑭ 沈從文《燭虛・長庚》。

如對連長周圍樸素人情的展現。作品最終向人們證實的並不是連長跟那位年輕寡婦之間的曲折淒艷的相愛過程，而是存在於湘西世界的那份質樸而淳厚的民俗風情。這一切正如劉西渭在評論《邊城》時所指出的那樣：「沈從文先生在畫畫，不在雕刻；他對於美的感覺叫他不忍心分析，因為他怕揭露人性的醜惡。」「他能把醜惡的材料提煉成功一篇無瑕的玉石。他有美的感覺，可以從亂石堆發現可能的美麗。這也就是為什麼，他的小說具有一種特殊的空氣，現今中國任何作家所缺乏的一種舒適的呼吸。」⓯。

有的評論者在評論中國的鄉土文學時，試圖通過對鄉土原型主題群的劃分，從而對沈從文的上述創作特色作出解釋。他認為二十世紀中國的鄉土文學，從主題群上分大體可有兩類：一類是「浪漫主義的」，一類是「現實主義的」。「浪漫主義的」重在寄寓一種「理想的感情」，「現實主義的」則體現為一種「批判的感情」，而沈從文的「鄉土文學」特殊就特殊在它是屬於「浪漫主義的」⓰這種對沈從文的鄉土小說的歸納，並非全無道理，但是畢竟籠統表面化了。事實上沈從文的鄉土小說並不全是浪漫主義的，如果說他的〈月下小景〉、〈神巫之愛〉甚至《邊城》、〈雨後〉等的確都多多少少帶有「鄉土理想化」的色彩，那麼他的〈貴

⓯《李健吾創作評論選集》，頁四四五、四四七，人民文學出版社。

⓰羅強烈〈鄉土意識：現當代文學中的一個主題原型〉，載《當代文壇》一九八八年第三期。

生〉、〈丈夫〉、〈巧秀與冬生〉、〈傳奇不奇〉等則儼然成了湘西現實生活的寫實了。應該說沈從文的多數作品，單就創作方式而言，也是將現實主義與浪漫主義緊密揉合在一起的。以〈長河〉為例，作者在其〈題記〉中就曾明確說過：「作品的設計注重在將常與變錯綜，寫出『過去』、『當前』與那個發展中的『未來』，因此前一部分所能見到的，除了自然景物的明朗，和生長於這個環境中幾個小兒女性情上的天真純粹，還可見出一點希望，其餘筆下所涉及的人和事，自然便不免黯淡無光。尤其是敘述到地方一群小官小吏特權者作威作福種種時，一支筆即使再尖刻殘忍也不能寫下去，有意作成的鄉村幽默，終無從中和那點沉痛感慨。」假若說《長河》在描繪「明朗的自然景物」和「天真純粹的小兒女性情」時帶有點「浪漫的抒情」的話，那麼敘述「小官小吏們作威作福的種種」時則純然是「現實主義的批判」了。

相反，如果說鄉土文學中只要較多地展現地域文化等人文精神，就必然是「浪漫主義的」，那麼作為「現實主義的」魯迅，其充滿「社會批判」精神的小說創作，則實在不應有任何人文精神的展現了。但在事實上，在魯迅的〈故鄉〉、〈社戲〉、〈風波〉、〈祝福〉、〈阿Q正傳〉、〈離婚〉等小說中，卻無一不充滿著人物命運與地域文化景觀的膠合展現。正因為如此，所以我們在閱讀沈從文的某些以湘西現實生活為題材的小說時，儘管可以在主題意蘊、藝術風格、表現手法上跟魯迅的小說相比找出許多相異之處，但有一點感覺卻是相同的，這就是他們都充分地寫出了特定地域特定鄉村中特有的那種文化氛圍。他們所展現的那一片鄉村世界的文化厚度，往往使那些只擅長用近似「解析幾何」的方法對作品作明確的理性判斷的文學批評家們感到束手無策。可是，由魯迅開創的二十世紀鄉土文學，在社會學批評方法的不斷規範引導下，隨著主題的明確、單一與集中（即沈從文所說的有「血」、有「淚」、有「思想」），作品中的地域文化景觀也越來越萎縮，越來越不被重視。以至到後來，作品中的自然環境和社會環境描寫也像主題一樣走向模式化，僅有的一點點純屬自然景物的描寫也成了社會的階級對立和人物的合規律行為的點綴品了。鬥爭激烈時天昏地暗，黑雲壓城；鬥爭勝利了雨過天晴，柳暗花明。這樣的中國鄉村世界與其說是中國的一種現實存在，不如說是中國知識者意識中的中國社會結構的一個清晰完形。這種表面上稱為現實主義思想、感情、景物、環境都被理性澄清了的鄉土文學，實質上才真正成了最「浪漫主義的」鄉土文學了。

(四)

沈從文鄉土文學的特異性，除命意的特異外，還表現在文體的特異上。沈從文早在三十年代就被人稱作「文體家」。但是必須說明的是，文藝學上的「文體」並不是指文章學、寫作學上所說的不同文章的體裁樣式；甚至也不僅僅是指文藝作品中的一種特殊的文句格式，以及包容這種文句格式的一種特別的敘事結構。因此，說一個小說家創造了自己的文體，並不只是看他在文句格式、敘述結構等形式要素上表現出了哪些個性特徵，更重要的還要看他對自己所要敘寫的情感記憶對象（即作品內容）作出了哪些獨特的把握。因為形式與內容、體裁和題材總是相互粘附無法剝離的，而作家對自己情感記憶對象的召喚、選擇與取捨又總是既包含他的理智認知方式，又包含他的感情創造習慣的。所以要論述沈從文在文體創造上的特異性，就必須顧及上述兩方面的內容，並且要從他的情感記憶方式入手，進而論述到他敘述結構、敘述方式上的特異性。

沈從文的天性中充滿著楚人熱烈奔放，富於幻想的成份。他說：「我正感覺著楚人的血液給我一種命定的悲劇性。生命中儲下的決堤潰防潛力太大太猛。」[17]「要我在一件小事上產生五十種聯想，我辨得到，並不以為難。若是要我把一句書念五十遍，到稍過一時，我就忘掉了。」[18]正是由於沈從文具有這樣一種心理和性格上的特點，所以他對當時社會的「一切成例與觀念皆十分懷疑」[19]，但對自然界的一切，一陣拂面的微風，一朵照眼的山花，一

[17] 沈從文《阿麗思中國遊記・後記》。

[18] 沈從文《從文自傳》。

[19] 同注[13]。

片飄浮的菜葉，一隻跳躍的青蛙，一頭長聲喚子的母牛，一個完美的形體，一片銅，一塊石頭，一把線，一組聲音……無不充滿著感情，心甘情願地「受它的統制」⑳，但是他那只有小學畢業的文化程度，十四歲就開始在綿長千里的沅水流域過著流蕩生活的不尋常經歷，卻使他無法也無暇將當時看到想到的一切作「帶露折花」般的記錄與描繪。直到他厭倦了故鄉的生活，帶著新奇與憧憬來到北京，親眼目睹了「都市文明」的種種病態表現，並動手寫出一系列揭露這些病態表現的作品之後，轉而念及故鄉人事時，才突然發現那片跟都市世界恰成對立的故土正開放著許許多多誘人的精神花朵。一種對現代文明的失落感，終於幻化成了記憶中的對故鄉生活田園牧歌式的神往。然而，這種經歷漫長歲月、受到時間的汰滌，重新回到記憶中來的鄉村人事，畢竟不再是當初的那種直接見聞，而是一種有選擇的「情緒記憶」了。這種情緒的記憶，猶如一個歷經滄桑、學成歸來的遊子重新站到他讀小學時用過的課桌前，回憶讀小學時的情景一樣，它既是具體的又是抽象的，既是曾經存在過的真實又是一種「心造的幻影」。沈從文曾經這樣地描述過他創作這些鄉土小說時的心境：「我正在發瘋。為抽象而發瘋。我看到一些符號，一片形，一把線，一種無聲的音樂，無文字的詩歌。我看到生命一種最完整的形式，這一切都在抽象中好好存在，在事實前反而消失了。」㉑這裡的

⑳ 沈從文《燭虛・生命》。

「抽象」顯然只是一種跟「實象」相對的「虛象」，它雖然具有「最完整的形式」，可又只是通過個別的「殘留」加以聯想、在現實中已不復存在的「最完整的形式」，因而也只是一種純屬個人的「情緒記憶」了。這種情緒記憶對象也可以說是經過了時間和作者心靈空間兩種距離感釀造的結果。就時間的距離感來說，沈從文筆下的湘西都是既往經驗過的湘西。這其中有的是「用文字好好保留下來」的近於歷史陳跡的社會人事風景，如《邊城》、〈蕭蕭〉；有的是將「常」與「變」錯綜，描繪這地方的人們在生活常態和社會變化中的「應有的一份歡樂與杞憂」，如《長河》。但其出發點都是要將它們跟眼下正經歷著的世態人心相對照，在對照中企圖引起人們「對人生向上的憧憬，對當前一切腐爛現實的懷疑」㉒，從而為「重造民族品德」尋找到一條自認為可行的路途。從心靈空間距離感而言，故鄉的明麗秀美的山水、質樸自然的人情雖然曾經塑造出沈從文的一顆愛美的心靈，但是這種由直接地近距離的觀察、融合所獲得的美感，畢竟因為缺少另一世界另一人生景況的參照而顯得破碎、膚淺、朦朧，彷彿久居芝蘭之室而不覺其香一樣。其後，當他邁入了都市世界，並且置身於作為都市文明的體現者知識分子群中，深深體味了這另一世界在「文明」、「知識」掩蓋下的虛偽、貪私、

㉑ 同注⑳。

㉒ 同注⑦。

唯利唯實、矯揉做作等種種「城市病」後，加之官場的「陰狠」，商場的「狡詐」，文場的勾心鬥角、自矜功伐使這位具有愛美心靈的「鄉下人」愈加陷入了內心的孤獨之中。他說：雖然「我從社會和別人證實了存在的意義，可是不成，我還有另外一種幻想，即從個人工作上證實個人希望所能達到的傳奇。……寫那種和我目前生活完全相反，然而與我過去情感又十分相近的牧歌，方可望使生命得到平衡」㉓。「我感到異常孤獨。鄉下人實在太少了」㉔。正是經歷了這種由最初的粗略感覺到理性的思索比較再到記憶中美好事物的搜尋，即由「親近——疏遠——親近」構成的心理流程之後，沈從文才又重新獲取了他所要表現的審美對象，創作了他最具個性特徵的湘西題材的鄉土小說。這種從記憶的箱奩底層揀取的審美對象，雖然還保有其原先的光澤與馨香，但畢竟浸潤著作者許多的人生感慨和「宏博至深的感情」，因而讓人可從中體會出更加深遠的思想蘊涵。

上文已經說過，文體的把握首先是情感記憶方式的把握。沈從文的鄉土小說既然形成了自己的獨特情感記憶方式，那麼如何才能將這種在「抽象中好好存在」著的「完整生命形式」表達出來，就成了他必須尋找的文體樣式的具體特徵了。

㉓ 同注❼。

㉔ 沈從文《習作選集・代序》。

《邊城》應該說是沈從文鄉土小說的文體完形，為了對沈從文的文體有一個更加全面深刻的理解，我們不妨以它為例，看看沈從文文體創造上的某些特點。

如果拿《邊城》跟沈從文的其他鄉土小說相比較，你會發現，它所要描繪的仍然是作者心目中深藏已久的一曲鄉村牧歌，編織的仍然是一幅在夢裡總也揮不去的理想社會圖景。然而，離開湘西進入都市後十多年的人生感受，使作家又清醒地意識到「現代文明」的浪潮，正憑藉著前所未有的便利條件洶湧而至，竟使他心目中的這塊理想的沃土也不可能逃其難，日益呈現出「墮落的趨勢」。加之，城市文明給自己心靈上造成的沉重壓力，一種隱隱的「人生無常」的悲憫感便油然而生。他因此而苦悶、寂寞、憂傷和疑慮。他既要以明麗多情的筆調勾畫那早在思想中「定了格」的故鄉的美好風物和人情，以此抗拒著「都市文明」對自己和故鄉的輕慢，表現出一種精神上的優勢，但在字裡行間又滲透著沈從文心靈中的「隱伏的悲痛」。正如他的老友朱光潛先生所指出的那樣：翠翠顯示出「從文自己這方面的性格」，在這個美麗動人的愛情故事背後表現的是「受過長期壓迫而又富於幻想和敏感的少數民族在心坎裡那一股沉憂隱痛」㉕。

正是由於沈從文如此地看取了他所要描繪的生活內容，捕捉到了他心靈深處的情感記憶

㉕ 朱光潛《藝文雜談・從沈從文先生的人格看他的文藝風格》。

對象，所以他才最終創造了他認為最能將這種情感對象完整抒寫出來的敘述結構，賦予了他的文體一種不同於別人的顯著的形式特徵：開頭即以地方誌式的純粹散文化的文字，淋漓盡致卻又從容不迫地鋪敘邊城茶洞渡口的地理、歷史、風物、民俗（包括屠戶、商客、船工、妓女、團總、船總、退伍兵卒、少男少女的生活習性，以及對歌、婚嫁、節日娛樂、龍舟競渡等地方風俗），筆端飽含著作者無以言說的溫愛，字裡行間寄寓了作家銘心刻骨的神往與夢求。更為重要的是，這種舒展的敘事節奏、渾然天成的敘述結構，將不知不覺地把讀者帶進了一種「優美、健康、自然」的人生圖畫，使人彷彿置身於湘西的一座民俗博物館之中，盡情地領略這裡的一切「美物、美行、美事、美觀念」。沈從文曾說自己的作品是一種「情緒的體操」，是「一種使感情『凝聚成為潭淵，平鋪成為湖泊』的體操」㉖，《邊城》一開始就表現出了這種特點。就在這樣的背景描繪中，作者對作品中的人物翠翠、老祖父、船總、大老、二老、楊馬兵等人天真而又瑣細的心境展開了描畫。其中既無大悲大喜，也無大起大落，始終像作品中碧溪岨的溪流那樣自然地靜靜地流淌，充分體現出「人與自然契合」的創作意蘊。然而含蓄、象徵、暗示、幽默的語言，又唯妙唯肖地深入人物的內心世界。尤其是於一顰一笑、一嗔一喜中，寫盡了純情少女翠翠對愛情的敏感、迷醉、羞澀、擔憂以至孤獨

㉖ 沈從文《廢郵存底・情緒的體操》。

的心理特點。展現了唯此地鄉民才有的性格習性。可是，隨著象徵權勢、財產、物欲的團總、團總女兒以及作為陪嫁用的新碾坊的出現，隨著大老走「馬路」求婚的失敗和行船失事，二老也在誤會中離家出走，小說的語言雖然還是恬淡自然的，但敘事節奏卻明顯加快，一種悒鬱陰濕的情緒也愈來愈明顯的擴散開來，以至籠蓋反罩到了全篇。直到最後一場雷雨使象徵湘西美好過去的白塔坍毀，象徵善良人情的祖父突然死去，小說呈現出一種急驟的突轉式的結尾。此時的翠翠雖然還受著船總、楊馬兵及過船人的體恤與關懷，但她只是孤寂地守住渡船，等待著心上人的歸來。結尾那單獨一段的一句話：「這個人也許永遠不回來了，也許明天回來！」從文體功能上看，可說是道盡了作者內心的寂寞與企盼。

從文體的表層意義看，小說微妙地將明麗漶漫卻又自然的敘描與悒鬱急驟含蓄的煞尾有機地結合在一起，完美地表現了所捕捉到的情感對象。從文體的深層意義看，小說的這種結構敘寫方式，又正隱含著創作主體的那種既為湘西世界曾經存在的美好人生形式而心馳神往，又為其不可挽回的必然衰落而痛苦憂傷；既追求重塑民族形象、民族品德，又意識到這種願望無法實現的複雜心態。從而標識出沈從文的一系列描繪湘西生活的鄉土小說，如〈牛〉、〈菜園〉、〈蕭蕭〉、〈貴生〉、〈丈夫〉、〈新與舊〉、《長河》、〈巧秀與冬生〉、〈傳奇不奇〉等所共同擁有的一種文體樣式、文體風格。

上面我們主要是從創作主體的特殊生活體驗、情感方式、心靈空間和思維習慣以及由此而產生的作品敘事結構的角度，對沈從文的鄉土小說文體上的特異性作了論證。但是一部文學作品畢竟是由藝術語言的符號系統組成的文體，因此，文體的把握還是一種語言把握，是作家借助語言系統將紛繁的情感記憶定型化的過程。只是由於評論界已對沈從文語言遣用上的一系列微觀特徵作了多方論述，所以我在此只想結合沈從文自己的表述，對他如何在文字上節制自己的感情作點說明。有人說沈從文的鄉土小說是「浪漫主義的」，按理說浪漫主義在文字處理上往往是放縱自己的主觀感情，任其汪洋恣肆，然而沈從文卻一貫主張在作品中嚴加節制自己的主觀感情。他說：「雷電的一擊，聲音光亮皆眩目嚇人，但隨即也就完事了。一盞長明燈或許更能持久些，對人類更合用些。」[27]他在《廢郵存底・給一個寫詩的》一文中，甚至毫不客氣地指出：「你的創作小說同你的詩有同樣的微疵」，就是「都太『熱情』了一點」。「這種熱情除了使自己頭暈之外，沒有一點好處可以使你的作品高於一切作品」。因此他要求這位詩人「應當極力避去文字表面的熱情……寫作時用不著多大興奮」。因為描寫「神聖偉大的悲哀不一定有一灘血一把眼淚，一個聰明的作家寫人類痛苦或許是用微笑表現的」。沈從文這裡所說的，其實也是他自己文體上的一個顯著特徵。你看他的湘西小說，除

---

[27] 沈從文《廢郵存底・給某作家》。

了早期的描寫卒伍生活的個別作品，幾乎從不使用第一人稱，其目的就是把自己盡量隱藏起來。無論是寫慘景還是寫美景，寫悲劇人生還是喜劇人生，他都盡力不使自己的感情充溢出來，而只讓其匯流於敘寫的自然景物與人事之中。自然他的這種文體風格仍然是與他「崇尚自然」的整體美學觀念緊密相聯的。因為只有這樣它才有助於作者從容細膩地表現出他記憶中的「偉大卻又平凡，美麗而又瑣碎」相摻雜的湘西人生的全貌。就文學的社會功能而言，他要求的只是「滋潤」，而非「改造」，因此他無需憤世嫉俗的大聲疾呼，只需忠實地寫出眼中的一切，讓生活自身去顯示它的善與惡。

八、論沈從文鄉土文學創作的情感形態

沈從文的作品所涉及的題材類型很多，它包括了湘西現實人生、卒伍生活、都市人生、苗及其他少數民族傳說、佛經故事等等，儘管題材比較廣泛，但作品的敘事中心卻不散亂，其敘事文本無一不是在對生命現象的審視中進行共時或歷時的敘述。題材內容的複雜必然造成作家創作過程中的情感的豐富和複雜。薩特認為，「情感是理解世界的一種方法」❶，情感因素在藝術思維中占有很重要的位置，在藝術認知過程中情緒和情感對信息的流動起著監視的作用，它能促進或阻止回顧或推理的進行。豐富而複雜的情感使沈從文不斷獲得創作的靈感，可以說，他的許多作品都是他豐富而強烈的生活感受與情感體驗的宣洩與傳達。他聲言自己的創作是「情緒的體操」，主張將文學創作作為一項生命活動來操作。毋庸置疑，深層的情感狀態對沈從文的創作風格的形成，思想意旨的表達，形式技巧的運用等都起著不可估量的作用。因此，沈從文在對表現對象中所特有的情感態度，可以幫助我們尋找其作品的

❶ K. T. 斯托曼《情緒心理學》，遼寧人民出版社，一九八七年版。

真正的思想內涵。外部世界的紛繁雜駁，必須使作家的心理世界產生相應的形態，然而由於作家的創作母題具有一貫性和穩定性，因而他的情感態度必然有相對穩定和持續的因素存在。閱讀沈從文眾多的小說和散文作品，我們不難咂摸出作家在表現鄉村、都市兩個不同的生命世界所特有的情感形式：生命神聖感、生命認同感、生命優越感、生命悲憫感和孤獨感等等。深藏在潛意識領域裡的這些情感內容，貫穿了沈從文整個創作的始終。那麼，構成其湘西題材的小說、散文創作的情感形態的內容是什麼呢？筆者以為這主要表現在兩個方面：一是表現健康的生命形態所特有的認同意識；二是敘寫生命的苦難、揭露蛻變的人生所帶有的憂患悲憫意識。

㈠認同意識

感人至深的藝術形象能夠創造出來，通常與作家對其創作的自我情感投入分不開，這就是一種自居或認同的傳統心理。就鄉土文學而言，與沈從文同時期的「僑寓作家」的作品大多著眼於對二、三十年代中國農村社會下層人物精神世界的解剖，揭示他們的落後、愚昧和不覺悟，以引起療救的注意。所表現的情感態度是「哀其不幸，怒其不爭」。在社會動蕩不安的情況下，作家所排遣的是域外遊子濃烈的思鄉之情，在他們那裡「所寫下的文章，因此也只隱現著鄉愁」❷，「在特殊的風土人情而外，應當還有普遍性的與我們共同的對於命運的掙扎」❸。沈從文與同時期其他作家相比，作品則有著獨特的品格，他的創作既不是把「鄉愁」作為表現的終極目標，也不是用「異域情調來開拓讀者的心胸，或者炫耀他的眼界」❹。他是把揭示生命真諦作為自始至終的母題來進行創作的。他說：「我主意不在領導讀者去桃源旅行，卻想借重桃源上行七百里路酉水流域一個小城小市中幾個愚夫俗子，被一件人事牽連在一處時，各人應有的一份哀樂，為人類『愛』字作一度恰如其分的說明。」（《石子船・後記》）在表現鄉村社會下層民眾的方法上，魯迅及其所影響的一批作家往往從一種俯視的角度，懷著憐憫之心，用知識者的現代理性去審視所要表現的對象。沈從文則不然，他往往將自己設身為表現對象的一員，去體驗他們生活的甘苦，以平等的眼光去敘述、描繪他們的各種遭遇。在他看來，「讀書人的同情、專家的調查」對於下層民眾的苦難毫無用處，「因為這些人生命的莊嚴，讀書人是毫不明白的」（《湘西・展溪的煤》），因而他主張給予那些「貼近土地也吸收雨露陽光」的「自然之子」，更多的應是「愛」而不是「同情」。也許在湘西社

---

❷ 魯迅《中國新文學大系・小說二集》序。

❸ 茅盾〈關於「鄉土文學」〉，載《文學》一九三六年二月號。

❹ 同注❷。

會裡那些充滿著原始野性的生命特徵在他看來是極其自然、沒有什麼令人驚奇的地方，可是在都市社會中巨大的文化反差對比下，使他清醒地感覺到湘西的人生形態、湘西人的生命氣質是多麼的可貴。所以當他表達湘西鄉村成員生命的美好品質時，他的內心是十分虔誠的。在他的知識結構中占據主導地位的漢儒文化和質樸的、充滿野性的苗文化，與生於斯、長於斯的地域文化之間產生了一種契合，從而使得他的個人氣質與湘西人的生命氣質水乳交融於一體，形成了一種情感認同，潛意識領域裡的這一情感內容，不時地上升到作家的意識領域。沈從文曾明白地表示自己的態度，「我實在是個鄉下人……鄉下人照例有根深蒂固永遠是鄉巴佬的性情，愛憎和哀樂自有它獨特的式樣，與城市中人截然不同！」（《習作選集・代序》）在沈從文身上所保留的「楚人的血液」、「楚人的氣質」，使他始終「對於農人兵士懷了不可言說的溫愛」（《邊城・題記》），以致視湘西人的幸福為己之幸福，視湘西人的苦難為己之苦難。

由生理、精神、文化上的血緣關係所造成的認同意識，使沈從文保持著獨特的創作心態，情緒記憶不時地被調動起來。童年、少年時代他所經歷的重大事件彷彿就發生在昨天，那些充滿神性的風物人情在他的視覺、聽覺、嗅覺等所有感官上永遠留下了豐富而新鮮的記憶。它們最終被物化為一種人格力量而訴諸於筆端。為此他興奮、激動：「（地方）人事能夠燃起我感情的太多了，我的寫作就是頌揚一切與我同在的人類美麗與智慧。」（《籬下集・題記》）湘西故土的一草一木、一山一水在他心目中都具備了一種「喚情結構」，使他一旦觸及，便有強烈的抒發、表現的欲望，於是，作家的創作便呈現這樣的軌跡：情感認同——對創作對象充滿愛心——豐富的表現形式。

沈從文的情感認同意識首先表現為勃發的激情狀態，這是深層情感的直接傳達。激情是一種迅速、猛烈、暫時的審美情緒體驗過程，創作主體此時的特徵彷彿進入了一種酒神狀態，意緒縱橫，感情濃郁。與同時期作家（如郭沫若、巴金這些激情型作家）相比，沈從文賦予了他的激情狀態以獨特的個性。當噴湧而出的情感如澎湃的江流無阻無擋時，作家無法按捺心靈的顫抖、激動，在他的心底充斥著非理性和狂熱性，寫實的筆觸顯然不能表達他所思所想，因為它沒有浪漫的筆觸來得直截了當。但是，沈從文一向反對那種「表面化的大喊大叫」（〈給一個寫詩的〉），主張採用舒緩、沖淡的牧歌情調來進行敘述。他常常醉心於苗、花帕等少數民族自然的生命形態而不能自己，為了適應激情狀態下的審美態勢，在創作技巧上，他採取了不同的處理方法，一種是主觀的誇張、抒情。〈雨後〉、〈阿黑小史〉、〈柏子〉等作品在狀寫自然的美、人物的美都不惜筆墨，竭盡想像，積極「鋪陳光色影」以美化外部世界。〈雨後〉中那撲朔迷離、令人心醉的山石花草，〈柏子〉中那傳奇般的險灘急流，〈媚金、豹子與那羊〉中神奇的山洞仙境，無論是陽剛之美還是陰柔之美都與人物融合於一個有機的整體。作品中的人物，四狗、阿姐、柏子、媚金、豹子等的行為自由自在，無外在的干涉、無禮教的束縛，真正體現生命的「價值與莊嚴」。正如評論家劉西渭所說「他（沈從文）表現一段具體的生命，而這生命是美化了的，經過他的熱情再現的」，「沈從文先生是熱情的，然而他不說教，是抒情的，然而更是詩的」❺。二是直接採用民間傳說、佛經故事作為創作題材。〈龍朱〉、〈神巫之愛〉、〈扇陀〉、〈一個農夫的故事〉等均是如此。這兩種手法在沈從文那裡被歸結為一種「童心幻念」，即以兒童的視角、夢幻的感覺表現生活所創造的藝術境界。現代文藝心理學認為，「一篇作品就像一場白日夢一樣，是幼年時曾做過的遊戲的繼續，也是它的替代物」❻。沈從文對於夢幻世界的描繪，得之於美與愛的啟示，「美固無所不在，凡屬造形，如用泛神情感去接近，即無不可見出其精巧處和完整處。生命之最高意義，即此種『神在生命中』的認識」（〈美與愛〉）。基於此，以美為形式、愛為內容的諸多意象便呈現在讀者面前，讓讀者循著他的意緒軌跡進入審美的境界。可以說，〈龍朱〉、〈扇陀〉等都是沈從文編織的一個又一個美好的夢。以兒童的目光來觀察世界，作品因此通篇洋溢著歡樂與

❺《李健吾文學評論選》，頁五二、五三，寧夏人民出版社。

❻〈創作家與白日夢〉，《現代西方文論選》，頁一四六。

天真。而以兒童的思維方式來表達湘西人初民式的意識和思維，這個過程本身就是一種認同、一種契合。這是因為兒童與初民有許多共同之處。首先，他們都用泛神的眼光看待外部世界。如湘西女子生病，當地人就幻化出豔若桃花的山洞之神與病人婚配以驅除病魔並從中獲得生命的滿足，這與兒童解決問題的心理毫無二致；其次，在觀念上二者都很少具有束縛性，一切好惡全憑藉感官上的刺激，從不壓抑自己、不帶任何理性成份，而是自由率真地流露自己的感情，〈龍朱〉中寫到有關男女戀愛的情況時說，「方法不是錢，不是貌，不是門閥也不是假裝的一切，只有真實熱情的歌」。再次，無論兒童還是初民他們都對未來充滿了希望，為之戴上美麗的光環，並賦予萬物以人格化特徵。由此，我們可以看出，沈從文「童心幻念」的美學處理使得他的作品具有獨特的韻味。但需要指出的是，認同心理的依據為內摹仿，因而沈從文的「童心幻念」無疑也糅進了知識者的思維，我們透過〈月下小景〉、〈神巫之愛〉等作品的外在符號形式，不難領會其深刻的情感意蘊。

沈從文認同意識的第二個表現即是熱情的情緒狀態，這種情緒有別於那種直接抒發情感的激情狀態。如果說激情狀態是顯層次的表達，那麼，熱情狀態更多是屬於隱層次的表達。沈從文不主張直接描寫死和淚，認為膚淺地渲染血和淚很難撥動讀者的心弦，他說，「神聖偉大的悲哀不一定有一灘血一把淚，一個聰明的作家寫人類痛苦或許是用微笑表現的」（〈給一個寫詩的〉〉。因此，從作品的表面看，意象顯現得比較寧靜、沖淡，但在深層結構裡，無處不體現出作家以極大的熱情關注著他筆下的人物——湘西人的生命、生命的現狀、生命的未來。如果說，在激情狀態裡幻化出的是一種理想的生命形式的話，那麼面對現實，湘西人生命的痛快淋漓、無所顧忌、執著專一的品格，則更使他陶醉、興奮。〈連長〉中的連長為了和年輕寡婦締結姻緣，竟可以置軍中之事於不顧；〈說故事人的故事〉中的弁目，明知會遭死罪，卻不顧一切，在戒備森嚴的監獄與「女匪首」共享愛之歡樂；〈柏子〉中那個搏風擊浪，手腳麻利得像「妖洞裡的嘍囉」的水手柏子，為了和吊腳樓上相好的妓女兩月一次的約會，竟可以花去全部血汗積蓄而不留後路。沈從文在這裡所要竭力張揚的是那種火辣而奔放、剛烈而坦蕩的生命性格，而訴諸讀者的恰恰也是「生命本來的種種」。作家在熱情的情緒支配下，寫作這類小說散文可謂駕輕就熟，信手拈來。他欣賞連長的專一，弁目的大膽，柏子的蠻悍以致於近乎偏嗜，甚至不惜筆墨，縱情渲染那種充滿原始野性的生命形式，以強烈刺激感官的奇詭情節去叩擊讀者的心房。小說〈三個男人和一個女人〉以及散文〈沅水上游的幾個縣份〉、〈清鄉所見〉，都具有類似特點。作家都從中找到一種強悍的靈魂力量，從中見出生命在超越倫理、道德拘束，而顯現出的質樸、真誠！從而以之與當時虛偽、萎頓、拘謹的都市人生形成對照。

近現代社會之潮帶給湘西的變化是巨大的，在強調造成這一切的社會、政治原因的同時，沈從文以極大的熱情挖掘了「墮落趨勢」中尚未完全喪失的純樸、美好的人性，作品的設計注重將常與變錯綜，寫出「過去」、「當前」和那個發展的「未來」（《長河・題記》）。在內容與形式的處理上，沈從文的獨到之處在於他將內心的熱與外表的冷有機地統一起來，希圖在這種心境中完成自己的人格轉化。〈丈夫〉敘述的是一位從鄉下到城裡的水碼頭上看望妻子的年輕丈夫，起初面對「一身城市人氣派」的妻子和水保「有點手足無措」，在目睹了妻子所從事的屈辱營生後卻仍表現得那樣猥瑣麻木，可當他從麻木狀態中清醒過來時，竟將手中的錢撒滿一地，「像小孩子那樣莫名其妙地哭了起來」。作者似乎以一種冷漠旁觀的態度描述人物的行為，然而在字裡行間，讀者莫不感受到他那深沉的情感：在敘述鄉下人痛苦的同時也把美好的祝願送給了他們。同樣的敘述形式，在《邊城》、《長河》裡作家竭力渲染的是湘西兒女的純真、歡快，而內心深處卻憂慮著他們的命運，對他們的未來寄予了熱切的希望。

沈從文創作情感中的認同意識，我們從其作品的敘事人稱上也可以發現一些端倪。在沈從文的大量敘事作品中，敘事人稱的變化是他的一大特徵，除了以作品中的人物作為自己的情感符號進行的第三人稱敘事外，人們不難發現，他更多的是以「我」作為視點進行第一人稱敘事。在大多數情境中，「我」充當著既是作品中的主人公又是作者和敘事人的三重角色。

「我」的言談舉止不斷顯示著作者的意圖，「我」在故事中不論是主角還是配角，多少帶點自傳色彩，這顯然與敘事人的情感介入有關。當「我」是主角，是稱頌、讚美的對象時，是直接的情感認同；而當「我」是配角，與文中所讚頌的對象或相佐伴或相反襯時，則由「我」來發表對湘西人物的看法，或讚嘆、或同情、或憂傷，都是源於作者心靈深處的認同感，這是更高一層的情感認同。在沈從文的敘述模式中敘事角色與抒情角色往往粘合在一起從而使讀者產生一種「親切感」。這裡，沈從文有一段話很能說明問題，他說：「時間流注，生命亦隨之動與變，作者與書中角色二而一，或在想像的繼續中，或在事件的繼續中，由極端紛亂終於得到完全寧靜。」（《看虹摘星錄》）

(二)憂患、悲憫意識

如果說沈從文湘西題材創作的認同意識是在文化記憶裡產生的話，那麼鄉土悲憫感則是現時空追求完美的人生形態過程中潛意識的自然表露。沈從文從他與審美對象的粘合狀態中抽身出來，以域外遊子的視角觀察本鄉本土人生現狀時，更多的是理性的思考。從理想到現實的轉變必然在創作情感上形成一個巨大的落差。沈從文在總結《湘行散記》、《湘西》等散文作品的創作時說：「這四個性質不同、時間背景不同、寫作情緒也大不相同的散文，都像有個共同的特徵貫穿其間，即作品一例浸透一種『鄉土抒情詩』氣氛，而帶一份淡淡的孤獨悲哀，彷彿所接觸到的種種，常具一種『悲憫感』。」（《散文選譯・序》）對於這種悲憫感產生的原因，沈從文曾有兩種估計：「它來源於古老民族荊楚文化、苗人氣質上的固有弱點，又或許來自外部世界生命受盡挫傷之後的反應。」（同上）前者是對先天遺傳的內因檢討，而後者是對外因的檢討。這種感受並不是無緣無故地產生的，而是基於對湘西社會歷史與現實的認識。事實上，湘西世界並不是一般人所理解的烏托邦社會。在湘西的歷史上，由於山川險峻、交通阻礙、語言不通、官府逼剿，造成湘西地方千百年來的閉塞與落後。這種閉塞與落後又導致社會內部，在沒有新鮮活力加入的情況下，機械地重覆運轉，從而形成超穩定的社會結構和文化心態。封閉的社會經濟與原始的觀念體系相輔相成，使湘西民族千百年來，生活在極端痛苦險惡而不自知的麻木境況中。在這裡，任何意願的解釋，善惡的獎懲、恩仇的結解，災福的禳祛都無不依賴於異己的巫鬼力量來完成，從中獲得心理的調適與平衡，達到與現實的妥協、與自然的契合。隨著近代資本主義文明向中國本土的滲透，在中國半封建半殖民地社會溫床上滋長起來的眾多醜惡因子迅速蔓延開來，湘西與中國近代社會遭受了同樣的劫難。「改土歸流」後各種風氣的傳入，各種勢力的滲透，改變了湘西自然、原始的社會景觀。外來強權帶給湘西苗民的是取締傳統、禁絕風俗以及血腥的屠殺和掠奪。（七個野人和最後一個迎春節〉記載的是不肯歸化的「野人」在「長老社會」裡靠勤勞雙手生活，生命的一切合乎自然、合乎道德規範，他們沒有違背上帝的旨意，卻慘遭滅頂之災；《從文自傳》裡所追溯的殺人場面煞是恐怖，殺人者與被殺者在血腥之中都已麻木……；〈顧問官〉從另一個側面暗示了鄉村所遭受的間接迫害，層層的雜稅苛捐，使得農民不堪重負。如果說物質上的迫害十分殘酷的話，精神上的同化則更令人寒心。在外來壓力下，湘西原有的社會體制逐漸崩潰。「農民為大力所壓，失去了原來的樸質、勤儉、和平、正直的典範，成了一個什麼樣子的新東西。他們受橫征暴斂以及鴉片煙的毒害，變成如何窮困與懶惰！」《邊城・題記》人們似乎淡忘了當年的老規矩、傳統和風俗。「表面上看來，事事物物自然都有了極大進步，試仔細注意注意，便於見出變化中的墮落趨勢。最明顯的事，即農村社會所保有的那點正直素樸人情美，幾幾乎快要消失無餘」（《長河・題記》）。在這種社會學的考察分析中，沈從文不能不產生一種隱隱的悲楚情緒。

沈從文在湘西歷史與現實的比較中產生的憂患、悲憫意識主要表現在兩類文體中。其一是所謂「抒情詩」式的「鄉村幽默」。這主要由中後期所作、帶有浪漫色彩的小說作品所構成，其特點是，根據文體總的風格，作者不直接描寫激烈的矛盾衝突，而使情節保持在和諧節奏裡。在沈從文看來，美與愛在湘西生活中無處不在，然而美與愛在外力枷鎖羈縻中，一切都顯得灰暗慘淡。而隨著這種外力的加強，生命內在力量更顯微弱。《邊城》中洋溢的是純樸的民情民風，但同時作品也已暗示各種社會勢力的影子，儘管作者只是點到為止，而把一切悲劇因素歸之於偶然。翠翠的愛情悲劇不在自身，而在當時流行的觀念如宗法制對於美與愛的限制。這種悲劇的根源同樣表現在〈蕭蕭〉中，蕭蕭的生命自然律動在那種環境裡變得毫無作為，充滿罪惡。作家在美的力量支配下，在內心深處認同感的包圍中，無心去寫也不願直面湘西社會悲慘、痛苦的人生，而決計在其他文體中「把最近二十年來當地農民性格靈魂被時代大力壓扁扭曲失去了原有素樸所表現的式樣，加以解剖與描繪」。因此，我們在《邊城》、《長河》裡看不到激烈的矛盾衝突——「這衝突表面平靜，內部卻十分激烈」。正應了李健吾所說的那句話：「自然越是平靜『自然人』越顯得悲哀，一個更大的命運影子罩住他們的生存。這幾乎是自然一個永久原則：悲哀。」❼在柏子與吊腳樓妓女的一次次約會中，在蕭蕭童養媳命運的輪迴中，在翠翠對意中人的等待中，都深藏了作家無窮的憂患。因此，作者指出「寫或不寫都反映了身心嚴重挫傷的痕跡」（《散文選譯・序》）。這種鄉土悲憫意識一直貫穿在他的後期創作中。憂患與苦悶常常使作家陷入無可奈何的境地，他不得不強作歡顏，因而敘事文體便成了「有意作成的鄉村幽默」，然而即使如此，「終無從中和那點沉痛感

❼ 同注❺。

慨」（《長河・題記》）。

其二是表現在以寫實手法描寫的湘西歷史與現實社會的小說、散文作品。沈從文一九三四年的返鄉完成了他認識的飛躍和創作情感的轉變。在許多後期小說、散文作品中，作者淋漓盡致地揭示了湘西的社會矛盾，對其生命形態中的「墮落趨勢」作了透徹的分析，湘西現實中許多畸變的社會現象，都是源於都市病態文明與封建宗法制的會合。小說〈貴生〉、〈丈夫〉揭示了兩性關係中的商品化傾向。〈貴生〉中的金鳳經不起金錢物質的利誘主動放棄了與窮後生貴生的愛情，心甘情願地做地主五老爺的妾。〈夫婦〉則極鮮明地昭示了湘西人善良品性的異化，那些屬於「生命本來種種」的儀義疏財、勇敢無畏、正直勤勉的品質都異化為相反的東西。小說中的練長、大酒糟鼻子們「故意地模仿城裡人」，在城裡人面前卻是那樣的猥瑣、卑鄙，毫無人格，他們看似鄉下人，卻執行著城裡人的法律，唯城裡人命是從，表面是樸素鄉民，骨子裡卻透著陰險狡詐，這樣的自然人顯然已被外來勢力所同化，成了變質的湘西人的典型。作者不無感慨地說，「地方的好習慣是消滅了，民族的熱情是下降了……美的歌聲與美的身體同樣被其他物質戰勝成為無用的東西了」。縈繞在作家頭腦裡的這種對鄉土的憂患感悲憫感與自身在奇特痛苦的人生經歷中形成的潛意識發生了共振，同時也豐富了潛意識的內容，以致影響了作家的個性氣質，從而更加認真、嚴肅地面對現實。

從以上的論述中，我們可否選擇這樣的表述，即沈從文的創作出發點是攫取湘西人生中強健的生命意識，作為醫治現時社會弊病的良藥。但當他回眸審視這一人生世界，把它作為審美對象加以考察時，便發現這個民族在生命自然、強雄的特徵外，還存在許多內在與外在的病態保守、落後等種種弊端，於是在情感深處，對於湘西人生的認同意識與憂患、悲憫意識被同時喚起，此漲彼消，互相交錯，形成了獨特的情感圖式，筆者以為這恰是沈從文鄉土文學特異性的又一佐證。

九、論《邊城》的真實及其思想傾向

(一)

沈從文先生的著名中篇小說《邊城》，開始創作於一九三三年，一九三四年完成，最初連載於天津的《國聞周報》，刊行至今已有五十餘年的歷史了。

說起這部小說創作的直接動因，沈老曾有過這樣一段有趣的敘述：一九三三年夏，他當時正就教於山東的青島大學，一天偕同夫人張兆和女士去玩嶗山，在景物秀麗的風景區一條小溪對岸，他們看到了一位年紀僅有十五、六歲的小姑娘，穿著一身孝服，在岸邊哭著，化了紙錢，便提了一些水回去了。不想，這個偶然看到的生活情景一下子勾起了作家對故鄉的一種古老習俗——「起水」的聯想。原來，在湘西，當家中長輩剛剛死去之後，作小輩的就要到就近的河裡或井裡取些水來，象徵性地在死者臉上身上抹洗一遍，表示洗去他在塵世沾染的灰垢，乾乾淨淨進入西天淨土。看著這位孝服少女遠去的孤單身影，沈先生便對張兆和說，他準備根據她寫一個故事。當時張兆和自然有點不相信。可是不久，當他結束了教期回到北京後，便真的動手寫起這個跟妻子打賭要寫的故事來❶。至於全書寫作的經過，一九八一年沈先生在為戴乃迭先生翻譯的《沈從文散文選譯》一書所寫的〈序言〉中又曾回憶說：一九三三年夏，他離開學校返回北京後，九月，便在西安門內達子營租了一個獨家小院住下，因院中有一棵棗樹和一棵槐樹，故起名曰「一槐一棗廬」。每日將一張紅木方桌置於院中，一早就開始寫《邊城》。雖然「從樹影篩下的細碎陽光，布滿小桌上，對我啟發極大。但是工作進行可相當緩慢，每星期只能完成一個章節，完成後就寄給天津《國聞周報》發表」。這樣一直延續到是年十一月底，因老母病重，回湘西探親，不得不中斷寫作。當時歸途中正遇戰爭：一方面蔣介石正調集六十萬軍隊對中共蘇區進行軍事「圍剿」；另一方面湘西的地方割據武裝又因爭奪煙土過境稅跟黔軍發生軍事衝突。為不使家人掛念，沈先生動身前曾跟妻子約好：「上路後將沿路所見逐一寫下寄回。」結果，於往返途中真的寫下了六十幾封書信。兩個月以後，待省親歸來，他一面根據書信中所記見聞寫成《湘行散記》一書，一面繼續創作《邊城》❷。因此到小說完全脫稿已是一九三四年夏的時候了。《邊城》和《散記》，儘管

❶ 劉一友〈論沈從文的鄉情及其《邊城》創作〉，《吉首大學學報》一九八五年第三期。

❷ 《沈從文文集》第十一卷，頁八四～八五，花城出版社，一九八四年版。

一是小說，一是散文，但其中許多風景、風俗描寫（尤其是《散記》中的回憶過去的部分）卻是相同的。因而有人以《散記》的「真實」去否定《邊城》的「不真實」是沒有道理的。

誠然，在嶗山小溪邊偶然看到的那位孝服少女「起水」的生活事件，對沈從文創作《邊城》起到了一個直接觸發其創作欲望的作用。但是，由這位不知名姓的嶗山少女到家鄉碧山秀水間的「自然之女」翠翠，由僅僅看上一眼就離去的那位少女的一個悲痛舉動到《邊城》所敘述的一場哀惋曲折的愛情悲劇，最終對作家的創作起作用的還是他對故鄉「哀樂人事」長期的豐富的體察與積累，是他那永難忘懷的一縷鄉情。這就是人們常說的：得之於偶然，發之於必然。因為「偶然性只是相互依存性的一極，它的另一極叫必然性」，「在每一領域內，都有在這種偶然性中為自己開闢道路的內在的必然性和規律」❸。如果說沈從文通過《邊城》所描繪的特定社會環境和自然環境下的一組社會生活，要表現一種主觀感念的話，那麼，這種主觀感念在遇到那位孝服少女之前就早已存在於作家腦際，只是它還僅僅作為一種意識「潛蓄」於印象中，未能完全附著在具體鮮明的形象上。這個突然闖進來的視覺形象，一下子使他的思想活躍起來。於是作家當年隨土著部隊援川時曾在那裡待過兩天的茶峒小城（一個一

❸ 恩格斯《家庭、私有制和國家的起源》，《馬克思恩格斯全集》第二十一卷，人民出版社，一九七二年版。

眼可望三省的真實地名），那城外小溪邊曾見到的拉渡老人的家庭格局，那至今留下鮮明印象的瀘溪縣一家絨線鋪老板的女兒——一位名字就叫「翠翠」的明慧溫柔的小姑娘，以及那遍地的野花，滿山的竹篁，清徹的流水，閃爍的星光……便都紛至沓來，聯翩呈現於眼前。最後這群「愚夫俗子，被一件普通人事牽連在一起」❹——被凝聚在一個以愛情悲劇為主線的故事情節中，這樣一來，那個「潛蓄」在作家頭腦中的思想觀念也就借助這個「物質外殼」而被自然地表達出來。看來克羅齊的「直覺」理論並不全是錯誤的，他認為「直覺」並不是直感，而是一種創造性的聯想，「創造的聯想已不是感受主義所了解的聯想，而是綜合，是心靈的活動」❺。可以說沈從文在跟張兆和打賭要寫那個故事時，他已經通過「聯想」與「綜合」，在頭腦中開闢出一個極為豐富的形象世界了。

沈從文對《邊城》的創作成功是很欣賞的，他說：「這作品原本近於一個小房子的設計，用料少，占地少，希望它既經濟而又不缺少空氣和陽光。」這裡的「經濟」，就是情節簡單、篇幅短小，「空氣和陽光」就是積極的思想感情。他針對當時某些書評家稱他是「空虛的作家」，「想在沙基或水面上建造崇樓傑閣」的不切實際的批評，明確反駁道：「這世界上或有

❹《從文小說習作選・代序》，人民文學出版社，一九八一年版。

❺ 克羅齊《美學原理・美學綱要》，中國社會科學出版社，一九八六年版。

想在沙基或水面上建造崇樓傑閣的人，那可不是我。我只想造希臘小廟。選山地作基礎，用堅硬的石頭堆砌它。精致，結實，勻稱，形體雖小而不纖巧，是我理想的建築。」❻

(二)

那麼，沈從文通過《邊城》所要表現的究竟是一種什麼樣的感情、觀念即思想傾向呢？這需要結合他自己的生活經歷、他對當時文學創作及批評的態度，以及他建立在「獨立自主的做人原則」❼基礎上的獨立創作原則和審美理想來考查。

沈從文是抱著追求知識和光明的強烈願望從偏鄉僻地趕到大都市北京的。然而，迎接他的並不是這另一世界的光明，卻是帝國主義、封建軍閥、官僚共同統治下的濃重黑暗。直到十幾年前沈從文在一次談話中還曾回憶說：他初到北京時，考學不成，寫稿又沒處發表，想去當一名巡警，可是巡警的飯碗不是容易端上的。他於是又想去賣報，可是賣報是劃了區域的，不許外人搶生意。不得已去討飯，可是叫花子也劃了勢力範圍，主權不允許侵犯。因此有好幾回，他只得跟著軍閥的招兵旗子跑，到了兵站，吃上一頓，待到點名按手印時，他就

❻ 同注❹。

❼ 同注❷。

又開溜了。然而，當時的北京僅「議員」就多達八百，軍閥更是數不勝數。他們每做一個生日，就要花上幾萬塊。政治腐敗，物價亂漲，滿眼一片蕭瑟的景象❽。這時的沈從文本來還是有條退路的，這就是回到湘西，依附於過去的長官和同事混碗飯吃並不難，但這並不是沈從文的性格。他既然改名為「從文」就不再回頭去從武了。他決計用他的信心和毅力闖進文壇，並且終於取得了成功。自一九二五年始，他的作品開始在《晨報副刊》的「小公園」等欄內發表，以後便陸續在《現代評論》、《新月》、《小說月報》，稍後又在《東方雜誌》、《現代》和《文學》上發表❾。他一方面以厭惡的心情，決絕的態度展現著都市上流社會帶給他的種種「噩夢」：在〈某夫婦〉中，他敘述了一個外表儼然不失紳士風度的丈夫，竟與妻子合謀，利用她的美色去引誘另一個男人，從中敲榨金錢；在〈紳士的太太〉中，他立意替「高等人造一面鏡子」，在他們那寬敞豪華的公館裡麇集著的紅男綠女，除了念經拜佛、繁殖後代外，就是打牌、偷情、上館子、進賭場、私開房間……。在〈八駿圖〉中，他刻劃了一群掛著「專家、學者、教授、名流」等各種徽號，身份高貴的人物，他們既不敢大膽地愛，又

❽〈沈從文在吉首大學的講話〉，《吉首大學學報》一九八五年第三期。

❾《在美國哥倫比亞大學的演講》（一九八〇年十一月七日），《沈從文選集》第五卷，四川人民出版社，一九八三年版。

不敢勇敢的毀滅，終日只在哄、瞞、騙中欺人而又自欺地消耗著生命……然而另一方面，在對都市上流社會揭露抨擊的同時，沈從文又不得不把探尋的目光轉而投向他早年生活過的那個「充滿原始神秘的恐怖，交織著野蠻與優美」、「浪漫與嚴肅」⑩的湘西社會。憑著他對故鄉下層人民懷有的那份「無可言說的溫愛」之情，用熱情、迷醉的歌喉對那裡的風物人情唱出了一曲又一曲心靈的戀歌。而《邊城》正是其中最優美動聽的一支。儘管《邊城》所敘寫的故事在當時的湘西也已成了「過去」，因為二十年來在「時代大力」的壓擠下，湘西「農村社會所保有的那點正直素樸的人情美，幾幾乎快要消失無餘」，代之而來的是一種「唯利唯實庸俗人生觀」，「做人時的義利取捨是非辨別也隨同泯沒了」⑪。但是那剛剛逝去不遠的美好的「人生形式」畢竟在湘西的一隅存在過。如果用筆來描繪這個「優美、健康、自然，而又不悖乎人性的『人生形式』」時，沈從文自信，不管他的那支筆如何「笨拙」，「尚不至於離題太遠」⑫。他說：由於自己所寫的人物是正直的、誠實的，他們「有些方面極其偉大，有些方面又極其平凡，性情有些方面極其美麗，有些方面又極其瑣碎」，所以為了「使其更

---

⑩《湘西・引子》，《沈從文散文選》，湖南人民出版社。

⑪《長河・題記》，版本同注⑨。

⑫《邊城・題記》，版本同注⑨。

有人性，更近人情，自然便老老實實的寫下去」[13]（重點號為引者所加）。這就表明《邊城》所寫的生活絕不是憑空的杜撰，這裡的「人性」、「人情」只是「老老實實」寫下來的當時當地人民的人性與人情。結合沈從文的生活經歷和他創作的另外一個方面的題材作品，我們不難看出，他創作《邊城》的用意在於要跟兩種現實進行「對照」：一是用「邊城」人的淳樸、善良、正直、熱情跟都市上流社會的虛偽、懦弱、自私、勢利、男盜女娼相對照；二是把湘西社會的「過去」與「當前」相對照，即把過去的「人情美」與今天的「唯利唯實的庸俗人生觀」相對照。在這兩種對照中，使人們能夠「從一個鄉下人的作品中，發現一種燃燒的感情，對於人類智慧與美麗的傾心，康健誠實的讚頌，以及對於愚蠢自私極端憎惡的感情」。從而引起人們「對人生向上的憧憬，對當前一切腐爛現實的懷疑」[14]應該說，在那個虎狼當道，人情淡薄，金錢鏽腐了人的靈魂，人性嚴重異化的社會裡，沈從文的這點美好願望無論如何是具有積極意義的。當然，沈從文也深知他的這種願望在當時日趨墮落的社會環境中未必能起到多大的作用，所以他僅僅把它看成是一個過分認真的「傻頭傻腦」的「鄉下人的打算」。但是同時他又堅信人們讀了他的《邊城》，從中「或能得到一點憂愁，一點快樂，一點煩惱

[13] 同注[12]。

[14] 同注[4]。

和惆悵，但絕不會使你墮落」⑮。

如果說沈從文創作《邊城》有著上述極為明顯的兩個對照的目的的話，那麼，出於他一貫「藝術獨立」的原則立場，他創作《邊城》還有著另外一個更加深沉的目的。這就是有意向當時片面理解文藝作品的社會功能，取消藝術創造規律，對文藝現象作庸俗社會學理解的不良社會風氣的挑戰。請看他在《從文小說習作選・代序》中的一段話：

> 這作品（指《邊城》——引者）從一般讀者印象上找答案，我知道沒有人把它看成載道作品，也沒有人覺得這是民族文學，也沒有人認為是農民文學。我本來就只求效果，不問名義；效果得到，我的事就完了。不過這本書一到了批評家手中，就有了花樣。一個說，「這是過去的世界，不是我們的世界，我們不要」。一個卻說，「這作品沒有思想，我們不要」。很湊巧，恰好這兩個批評家一個屬於民族文學派，一個屬於對立那一派，這些批評我一點兒也不吃驚。雖說不要，然而究竟來了，燒不掉的，也批評不倒的。

⑮ 同注④。

這說明當時文學批評中對立的雙方都對文藝的社會功能進行了形式主義的理解。他們為了「一時宣傳上的成功」而要求作家按照他們「預定的形式」去寫作，他們都要求作品必須「有『思想』，有『血』，有『淚』，且要求一個作品具體表現這些東西到故事發展上，人物語言上，甚至於一本書的封面上，目錄上」。針對這種對作品的內容、題材乃至表現形式上的「千篇一律」的要求，沈從文回答道：「你們要的事多容易辦！可是我不能給你們這個。我存心放棄你們，……你們所要的『思想』，我本人就完全不懂你們說的是什麼意思。」這是因為文學事業是一個極需個性的事業，一切作品都實際上「浸透作者的人格和感情」。況且對於紛繁複雜的社會人生來說，一個作家能夠用筆寫到的只是其中很窄很小的一點點。因此，沈從文說：「我所表示的人生態度，你們從另一個立場上看來覺得不對，那也是很自然的。」（引文均見《從文小說習作選・代序》）

但是，我們必須作進一步說明的是，沈從文堅持作家藝術創作的獨立，只是說作家應該根據美的原則去獨立自主地描繪與眾不同的社會生活，絕不意味著作家可以「遺世而獨立」，可以置國家、民族的前途和利益於腦後，一味地去鑽象牙之塔，走「為藝術而藝術」的道路。恰恰相反，他一貫認為：一部好的文學作品除了使人獲得「真美感覺之外，還有一種引人『向善』的力量」，而這種「向善」又不僅僅是「屬於社會道德方面『做好人』為止」，而是能讓讀者「從作品中接觸到另外一種人生，從這種人生景象中有所啟發，對人生或生命能作更深一層的理解」[16]。這就是他對文學社會功能的基本看法。為此，他在《邊城・題記》中熱情地表示願把他的這本小書奉獻給那些「極關心全個民族在空間與時間下所有的好處與壞處」，「很寂寞的從事於民族復興大業」的人；用來重新「點燃起青年人的自尊心與自信心」[17]。這大約也是《邊城》思想傾向的另一個方面。

(三)

長期以來，大陸的新文學運動，在「左」的思想影響下，走著一條艱難曲折的發展道路。就解放前的客觀實際而言，這裡有理論上的和社會環境上的兩種原因。理論上，早在新文學運動開始不久，左翼文藝理論界就把蘇聯無產階級文化派和拉普派的庸俗社會學當作馬克思主義的文藝理論加以全盤接受，並作為評判作品優劣的經典標準。社會環境上，大陸的現代文學幾乎是從戰爭和運動中走過來的，而無論是戰爭還是運動，都是階級間的你死我活的鬥爭。這樣一來，直接描寫階級對立、矛盾和鬥爭，所謂「政治性」極強的文學作品，無論思

[16]《從文小說習作選・代序》，版本同注[4]。

[17]《燭虛・小說作者和讀者》，版本同注[9]。

想如何淺顯，藝術如何粗糙都自然會被看成文學的上乘。在這種情況下，不光沈從文的作品，就是巴金、老舍、曹禺等人有些作品也曾一度遭受貶斥。而沈從文當時提出的尊重作家藝術家思想、人格獨立的主張，作家應根據自己的審美理想自主地描繪生活的要求，就反而成了與「時代」極不協調的微弱呼聲。待到他反對文學「商品化」和作家「清客家奴化」的口號提出後，他的文藝主張就被某些人視為「反動」的文藝主張了。而他的代表作《邊城》自然也就成為實踐這種「反動」理論的有力佐證了。因此解放前《邊城》被某些人看成是「無思想」、「無靈魂」的作品，也就毫不足怪了。

解放之後，文藝批評中的庸俗社會學觀點有增無減。不僅在作品評論上全以是否描寫階級壓迫、階級鬥爭作為優劣取捨的標準，而且對作家的評論也以人劃線，以作家所屬的社團和作品發表的雜誌劃線。即非革命的就是反動的。因此，對沈從文及其作品的評論也就愈來愈採取全盤否定的態度。而對《邊城》的評論「世外桃源」論（即「不真實」、「反現實主義」、「烏托邦」、「抽象人性論」的代名詞），儼然成了無可更改的歷史定評。到了五十年代末六十年代初出版的一些現代文學史的著作中，則對沈從文公開提出批判。說他「繼承地主官僚立場始終如一」；說他的《邊城》等是運用「反現實主義的創作方法，竭盡歪曲和粉飾著社會現實之能事」；說他「苦心孤詣標新立異地玩弄著字眼、章法、手法結構，實質無非是要用別出心裁的精巧外殼掩蓋反動糜爛的內容，以此來迷惑讀者而已」⑱。

十一屆三中全會以來，馬克思主義的文藝路線得到了貫徹執行，廣大的文學史家和文藝理論工作者運用歷史唯物主義的觀點，對過去曾遭受不公正待遇的作家開始作出符合實際的實事求是的評價（他絕不是像某些人所說的，純粹是一種「心血來潮」和趨奉海外的「白臉孔與黃臉孔的文學研究者」的行為）。但是，對某些人來說，由於過去「左」的一套搞久了，似乎已成為習慣，一下子改過來總感到不順勁，所以總自覺不自覺地固守著原來的結論。因此，當「清污」之風起來後，沈從文的作品以及一些研究沈從文的文章又被排在了清除之列。

一九八五年第四期《中國現代文學研究》叢刊中發表了孫昌熙、劉西普兩位先生的一篇題為〈論《邊城》的思想傾向〉的文章。這篇文章儘管對《邊城》中有些人物的分析評論跟過去的評論有些不同，但從總體上看，文章對《邊城》及其作者的評論仍是採取完全否定的態度。文章認為「《邊城》脫離生活基礎，抽去特定時代特定生活的階級內容，沒有時代投影。它的背景和人物都是不真實不典型的」（這裡的一個「都」字，連他們在文章中剛剛作出肯定的、翠翠和老船夫身上的、「將人性美與階級性統一起來」的、「具備真實性」的人性美也給否定了）。說沈從文對船總順順正直和平、樂善好施的描寫是「從抽象人性出發而出

⑱《中國現代文學史》上冊，復旦大學中文系編，一九五九年版。

現的偏差和對生活、對人物本質所作的歪曲」，是對「地方權勢者所必然具有的階級性的棄而不顧，或有意避開」，「是沈從文一貫用抽象人性的觀點分析、認識和評價社會生活的必然結果」。說沈從文的本意「不在寫出他所見的真實的湘西社會，而是寫出他的一種烏托邦的社會理想」，而這種「社會理想」正是他的「哲學意識的保守和落後」的表現，是他道家思想的流露，而「這種道家思想與反帝反封建的新民主主義的時代精神是脫節甚至相悖的」，「是一些封建士大夫不滿現狀而又逃避現實的思想情緒的表現」。因此，文章得出結論：「沈從文最富積極意義的作品，不是《邊城》，而是〈丈夫〉、〈貴生〉等真實反映現實生活的批判現實主義的作品」，而有些人所以對《邊城》評價過高，「一個很重要的原因是被《邊城》精美的藝術形式所惑」（這裡又是一個矛盾，既然沈從文是那樣的「一貫」，那樣的「保守與落後」，那樣的「脫節與相悖」，那樣的「不滿」而「逃避」，又怎麼會幾乎在同一時間創作出〈丈夫〉和〈貴生〉那樣的「真實反映現實生活的批判現實主義的作品」來呢？）稍加比較，就不難看出〈論《邊城》的思想傾向〉一文，只不過是新、老《邊城》否定論者論點的又一次重覆。

我們認為《邊城》的新、老否定論者所持的論點都是不符合實際的：

其一，他們無視或有意歪曲了《邊城》作者的真正創作意圖，進而對沈從文的政治態度作出了錯誤的評價。這裡不再更多的舉例，單就上文我們援引的沈從文有關《邊城》創作意圖的申明，就不難明白這些批評家對此作了多麼嚴重的歪曲！誠然，沈從文在解放前並不是一個馬克思主義者，甚至也不是「左翼」作家隊伍中的一員，但是他熱愛自己的祖國，他用全副身心、全部熱情擁抱著故鄉的土地和人民。他用自己的作品為被壓迫、被奴役的下層勞動者大聲地呼喊著「生」的權利、「愛」的權利、「自由」的權利。他對健康、雄強的民族品質加以讚頌，對「卑屈佞諛的閹宦情緒」給予針砭。他熱情地呼喚著新生，對未來的景象傾心……然而，如照〈論《邊城》的思想傾向〉一文的分析，沈從文豈不成了中國現代文學逆流的代表人物，豈不成了「民族主義文學」家和「戡亂文學」家的一丘之貉！這實在是對沈從文人格和文格的歪曲。

其二，他們對《邊城》所描寫的特定時代的特定生活進行了庸俗社會學的理解。在他們看來，時代既然已經進入三十年代，作家就只有按照政治學、歷史學和社會學所概括的這個時代的「總特點、總規律、總趨勢，總的革命鬥爭形勢」去演繹作品，「繪製」生活。凡「創作」都應不分城市與鄉村，沿海與腹地，水鄉與山寨，天南與地北把環境與生活寫得一式一樣或「大同小異」。無處不是「尖銳激烈的階級矛盾」，無處不是「你死我活的階級鬥爭」。否則就是「不真實的歷史存在」，就是「心造的幻影」。尤其不能再寫「過去」，不能再去讚美那曾經存在的「淳厚古樸」的民風，「單純質樸」的人情，否則就是「戀舊」，就是「保守與落後」。既然民謠有云「天下的烏鴉一般黑，天下的豺狼都吃人」，那麼即便是號稱中國盲腸的偏鄉一隅的茶峒渡口也應是刀光劍影，爾虞我詐，你爭我鬥，否則就是「不真實不典型」，沒有「時代的投影」，就是有意「歪曲現實人的階級實質」！這其實是典型的庸俗社會學，是對作家創作題材的粗暴干涉，是對生活、環境描寫的庸俗社會學理解。原因就是沈從文所指出的「他們的生活經驗，常常不許可他們在『博學』之外，還知道一點點中國另一個地方另外一種事情」⑲，除了他們頭腦中所固有的之外，一切都是不存在的。

其三，他們對《邊城》的人物關係作了曲解。他們雖有時「引經據典」，證明馬克思主義的文藝理論並不一般的反對表現人性美，但是一到分析具體的文學作品時，只要一看到作者有所謂「人性」、「人情」的表白，或者一看到作品裡描寫人與人之間的美好感情——熱誠、淳樸、善良、友愛，就立即敏感地套上一個「抽象人性論」的帽子，認定這是作者有意「掏空人物的階級性來表現抽象人性」。這在現、當代文學評論中值得記取的教訓真是太多了。

早在一九三六年，沈從文就針對某些讀者對他作品的曲解，指出：「你們能欣賞我故事的清新，照例那作品背後蘊藏的熱情卻忽略了。你們能欣賞我文字的樸實，照例那作品背後

⑲ 同注④。

隱伏的悲痛也忽略了。」他把這稱為「買櫝還珠」⑳。可誰會想到五十年過去了，在文藝理論和創作實踐都有了巨大發展、變化的今天，卻仍有人只抓住表面大作文章。

的確，從文字的表面看，《邊城》所寫的人物，除作為「自然之女」、聰明乖巧的翠翠之外，老人都是那麼寬厚仁慈、慷慨豁達、與人為善，小輩也是那樣勤勞樸實、感情專一、惜弱憐貧、有諾必踐。人人都能保持做人的美德，個個都能信守靈魂的天真。這裡確實表現了作家對未經金錢、實利污染的自然質樸民風的讚頌與嚮往。但是，既然人類進入了「現代社會」，所謂「現代文明」帶來的醜惡事物與行言也並不是一點沒有在這裡表現。隨著「商業的發生」，供商人、水手、川貴客淫樂的寄食者——妓女不也在這充滿原始寂靜的小小河街上出現了嗎？她們的產生無疑給這裡帶來了齷齪，只是這時生活在這裡的人們，靈魂尚未像二十年後那樣被「唯實唯利的庸俗人生觀」所代替。因此，連賣身的妓女也還能保持著某種「生命的嚴肅感」，她們的行為也還僅僅停留在「商務」上。再以翠翠的悲劇而言，表面看來像是發生在無衝突的和平之日，除了「誤會」就是「不湊巧」。其實仔細品味，就可看出它是深深植根於現實的階級對立的土壤之中的。翠翠的爺爺——老船夫不就是在自家的「破渡船」與王團總的「新碾坊」的角逐中感到無望，憂愁而死的嗎？當他無意中得知「員外」王團總

⑳ 同注❹。

要以「新碾坊」作陪嫁爭奪船總家的儺送，而自己的孫女翠翠也正愛著這個人時，憂慮便來了。「又沒有碾坊陪嫁，只是一個光身人」，老船夫的這句話真實地傳達了他的這種心境。後來也正是在渡船上聽說儺送「出於會打算盤」，決定要「碾坊」而不要「渡船」以後，趕去城裡又從順順口中得到證實時，才感到希望破滅，心力交瘁，猝然而卒的。再看翠翠的心理活動：當第三個端午節到來前夕，爺爺進城購買過節的東西，翠翠一面守著空船等爺爺歸來，一面溫習前兩次過節對儺送留下的印象，「輕輕地無所謂」地唱道：「白雞關出老虎咬人，不咬別人，團總的小姐派第一。……大姐戴副金簪子，二姐戴副銀釧子，只有我三妹莫得什麼戴，耳朵上長年戴條豆芽菜。」其實，這不經意唱出的半首民歌，恰恰唱出了翠翠的心聲，唱出了她對貧富不均的社會現實的憂鬱和不平，唱出了她對以金錢、權勢為轉移的不合理婚姻的憤懣心聲。這怎麼能說連一點「階級的投影」也沒有呢？

《邊城》對船總順順正直豁達、樂善好施的品德塑造，成了新老否定論者否定《邊城》思想傾向的重要根據。把它看成是「掏空階級性只表現人性」的有力佐證。這其實也是一個嚴重的曲解。順順在當地本來只是一個在「營伍中混日子」的一般百姓。雖東闖西蕩，僥倖未死，回家買了一條船，也只是「代人裝貨在茶峒與辰州之間往來」。因為碰上好運沒有船翻人亡，積蓄數年之後買了「大小四只船」，討了人家一個寡婦作妻子。可兩個兒子仍然要

「隨船當伙計，背纖背頭纖，蕩槳撿最重的，甘苦與人同共」。即使因老船總死了，順順接任了個船總，也無多大「權勢」。相反由於長期的軍卒生活和水上作息，養成了他的一種慷慨、灑脫的性格：「明白出門人的甘苦，理解失意人的心情」，對「聞名求助的莫不盡力幫助」。對順順的這種性格表現有什麼不可理解？若給順順定「成份」，又該定個什麼成份？即使如此，沈從文在描繪他時也不是完全「掏空了他的階級屬性」。我們從他一心要跟王團總攀親的打算上，從他干預兒子儺送婚姻的行為上，以及他在牌桌上以輕蔑的口吻回答前來打聽消息的老船夫的問話中，不是可以清楚地看出他的「階級屬性」嗎？況且，生活中並不是所有的所謂「地方權勢者」(順順恐怕還夠不上)，無論出生經歷、財大財小都跟黃世仁、周扒皮一樣！「人心不同，各如其面」，對於因不同的環境，不同的歷史，不同的出身經歷和不同的文化、心理素質形成的個人除階級性之外的豐富複雜的性格、品質，用簡單的劃分階級成份的分析方法是永遠解釋不清，說明不了的。這也是用庸俗社會學分析㉑作品人物的一個根本弊端。

㉑《從文小說習作選・代序》，人民文學出版社，一九八一年版。

(四)

是的，我們承認文學是社會生活的反映，但同時我們又認為文學作品是作家審美理想的物化形式。它滲透著作家的思想、感情，是作家感性和理想高度融合的產物。因此，經過作家心靈陶冶描繪出來的藝術世界總跟客觀的實在世界保持著一定的「距離」。不懂得這個道理，就是不懂得藝術創造的基本規律。

沈從文的《邊城》也是如此。它一方面可以說是湘西一隅「過去」生活的寫照，一方面又是作家審美理想的外現。它浸透著沈從文的「人格和感情」。如果說這也算是一種「有意偏離」的話，那麼這種「偏離」恰恰是對任何作家都是必需的。

《邊城》之所以把故鄉的風物、人情寫得如此美好，如此透明燭照，充溢著一股自然的靈氣，除了有真實的生活作為依據之外，還受著作家美學觀念的支配。大約是由於沈從文自幼對反動統治者對故鄉這塊「化外之地」上的人民鎮壓、屠殺、污蔑、踐踏的事看得太多了，所以使他一生對殘暴的事都懷著一種憎恨[22]。他認為「不管是故事還是人生，一切都應當美一點！醜的東西雖不全是罪惡，總不能使人愉快，也無從令人由痛苦見出生命的莊嚴，產生

[22]《從文自傳》，人民文學出版社，一九八〇年版。

那個高尚情操」㉓。在他看來，人都有一種愛美的天性。為此他專門寫了一篇題為〈愛與美〉的文藝雜感。在這篇文章中，他發展了「泛神論」中的唯物主義思想，對文學的美感教育作出了具體說明。他認為人之所以「愛有生的一切」，就是因為人在「一切有生中發現了『美』」，亦即發現了『神』」，他「使人樂於受它的統制，受它的處治」。比起這種自然界的「美」來，文學作品的任何典雅的辭令和華美儀表都如「細碎的星光在朗月照耀下一樣」顯得「黯然無光」。只有那種生命「如一堆牛糞，在無熱無光中漫漫燃燒」的人，才對「一切美物，美事，美行為，美觀念，漠然處之，毫無反應」。他認為屈原、曹植、李煜、曹雪芹等人就是能用各種感覺捕捉住現實社會的美，並且把這種美保留得完整的幾個人，所以他們「寫成的作品，雖各不相同，所得啟示必古今如一，即被美所照耀，所征服，所教育是也」㉔。這可以說是沈從文美學理想的一個很好說明。他的《邊城》以及跟《邊城》相類的「詩情小說」，無不是這種美學理想的體現。

然而，「美，又總是愁人的！」（這是沈從文對故鄉的風物、人情常發的一句感嘆。）因為生活中既然有美的事物存在，就有折磨美、挫傷美，毀滅美的東西存在，美與醜相形，善

㉓《看虹摘星錄・後記》，《沈從文選集》第五卷，四川人民出版社，一九八三年版。

㉔《續廢郵存底之十二》，《沈從文文集》第十一卷，版本同注❷。

與惡共在。我們要閱讀《邊城》、理解《邊城》，恐怕除了要摒除過去的庸俗社會學的觀點外，還要把握住沈從文的這些美學觀念，否則難免會「近乎說夢」的。

十、對不合理的人生制度的深沉控訴

——論沈從文以湘西現實生活為題材的部分小說

在我國現代作家中，沈從文堪稱為一位多產作家。儘管他從一九二五年登上文壇到一九四七年就基本上終止了文學創作，但二十餘年間僅小說結集就有五十餘種。這些小說如同他的眾多散文一樣具有鮮明的創作個性和獨特的藝術成就。就大的題材來說，他的小說基本上可分成兩個部分：一部分是對所謂「都市文明」的揭露；一部分是對湘西社會生活的描繪，這前一部分小說，如與茅盾對上流社會畫卷般的描繪，與張天翼對中產階級的嘲諷，與曹禺對家庭、社會道德的深刻透視相比，畢竟顯示不出更多的思想藝術特色。沈從文小說創作最突出的成就應該說是他的那些用細膩的筆觸，真摯的情懷，清麗流暢的文字，精心描繪出來的一幅幅色彩斑斕的湘西風物人情的畫圖。這部分作品可以說是作家用全副心血澆灌出來的一束束奇花異葩。它們不僅為鄉土文學增加了異彩，充實點綴了中國現代文學藝苑，而且也為中國的民俗學、社會學提供了形象的、可資借鑒的重要文獻。

沈從文以湘西生活為題材的小說可以分成兩類：一類是以積極浪漫主義的手法創作的一系列傳奇故事，如〈龍朱〉、〈媚金、豹子和那羊〉、〈月下小景——新十日談之序曲〉等。另一類則是嚴格地遵守現實主義的創作原則，按照湘西現實社會的本來樣式，繪製出來的一幅幅精確的生活畫圖。它們不像前類作品那樣更多地摻進作家的社會生活理想，用作者自己的話來說，就是：「生活有些方面極其偉大，有些方面又極其平凡，性情有些方面極其美好，有些方面又極其瑣碎，——我動手寫他們時，……自然便老老實實的寫下去。」❶本文想概括地總結一下沈從文以湘西現實生活為題材的短篇小說在思想和藝術上的特色。

(一)

大約由於作者自幼生活於故鄉鳳凰的青山秀水間，稍長之後又在「一條綿長千里的沅水，及各個支流」漂泊流浪，所以對水懷有極深厚的感情。他曾說：在過去的「一大堆日子中我差不多無日不與河水發生關係。……值得回憶的哀樂人事常是濕的。……從湯湯流水中，我明白了多少人事，學會了多少知識，見過了多少世界！」❷短篇小說〈柏子〉就是作者從記

❶《邊城・題記》，《從文自傳》，頁一二五，人民文學出版社，一九八一年十二月版。

❷《從文自傳》，頁一四三。

憶的箱奩中撿起的一件小事，從湯湯流水中汲來的一勺清水。它敘述的是年輕水手柏子在船傍了碼頭的當晚，來到岸邊的吊腳樓上跟一位熟識的妓女廝混，把辛苦一月積攢起來的「腰板錢」用光之後復又回到船上的故事。表面看來小說寫的無非是一種公開買淫賣淫行為，但在它的背後卻隱伏著普通勞動者的生活辛酸。柏子是許許多多有力氣、能吃苦、識水性、會擺船的年輕水手之一，按理說他們憑本領和勞動本應像別人一樣娶妻生子，享受到天倫之樂，但不公平的社會現實卻逼著他們不得不把剩餘的精力和辛辛苦苦儲蓄起來的一點錢，「全傾之於吊腳樓上賣淫的婦女身上」。問題的嚴重性在於：這成千上萬的柏子式的人物，並不把他們的不正常行為看成不正常，並不把墮落看成為墮落，他們已經完全習慣於不合理的社會給予他們的這種不合理的生活！讀過作品之後，人們會從心中提出這樣的疑問：現在他們都還年輕，還能經得起雨淋風打，可以拿出一個月的血汗錢買得這一刻「類似煙酒的興奮與滿足」，但是老了又將如何呢？這不禁使人想到了作者在〈辰河小船上的水手〉❸這篇記實散文中迸著血淚敘述的那位老年水手的生活苦況：他划了三十七年船，還是孤身一人，每天卻不得不把「經驗和力氣作八分錢出賣」。這位老年水手的現實境遇就是柏子的未來。這樣作者就通過一個看似不含沉重色彩的故事向不合理的社會制度提出了深沉的控訴！

---

❸ 此篇為《湘行散記》中的一篇。見《沈從文散文選》，湖南人民出版社，一九八一年版。

〈蕭蕭〉寫的是一個童養媳的故事。蕭蕭作為童養媳出嫁時才只十二歲，可她的「丈夫」，才剛「斷奶沒多久」，「十歲娘子一歲夫」，這種婚姻已經夠慘苦的了，更何況她又遇上了一位「生來像一把剪子」那樣嚴厲的惡婆婆。由於她十五歲時被比她大十多歲的長工花狗糊裡糊塗地引誘失了身，懷了孕，犯下了傷風敗俗的「彌天大罪」，面臨著非被「沉潭」即被「出賣」的嚴厲懲處。為了向命運抗爭，蕭蕭曾動員花狗雙雙跑到城裡「去自由」，可「個子大膽量小」的花狗卻撇下她，一個人逃走了，她雖然一度想到「懸梁、投水、吃毒藥」，可到底下不了決心，她不願意就這樣結束自己既苦難又不無希望的青春生命。作者描繪生活的深刻之處恰恰在於他並沒有讓小說就此結束，而是出人意外地安排了蕭蕭既沒有被「沉潭」也沒被「發賣」的結局：她和她的新生嬰兒都被她的婆家接納了下來。原因是對於這類為了「要面子」而將活人處死或發賣的事，老百姓本來就是懷有不忍的，在他們看來這不過是些「莫名其妙」的規矩，不得不如此而已！這裡固然包含著不讀「子曰」的人們對實際利益的考慮，因為蕭蕭生下來的不僅僅是個健全的小生命，而且將來還會是個好勞動力。但是讀者從中到底看到了人性的光芒，看到了吃人的禮教與人的自然本質間存在著多麼嚴重的對立啊！然而儘管蕭蕭母子被勞動者的善良本性和功利主義接受了下來，可生活又將對他們作出怎樣的安排呢？小說最後寫道——

到蕭蕭正式同丈夫拜堂圓房時，兒子已經年紀十歲，有了半勞動力，能看牛割草，成了全家中生產者一員了……

這兒子名叫牛兒。牛兒十二歲時也接了親，媳婦年長六歲……嗩吶到門前時，新娘在轎中嗚嗚地哭著……

這一天，蕭蕭剛坐月子不久，孩子才滿三月，抱了自己新生的毛毛，在屋前榆蜡樹籬笆間看熱鬧，同十年前抱丈夫一個樣子。小毛毛哭了，唱歌一般哄著他：

「哪，毛毛，看，花轎來了。……女學生也來了！明天長大了，我們討個女學生媳婦！」

這是悲劇，還是喜劇？這是生活！十七年前，蕭蕭接受的是這種生活，十七年後的今天，她的大兒子——牛兒接受的還是這種生活，待到她懷中的新生嬰兒長到照習慣該娶「媳婦」的年齡，接受的也還將是這種生活。蕭蕭的悲劇不過是一齣長劇的一幕，第二個、第三個「蕭蕭」將在人生的舞臺上一幕接一幕地演著同樣的悲劇……這樣作者就從一個人的遭遇看到了整個社會制度的本質，它不只是對蕭蕭的個人命運發出的悲憫與嘆息，而是對造成中國社會千百年來絕少變化的沉重而又黑暗的社會制度提出的深沉控訴，我們從中聽到了作者的憤懣心聲。

畫家黃永玉在他的回憶散文〈太陽下的風景〉❹中曾提到過一位文學前輩看了沈從文的〈丈夫〉之後，深受感動，說：「這篇小說真像普希金說過的，『偉大的俄羅斯的悲哀』。」誠如所言，短篇小說〈丈夫〉通過三十年代初期湘西城鄉生活的真實描繪，抒寫出了半封建半殖民地的中國人生的偉大悲哀。

小說描繪的是當時流行於湘西的一種典妻與賣淫相結合的腐朽社會現象。它以兩性關係的商品化與人的尊嚴間存在的矛盾衝突為主線，敘述了一位「丈夫」從鄉間來到妻子賣淫的「花船」，於一天一夜間目睹了妻子受蹂躪的生活，終於從麻木到覺醒，帶著妻子返回家鄉的故事，批判了腐朽的政治經濟制度悖離人性的罪惡，傳達了作家渴望改變這種社會現實的寂寞心聲。

作者在作品的開頭，就揭示了造成這一不人道的社會現象的經濟根源：「地方實在太窮了，一點點收成照例要被上面的人拿去一大半，手足貼地的鄉下人，任你如何儉省耐勞的幹，一年中四分之一時間，即或用紅薯葉和糠灰拌和充飢，總還是不容易對付下去。」正是這種不合理的社會制度造就出兩種人：一種是作品中的水保、巡官和士兵，他們寄生於腐朽的政

❹ 此文原載《花城》，後收入《從文自傳》之末。

權，有恃無恐，變本加厲，對勞動者進行物質榨取，然後又用榨取來的金錢對下層人物進行精神和肉體的蹂躪；另一種便是像這位「丈夫」一樣的大批窮苦的農民。在作者筆下的那位被迫賣身的老七，雖然由於「職業」的需要，「學會了一些只有城市裡人才需要的惡德」，可在她身上卻依然保留著鄉下人的純樸、善良的本質。她依然記住丈夫「愛含片糖」的習慣，趕廟會時還不忘為丈夫買來一把二胡。船梢上的那段「夫拉婦唱」的情景描寫，雖沒有「小紅低唱我吹簫」般的雅致閑適，但到底透露出夫妻間的真情篤愛。妻子對丈夫如此情真意切，丈夫對妻子又何嘗不是如此。他正因為惦念自己年輕的妻子，才從鄉下趕來看她，給她帶來她愛吃的板栗，尤其帶來了他曾經冤屈過她的懺悔；可當他走近妻子之後，卻又只能眼看著妻子被醉鬼、惡棍踐踏而無權干涉，無力護蔽。他娶了妻卻無法養活妻，有了家卻無力維持家……這是怎樣悲慘的人生啊！小說的結尾，這位受盡屈辱的丈夫終於恢復了做人的尊嚴，帶著妻子離開了花船。然而，讀者不禁要問：老七不正是為了「求生」才由鄉村來到城裡的河埠上的嗎？現在又由城裡轉回山村，豈不是由一個火坑跳進了另一個火坑？是的，這正是作者通過這個故事所要昭示於世人的一個嚴肅的社會生活主題。它說明在所謂「現代文明」的污染下，腳下的這個世界哪裡還有一塊放得下「諾亞方舟」的乾淨土地！

沈從文曾從題材的角度對中篇《邊城》和長篇《長河》作過對比說明，說它們分別是「用辰河流域一個小小的水碼頭作背景，就我所熟習的人事作題材，來寫寫這個地方一些平凡人物生活上的『常』與『變』，以及在兩相乘除中所有的哀樂」❺。我們認為沈從文以湘西現實生活為題材的短篇小說在內容上也可以分成寫生活之「常」和寫生活之「變」的兩種。如果說〈柏子〉、〈蕭蕭〉、〈丈夫〉寫的是交織著「浪漫與嚴肅，美麗與殘忍，愛與怨」的湘西社會緩慢發展的常態，那麼跟蕭蕭、老七、「丈夫」的命運相比，〈貴生〉中的主人公貴生則更加不幸。他本是一個與世無爭的、靠自己的雙手過著自給自足生活的、老實本分的佃農。他是那樣強烈地愛著小雜貨鋪老板的獨生女兒金鳳，而金鳳父女也早想把貴生招來家中一起生活。但是，就在貴生積極籌辦成親禮物的時候，他的東家，一個揮金如土的老賭棍竟在其兄——一個曾在舊軍隊中混上旅長，於一月中嫖了八個「辮子貨」的老淫棍——的慫恿下，把金鳳「抬」走了。這篇小說的思想深刻處，並不在於它寫了一個簡單的奪愛事件，而在於它真實地寫出了金鳳父女對這件事的態度。儘管他們曾對貴生信誓旦旦，懷有好感，可一旦聽說能高就東家，就斷然丟掉了貴生，不以為恥，反以為榮，彷彿是天經地義、理應如此的事。這樣，作者就把目光由一件小小的「奪愛」事件擴展到了對整個社會人心的窺探上。在作者看來，時代的大潮早已把邊民原先的一點樸實正直的人情沖走了，金錢、權勢已將留存

❺《長河・題記》，開明書店，一九四八年版。

於人間的一點美好感情吞噬殆盡；而這比起赤裸裸的物質榨取，是更令人痛苦和悲哀的事！作者之所以在他的作品中屢次提出「民族品德的重造」，原因大約就在於此吧。

小說於結尾處寫到了貴生的覺醒：在東家與金鳳成親的當晚，身為奴隸的貴生一把火點燃了自家和雜貨鋪的房屋，終於走上了入山為「匪」的末路。這固然表明貴生的覺醒並未由自發走上自覺，把一個時代的悲劇僅僅看成是個人的品德問題，因而只對「負義」的金鳳父女實行報復；但是，他比起那些在火起之後「依然向起火處跑去」，企圖撲滅烈火，為自己救出一個奴役自己的世界的人們來，到底還是前進了一大步。

沈從文這類以湘西現實生活為題材的短篇小說創作，同他以苗族傳說為題材的小說一樣，在思想內容上並不是沒有缺點的。他在這裡所要極力申述的依然是他的「重造民族品德」的思想。固然，他的這個思想並不是要把時代再拉回到原始洪荒和封建宗法社會中去，而是希望在「時代大潮」的衝擊下，人們還能夠保持和發展「樸質、勤儉、和平、正直」的品德。然而，由於作家思想和生活視野的限制，他根本無法找到重造民族品德的正確道路，因而也就無法從受奴役的下層人民的階級地位著眼，發現並反映他們更加自覺的階級反抗。於是只把希望寄託於一群在「血裡或夢裡」還保留些「正直與熱情」的年輕人身上，企圖通過自己的作品「將『過去』和『當前』對照」，「重新燃起年輕人的自尊心和自信心」❻，使他們能夠生活得「莊嚴一點，合理一點」。這顯然也只是作者的一個「近乎荒唐的理想」。或許正因為作者對這種天真的「荒唐」的理想擁抱得太緊了，所以一旦發現他的這種理想根本無法阻止現實的日益「墮落的趨勢」時，便在他的心頭喚起一種痛苦、悲哀與寂寞的感情來。

但是，儘管如此，沈從文到底還是通過他的作品真誠地為被奴役被損害的人們大聲地呼喊出了生的權利、愛的權利，做丈夫的權利和享受自由的權利；深沉而又嚴肅地對不合理的社會制度提出了控訴。它證明沈從文是一位具有強烈的民主主義思想的作家。

(二)

在中國現代文學中描寫和揭露奴役婦女的三種罪惡制度（賣淫制、童養媳制、典妻制）以及恃強淩弱、奪人妻女行為的作品是很多的。比如柔石的〈為奴隸的母親〉，羅淑的〈生人妻〉，老舍的〈月牙兒〉等就是分別描寫典妻、賣淫制度的。但是〈柏子〉、〈蕭蕭〉、〈丈夫〉和〈貴生〉等之所以能跟別的作家的作品毫不雷同，是因為它們不僅在具體情節上即人物的實際生活遭遇以及心理、性格、命運結局與別的作家作品不同，就是藝術風格也與其他作家迥然有別。

---

❻ 同注❺。

造成這種差別的，首先是作家描繪的是一個具有鮮明特徵的社會環境和人生形式。這裡的社會環境是一個由半封建半殖民地的社會總趨勢和荒僻、野蠻造就的化外之地原始民風相結合而成的社會環境；這裡的人生是一個既自覺不自覺地接受著現代物質文明的污染又多少保留著一些偏鄉僻壤之民誠實、熱情、易滿足、少變更、感情專一、任命、使性特徵的人生。這一切，對於恪守現實主義創作原則又用整個心靈擁抱故鄉的土地和人民的沈從文來說，只要如實地將它們描繪出來，就必然會顯示出它與其他作家相同題材作品的不同特徵來。

其次是由於作者在描繪生活時，具有自己獨特的創作風格和美學理想。早在一九三六年，沈從文在回顧自己的創作道路時就鮮明地提出：作家的創作應該「匠心獨運，不落窠臼」，「社會上流行的風格、流行的款式，盡可置之不問」。他針對那種企圖用一成不變的模式規範作家創作的錯誤傾向，指出：「對於廣泛人生的種種，能用筆寫到的只是很窄很小一部分，我表示的人生態度，你們從另外一個立場上看來覺得不對，那也是很自然的。……我除了用文字捕捉感覺和事象以外，儼然與外界絕緣，不相粘附。我以為應該如此，必須如此。一切作品都需要個性，都必須滲透作者的人格和感情，想達到這個目的，寫作時要獨斷，要徹底地獨斷！」並說：「如果這件事你們把它叫做『傲慢』，就那麼稱呼下去好了，我不想分辯。我只覺得我至少還應當保留這種孤立態度十年，方能夠把那個充滿了我也更貼近人生的作品和你們對面。」❼那麼，徵諸上述各篇，沈從文表現的是一種怎樣獨特的藝術風格呢？

其一，是他著力於客觀事物的敘描，力避「文字表面的熱情」，而在對情節、場面、細節與心理的冷靜敘描和分析中，溶入自己的愛憎。使作品像依山勢而行的溪水那樣自然流淌，樸素清新，既無閉門造車的虛妄，也無為文造情的做作。

以〈貴生〉為例，作者的愛憐與同情毫無疑問是在貴生和金鳳一邊的。然而關於張五爺「奪愛」的過程敘寫，卻又是那樣的自然樸素，合情合理。雖說貴生與金鳳兩家都生活於張五爺勢力所及的地面上，但貴生僅僅是以幫助地主家看桐樹園子作為借地住家的交換條件，而金鳳父女也只是借張家的地面開店落腳而已，加上張五爺生性愛賭不愛嫖，所以貴生在跟金鳳相愛的過程中，他壓根兒就沒想到要奪走貴生的心上人。即使有一次為察看桐子的收成，張五爺在貴生的小屋裡意外地看到了金鳳，也沒有立即便產生「奪愛」的念頭，相反還覺得一個人不能「從狗嘴裡搶肉吃」。可是後來，張五爺到底經不住他的四哥——一位賦閑歸家的老淫棍的慫恿，娶走了金鳳，原因只是為了找個「原湯貨」沖一沖賭博輸錢的壞運氣。這件事的敘寫全然像水到渠成，既看不出張五爺為「奪愛」設下了什麼圈套，又看不出張五爺對貴生使了什麼陰謀。但細心的讀者卻可以從這段敘寫中看出作者對當時世態人心的準確把握，

❼《從文小說習作選集・代序》，《從文自傳》，頁一一九。

以及對現實生活不露聲色的針砭。它說明了在那個被金錢扭曲了靈魂的時代，在那片不光由五爺攫取了全部物質財富，也由他掌握了全部輿論的地面上，一個地主老爺奪走一個被奴役的長工的心上人是多麼輕而易舉！更何況在金錢與權勢的鏽腐下，金鳳父女也完全不把拋棄貴生看成是背信棄義，而是理所當然。「神聖偉大的悲哀不一定有一灘血一把淚，一個聰明的作家寫人類痛苦或許是用微笑表現的」❽。短篇小說〈貴生〉可以說是較好地體現了作者的這一藝術主張。

同樣的藝術風格，在〈丈夫〉中也得到了很好的表現。由於那位不知名姓的「丈夫」是許許多多自願把妻子送到「花船」上去做「皮肉生意」的人中的一個，而且深知這「生意」給自己帶來的好處，所以當他來到船上，在未見妻子之前卻一眼看到了妻子的「乾爹」——一個打扮得體面而又光彩的水保時，他的心中「不覺一陣高興」，他為妻子能剛來船上就結識下這樣一位有身份的人物而自豪。尤其是聽到這人稱他為「朋友」，並答應請他「吃酒」時，他甚至「忽然覺得愉快，感到要唱一支歌了」。但是這位農民出身的「丈夫」，畢竟還未能「文明」得跟「城裡人」一樣，他有著農民的羞恥心，因此，當他慢慢地回味出水保那句「叫老七今晚上不要接客，我要來」的話的含義時，他的心開始難過起來，他感覺到了丈夫

❽《廢郵存底・給一個寫詩的》，《沈從文選集》第三卷，頁九，四川人民出版社，一九八三年版。

尊嚴被剝奪的悲哀，但是這又有什麼辦法呢？既然妻子做了這路「生意」，他也就無權拒絕嫖客的要求了。於是他決定馬上離開這裡，他想到了自家的小豬和雞，因為只有這些小動物才是真正屬於他的！可是在岸上他遇上了趕廟會歸來的妻子和老鴇。老鴇的甜言蜜語，妻子特意為他捎回來的一把胡琴所包含的夫妻情誼，又使他動了心，於是才又跟著她們返回到了船上。如果說「丈夫」上述的心理、行為，作者著重展示的是主人公性格中麻木與隨俗的一面，揭露的是不合理的社會經濟制度對人的尊嚴的蹂躪與剝奪，那麼小說的後半部分則展現了丈夫由麻木到覺醒的過程。這裡作者先寫了兩個喝醉了酒的士兵對老七的糾纏，又寫了老鴇在他們夫妻倆說「家常私話」時的催促與威脅，使丈夫更進一步地意識到丈夫尊嚴的徹底丟失。他，作為一個血性男兒再也忍受不了這種屈辱了。這時，只有在這時作者才寫到了「淚」：這位「丈夫」突然「用兩隻大而粗的手掌捂著臉孔，像小孩子那樣莫名其妙地哭起來！」這是飽含著辛酸、屈辱、悔恨與不平的淚，是一個麻木的靈魂經過掙扎而終於覺醒過來所流出的淚。表面看來作者只是對生活毫不動情的再現，但在字裡行間卻又無處不流露出作者對悖離人性的社會制度的憤怒鞭笞與抨擊。尤其是當你讀到小說的結尾處，看到受盡屈辱的丈夫將大疊鈔票拋在地上，然後默默地帶著妻子離開這載滿醜惡的花船時，你會彷彿聽到作者在用整個靈魂呼喊：但願這毀滅人性的社會早日滅亡，讓天下夫妻能過上真正的夫妻生活！這實在是一種很高明的藝術手段。

其二，是小說呈現出散文的風姿，蘊含著詩一般的意境和韻味。筆態從容舒展，當行則行，當止則止。語言既揮灑自如又含蓄凝煉。在行文過程中，作者還習慣於隨時隨地採擷來一系列具體生動的事象物象，加以逼真地描繪，表面看來像是信馬由韁，不加節制，任意鋪陳；但讀完全篇，掩卷遐思，又覺這些任意鋪陳的細節和景物實乃題旨所當含，為文所必需，枝而不蔓，繁而不縟，不僅很好地發揮了烘托、反襯作用，增強了所描繪的生活的厚度和力度，而且使作品在似寫非寫、無為而有為中染上一種返璞歸真、自然淳厚的藝術特色。

沈從文早在一九二九年六月小說集《石子船》出版時，就在〈後記〉中寫道：「從這一小本集子上看，可以得一結論，就是文章近於小品散文，於描寫雖同樣盡力，於結構更疏忽了。……也像似有意這樣作，我只平平的寫去，到要完了就止。事情完全是平常的事情，故既不誇張也不剪裁地把它寫下來。」並且進一步解釋道：「在我其他任何一本著作上，我想都不免有這個毛病……我沒有寫過一篇一般人所謂小說的小說，因為我願意在章法外接受失敗，不想在章法內得到成功。」[9]（重點號為引者所加）對於這一藝術風格，我們只要看一看作家在〈蕭蕭〉中是如何對邊僻山村風景畫與風俗畫的從容描繪，便可略知一斑。那被銅

---

[9]《沈從文文集》，花城出版社，一九八二年版。

鎖鎖住轎門的迎親花轎，轎中坐著的「荷荷大哭」的新娘，新娘穿著的一身紅綠衣裳，花轎前吹奏著的嗩吶；那如夢的夏夜，星光流螢照耀下的院壩，院壩中坐著的納涼閑話的人群，人群旁用艾蒿作成的煙包；那碩大如盆的南瓜，滿地可揀拾的小棗，漫山的茅草與野莓；那撩人魂魄的山歌，那紡線績麻、哄孩子、洗尿布片的紛繁平庸的鄉村生活……這一切都被作家信手拈來，像似不加任何剪裁地鋪陳紙上。但同時又正是這些「繁雜」的描寫，為渾渾噩噩「生於斯長於斯」的蕭蕭們創造出一種混混沌沌的生活環境與社會氣氛，極好地推動著人物性格的形成與發展；給作品塗上了一層濃烈的地方色彩，使作品散發出強烈的鄉土氣息。至於作品中關於城裡「女學生」的思想、道德、戀愛、婚姻、娛樂、學習以及其他生活行狀的大段描述，乍看起來彷彿冗長而無節制，似乎全屬閑筆，但是細加品味，就會發現恰恰是它們才把閉塞山民們的那種淳樸無邪、少見多怪、排斥異端、因循守舊而又幽默風趣的性格特徵逼真形象地展現了出來。它們不僅為蕭蕭追求正常人的生活，決心「照祖父說的女學生一個樣子去做」的幼稚想法提供了根據，而且為她日後被引誘失身，終於釀成悲劇創造了動因。

其三，結構靈活多變，不拘一格。有時於大開大合、大起大落中加入一段工筆描繪，有時又於平實的敘寫之後，接上一兩句含蓄雋永的話，藏精要於其中。有時直截了當，說止就止，有時則於絕境中推出新境，給人以「峰迴路轉，柳暗花明」的感覺。常使作品於平實中顯出精巧，在一般中看到獨到；藏深刻的思想於清新優美的圖畫之中。

比如〈蕭蕭〉中有一段心理描寫：在蕭蕭被引誘失身之後，花狗不辭而別，她雖然想盡辦法弄掉肚子裡的東西，可這東西卻「依舊在慢慢長大」起來的情況下展現的。可以想見這時的蕭蕭是多麼後悔、恐懼與絕望啊！然而作者在描寫這種心理時卻沒有用上一句諸如「害怕」、「悔恨」、「心急如焚」、「痛不欲生」的字眼，而是別出心裁地寫道：

> ……到秋天，屋前屋後的毛毛蟲都結了繭，成了各種好看蝶蛾，丈夫像故意折磨她一樣，常常提起幾個月前被毛毛蟲螫手的舊話，使蕭蕭心裡難過。她因此極恨毛毛蟲，見了那小蟲就想用腳去踹。

原來，蕭蕭失身那日，她的小丈夫因為被花狗支使去山下採刺莓而被毛毛蟲螫了手，如今一提起毛毛蟲，自然就會使蕭蕭想起那件令人悔恨莫及的糊塗事。可是此時悔恨又有什麼用：幹壞事的人已經膽怯地逃往他鄉，自己的大錯業已鑄成！所以她只得拿那些跟這件壞事毫不相干的毛毛蟲出氣，借踹毛毛蟲，既懲罰自己的糊塗，又發洩對花狗的怨恨。這是多麼獨到的發現，成功的構思啊！像這種用極少的文字，既推動情節發展，又細致入微地刻劃人物心理，一石雙鳥，藏精警於平淡之中的藝術手法在沈從文的小說創作中比比皆是。

在平實的敘寫中楔入精要之點，「畫龍」不忘「點睛」，於節骨眼處點化主題，使作品既含蓄又不晦澀的藝術特色在〈柏子〉一篇得到很好的體現。小說明明寫的是人生的一大悲哀，可全篇卻用了一半以上的篇幅敘寫柏子與吊腳樓上的那位相熟相愛的妓女間的放蕩行為，雖然其間也有柏子的盤算，但悲苦、憂傷的成份並不多。可到臨近作品結尾時，作者突然筆鋒一轉——

> 柏子小心小心地走過去，預定的十八摸便不敢唱了——因為老板娘還在餵小船老板的奶，聽到哄孩子聲音，聽到吮奶聲音。

這簡短的幾筆，猶如一束強烈的亮光照徹了全篇，把柏子內心的痛苦呈現於讀者眼前，把主人公行為的根據置於階級對比的光束之中。原來柏子並不是天生的行為放蕩，而是不合理的人生命運給永世為奴的人留下了這一小塊奇特的愛情天地，因為他們已經被剝奪了像船老板那樣生兒育女，享受天倫之樂的權利！

至於在絕境中推出新境，結局出人意外，發人深省，倒幾乎成了這幾篇小說共同的藝術特色。誰會想到安分守己、老實懦弱的貴生竟然在憤怒的情況下不去點燃地主的莊園，卻放火燒了自家和金鳳的房屋？又有誰會想到面臨絕路的蕭蕭，竟會被生於化外之地的山民接納下來，於一片喜慶歡樂中收束一場悲劇？但仔細想想卻又完全在情理之中。

十一、沈從文都市題材小說的創作意蘊

「五四」以後，新文化思潮一面繼續輻射著以人為社會核心的人文景觀，傳遞著文明形態交替的社會心理感應，一面因自身內部的不同異質思想的撞擊，發生了蛻變和衰退，使文化思想界呈現出與中國社會的現代性質相適應的混沌初開的狀態。半殖民地、半封建的都市社會時空中，資本主義的精神顆粒在不斷凝聚起新的能量，並與社會的心靈畸態結合成普遍的心理異化堡壘。文壇上，來自鄉村社會的青年知識分子正不斷向都市集結，他們以無所畏懼的勇氣和決心闖蕩文學領域，成為五四後文壇上的一道美不勝收的風景線。

然而，現代都市社會並未以一種博大的胸襟來迎納他們，都市知識層忙於時髦地引進介紹西方思潮，同時都市知識層的洋化血統和紳士作派，使得他們對鄉村來的土知識分子自覺不自覺的排斥。即使是郁達夫這樣的大家也不能脫俗，在那篇〈給一個文學青年的公開狀〉中，人們仍能隱約感受到作者對青年沈從文那一絲不易察覺的譏諷和奚落態度。這種環境對身上帶有鄉土氣息的青年人說無疑是一種巨大的壓力。孤獨和自卑自然也就成了這些「鄉巴佬」知識者的共同心理特徵。沈從文有一種來自鄉村的文化自卑感。湘西時代的沈從文，並不具備他所讚美的湘西人的種種長處，只是私塾裡學來的一點識文斷字的本領，才在軍隊裡謀得軍部文書一職。正是這種文化上上進的粗淺欲望，促使他來到當時新文化中心北京。然而，喧囂的都市快節奏生活，市民階層相對於鄉村農民的那種優越感，養尊處優、氣質高貴的教授紳士，都使他感到自慚形穢。這也可以看作是沈從文都市題材小說中以知識分子題材最為成功的原因。

在早期小說與散文如〈篁君日記〉、〈老實人〉、〈看愛人去〉中，他不停地敘寫身處都市的苦悶與孤獨。或許正因如此，為克服出身鄉村又身處都市所帶來的文化自卑感，沈從文尋求一種更高層次的文化構成，以超越教授、紳士代表的都市人，於是，他找到了鄉村精神，確切地說是苗民的「健康的血液」。

孤獨和自卑這兩大情結(Complex)，在二、三十年代文明蛻變的都市社會環境和政治環境中自然成熟，變為鄉土作家們創造意義世界的情感原動力，從而打破以此兩大情結為特徵的自我封閉體系，實現對孤獨和自卑的超越，他們通過對早期經驗的情緒記憶的描繪，把對鄉村社會的回憶作為自己的精神避難所。他們彷彿忘卻了鄉村中醜陋、愚昧的一面，經他們手流淌出來的是如歌如畫的情景。然而，殘酷的現實又在不斷衝擊著這種美好的記憶，都市生活的快速莫測和人際紛擾，取代了往日鄉村氣氛的平緩和如水一般的樸質安寧，並以變幻無窮的視覺具象，不斷衝擊和調整著鄉土作家的接受視野。在這種調整過程中，作家的心態是矛盾的，一方面，作家接受視野的調整意味著與都市生活的同化；另一方面鄉土派的作家又不願被同化，他們都對都市的生活、作派有著本能反感，但由於都市生存的需要迫使他們不得不順從都市流俗。這種表面上的「隨流」並未使他們放棄了鄉下人的人格，卻提供了他們認識都市人生的機會。

沈從文正是在這樣的一種狀態中來體驗、理解、描寫都市人生的。

應當看到，沈從文對於都市生活的把握是有一個過程的，即使是在寫〈八駿圖〉時，對於都市芸芸眾生的理解還是缺少典型意義。但是由於他對湘西社會人生精華的透徹理解，使他獲得一個參照標本，他對於〈柏子〉、〈雨後〉等作品人物的人性閃光點的捕捉是具有哲學反思高度的，那就是柏子、四姐、阿黑等人身上透露著的野性然而是健康的，質樸的然而是不虛偽的人性美。由此，他看到了都市社會文明的外衣下隱藏著的醜陋。

一個耐人尋味的現象是，現代鄉土作家在本鄉故土都沒有寫出有影響的作品。魯迅、茅盾等作家傳世之作都誕生在他們久別故土以後的都市生活中。顯然作家沒有那些高深的哲理思辨，都市、鄉村兩大區域的比較，使作家對「人」的問題很敏感地獲得了感性、直觀的認識。從審美上講，這是一種距離效應在起作用，外界刺激場合的變化轉移，激發起了審美主體得以釋放的心理能量。時空距離是作家傳輸心理刺激因素變化的最直接公開的負載場所。它干擾或凝固著他們的理解和敘述的角度，也是造成審美距離的最初步的現實基礎。由時空距離而來的，便是在精神狀態和觀念形態方面的文化距離，它可以形象地被喻為通過時空距離，將自身精神文化現象輸送給接受主體的住處傳播中心。如果把審美距離比做一臺切割機器，時空變化構成了負荷審美對象的機器外殼，那麼文化落差則是殼內自發篩選審美對象性質和形式的切割刀。這一刀沈從文看到了都市人生的本質。他以冷峻的目光對都市社會「腐爛」的現實進行穿透式的觀察時，既努力表現出金錢、權勢、自私、怯懦、「唯利唯實的庸俗人生觀」和像燃燒的牛糞那樣既無火又無光的「閹宦情緒」對人性的摧殘和戕害；又真實地描繪了生活在上流社會圈子中的人們試圖從虛偽、狡詐、金錢、勢利的泥淖中掙扎出來，求得「生命」自由發展的強烈願望。

在〈紳士的太太〉中，作者自云創作的意圖乃是為了給「高等人造一面鏡子」。「鏡子」中看出了兩種截然不同的人生，沈從文把其中一類歸作「生命」，另一類歸作「生活」。前者是以湘西社會人生為代表，與自然相和諧的原始人生，一旦取得理性對它的駕馭，粘附於整個民族的努力之上，便成為符合理想的健全人生。後者則以現代都市人為代表，即囿於衣、食、住、行、延嗣後代，追逐利益的行為。都市中人「一律受鈔票的控制」，重利輕義，「在小小恩怨得失中滾爬」如同蛹蛆般生活，呈現出「生物學上的退化現象」。都市的正常人性，在沈從文看來只存於那些近乎病態的、極端的形式之中。〈薄寒〉中的那位年輕貌美的中學女史地教員，雖然同樣生活在大都市這種令人憎惡都市的虛偽環境中，卻依然保持著對人的自然本性的追求。她憎惡那些「面慈心邪」的偽君子，渴望那種敢愛敢恨的粗獷人格。〈都市一婦人〉中那位天生麗質卻被許多男人誘騙、玩弄、遺棄，因而產生了玩弄男人以實施報復的都市婦女，當她進入中年，終於遇上一位「年輕、誠實、一切完美無疵」並且真心愛她的男人後，為了不再讓這難得的愛情失掉，竟狠心將這男子的雙眼毒瞎。這個看似殘酷愚蠢的舉動，卻包含著動人的詩。它敘述了一個為「生命」而活著的女性她的行為軌跡。在〈如蕤〉中，作者則敘寫了一個與「庸俗平凡，一切皆轉成商品形式」截然不同的愛情故事，一對出身豪門大戶的男女青年他們採取自己選擇的一種愛的方式，他們愛得那樣單純、那樣執著、那樣不附加任何條件。儘管他們的愛因為男子的早逝如同天上的流星一樣，倏忽長逝，但卻如燭如金，閃耀出「熠熠照人」的生命之光。從「改造國民性」角度看，沈從文發掘、弘揚的正是這樣一種生命形式，他企望以此改造都市爬蟲主義、閹寺性的人生，塑造本民族的魂靈。

沈從文都市小說之所以顯得特異，就在於其包含了深層文化意義的獨特視角。他以鄉民生命價值為尺度，立足鄉村立場，返觀都市人生。以這樣的價值尺度，沈從文將都市與鄉村小說互為對照，提出了其城鄉對立以及以鄉村改造都市的總體模式。不過，有時將這個模式向歷史更深處上溯，化為苗漢文化的衝突，有時則讓兩種對立力量出現在同一都市作品中，化為都市下層勞動人民與上層社會人生的衝突。因此，鄉村與都市人生的對立，不僅是沈從文小說的總體模式，也是其都市小說的模式。

如果說，在沈從文小說的總體內在結構中，鄉土小說以正面完成著對理想人性的塑造，那麼，都市小說則從反面印證著作家的人性探求。

對都市生活，沈從文持全盤的否定態度。〈腐爛〉一篇對現代都市上海極盡嘘譏挖苦，上層的顢頇、驕狂自不必說，即使是身處下層的抹布階級，也欺詐、淫亂，生活在腐爛的狀態之中。「那麼複雜的種類，使人從每一個臉上望去，皆得生出這些人怎麼就能長大的一種疑問……並不是人人都頑強健康，但差不多人人脾氣都非常壞。那種愚暗，那種狡詐，那種人類謙虛美德的缺少，提及時真是使人生氣」。嚮往都市生活，不啻於人生最大的失敗。〈王謝子弟〉中的七爺就是一位企慕都市而又失敗於都市的典型。這位內地大地主，自命新派，「住過上海」、「極贊成西洋物質文明」，卻在具有西洋色彩的大都市中大栽跟頭。沈從文似乎較少寫上海等現代都市生活，也漠視中國不同文化形態的都市之間的差異，他的興趣並不囿於批判上海、天津、漢口等現代都市，而是抽取所有都市的共性，在與鄉村對立的抽象意義上表現都市。在沈從文的文化尺度下，城市集中了中國最腐朽的文化，所謂「文明」，不過是把金錢與權勢等非人因素導入人際關係，從而支配社會生活。於是，人類基本道德被人與人，人與社會的不自然的關係褫奪，自然天性亦被禁錮在各種各樣的文明禁律之中，外在的生活與生命的本我呈現出尖銳的對立，自然活潑的生命因之而衰頹。沈從文以為，都市人「一切所為、所成就，無一不表示對於『自然』之違反，見出社會的抽象和人的愚心」。

在沈從文看來，都市上層人生最大程度地代表了生活與生命對立的狀態。他小說中出現最多的人物是紳士、教授、職員與大學生，這種情形，有一定的社會學依據，但亦有明顯的作家自身情感因素。紳士是傳統都市權力結構的頂峰，是封建士大夫階層在近代的延續；教授則是都市現代文化的制高點，二者同屬社會支柱與文化精英。此外，沈從文表現了較典型的京派的都市觀，他無意區別二者文化內涵的不同，而是在抽象的意義上把他們混置一處，統統作為都市文化的代表。大學生與職員是紳士、教授金字塔下的組成部分，是都市文化的基本承擔者。沈從文以此四者作為小說的諷刺對象，目的即在於打倒都市文化的最精華部分。

在都市題材作品中，沈從文仍然熱衷於寫人的生命流程，既有人性剖析的審視點，敘寫都市上層人——官員、紳士、教授們的生命衝動與外在行為的對立，〈紳士的太太〉、〈八駿圖〉、〈記一個大學生〉、〈法漢〉、〈煥乎先生〉、〈自殺的故事〉、〈若墨醫生〉、〈有學問的人〉都表現了類似的主題。作家並不否定情欲衝動，在大多數鄉土作品中，恰恰禮讚鄉民順乎人的自然屬性而發生的生命行為，而都市的文明禁律使都市有產階級喪失了生命衝動應有的飽滿與奔放、情愛衝動成為不可告人的「色欲意識」、「戀愛只是一群閹雞似的男子，各處扮演著丑角喜劇」。〈有學問的人〉中的教授天福先生，與其妻的女友關係曖昧，只有將室內燈光熄滅，才斗膽作出小心翼翼的挑逗行為，整個過程卑瑣、沉悶。太太一回，天福馬上一副堂皇斯文的樣子，三個人噓寒問暖，恰如一派其樂融融的友好往來。白天與黑夜，正是上等人的兩面世界，他們不能抵抗對女性的渴望，卻又振振有詞地發表虛偽的宏論，紳士的生命就被這些「白天的體面」與教養吞噬。〈八駿圖〉最有代表性。所謂「八駿」，即「人人皆赫赫大名」的著名教授，或尊奉獨身主義，或自詡清心寡欲，或顧忌社會道德，下意識裡，卻一律露出愛欲本能，不過這種本能被種種約束「抑制著、堵塞著」，因此，表面上「為人顯得很莊嚴，很老實」，實際上卻「同人情有點衝突，不大自然」，內心欲望呈現出變態的表現。一位教授，將全家福相片置於桌端，而蚊帳中卻總掛著半裸美女廣告畫；另一位自稱久已沒有愛欲想法，卻總將視線放在希臘愛神裸像的凸凹之處；還有一位教授漫步海灘，「從女人一個腳印上拾起一枚閃放珍珠光彩的小小蚌螺殼，用手指輕輕的很情欲的拂拭著殼上粘附的砂子」；而自稱「生活有了免疫性，那種見寒作熱的病不至於上身」的周達士先生，在海邊見到年輕女郎留下的字句時，「這個自命為醫活人類靈魂的醫生，的確害了一點很蹊蹺的病」，一面給未婚妻寫信，一面為等候新的意中人推遲歸期。

下層普通市民生活，是沈從文都市小說的另一屬類，但表現下層生活，並不在於構成整個都市社會的完整性。在沈從文的文化範疇裡，下層市民人生同鄉民生命呈現出價值的同一性，或者簡直就是鄉土中國鄉民精神的延伸。譬如〈泥塗〉中的祖貴就有明顯的鄉野氣息。〈燈〉中的老戰兵，是一個「古典」的人物，雖身處上海卻保留著傳統人格。〈虎雛〉〈如蕤〉〈薄寒〉等篇的男主人公亦有類似情況。〈道德與智慧〉中的女佣楊媽，則又同來自農村的士兵存有精神上的聯繫，因而，其同都市上層構成的對立，被納入到城鄉兩種不同人生意義的對比與臧否之中，所不同的是，城鄉兩種人生的比較是一種超越時空的潛在對比，必須在全部作品的宏觀結構中，才能體現出來，而這種都市內部的文化衝突，是在一種共同的時間、空間範圍裡，伴隨著具象的形式表現出來，是一種顯性的、外在的對比。

在沈從文的都市小說裡，下層人民在精神上並不是都市人生的一部分，而是鄉民生命在城市的延續，它與鄉土小說中的鄉民一道，組成未被現代文明污染的健康生命，並被拿來對

「真正」的都市人生進行比較批判，或許，這也是「以鄉村改造都市」命題的間接表現。在沈從文的另一些作品、尤其是後期作品中，出現了一些身處都市文明卻又不甘淪落的都市上層人物，開始力圖掙扎出都市桎梏、向鄉村尋找精神認同。〈風子〉讓一位在湘西觀看當地土人宗教儀式的「城裡客人」讚譽原始生命形態的宗教活動的「莊嚴和美麗」；〈如蕤〉、〈薄寒〉、〈都市一婦人〉中的都市女性處在一群群都市男子的追逐包圍之中。而女主人公都極嫌惡這種都市的所謂戀愛生活，厭倦了那些成為公式的男子，與成為公式的愛情，她們對於愛情與男性的理解，帶有鄉村原始生命色彩，渴望被原始強力征服。如蕤這個「驕傲的婦人厭倦輕視了一切柔情，卻能在強暴中得到快感」；〈薄寒〉中的女主人公更認為「她的貞節是為這勇敢的熱情的男子保留」、「她願意被人欺騙，願意被棄，願意被蹂躪，只是這人是有膽氣的人。別人叩頭請求還不許可的了，若這人用力量來強迫她時，她甘心投降」。因此，這群帶有理想色彩的都市女性，都把鄉村生活與鄉民精神視為自我的引導與拯救力量，只有那些帶有鄉野氣質的男性，才能引動她們心旌搖蕩。〈都市一婦人〉中的風塵女郎，在獲取了一位軍官的愛情之後，不惜弄瞎愛人雙目，以返鄉下；〈薄寒〉的女主人公將一位「有一種鄉下人的氣氛」的青年軍官作為自己意中人；如蕤在一次沉船事件裡，被一位粗野、單純、有鄉下人氣質的男子所救，獲救的似乎並不僅僅是肉體，也包含一顆試圖掙扎的靈魂。因此，這幾篇故事所反映的，決不僅僅是作者的戀愛觀，而是作者對城鄉兩種文化所做出的評判。

沈從文以其獨有的方式繼續著改造國民性格的工作，在這一點上，具有較強的現代意識，其對都市文明的譴責甚至暗合西方現代主義文學思潮。但他為都市所開的一帖藥劑卻又背離了現代理性。在初入都市，來不及對都市社會作出全面的理性考察之前，便匆忙地將未加歷史理性過濾的鄉村記憶，作為其人性探尋的哲學支柱，因而，一味強調未經現代文明侵蝕的鄉村的純樸、靜美，便顯得有些矯情。事實上，沈從文在湘西軍隊裡，是一位身份特殊的少爺兵，對舊軍隊與湘西地方的野蠻、愚昧，並不一定能深切理解，但即使如此，湘西在他的印象中也不盡美好，他曾說：「作一年半補充兵，看砍頭五年，五年中在三四個省份邊區的荒村小鎮上來來去去流蕩，同許多小職員接近，同泥土、馬糞、黃疸病與鴉片煙接近。」只是為了追求自己的文化優越地位與表述文學思想，才一廂情願地虛構鄉村世界美與善的人生。同時，對都市人生、都市生活的評判，囿限於道德立場，缺少一份歷史理性，流於簡單的否定。都市人的「一切成就」彷彿都背離人性，因此，其「改造國民性格」的主題，嬗變為「以鄉村改造都市」這種並不深刻的片面的主張，其人性探索始終停留在一種情感層面上，大大不同於魯迅、葉聖陶、張天翼等人的作品，在沈從文的文學理論與文學作品中，凡提及都市，皆以否定性語言予以抨擊，殊不知，現代都市，作為人類文明進步的集中體現，聚集了更多的人類活力，包含了人類自身解放的更高意義，人性的覺醒與自由奔放，作為個性解放的內容之一，已在新文化的誕生與發展中得到高揚。這種肯定人自身價值、肯定人的全面發展的文化，在三十年代已滲透到現代都市生活之中。相對於舊中國處於封建狀態的農村來說，城市無疑是人性的自由之地。事實上，舊中國先進的知識分子，其中包括沈從文等人，脫離蠻荒一隅而進入大都市，其生命追求恰說明了這一點。對此，我們還可印證於現代文學中的許多作品。茅盾《虹》中的梅女士與巴金《家》中的覺慧等人，一路風塵，從四川內地來到上海，追求光明的人生；施蟄存〈春陽〉中被禮教禁錮數十年的嬋阿姨，面對生機勃勃的都市生活，古井重波，開始追求人所應該享有的生命快樂，都市彷彿是一輪春陽，使其人性枯草逢春。從這個角度來說，缺乏現代文明的鄉村宗法社會與野蠻、蒙昧的湘西地區，雖然一定程度上未對人的自然行為形成強有力的桎梏，但其對生命的肯定畢竟停留在較低的層次上，在沈從文的許多作品中，甚至只是一種對人類本能的寬容。因此，其「以鄉村改造都市」的命題，顯然是不合歷史邏輯的天真的理想。

當然，譴責都市文明，並不意味著否定整個現代文明，以都市人性淪喪作為批判對象，也不無可取，但由於缺少一份理性觀照，缺少都市文化形態的描述，都市，在沈從文那裡，是模糊不清的，只是一個抽象的存在，他所要表述的都市的實質，實際上只是「文明」的代名詞，有著複雜社會結構與功能的城市，彷彿只是一具捆縛人手腳的架具。也正因此，沈從文雖然連篇累牘地抨擊都市文明，但實質性的描述卻極少，他筆下的城市生活，既沒有機械文明、金錢崇拜對人性的擠壓，也沒有都市人因高節奏生活與利益追逐而導致的都市病症，相反，出現在他筆下最多的是與資本主義都市全然不同的傳統都市生活。他抨擊最力的紳士，其實是封建政治結構的頂峰，代表著一種封建文化，沈從文卻將其作為現代文明的體現，同教授、大學生一道打倒在地。而教授與大學生作為現代文明的產物，在小說中只是都市文化的泛化指代，並不具備實際的文化意義。由於缺少都市形態的具體分析，不管是都市上層萎縮、卑怯的人生與下層人民的健康生命，都成為無根的一群，缺少歷史感，而且，其對都市的否定性總體理解，也無法與其對下層人民生活的讚美協調起來，因而給人的印象是，都市生活與都市人只是鄉村生活與鄉民精神的一個反襯，下層市民只是鄉民生命的一支延續，與其構築的鄉土中國相比，都市作品包含的並不是一個完整而結實的都市世界，甚至只在一種城鄉的文化比較中存在有限的意義。因此，正像都市人生是從反面印證沈從文的人生理想一樣，都市小說作為鄉村小說的對比性補充，一個陪襯，附麗於其鄉土文學形態之中。或許這就是沈從文都市小說的特異性所在。

十二、論沈從文小說文體的敘事形態

本章運用闡釋的方法，通過對沈從文小說文體內容層的敘事基點、基調意旨及形式層的視點、結構等要素的考察，力圖對其小說敘事形態作出整體性的把握。沈從文認為人的生命必須適應自然的旋律，因此他始終將創作的基點建立在人與自然的關係之上。沈從文從創作之始，就把探索生命真諦、揭示民族生存之路作為自己的創作使命，因此其創作基調雖在都市和鄉村兩種生命世界的對照中呈現出複雜的態勢，但總的來說，其基調是在悲憫中隱含著希望的誕生。而貫穿於他整個創作中的意旨則是提倡放大的人格、健全的人格。沈從文之所以有「文體作家」之譽，首先得力於其敘事視角呈現出獨特的個性，其次表現為敘事結構的多樣化。他的全部敘事文本無不印證了他超脫世俗的獨特人格。

三十年代初，作家蘇雪林在評論沈從文的創作時，曾經對沈從文的所謂「玩手法」頗有微詞。然而她當時卻未能看到沈從文的包括《邊城》在內的大量後期作品，因而對作家創作個性整體特徵的概括與把握，便不免失之公允。現在看來，正是沈從文在敘事形態領域所作的多種努力，才使他的小說文體日臻完善。也正是因為這一點，他才被人譽為「文體作家」。

小說的敘事方式體現著作家對作品所要展現的生命世界、人生意義的認識理解，是小說意蘊指向的符號信碼。沃倫・貝克(Warren Baker)在評論福克納(W. Faulkner)的小說時說：「福克納對生活的看法怎樣，他的文體也怎樣。」❶的確，一個優秀作家要將自己的情感世界、人格精神表現出來，就必然要考慮對文體形式的選擇。因此，通過對作家敘事文體各因素的考察便可以更好地把握這一作家區別於別人的獨特的整體創作風貌。那麼，敘事文體的構成因素有哪些呢？福斯特(D. Foster)《小說面面觀》在討論小說的性質時列舉了六個方面：故事、人物、情節、幻想、預示、樣式或節奏。韋勒克、沃倫(R. Wellek & A. Warren)的《文學理論》則把情節、性格刻畫、背景（情調、氣氛）、世界觀、視點等作為敘事要素。從現代敘事美學的觀點看，小說整體的構成離不開以下諸種因素：敘事過程的基點、基調、結局、意旨、距離以及表達上述內容要素的視角、語境、結構模式等。據此，本文試圖運用闡釋的方法，

---

❶《福克納評論集》，頁九四，中國社會科學出版社，一九八〇年版。

通過對沈從文小說敘事基點、基調、意旨、視角、結構形式等局部因素考慮以期達到對其敘事形態作出整體性的把握。

㈠敘事基點：水、土地——自然與人

透過沈從文卷帙浩繁的小說文本，我們最突出的印象就是，有一位誠摯的敘事人跨躍於時間與空間的河流之上，如數家珍地向讀者敘述著他所經營的生命世界。讓讀者同他一起去領略和感受其中的「微嘆與沉默，色與香、愛與怨」（《燭虛・生命》）。在紛繁駁雜的題材中，作家自如地使用多種創作技巧，盡情地馳騁文思，實踐著他的生命文學理論——「寫我自己的心和夢的歷史」（〈水雲〉），水、土地等把人類活動與自然緊緊地連接在一起。土地是人類的命根子，水也如此。「水是生命活動的象徵，浩瀚無邊的水的世界是生物和美神的母胎，是構成自然美的重要因素」❷。沈從文的許多小說傑作如《邊城》、〈丈夫〉、〈柏子〉、《長河》等無一不是把敘事的基點建立在自然與人的關係之上的。他說：「我的生活同一條辰河無從分開。……從湯湯流水上，我明白了多少人事，學會了多少知識，見過了多少世界！我的理想是在這條河水上面擴大的。」（〈我的寫作與水的關係〉） 毋庸置疑，作家對敘事基點的選

❷〔日〕濱田正秀《文藝學概論》，頁六二，上海外國語學院出版社，一九八五年版。

擇，是出於一種真摯的情感。在眾多的小說題材中，沈從文傾注了全部熱情的是湘西題材。那條縈繞著他愛之夢幻的酉水及苗鄉的「哀樂人事」與現代都市生活形成了鮮明的對照。這種愛與憎的特殊情感時刻勾起他對生於斯、長於斯的故土家園的眷念與追思，形成了他獨特的「鄉戀情結」，標明著他作為小說作家的鄉土特徵。他曾經坦率地表明：「我實在是個鄉下人……鄉下人照例有根深蒂固永遠是鄉巴佬的熱情，愛憎和哀樂自有它獨特的式樣，與城市中人截然不同！」《從文小說習作選・代序》正是這種純真的「鄉下人」的情感使得作為審美對象的湘西山水人物在創作者的心目中顯得格外完美。湘西的「哀樂人事」正是那裡的自然水土與人生在一種特定紐結上的產物。或者說，只有湘西那充滿神性的自然風物才造就了一個個具有傳奇色彩的人間悲喜劇。〈柏子〉的故事是那樣的自然灑脫，單純蒙茸、毛手毛腳，如同「妖洞中的嘍囉」的水手柏子為了和吊腳樓上相好的妓女兩月一次的約會，即使花去自己辛苦掙來的全部血汗錢也在所不惜，他完全生活在現有的感覺中，他的生命來自自然，因而在自然中又滿足了一切。《邊城》中那看守渡船、相依為命的祖孫二人跟他們周圍的環境——滿山的竹篁、清澈的溪流、崖邊的白塔、迷濛的雨霧、古樸的民風——契合得如此緊密。翠翠那合乎自然節律而萌動的春心，徘徊在期待與羞怯之中的少女情懷，天保、儺送兄弟在愛情的門坎前相互謙讓的舉動，無不讓人深深體察到自然與人膠合而形成的獨特邊城風味。〈丈夫〉裡那一對在生活困境與社會勢力擠壓下被迫分離的新婚夫婦，妻子雖然離開土地、家庭到水碼頭的花船上出賣肉體，甚至染上了一般妓女的惡德，表現城裡人的「神氣派頭」，但心靈深處卻仍然記掛著家中的豬崽同小雞，從未忘卻丈夫愛含片糖的脾氣……特殊而豐富的生活經歷賦予沈從文的小說相當廣闊的題材，但從人物的類型著眼，主要是兩大類：一類屬於「水上人」，即「貼近泥土也吸收雨露陽光」的人，一類則是近於「腐爛」、充滿「閹寺性」的都市中人。對於前者，沈從文傾注的是濃郁的愛，對於後者則流露著鄙夷和厭絕。與勞倫斯(D. H. Laurence)一樣，沈從文認為人的生活首先必須適應自然的旋律。而城市中人的一切所為，卻「無一不表示對於『自然』之違反」(〈燭虛〉)。但他所崇尚的自然並非哈代(T. Hardy)筆下那種與人為敵的陰沉的自然，而是元氣淋漓、極富生命力的自然。湘西楚地文化人類形態之所以值得他那樣沉醉，是因為它與那雜糅著神性和魔性的地域奇麗景觀水乳交融於一體。總是充滿著野性的、原始的、無拘無束的勃勃生機。在沈從文的作品中無論是船夫、農人、獵手、軍人還是娼妓、土匪大多是與自然相融的人，他們「從容地各在那裡盡其生命之理」。從這種生命氣息裡作家悟出了許多民族振興的道理，他認為「愛國也需要生命，生命力充溢者方能愛國」(《燭虛・生命》)。因此，他很想以創作為手段，將湘西楚地民族的那種雄強而又渾然的生命活力「當作火炬，引燃整個民族的青春之焰」❸。

也正因為如此，他才能通過對人與自然關係的研究，最終得出了「美在生命」的美學命題，從而搜尋並構築著他的那片充滿淳美人性的湘西世界。

(二)敘事基調：悲憫與希望的混合

基調是作品自始至終的主旋律，是作品的精神內核。一般說來，一個作家創作基調的確立，往往對他的整體創作風貌、思想傾向起到一種制導作用。沈從文從開始創作時起，就把探索生命真諦、揭示民族生存出路作為自己的創作使命，基於對都市和鄉村兩個生命世界的對照考察，沈從文的創作基調呈現出複雜的態勢，但總的來說，其基調是，悲憫之中隱含著希望的誕生。在創作之初沈從文就已發現了現代人的毛病在於人與自然失去了和諧，「人固然產生了近代文明，然而近代文明也就大規模毀滅人的生命」（〈燭虛・四〉）。近代文明發展的副作用即是人性的倒退，「和尚、道士、會員……人都儼然為一切名分而生存，為一切名詞的迎拒取捨而生存」（〈燭虛・三〉）。從〈八駿圖〉、〈煥乎先生〉、〈紳士的太太〉等作品中可以看出都市人生的特點是：「生命無性格，生活無目的，生存無幻想。一切都表示生物學的退化現象。」（〈燭虛・一〉）懶惰、精神萎靡、病態、怯懦成為當時都市文明總的傾向。

❸ 茅盾等著《作家論》，頁一六二～一六三，人民文學出版社，一九八四年版。

道貌岸然，奢談所謂「佛教不淨觀」、「儒家貞操說」的古典派教授們在現代生活的種種「刺激」下，雖按捺不住內心躁動，但「心靈的欲望」，卻「被抑制著，堵塞著」（〈八駿圖〉）；渴望與人的「本性」對面的那位女史地教員，既然從都市男人身上看不到一點點「人間本性」，當然更看不到愛的勇氣，所以從她所結識的男友中只能體驗到乏味的「微溫、多禮、整潔」（〈薄寒〉）……都市文明病造成了人性的扭曲，形成了閹宦觀念，讓人感到民族振興的渺茫。因此，沈從文深有感觸地說：「這個民族目前將來，想要與其他民族競爭生存，不管戰時或承平總之懶惰不得」（〈燭虛・四〉）。「至如閹寺性的人，實無所愛，對國家貌作熱誠；對事，馬馬虎虎；對人，毫無情感；對理想，異常嚇怕。」（〈生命〉）這種人只會使民族墮落，不能擔負民族振興的重任。對這種人生圈子中的男女，沈從文雖然厭惡，卻更多憐憫。他認為這種人的生命實在是一場悲劇❹。這是他以「鄉下人」的尺度、標準衡量出來的都市人生的荒誕性。以同樣的尺度去探尋湘西社會，作家並沒有簡單地下結論，而是更多了一些理性思考。從歷史、文化的角度看，湘西人文形態經歷三個階段，「改土歸流」之前，湘西基本上處在一種原始的經濟狀態中，其文化總的特徵是「浪漫情緒與宗教情緒混而為一」（《湘西・鳳凰》），生命總是充滿著原始的野性。這種文化形態在〈龍朱〉、〈月下小景〉、〈媚

---

❹ 淩宇《從邊城走向世界》，三聯書店，一九八八年版。

金、豹子與那羊〉和〈雨後〉、〈神巫之愛〉等作品中得到了反映。「改土歸流」之後，由於統治者視湘西為匪區，加以控制和殺戮，使湘西自在自為的原始經濟遭到破壞，封建的宗法觀念逐步滲透進來，並日益加深。那種原先存在於邊民性格、血液中的生命和浪漫氣息必然與之產生衝突，從而形成許多人生悲劇，如〈蕭蕭〉、〈七個野人與最後一個迎春節〉、〈夫婦〉等作品即是對這一時期的寫照。到了二、三十年代，封建宗法觀念與日益吹進的現代文明風會合，更使湘西的現實生活產生了許多惡性因子，純樸的民風民情逐漸蛻化；甚至連兩性關係都已商品化了。不是嗎？〈貴生〉中那位雜貨店老板的女兒金鳳，雖曾跟勤勞而又貧困的貴生訂了親，但終究受不了物質的引誘，竟心甘情願地去做有財有勢的老地主張五爺的小妾。而〈丈夫〉中那位年輕的農婦，也竟然習慣於將出賣肉體看成是做一般的「生意」。面對著湘西這片自然人性的沃土被「現代文明」逐漸玷污的事實，沈從文的心中彌漫著一種神聖事物被褻瀆的悲楚，於是他在作品中發出這樣的人生和歷史慨喟：隨著「新的制度代替舊的習慣」，「地方的好習慣是消滅了，民族的熱情是下降了，女人也慢慢地像漢族女人，……美的歌聲與美的身體同樣被其他物質戰勝成為無用的東西了」（〈媚金、豹子與那羊〉）。儘管如此，沈從文仍站在理想的高度，對湘西生命形態中的自然本性的浪漫情緒加以讚頌。他用飽含愛心的筆去寫那些活鮮鮮的生命，〈柏子〉、〈雨後〉，乃至《邊城》、《長河》可以說是忠實傳達了作者企圖以湘西傳統文化對抗「現代文明」的願望和心聲。湘西人生命的特徵最明顯地表現為他們既順應自然又敢愛敢恨，敢作敢為。〈雨後〉中的阿姐與四狗，〈柏子〉中的柏子與吊腳樓上的妓女，〈連長〉中的連長與年輕寡婦等，他們盡情享受造化賦予的「生命本來的種種」，渲洩生命的美麗與強健，同時也體現生命的莊嚴與價值。正是在這種生命形態中作家才真正領悟到了民族振興的希望。從對湘西人所遭苦難的體恤到對都市文明醜惡現象的厭惡，又從對都市人生的遺憾轉而對湘西生命形態的讚賞，這是一個認識過程也是沈從文創作的情感線索。因此，只有把握住這種喜憂參半的敘事基調，我們才有可能深刻理解沈從文深沉的創作意旨。

(三)敘事意旨：倡導放大的人格、健全的人格

儘管沈從文藝術化、審美化的生命理想模式距離現實十分遙遠，但正如上面所言，他並不因此而意志消泯。在他營造的「邊城」世界裡寄託著他的理想和不倦的探索。他嚴格區分了「生活」與「生命」的質的不同。探討了生命的簡單與複雜、偶然與必然，生命的方向性，生命的莊嚴與價值等重要屬性。尤其是當他目睹了都市人生的種種現狀之後，他痛感生命力強大的重要。在幾千年封建歷史上，中國人畸變的生命形態導致了暴君肆虐、奴性滋長，鴉

片戰爭以來的近百年任人宰割的歷史更充分證明這種生命形態的危險性。為此，沈從文竭力倡導一種富有野性生機的生命和健康獨立的人格。〈虎雛〉、〈旅店〉等作品無一不昭示著他的這一美好願望。在《生命的沫・題記》裡，他解釋了自己這樣寫作的目的：「我的世界完全不是文學的世界，我太與那些黑暗、粗野、新犁過的土地同冰冷的槍接近、熟習……把我的世界介紹給都會中人，使一些日裡吃肉晚上睡覺的人生出驚訝……」然而，沈從文筆下的這種原生態的生命形式並不是他所要昭示的最理想的生命形式，那麼作家的創作旨歸究竟在哪裡呢?沈從文之所以區分「生活」與「生命」的界線，建立和完善自己獨特的生命學說，並在創作中努力實踐「美在生命」的哲學命題，其主旨、意蘊在於揭露並張揚民族的生命元氣，實現「民族品德的重造」，使「極關心全個民族在空間與時間下所有的好處與壞處」的人「對中國現社會的變動有所關心，認識這個民族的過去偉大處與目前墮落處」（《邊城・題記》），使「在那裡很寂寞的從事於民族復興大業的人」擺脫人類衣食住行性的低級生命形式，去追求那種「超越習慣的心與眼」（〈燭虛・四〉）、「超越世俗愛憎哀樂的方式」（〈燭虛・五〉），把生命「粘附到整個民族向上努力中」去（〈白話文問題〉）。以《邊城》為例，這篇通體煥發著人性之光的藝術傑作，作為湘西文化的體現者，雖由於生活命定的悲劇性，使其字裡行間隱伏著一種孤獨與憂鬱的人生情緒。但作家通過這個愛情故事所要張揚的卻是一種

「優美、健康、不悖乎人性」的人生形式。大自然陶冶著邊城人的心靈，而邊城兒女也為大自然增添人性的光輝。這裡看不到文明社會充斥著的虛偽、懶惰、自私與狡詐。「碾房」與「渡船」的價值估量透視出邊城兒女義利取捨上的質樸與坦誠。其他如〈早晨——一堆土一個兵〉中的那位因堅守陣地，死得「硬朗」、死得「價值」的老兵，〈過嶺者〉中那個置生死於度外的特務員，〈扇陀〉中那個為了國人利益，義無反顧地犧牲自己的青春與美麗去降伏妖魔的美女扇陀等都是這種充滿神性的莊嚴生命的典範。這也就是他所要揭櫫的放大的人格——那種用意志代替命運「使理想與韌性、犧牲相粘附」，「對人生遠景凝眸」的理想的人生形態（《從文自傳》）。

敘事藝術的美學內涵，不僅包括敘事主體對描述對象的深刻理解與把握，還涉及描述手段、言語方式、結構模式等等形式層要素。

中國現代作家在敘事領域所取得的成就，很大部分得之於中外傳統敘事作品的影響，沈從文也不例外，《楚辭》、《史記》、《聊齋》、《今古傳奇》，外國作家諸如契訶夫、莫泊桑的作品，魯迅先生以鄉村回憶做題材的小說都使他的「用筆因之獲得了不少勇氣與信心」（《沈從文小說選・題記》）。一九二八年以後，為了給學生作習題舉例，沈從文嘗試著使用許多不同的表現方法來結撰故事，從而使他的小說呈現出多姿多彩的藝術表達風貌。從

《邊城》、〈蕭蕭〉到〈薄寒〉、〈八駿圖〉，題材跨越鄉村都市，時空發生了截然不同的變化，然而讀者莫不驚詫於他那從容、纖巧、飄逸的敘事功底。正如蘇雪林所說，「他的文字雖然很有疵病，而永遠不肯落他人窠臼，永遠新鮮活潑，永遠表現自己。他獲到這套工具以後，無論什麼平凡的題材也能寫出不平凡的文字來」❺。

(四) 敘事視角

首先讓我們考察一下沈從文敘事視角的個性特徵。法國結構主義批評家托多羅夫(T. Todorov)認為，「視角的重要性應屬小說創作技巧的首位」❻。從視角的構成看，一種是外在客觀性的全知視角，另一種是內在的、帶有主觀性的有限視角。無論是全知視角還是有限視角，作者都不僅僅為了敘述故事，而是通過人的際遇、感受，表現出人與環境共同參與建構的生存氛圍。兩種視角的語言、色調、節奏、組織不盡相同，因而形成了兩類語區。在沈從文那裡，內在的有限視角以「我」的生存感為原點作輻射，結構自由度大，主觀抒情的成份

❺ 同注❸。

❻ 〔法〕托多羅夫〈文學作品的分析〉，王泰來等編《敘事美學》，頁二七，重慶出版社，一九八九年版。

也顯得比較多；同時由於敘事人的情感介入，因而作品多少都帶有一點自傳的色彩。〈卒伍〉、〈船上岸上〉、〈雪〉、〈爐邊〉等早期作品和中篇〈雪晴〉等後期作品，使用的都是這樣的一種有限視角。而全知視角的使用，則是由社會生活的紛繁雜駁和作品內涵的客觀性決定的，在長篇小說《長河》中，作家如同站在人生的制高點上對呂家坪這一特定社會場景作遠眺和俯視，農人的勤勞、善良，官吏的巧取豪奪，「新生活」造成的人心恐慌，皆栩栩如生地展現在讀者面前。敘事者彷彿從彼地走來，向我們講述他的見聞與感受，這種視角的採用使得《邊城》、〈夫婦〉、〈神巫之愛〉等作品的場面比較開闊壯觀，敘述節奏也相應趨向舒緩、凝重。這不能不說是作家自覺的現實主義創作精神對傳統小說無節制的主觀介入的修正。然而這並不能完全體現沈從文的創作個性。在許多富有代表性的作品中，他通常別創一種語區，即以內外視角的轉換演進故事情節。試以〈八駿圖〉、〈在別一個國度裡〉為例。〈八駿圖〉的開頭首先以全知視角介紹主人公達士到達青島以後的情景，但是為了避免這種全知視角所造成的單調與不足，作者很快將敘事人角色轉給了作品的人物之一達士先生，讓他寫給小說中另一人物瑗瑗的多封書信擔負起敘事的任務，這樣全知視角就自然地轉變為內在的有限視角。因此對其餘六位教授的形象刻畫均是在內視角觀察中完成的。最後小說又以達士給瑗瑗的電報（內視角）作突轉，含蓄地表明達士的情感變化，結尾再由全知視角說明事件的結果。

〈在別一個國度裡〉中作者獨具匠心地以書信形式結構全篇，但在石道義、宋伯娘，宋小姐、書記官太太的往來書信之外，又以全知視角對書信內容無法含蓋的其他情節，諸如書信的傳送過程，送信人的行狀，收信人的心理表情和言語乃至信封的格式、標記作了詳細的描述與交代。隨著信的內容展露，全知視角和有限視角交叉使用，整個故事情節逐步展開：山大王石道義欲娶宋氏之女為押寨夫人；宋氏不從，舉家惶恐不安；石道義接受省軍招安，落草大王成了正果；宋氏允婚，婚禮盛況空前。其間有許多細節諸如宋伯娘對山上來信的反應，山寨上的情況等則是兩種視角互相補充完成的。由於外視角成了內視角跳躍轉換、交替過程的中介，對內視角起著調節和補充作用，因此儘管內視角變化多端，但整篇小說讀起來仍然層次清晰、結構嚴整，充分顯示了作家駕馭題材、刻畫人物、敘事抒情的才能。

(五)敘事結構

其次讓我們再看一看沈從文敘事結構的多樣特徵。沈從文小說的題材涉及面很廣，就其類型而言，包括湘西現實人生，卒伍生活，都市人生，苗族及其他少數民族的民間傳說以及演繹的佛經故事等等，但讀者卻百讀不厭，永遠充滿著新鮮感。這顯然是跟作家非凡的文字組織能力和多樣的結構故事的本領分不開的。結構體現著作家的思維圖式、認知圖式，是作家審美情感逐次展開的過程記錄。沈從文對張資平小說的結構「永遠維持到一個通常的局面下」頗為不滿（《沫沫集・郁達夫張資平及其影響》）。他主張針對題材的不同，其形式也必須有所變化，正唯如此，他才被某些評論家稱為「新文學界的魔術家」。粗略地看來沈從文小說的結構大體可以概括為以下幾種：

1.「分散——整合」的意蘊場結構

這種結構最突出的特點是，通過多種故事的敘述演進，去凸現、表達同種或相似的情緒。這是沈從文作品常使用的結構方式。這種結構方式就一部或一篇作品而言，作者往往採取組合、中斷、閃回、橫插等手段，使小說擺脫了「故事」的簡單形式。〈八駿圖〉的共時敘述，組串了有關教授的故事，小說中的人物之間並不存在整合的故事情節和錯綜複雜的性格鏈，但在空間的橫向展開中，小說的思想意緒卻異常集中。正如劉西渭所指出的那樣，它「不是分析出來的，而是四面八方烘染出來的」，「利用外在烘染內在，是作者的一種本領」❼。《長河》意在「將常與變錯綜，寫出『過去』、『當前』與那個發展的『未來』」（《長河・題記》），因此，整部作品注重於場景故事的描述，敘議結合使得小說每個章節都具有相對的獨立性。但像〈桔子園主人和一個老水手〉、〈買桔子〉、〈社戲〉等都可看作是一定的功能層或短篇。

❼《李健吾創作評論選集》，頁四四八，寧夏人民出版社，一九八〇年版。

這些場景故事卻又集中地烘托了作品主題。即「時代的大力」給湘西人的現實生活和精神世界構成了雙重威脅。湘西的美好人性正處於逐漸消逝的頹勢之中。這種結構方式，若就生活題材的系列化而言，看起來則更為明顯。沈從文獨特的文學觀念，決定了他把文學創作作為一種獨特的生命形式來操作。從這個意義出發，我們完全可以把他的湘西系列小說、佛經故事小說等看作是生命文學的一個整體。在這個整體中，他的每一篇小說儘管內容各有差異、形式各有特徵，但其符號指向卻很明確，這就是悠長曠遠的地域歷史文化如何孕育著湘西獨特的人生形式。這些作品的共同點是：情節已不是作者敘述的著力點，它們的目的只在於暗示讀者以一種人生境界。它們之間的交互作用和內在照應便清楚地形成了一個大的「意蘊場」。按照格式塔心理學的觀點，這種場的整體效應制約著單篇作品形象的性質和意義，使之趨向整體完型，趨向一種主體思維的內在共性。因此我們可以把〈柏子〉、《邊城》、〈阿黑小史〉等作品看作是一個個「被分離了的整體」，即一個個具有獨立意義的大的功能層，但從整體看來卻又傳達著相同的思想意緒。

2.散文、詩歌化的敘事結構

傳統小說的結構特徵是在情節發展中揭示人物的立體性格，人物個性的成長發展是情節發展的核心。然而沈從文卻反其道而行之，他說：「照一般說法，短篇小說的必需條件，所謂『事物的中心』，『人物的中心』，『提高』或『拉緊』，我全沒有顧全到。也像是有意這樣作，我只平平寫去，到要完了就止，……我願意在章法外接受失敗，不想在章法內得到成功！」（《石子船・後記》）人物性格的刻畫，無非兩種類型，這就是福斯特所說的「平面的」和「圓型」立體的人物性格。韋勒克、沃倫稱之為「靜止的」和「發展的」人物性格。在沈從文的小說創作中，人物性格比較傾向於靜止、平面的刻畫，我們在閱讀《邊城》、《長河》、〈蕭蕭〉等作品時，往往比較容易發現，儘管人物有種種遭際，但作者卻很少寫人物性格上的變化也不表現性格鏈特徵，這顯然與作家創作旨趣的整體表現有關。一定的結構形態，都有其獨特的功能。散文化、詩歌化的作品則比較容易傳達人的內心世界形象。沈從文把自己的創作看作是「情緒的體操」、「抽象的抒情」（沈從文所說的抽象實質就是理想），他習慣於加強創作主體內在的感情色彩，以增添作品的詩情氣氛，但情勢卻保持在一種穩定狀態裡，讓人既覺得含蓄雋永，又感到事態發展的自然。以《長河・買桔子》一節為例，當寫到保安隊長強買滕長順的桔子不逞時，作家就此打住，把一場強權與反強權的血的衝突淡化掉，使小說情節保持在整體的和諧節奏裡，沒有大悲大喜、大波大瀾，這正是作家匠心獨運之處。小說〈菜園〉中的玉家母子，六年前是那樣善良、誠實、樂善好施，六年後，兒子還「完全如未出門以前」一樣，母親「雖因兒子的緣故，多知了許多時事」，可「屬於美德的沒有一種失去」。然而，世事滄桑，在新舊權貴的更替中，玉家菜園終於成了玉家花園；兒子、媳婦也被指控為「共產黨」而慘遭殺害。面對家存人亡，母親該有多麼悲痛啊，可作者卻在「名人偉士」扶醉歸去的對比中，使用極為儉省的語言，寫老婦人經不住寂寞，「忽然用一根絲縧套在頸子上，便縊死了」。從外表上看，沈從文這一部分小說，結構有點「散」、「零碎」，但從內裡看又都是對一定過程的傳達。沈從文一貫主張，「應當努力避去文字表面的熱情」他認為：「寫神聖偉大的悲哀，不一定有一灘血一把淚，一個聰明的作家寫人類痛苦或許是用微笑表現的。」(《廢郵存底・給一個寫詩的》) 惟其以沖淡、平和的筆調寫內心的悲哀，才使這種悲哀能產生長久的力量。散文化、詩歌化結構使沈從文的小說作品產生了獨特的意境和韻味，具有很強的藝術感染力。

3.人格象徵化結構

這也是沈從文常用的結構方式之一，其特徵是以特定的象徵性意象組織小說形象體系。在沈從文眾多小說作品中，有些篇名即是典型的象徵性意象，暗含了作者的審美取向和情感意緒。如〈虎雛〉、〈龍朱〉、〈燈〉、〈媚金、豹子與那羊〉等。按照文化人類學的觀點為，這就是一種原型，即它們是在人類經驗中植根很深的集體無意識，讀者只要觀其能指即可悟其所指。〈夫婦〉的切入點是村裡捉到了一對在「青天白日」裡忘情作愛的青年夫婦。圍繞著這件事情的解決，引出了三組象徵性的人物：一是璜——失卻生命活力的城裡人；二是青年夫婦——具有自然、健全生命意識的鄉下人；三是練長、大酒糟鼻子等——為現代文明所污染，勢利、猥瑣的鄉下人。這三組象徵人物在一個象徵野性生命活力的意象「野花」的穿織下，構成了整體象徵。在都市生活的擠壓下患有「神經衰弱症」的璜渴望到鄉下尋找自然氣息，不料卻發現自然的生命即使在鄉下也正在遭受迫害，這使璜悵然若失，他慨嘆到「地方的風景雖美，鄉下人與城裡人一樣無味」。這就和盤托出了這樣的背景，即隨著現代都市文明與封建宗法觀念的滲透，湘西美好的風俗人情已不復存在了。小說的藝術震撼力由此而加強。這種結構在〈虎雛〉中也表現得十分明顯。〈虎雛〉中小兵的形象以及圍繞他而產生的種種事件的意義都被放大成為一種思想——生命學說的載體，在小兵身上不正體現了一種健全的人性嗎？同樣在〈龍朱〉、〈神巫之愛〉中也正是運用這種象徵化的結構方式，才使作品充滿著詩情畫意，在龍朱、神巫身上作者傾注一種美好理想，實際上，龍朱、神巫等形象早已成為苗、花帕等少數民族心目中美好的化身，是美的力量原型。這類小說形象體系的意蘊清晰、明朗，其象徵寓意自然而然地從形象背後蒸騰而出，因此，沈從文在他所精心構架的這種小說結構中，剔除了各種糾纏於具體事件的戲劇性因素，以明朗的人格象徵化手段把讀者導向深邃的哲理內涵。

當然，沈從文小說的結構形式還不止這些。事實上，沈從文在創作中所使用的敘事結構也並非那樣涇渭分明，往往在一部作品中會有兩種甚至幾種結構方式共存。如《長河》在顯義層的散文化形式下透示著小說深刻的整體象徵。這部小說豐富的符號內涵，只有借助於對沈從文生命哲學的理會，才能得到真正的譯解。多結構共生的現象恰恰是審美特徵使然——藝術形式的要素中往往融進了某種內容要素。

作品的文體形態是作家觀照生活、理解人生的方式，是作家主體精神的物質外構。小說文體中人物、故事或情節以及各種敘事要素在沈從文作品中相互作用、妙合無垠。從而把人生有意味形式融進了這種複雜的符號系統並進行審美轉化，讓讀者循著作者的意緒軌跡進入其審美境界。沈從文很不滿一些趕時髦讀者的「買櫝還珠」，認為他們只會欣賞故事的清新、樸實，卻忽略了「那背後蘊藏的熱情」、「隱伏的悲痛」他聲言他的創作「只想造希臘小廟，選山地作基礎，用堅硬石頭堆砌它。精致、結實、勻稱……這神廟供奉的是『人性』」。「為人類『愛』字作一度恰如其分的說明」（《習作選集・代序》）。因此，其小說敘事形態本身即是對他的人生學說的闡釋和諦示。風格即人。沈從文小說作品的敘事風格恰恰印證他超脫世俗的獨特人格，敘事文本即是其人格力量的顯現。

十三、論沈從文的《湘行散記》和《湘西》

(一)

《湘行散記》和《湘西》（一名《沅水流域識小錄》）是沈從文三十年代以家鄉的風土人情為題材寫成的兩本散文集。前者收散文十一篇，後者包括〈題記〉收散文十篇。

在小說《長河》❶的〈題記〉中，作者曾對兩個散文集的寫作緣由進行過概括的說明。他說，《湘行散記》（以下簡稱《散記》）和《邊城》成書於同一時期，即一九三四年第一次回故鄉歸來之後。兩部作品雖然體裁不同，一是散文，一是小說，但寫作緣由卻是相同的：同是有感於故鄉在近二十年來「變化中的墮落趨勢」，所以擬將「過去」和「當前」加以對照，目的是通過《散記》「把最近二十年來當地農民性格靈魂被時代大力壓扁扭曲失去了原有的素樸所表現的式樣，加以解剖與描繪」；通過對《邊城》人物的「正直與熱情」的讚頌，

❶ 開明書店，一九四九年二月改訂本。

「重新燃起年青人的自尊心和自信心」。同第一次回故鄉歸來後寫成《散記》和《邊城》的情況相同，一九三七年作者第二次回到故鄉，歸來後寫成了散文集《湘西》（寫作《湘西》還受到徐特立先生的啟發。一九八二年《讀書》第二期談及此事甚詳）和長篇小說《長河》。作者認為這次在故鄉的所見所聞，一面證明湘西仍在繼續「墮落」下去，「四年前的一點杞憂，無不陸續成為事實」，一面由於這時抗日戰爭已經爆發，「公私機關和各省難民向湘西疏散的日益增多，一般人士對湘西實缺少認識」，對它的真正好處看不到，真正的壞處又不知如何克服。所以便從「沅水流域人事瑣瑣小處」入手寫成《湘西》，再用「辰河流域一個小小的水碼頭作背景」寫成《長河》，目的都是將這裡平凡人物生活中的常與變、哀與樂錯綜，寫出這個地方的「『過去』、『當前』與那個發展中的『未來』」。以便給外來者一種比較「近實的印象」，用以「點燃起行將下鄉的學生一點克服困難的勇氣和信心」。在《沈從文散文選》❷的〈題記〉中作者亦作了類似上述的說明。

從這裡我們不難看出，沈從文創作《散記》和《湘西》態度是積極的，用心是良苦的。首先他不是無病呻吟，而是有感而作，即有感於湘西乃至國家「變化中的墮落」，立意在「民族品德的重造」；其次是他寫作的目的，不是為了「戀舊」，不是用世紀末的眼光僅僅對過

---

❷ 湖南人民出版社，一九八二年十一月出版。

去唱一曲哀婉動聽的輓歌，而是積極干預當時的時政，把「過去」和「當前」對照，希圖創造和爭取到一個好的「未來」；正是因為如此，所以第三，作者在對故鄉人事的具體描繪中，不是稱讚腐朽，歌頌反動，而是以「一種燃燒的感情，對於人類智慧與美麗永遠的傾心，康健誠實的讚頌，以及對愚蠢自私極端憎惡的感情」，歌頌真善美，抨擊假惡醜，從而引起人們「對人生向上的憧憬，對當前一切的懷疑」❸。

然而，許多年來，正如作者極力為之辯誣的湘西被人們誤解了一樣，沈從文這位曾被魯迅譽為新文學運動開始以來所出現的最好的作家之一❹的現代文學巨匠及其作品也被誤解了。

對於這種誤解沈從文似乎有所預見。早在《邊城》問世不久，作者就從人們對它的評論中看出某些端倪。在作者看來他的《邊城》明明是「選山地作基礎，用堅硬石頭堆砌」成的一座「希臘小廟」，雖然式樣舊些，形體小些，但「精致、結實、勻稱，形體雖小而不纖巧，是我的理想的建築」，可是由於這小廟裡供奉的不是「神」，主宰萬物的神，而是「人性」，具體的而不是抽象的人性，於是就有人認為他是想「在沙基或水面建造崇樓傑閣」，給他送了

❸《從文小說習作選・代序》，上海良友圖書印刷公司，一九三六年版。

❹尼姆・威爾士《現代中國文學運動》，《新文學史料》一九七八年第一輯。

個「空虛的作家」的頭銜。他還舉了一個有趣的例子，這就是當時有兩個書評家，他們的政治觀點是完全不同的，一個屬於民族主義文學派，一位則屬於民族主義文學的對立派。但他們對於《邊城》卻同樣採取否定的態度，「一個說『這是過去的世界，不是我們的世界，我們不要』。一個卻說『這作品沒有思想，我們不要』」。這件事用沈從文的話說就是，他們對作品的要求原來都有個「預定的形式」，而「我寫的又不是他們預定的形式」，所以他們都「不要」。

然而作者卻堅定地認為「一切作品都需要個性，都必需浸透作者的人格和感情，想達到這個目的，寫作時要獨斷，要徹底獨斷！」至於《邊城》，他說：「它或許目前不值得注意，將來更無希望引人注意；或許……受得住風雨寒暑，受得住冷落，幸而存在，後來人還須要它」，對於這些「我全不管」❺。事實難道不正像作者所預料的那樣嗎？經過幾十年的冷落、埋沒，沈從文的作品終於像出土文物一樣重新被人們挖掘出來，引起了人們的重視。他的那些散發著濃郁的鄉土氣息，具有強烈的傳奇色彩和藝術個性的小說、散文，雖然不能說毫無瑕疵，但卻仍不失為我國現代文學的稀有瑰寶。

儘管沈從文對他個人及其作品的沉浮毫不介意，並且早就表示過「我全不管」。但是對

❺ 同注❸。

於廣大的現代文學研究工作者以及文藝部門的領導者來說卻不能不對這種現象進行研究，從中引出應有的教訓。解放前對於沈從文作品的毀譽，自有當時的原因，我們在此姑且不論，但是解放之後，為什麼會對沈從文及其作品也愈來愈採取否定態度呢？以至到了五十年代末六十年代初的一些文學史的著作中對沈從文竟至「上綱」為「繼承地主官僚立場」的「資產階級文學逆流」的代表人物，對其作品貶斥為「用別出心裁的精巧外殼來掩蓋反動糜爛內容」的無聊之作呢？為什麼會使沈從文的研究成了無人（或不敢）問津的「禁區」，以至使許多青年同志（包括許多文學青年）對這位大作家竟幾乎一無所知呢？有的同志指出：一是由於對作家只看一面，忽視或無視另一面，即「只看作家沒有激烈的革命言論，而忽視了他對新舊軍閥統治的不滿；只看到他對左翼文學的理論與實踐不感興趣，格格不入，而忽視了他對藝術風格的慘淡經營；只看到他與胡適、徐志摩等人過從甚密，而忽視了他對左翼作家被捕殺深表同情以至譴責反動當局的事實……」二是由於對沈從文的作品「缺少比較的研究」❻。其實，對沈從文還不僅僅是一個「忽視或無視另一面」的問題，而是究竟如何看待這個「另一面」的問題。誠然，沈從文與胡適、徐志摩等有過較深的交往，這在沈從文的許多談及個人身世的文章中曾多次提到過，比如在前面我們曾引用過的《從文小說習作選・代序》中作

❻ 吳立昌《沈從文的「浮沉」與現代文學的研究》，《復旦學報》一九八一年第二期。

者就明確地說過，如果沒有徐志摩先生，「我這節也許照《自傳》上說到的那兩條道路選了較方便的一條，不過北京市區裡作個巡警，就臥在什麼人家的屋檐下，瘍了，殭了，而且早已腐爛了」，「從他那兒我接了一個火」。但這只是一個嚴肅的正直的作家對啟發他走上文學之路的友人應具的一份真誠的懷念，況且對於徐志摩、胡適等人在現代文學史上的地位不是也到了應該給予公正評價的時候了嗎？沈從文對在文學上以及生活道路上給自己以積極影響的人是從不忘懷的。在《從文自傳》中他亦用同樣感激的口吻記敘過在他尚未離開家鄉之前，在舊軍隊裡擔任一份報紙的校對員時，就曾受到過一個「由於『五四運動』的影響，成了進步工人」的人（此人名趙奎五）的啟發，他說「若沒有他的一些新書，我雖時時刻刻為人生現象、自然現象所神往傾心，卻不知道為新的人生智慧光輝而傾心」。他「使我對於新書投降了，不再看《花間集》，不再寫《曹娥碑》，卻喜歡看《新潮》、《改造》了」。他「使我明白人活到社會裡應該有許多事情可做，應該為現在的別人去設想，為未來的人類去設想，應當如何去思索生活，且應當如何去為大多數人犧牲，為自己的一點點理想受苦……」正因為如此，所以他一直把跟這位工人的接觸看作是生活道路中的「一個轉機」。在談到他的鄉土文學創作時，他更不忘魯迅對他的影響，他說「由魯迅先生起始以鄉村回憶做題材的小說正受廣大讀者的歡迎，我的學習用筆，因之獲得不少勇氣和信心」[7]。至於對他初來北京時，在生活困頓中郁達夫冒雪造訪，給予他的關懷與幫忙他更是沒齒不忘❽。這些也都是早就見諸文字的，為什麼長期以來人們卻視而不見呢？

我們知道沈從文是最反對作品的「商品化」和作家的「清客家奴化」的。早在三十年代後期他就針對當時的文藝現狀指出：「作品成為商品之一種，用同一意義分布，投資者當然即不免從生意經上著眼，趣味日益低下，影響再壞也不以為意。五四談男女解放，所以過去一時南方就有張資平三角多角戀愛小說出現，北方就有章衣萍《情書一束》出現，同時在國內都得到廣大的銷路。變本加厲，因此過不久張競生所提倡性生活亦成一時風氣。……讀者越多，影響也就越不好。」「至於作家被政治看中，作品成為政策工具後，很明顯的變動是：表面上作品能支配政治，改造社會，教育群眾，事實上不過是政客從此可以畜養作家，來作打手，這種打手產生的文學作品，可作政治點綴物罷了。」只要我們不存偏見，堅持實事求是，仔細地檢討一下沈從文的上述言論，那就不難看出他的這些話主要還是針對當時文壇的實際情形而言的：難道不正是作品的「商品化」傾向孵化出張資平的一大堆破爛，而張資平之流的一大堆無聊之作又進一步加重了作品的商品化傾向嗎？那種被魯迅斥為替帝國主義、

❼《沈從文小說選集・題記》，人民文學出版社，一九五七年版。

❽黃苗子〈生命之火長明〉，《花城》一九八〇年第五期。

反動派「盡『寵犬』職分」的民族主義文學及其變種不是地地道道的「打手」文學嗎?那一群被魯迅稱為「上海灘上久已沉沉浮浮的流屍」的民族主義文學家不正是反動政治畜養的一批打手嗎?如果說在沈從文的文藝批評中有些地方涉及到了左翼文藝運動的某些問題,但它指責的也多是這一運動中實際存在的某些應當防止和克服的不正確的東西,即使在論述中存在某種片面性,也只是思想認識問題,怎麼能得出這是對整個「左翼文藝運動的理論和實踐格格不入,全盤否定」的結論呢?況且,沈從文雖然反對文學的「商品化」、「政治化」的傾向,但始終沒有否定和反對文學的社會意義和教育作用。相反,他認為作家應對「人生具有深刻的同情和悲憫,……用文字故事來給人生作一種說明,說明中表現人類向崇高光明嚮往以及在努力中必然遭遇的挫折」❾。認為一部好的作品除了使人獲得「真美感覺之外,還有一種引人『向善』的力量」。並且解釋說這種「向善」,「不僅僅是屬於社會道德方面『做好人』為止」,而是要讓讀者「從作品中接觸到另外一種人生,從這種人生景象中有所啟發,對人生或生命能作更深一層的理解」❿。這就證明沈從文絕不是一個主張「為藝術而藝術」,「藝術可以脫離社會、人生而存在」的「藝術客觀主義」論者。相反證明他的文學主張是與

❾《燭虛・白話文問題》,上海文化生活出版社,一九四一年八月版。

❿《燭虛・小說作者和讀者》,版本同注❾。

「五四」運動以來我國新文學發展的主潮——現實主義相吻合，是與魯迅關於「文藝是國民精神所發的火光，同時也是引導國民精神的前途的燈火」⓫，文學「必須是『為人生』而且要改良這人生」⓬的主張相一致的。從而也就證明對沈從文的誤解完全是不應該的，是應予以重新認識和估價的。

(二)

如果說上面我們還只是從沈從文創作《散記》、《湘西》的意圖，談到了他的一貫文學主張，為我們分析這兩本散文集提供了某些應當遵循的原則的話，那麼，下面我們就從《散記》、《湘西》所記錄的事實，所表現的具體生活內容，看看他是如何實踐他的文學主張和創作意圖的。

《散記》、《湘西》的內容之一是作者通過湘西現實生活的描繪，真實而又深刻地揭示了造成這一地區「墮落趨勢」的社會原因。湘西本是苗民較集中的地區，自清朝開始，苗民一直被視為蠻族，他們「雖願意成為附庸，但終不免視同化外」，長期以來內地派往這裡的統

⓫ 魯迅《墳・論睜了眼看》。

⓬ 魯迅《南腔北調集・我怎樣做起小說來》。

治者為防苗民叛亂，採取的一直是封鎖、屠殺、懷柔兼施的手段。民國以來，派往這裡的統治者「在習慣上的錯誤照例認為必抑此揚彼，方能控制這個民苗混處的區域」。他們一不對「當時社會各方面作調查」，二不對「歷史上的民族性加以分析」，「只憑一群毫無知識詐偽貪污的小官小吏來到湘西所得的印象，決定所謂應付湘西的政治策略」（《湘西・苗民問題》）。他們勾結土匪，收買地主武裝，一面拉伕抓差，巧取豪奪，魚肉百姓，殘害人民，使湘西有的地方竟呈現出一片「骸骨盈郊，青燐遍野，黃昏月冷，白日煙消」的淒涼景象；一面又因受到苗民的懲治，故意將湘西誣為苗蠻匪區，把湘西人民誣為苗蠻土匪，所謂「地極險，人極蠻；婦女多會放蠱，男子特別歡喜殺人」等等（《湘西・引子》）。針對這種野蠻的掠奪，別有用心的誣蔑，作者在書中懷著極大的憤怒感情寫道：「三十年來，牧民者來來去去，新陳代謝，不知多少，除認為（湘西）『蠻悍』之外竟別無發現。外來作官為宦的，回籍時至多也只把當地久已消滅無餘的各種畫符捉鬼荒唐不經的傳說，在茶餘酒後向陌生者一談。」「許多人對於湘西民或匪都留下一個特別蠻悍嗜殺的印象，就由這種教訓而來。」在作者看來「只要在上的不過分苛索他們，魚肉他們，他們就不至於鋌而走險」，因此「匪多的原因，外來官吏苛索實為主因，鄉下人照例都願意好好生活下去」（《湘西・沅陵的人》）。

除了歷代統治者的殘酷統治之外，作者還對帝國主義在這一地區的政治、經濟、文化侵略進行了深刻揭露。散文集中寫道：隨著帝國主義對中國侵略的深入，這個邊遠地區也伸進了帝國主義的魔爪，致使湘西在原始的「神道設教」的迷信色彩中，又加進了所謂新的「現代文明」的精神奴役，使原來就極端落後的窮鄉僻壤，又增加了一層新的經濟掠奪。外來勢力不僅在這裡培養了一批直接為其服務的「吃教飯的人物」，而且還與當地的軍、警、商、政各界相互勾結，愈加殘酷而巧妙地壓榨人民。正是在這種雙重壓榨下，湘西人民肉體遭受摧殘，靈魂遭到扭曲，世風遭到破壞。在《湘西・辰溪的煤》中，作者含淚記述了一個「普遍的，隨處可以掇拾的」悲慘故事：礦工向大成為了掙得一毛八分錢，每天都要下到四十三丈的地下替帝國主義豢養的資本家挖上十二個小時的煤。由於生活艱難七個孩子死了五個。剩下的兩個女兒，大的在未成年時就被當地駐軍的一個排長誘姦，到了十六歲，只得押給一個「老怪物」，後來竟淪為當地各種惡勢力共同玩弄的對象，在不堪忍受下，喝藥自殺。向本人又在井下被煤塊砸死，撇下的寡妻，只得以出賣小女兒的肉體作為未來生活的希望。同樣在《散記・辰河小船上的水手》中，作者亦懷著沉痛的心情記述了為自己行船的一名老水手的生活苦況：這人十六歲起就在辰河上行船，今年已經五十三歲，「划了三十七年的船，還只是孤身一人，把經驗與力氣每天作八分錢出賣」，作者曾無限感慨地說：「十五年來竹林裡的鳥雀，那份從容處，猶如往日一個樣子，水面划船人愚蠢、樸實、勇敢、耐勞處，也還相去不遠。但這個民族，在這一堆日子裡，為內戰、毒物、饑饉、水災，如何向墮落與滅亡的大路走去，……」

沈從文在這裡所描繪的湘西人民的苦難生活其實是舊中國勞動人民苦難生活的一個縮影，他所揭示的造成湘西日趨墮落的社會根源其實也是整個舊中國日趨墮落的真正社會根源。因此，過去那種認為沈從文的作品沒寫壓迫和剝削，把農村和軍隊描繪成「世外桃源」等等，是不全面的，沒有根據的。

《散記》、《湘西》的內容之二是作家懷著對家鄉的深情，對鄉親的摯愛，讚頌了湘西優美的自然環境，謳歌了湘西人民的美好心靈，為讀者精心描繪了一幅生動別致的湘西風土人情的美麗畫卷。

沈從文是以「風格作家」的身份出現在新文學史上的。他之所以被稱為風格作家是因為他以獨特的思想藝術風格描寫了湘西；而他之所以能以獨特的風格描寫湘西又是與他獨特的身世、經歷、愛好乃至個人氣質分不開的。他出生在湘西鳳凰縣，鳳凰本是湘西苗民最為集中的三縣之一。在這個以苗族為多，苗、土家、漢族雜居的縣城裡，他從小就有機會結識不同民族的各色人等。加上他的家族本身就存在著不同民族的血統，他的祖母是苗族，他的母親是土家族。十四歲前，他一直在家鄉讀書，「讀一本小書同時又讀一本大書」，他「不安於當前事務，卻傾心於現世光色，對於一切成例與觀念皆十分懷疑，卻常常為人生遠景而凝眸」，「希圖在日光下認識這大千世界微妙的光，稀奇的色，以及萬匯百物的動靜」⓭。他對居住於這個小城裡的各樣的人，各種各樣的謀生職業都細心地觀察過。在他剛剛知道「人生」時，又碰上了辛亥革命時期苗民反抗清廷的暴動，隨後便親眼看到衙門大量屠殺苗民的慘劇。他的這種獨特的家世、性格和生活見聞，使他對家鄉懷著依戀，對鄉親們抱有無限的同情。在他的作品中常常帶著一種辯詆的口吻讚美湘西少數民族優美的人性和善良的品質，其源蓋出於此。在他看來他的家鄉是「山明水秀，景色宜人，土匪不入於耳，兵士善如平民，農民勇敢安分，敬神守法，商人老成灑脫……一切遵從古禮，保持淳樸風習……婦女溫柔耐勞」⓮，然而他們卻屢遭荼毒！有人直到現在還認為沈從文的作品「缺乏社會內容和思想意義」，其實這仍然是對沈從文作品的一種誤解。

十四歲後，沈從文離開家鄉——鳳凰縣城鎮筸，開始了他在湘西沅水流域的流浪生活，他當過兵，當過無業遊民，舊軍隊的文書，小鎮上的收稅員，小報的校對……他對湘西整個社會尤其是下層人民的生活有了更深入廣泛的了解，對人事的觀察更加細致周密。他可以一

⓭《從文自傳》，上海良友圖書印刷公司，一九三六年版。

⓮同注⓭。

口氣把行駛在沅水流域的各種船隻的名稱、特點、航程乃至船戶的姓氏、家世、性格特徵有根有據地講述出來（〈常德的船〉）。他可以熟練地將生活在沅水中部沅陵的各種人，從他們的衣著打扮，思想行為到他們的長相、性格娓娓動聽地告訴給讀者（〈沅陵的人〉）。他說：「這地方的人民喜、怒、哀、樂，生活感情的式樣，都各有鮮明特徵。我的生命在這個環境中長成，因之和這一切分不開。」⑮他總是「憑著愛和同情去看自己的鄉土、親人、兵士、農婦、水手和勞動的少女。他迷戀那河市、山城、荒邑、小鎮、碼頭船筏、纜火樓燈。他熟悉士兵、鐵匠、縴夫、店主、舵工的生活作息，悲歡喜怒，撒野性情」⑯。

正因為沈從文對家鄉的風土人情懷有深沉的愛的迷戀，所以他的《散記》和《湘西》首先謳歌了蘊含在這裡的人民群眾心靈中的「人情」美。在作者筆下，無論是起於綠林，被一些人稱為豪傑，被另一些人稱為壞蛋「毀譽平分」的牯子大哥（《散記・戴水獺皮帽子的朋友》），還是保留著屯墾子弟性格，雖有學習機會，不願讀書而甘心為人當保鏢，任俠使命的虎雛（《散記・虎雛再遇記》）；無論是被「貪官污吏壞保甲」逼得走投無路，入山為匪的分子（《湘西・苗民問題》），還是被拉伕抓來在派定地點默默忍受虐待，工程一完又笑嘻嘻轉

---

⑮ 〈從文自傳〉，《新文學史料》一九八〇年第三期。

⑯ 同注❽。

回鄉村的善良百姓（《湘西・沅陵的人》）；無論是有著愛美的天性，衣服圍裙上繡著花，「把流汗與吃飯打成一片」的勞動婦女（同上），還是為生活所逼，雖出賣肉體仍忠誠信誓的吊腳樓上的妓女（《散記・一個多情水手和一個多情婦女》），無不在他們的精神素質中飽含著一種崇高的人情味與人性美。純樸正直，急公好義，助人為樂，扶弱鋤強，有諾必踐，感情專一，尊重知識，敬事長輩是他們的主要性格特徵。

在熱情謳歌湘西淳樸善良的人情世態的同時，《散記》和《湘西》還為讀者精心描繪出一幅幅新奇幽雅，色彩絢麗的風景畫圖。在〈沅陵的人〉中，作者曾這樣描繪站在沅陵江北岸向南邊望去的景色：

> 河邊小山間，竹園，樹木，廟宇，居民，彷彿各個都位置在最適當處。山後較遠處群峰羅列，如屏如障，煙雲變幻，顏色積翠堆藍。早晚相對，令人想像其中必有帝子天神，駕螭乘蜺，馳騾其間。……最令人感動處，是小船半渡，遊目四矚，儼然四周是山，山外重山，一切如畫。水深流速，弄船女子，腰腿勁健，膽大心平，危立船頭，視若無事。……天時常常是那麼把山和水和人都籠罩在一種似雨似霧使人微感淒涼的情調裡，然而卻無處不可以見出「生命」在這個地方有光輝的那一面。

這是一幅多麼絕妙的風景風俗畫圖!不知現在是否還有人認為這是作者在有意「粉飾現實」?如果有這種認為,我覺得這仍是一種誤解。因為文學創作是作家感情活動的產物。一個有成就的鄉土文學作家,只要對故鄉的人民懷有熾熱的愛的情感,那麼,即使在最悲慘苦難的生活面前,他也會發現描寫對象所蘊含的一切美點的存在。這是因為任何腐朽反動的黑暗勢力只能破壞美,戕害美,卻不能在人世間滅絕美,消盡美。尤其是作為自然形態的美,更是一個永久的存在,否則,又怎樣理解屈原筆下的故鄉的美呢!況且,沈從文謳歌家鄉的美還有著如前所述的辯誣需要。

《散記》、《湘西》的內容之三,是作者從歷史與現實相聯繫的角度,對形成湘西民族獨特而又複雜的社會人情(包括風俗習慣、心理素質、道德信仰諸方面)的生活底蘊進行了認真的思考,嚴肅的探究。在此我們僅以《湘西·鳳凰》為例,看看作者是如何進行這種思考與探究的。

作者首先從歷史與現實相聯繫的角度分析了鳳凰特殊的政治、經濟地位:縣城「鎮箄」是一個被五百多個苗寨包圍著的邊鄙小城。早在二百多年前,清政府為防邊苗叛亂,便派千總守備鎮守其間。民國以降,這裡仍派駐重兵,湘西鎮守使辰沅道仍設置於此,致使縣城居民不過五、六千人，而駐防這裡的正規軍卻多至七千，除當地屯糧之外，國家每年還要撥銀八萬兩經營這座小小的山城。長期的封建軍事統治，造成這裡的當權者只重防範，不事建設，整個縣城連一個完全小學都辦不起來。人人只知「潔身信神，守法愛官」，家家有人服役，按月到營上取銀領糧，田地一律收歸政府，人們耕種的全是公田。正是這種特殊的原始的政治經濟結構產生出特殊的落後的意識形態，使這裡「好鬼信巫的宗教情緒，專誠熱烈到不可想像」。而這種專誠熱烈的宗教情緒一旦被歷史巧妙地糅合進軍人的武德之中，於是就形成了這裡人民的一種特殊的精神性格，即勇敢與團結的遊俠精神。這種輕生好義的遊俠性格本身又包含成功與失敗兩方面的內容。因此，作者指出，如果領導得人，這裡的民眾則個個可以成為衛國守土的模範軍人，反之，若領導不當，也會使這塊地方愈來愈糜爛腐敗。又因為鳳凰在湘西的特殊地位，「鳳凰的軍校階級不獨支配了鳳凰，而且支配了湘西沅水流域二十縣」，所以湘西的今日與明日實與鳳凰有極大的關係。這樣沈從文就從歷史探究到了現實，從經濟基礎探究到了意識形態乃至人的性格特徵。

正是在這種大的社會生活背景下，作者對這裡的道德習俗，觀念信仰進行了探賾索隱，給現象以理性的說明。比如，人們常常從傳聞中知道湘西女性有三種迷信形式，即「放蠱」、「扮巫」和「落洞」，但對這三種迷信形式的根源卻多所不知。然而沈從文卻對此作了深入的探究。他認為三者「同源而異流」，都是「情緒被壓抑後」產生的「變態女性神經病」。只是由於年齡、社會地位的不同分別表現為三種不同形式：老年而窮，或因經濟拮据，或因男女新歡舊愛的得失，怨憤鬱結，採用一種報復手段以排洩情感，便產生了放蠱的蠱婆；「三十歲左右，對神力極端敬信，民間傳說如『七仙姐下凡』之類故事又多，結合宗教情緒與浪漫情緒而為一，總認為神對她特別關心，發狂、囈語，天上地下，無所不至，必需作巫，執行人神傳遞願望與意見的工作，經眾人承認其為神之子後，中和其情緒，狂病方不再發」。這就是中年變巫的過程；十六歲至二十歲的青年女子，「一面為戲文才子佳人故事所啟發，一面由於美貌而有才情，婚姻不諧，當地武人出身中產者規矩又嚴」，性行為受到極端壓制，於是在人與人相互得不到愛悅的情況下，「便產生人與神愛悅」的傳說，藉此為壓抑的情緒找一條出路，於是便有年輕美貌女子「落洞」（即嫁於神怪）的現象存在。作者對上述三種女性神經病的造成原因進行探究之後，指出：這裡「隱藏著動人的悲劇，同時也隱藏著動人的詩」。說是動人的悲劇，是因為她們或因窮苦寂寞，或因感情無所歸宿，或因性行為受到壓制，或受經濟地位的支配，或受封建道德的約束，而這一切又都與軍人的那種流動的，不顧家室，輕賤婦女的職業、生活方式、道德觀念有關。說是動人的詩，是因為它反映了婦女在極端壓制下的反抗情緒，是人的欲望與感情對泯滅人的尊嚴與人格的原始野蠻行為的反抗！可以說整個湘西無處不被這類浪漫與嚴肅，美麗與殘忍，愛與怨，自然與神秘的色彩包裹著。

魯迅先生一向重視文藝創作中的地方色彩。他認為，文學藝術有了地方色彩，一方面「容易成為世界的，即為別國所注意的藝術」[17]，另一方面可以「避免千篇一律」，而且「還於學術上也有益處」[18]。

沈從文以他豐富的知識和深邃的眼光，通過《散記》和《湘西》對隱藏於湘西風俗畫背後的社會生活底蘊所進行的認真思考與探究，不僅為文苑提供了別人所未曾提供的反映湘西人民生活的藝術珍品，而且為中國的民俗學、社會學提供了可資借鑒的重要文獻，不僅開拓了人們的藝術視野，而且豐富了人們的社會生活知識。沈從文的作品愈來愈引起國外讀者與研究者的重視絕不是偶然的，它的確提供了很多「為外國人所注意」的藝術上與學術上「有益的東西」。

[17] 魯迅〈致陳煙橋〉，一九三四年四月十九日。

[18] 魯迅〈致羅德禎〉，一九三三年十二月二十六日。

(三)

沈從文在回顧自己的創作歷程時曾說過：在一九二八年到一九四七年前約二十年間，「我寫了一大堆東西。……筆下涉及社會面雖比較廣闊，最親切熟悉的，或許還是我的家鄉和一條延長千里的沅水，及各個支流縣份鄉村人事」⑲。這表明作家對他的《散記》和《湘西》是給予充分肯定的。因為這兩本散文集所表現的正是作家認為「最熟悉最親切的」、「家鄉和一條延長千里的沅水，及各個支流縣份鄉村人事」。

那麼，《散記》和《湘西》最主要的藝術特色是什麼呢？如果用一句話來概括，我想那就是：一、自然；二、含蓄；三、詩情。

沈從文特別強調美的自然與樸實。在跟《湘西》差不多同時寫就的文藝雜感集《燭虛》中，作者認為「自然即極博大，也極殘忍，戰勝一切，孕育眾生。螻蟻蚍蜉，偉人巨匠，一樣在它懷抱中，和光同塵。……智者明白『現象』，不為困縛，所以能用文字，在一切有生陸續失去意義，本身亦因死亡毫無意義時，使生命之光，煜煜照人，如燭如金」。他認為：「自然」就是「有生」，「有生」中包含著「美」，比起這種美來，任何「典雅詞令與華美文

⑲ 同注⑦。

字，都如細碎星點在朗月照耀下同樣黯然無光」⑳。正是在這種以追求和表現「自然美」的美學觀指導下，形成了沈從文以自然樸實為主要特徵的文字風格，因為只有這樣才會使文章的形式與其所要表現的內容得到和諧統一。沈從文還特別強調「恰當」，他說，作品「要的只是恰當，全篇分布恰當，描寫分析要恰當，甚至一句話，一個字，也要它在可能情況下用得不多不少，妥貼恰當。文學作品上的真善美條件，便完全從這種恰當產生」。恰當就是自然，這是文學的一種很高的境界。

請看作者在〈瀘溪・浦市・箱子岩〉一文中對「箱子岩」的一段景物描寫：

> 遇晴明天氣，白日西落，天上薄雲由銀紅轉為灰紫。停泊崖下的小漁船，燒濕柴煮飯，炊煙受濕，平貼水面，如平攤一塊白幕。綠頭水鳧三隻五隻，排陣掠水飛去，消失在微茫煙波裡，一切光景靜美而略帶憂鬱。隨意割切一段勾勒紙上，就可成一絕好的宋人畫本。滿眼是詩，一種純粹的詩。……

這一段景物描寫，似乎是信手拈來，鋪在紙上，自然樸實，毫不造作，既無「啊」、「呀」的

⑳《燭虛》第一輯〈燭虛〉一章。

感嘆，又無「迷人」、「陶醉」等誇張字眼，只用「畫」和「詩」來引人聯想，其中有動有靜，有聲有色，文字有限，餘味無窮。

再看作者在同一篇作品中關於當地居民端陽節龍舟競渡的場面描寫：

> 箱子岩洞窟中最美麗的三只龍船，全被鄉下人拖出浮在水面上。船隻狹而長，船舷描繪有朱紅線條，全船坐滿了青年棹手，頭腰各纏紅布，鼓聲起處，船便如一枝沒羽箭，在平靜無波的長潭中來去如飛。……兩岸皆有人看船，大聲吶喊助興。且有好事者從後山爬到懸崖頂上去，把百子邊炮從高崖上拋下，……鞭炮聲與水面船中鑼鼓聲相應和，引起人對於歷史發生一種幻想，一點感慨。……

如果說上一段是一幅靜態的風景畫的描繪，那麼這一段就是一幅動態的風俗畫的鋪染。文字依然不矯不飾，自然曉暢。通過賽龍船的氣氛渲染，勾起人們的遐思和嚮往，通過一種古老而又新鮮的娛樂場面的記述，讚頌了人的旺盛生命力和熱愛生活的天性，在人們痛苦單調貧窮悲哀的命運中投射上一束熱烈溫暖的陽光。

沈從文曾頗有感慨地對一些「感覺官能都有點麻木不仁」的讀者和書評家說過：「你們

能欣賞我故事的清新，照例那作品背後蘊藏的熱情卻忽略了，你們能欣賞我文字的樸實，照例那作品背後隱伏的悲痛也忽略了。」㉑是的，若從文字表面看來，沈從文的許多作品，包括《散記》、《湘西》似乎沒有直書尖銳對立的階級矛盾和階級鬥爭，即使像〈辰溪的煤〉那樣直接鞭撻和暴露地主資本家剝削罪惡的作品也沒有企圖用鮮血染紅稿紙。但是仔細閱讀，掩卷遐思，這些作品卻處處給人以沉重和辛酸。即如上文提到過的湘西婦女的三種悲劇，那一種不摻和著作者對舊制度血與淚的控訴。這就是沈從文作品的含蓄處。構成這種含蓄的有兩個方面的因素：一是作者總不愛將自己的「思想」作簡單的號筒般的傳達，不去追求細節描寫上的「血」和「淚」，而是通過現實生活自然形態的描摹，讓讀者自己去體味生活中蘊含的各種悲喜苦樂成分。二是作者在描摹自然人生時，不是著力表現「生的悲苦」，「美的易折」，而是讚揚「生的強大」，「美的永恒」。以美去襯托醜，把美作為主要的歌頌對象。在他看來「金錢對『生活』雖好像是必需的，對『生命』似不必需……生命本身，從陽光雨露中來，即如火焰，有熱有光」。文學的作用就是要從生命中發現真善美，並用這種真善美去「培養『智』，啟發『慧』，悟徹『愛』與『怨』……重新給『人』好好作一度詮釋」㉒。這樣就

㉑《從文小說習作選・代序》，上海良友圖書印刷公司，一九三六年五月版。

㉒分別見《燭虛》第一輯〈燭虛〉、〈潛淵〉、〈長庚〉諸章，上海文化生活出版社，一九四一年八月版。

構成了他的文字既不像「屈原的憤世」，也不像「莊周的玩世」，而呈現出一種含蓄的風格。

至於說到《散記》、《湘西》的詩情，那更貫穿其中的每一篇文字。這是因為作家在描寫湘西的風物人情時總是融進了一個「我」，融進了「我」的獨特感情，獨特感受，獨特的美學觀念。請看作者是如何懷著詩情寫他在去鄉十多年後再次看到辰州時的感情的——

> 我第一次離鄉背井，隨了那一群肩抗刀槍向外發展的武士為生存而戰鬥，就停頓到這個碼頭上。這地方每一條街，每一處衙署，每一間商店，每一個城洞裡做小生意的小擔子，還如何在我睡夢裡占據一個位置……山頭一抹淡淡的午後陽光感動我，水底各色圓如棋子的石頭也感動我。我心中似乎毫無渣滓，透明燭照，對萬匯百物，對拉船人與小小船隻，皆那麼愛著，十分溫暖的愛著！我的感情早已融入這第二故鄉一切光景聲色裡了。

這一段不像是用文字，而像是用整個心靈呼喊出來的對故鄉人民熱戀感情的文字，將寫景、敘事、抒情熔於一爐，讀來親切有味，雋永迷人，集中代表了沈從文的詩情文字風格。

似乎無需更多的舉例，我們從上引各段中已經可以看出沈從文在語言上的精深造詣了。

他的語言同他的整個思想藝術風格是一致的。總的特色是平易自然通俗曉暢，但平易中包含著絢麗，自然中顯露出崢嶸，通俗中見凝煉，曉暢中見哲理。這裡再舉一個例子，略加闡述。這是在〈沅陵的人〉一文中關於太平鋪的一段景物描繪：

> 溪流縈迴，水清而淺，在大石細沙間漱流。群峰競秀，積翠凝藍，在細雨中或陽光下看來，顏色真無可形容。山腳下一帶樹林，一些儼如有意為之布局恰到好處的小房子，繞河洲樹林邊一灣清水，一道長橋，一片煙。香草山花，隨手可以掇拾。《楚辭》中的山鬼、雲中君彷彿如在眼前。

這一段文字猶如作者筆下的沅水，或急或緩，自然流淌。山、水、屋舍、橋、煙、樹木皆照直寫來，沒有任何誇張、比擬、鋪陳、排比，但又形象生動，色彩明麗。句式長短參差，錯落有致，極富音樂感。凝煉，精警處如「溪流縈迴，水清而淺，群峰競秀，積翠凝藍」足見作者古典詩文的功底；周密謹嚴處如「一些……小房子」又可知作者外國文學的素養，但又絕非古典格式的照搬，外文句式的摹仿，而是在吸收基礎上加以創造，形成了純屬個人的獨特語言風格。

本文所引《湘西》中的文字皆依開明書店一九四六年十月出版的改訂本，所引《湘行散記》中的文字亦依開明書店改訂本。

十四、論作為詩人的沈從文

(一)

儘管沈從文在未登文壇之前就開始寫詩，初登文壇時便詩、劇、散文、小說並重，邁入寂寞的文物考古領域之後幾乎終止了小說、散文的寫作，但仍寫詩不輟；儘管沈從文一九二六年自編出版的第一個作品集《鴨子》，詩歌創作就占了一定的分量，一九三一年新月書店出版的《新月詩選》已選入沈從文的七篇詩歌代表作並受到了編者陳夢家的激賞，讚其為以「樸質無華的詞藻寫出動人的情調」，「極近於法蘭西的風趣」；儘管一九三六年劉西渭在對沈從文的《邊城》和蘆焚的《里門拾記》集進行評論時，就以藝術鑒賞家的眼光指出沈從文力圖「把詩的節奏賦與散文（實指小說——引者注），敘寫通常的人生」，「《邊城》是一首詩，是二佬唱給翠翠的情歌」，「因為沈從文先生的底子是一個詩人」；儘管沈從文早在三十年代初就以詩人的藝術敏感對胡適、周作人、沈尹默、劉半農、焦菊隱、朱湘、聞一多、劉廷蔚、劉夢葦、孫大雨、徐志摩、陳夢家、汪靜之、卞之琳、何其芳、朱大楠、楊子惠、方瑋德等人的詩作作出過獨到的評論並發表了〈新詩的舊賬〉、〈談朗誦詩〉……等詩歌專論；然而，沈從文在眾多的讀者甚至研究者的心目中，似乎只是一位小說家和散文家，作為詩人的沈從文卻很少進入人們的視野。這不能不說是一種遺憾。

誠然，在沈從文精心耕耘的那塊藝術原野中，小說、散文創作構成了一道迷人的風景線，開放出光艷奪目的花朵，但他的詩歌創作同樣也占據著不小的地盤，搖曳著多彩動人的風姿。只是由於其詩歌創作過去從未結過集，新時期以來在眾多的現代文學選本和沈從文的作品選集中也沒有選過他的詩作，即使是迄今為止所收沈從文作品最多的《沈從文文集》也只在第十卷中收入了作者的十七首古體詩，這大約也是造成這種遺憾的原因之一。

現在趁《沈從文全集》編輯出版之機，我們總算有機會對沈從文的詩作來了個較為全面深入地收集與檢視。我們驚喜地發現，沈從文先生除了在他六十歲以後創作了八十餘首古體詩（其中既有短章，也有長篇，最短的是五絕，最長的排律竟長達七七二行）之外，還創作了大量的新體詩和民歌體詩（其中新體詩五十餘篇、民歌體詩九篇七十餘首，亦長短紛呈，最短的是四句頭的山歌，最長的是長達四七三行的敘事詩）。至於沈從文先生的詩論，以前能看到的只是收入《沈從文文集》中的《沫沫集》、《廢郵存底》、《續廢郵存底》以及為別人詩集所寫的序和《昆明冬景》中的〈談朗誦詩〉等有關篇章，而即將出版的《沈從文全集・詩歌卷》則除了收入迄今所能收集到的沈從文已發表和未發表的詩作外，還隨詩編入了沈從文為自己的詩作（包括不同時期的修改稿）所作的序跋以及未曾發表過的有關詩作討論的書信。這對我們全面地認識作為詩人的沈從文都將提供許多的方便。

本文僅想討論一下沈從文的新詩創作和民歌體詩作的思想藝術成就，關於他的古體詩創作及詩論將準備另文討論。

(二)

沈從文的新詩創作始於他初登文壇的一九二五年，其創作雖然一直延續到一九四九年，幾乎跟他的整個文學創作旅程同長，但就目前已收集到的他的五十餘篇新詩看，其創作時間多集中於一九二五至一九二八年四年間（其中一九二五年十二篇，一九二六年十五篇）。這一時期，用沈從文的話說，正是中國的新詩壇由所謂「革命期」邁入「建設期」，即由包括胡適、周作人、沈玄廬、沈尹默、劉大白、劉半農、冰心、俞平伯、康白情等人在內的，思想上受著「人道主義」觀念的控制，形式上以「推翻舊詩，打倒舊詩，否認舊詩」為旨歸，並且一時間造成「魚龍百狀」，既有「天才的努力」亦有「好事者的遊戲」的直白的、散文化的所謂「自由體」新詩階段，逐步邁向遵守詩歌的文本特徵和審美特徵，在情感與想像、修辭與韻律、光色與效果上花力氣下工夫，並且出現了諸如宗白華、梁宗岱、王獨清、劉夢葦、馮至、饒孟侃、于賡虞、李金發、郭沫若、朱湘、徐志摩、聞一多等一大批分屬於不同社團與流派的詩人的創作新階段。這其中最受沈從文推崇的是這名單中的最後四位。他認為：「寫詩膽量大，氣魄足，推郭沫若（他最先動手寫長詩，寫史詩）。朱湘是個天生的抒情詩人，在新詩格式上的努力，在舊詩詞藻運用上的努力，遺留下一堆成績，其中不少珠玉。徐志摩詩作品本身上的成就，在當時新詩人中可說是總其大成（他對於中國新詩運動貢獻尤大）。其中有一個作者，火氣比較少，感情比較靜，寫作中最先能節制文字，把握語言，組織篇章，在毫不兒戲的韻、調子、境界上作詩，態度的認真處使新詩成為一種嚴肅的事情，對以後作者有極好影響，這個人是聞一多。」❶這些詩人以他們的甘苦經驗和創作實績，逐漸向人們證明：新詩並不容易作，更不容易作好，「用新格式得拋棄舊詞藻，內容常覺得『淺』，『顯』，用舊詞彙是不能產生新境界，內容不可免墮入『熟』，『滑』」，因此「作者比較以前自然顯得寂寞多了。玩票的詩人已不好意思再來胡亂打油湊熱鬧」❷。因此，在這時

❶ 沈從文〈新詩的舊賬——並介紹《詩刊》〉，《大公報・文藝》一九三五年十一月十日。

❷ 同注❶。

走上新詩創作之路的沈從文，自然十分注意汲取各家之長，並力圖在「歷史」與「現實」的碰撞、衝突與融合中，為「建設中的新詩」，尋得一個「較高的標準」。然而，理論上的清醒畢竟不能完全代替創作的具體操作與實踐，所以，初登詩壇的沈從文儘管能夠理清新詩的大體路徑，也明白處於「建設期」的新詩流派的各自得失，但在創作上尤其是早期詩歌創作中雖然總的來說能夠努力地實踐著陳夢家在《新月詩選・序言》中總結的「本質的醇正，技巧的周密和格律的謹嚴」這一詩風，從而使其詩作有七首被收入《新月詩選》（入選數量僅次於徐志摩，和聞一多相等），但他那一貫的「多方試驗」、不拘一格的創作思想，卻使他不僅從業已「過時」的「革命期」自由體詩創作中繼承著「人道主義的憐憫」和對舊的社會制度的懷疑與反抗，而且還從郭沫若的誇張與奔放，李金發、王獨清的象徵與隱喻，徐志摩的熱情、柔和與輕盈，朱湘的東方式的平靜與詞曲風格，聞一多的新格律詩以及當時為數極少的敘事詩，甚至湘西的山歌謠曲中汲取養分，從而形成了他「複雜多方」的新體詩創作格局。

在沈從文的早期新詩創作中，表現青春戀情及其欲望的詩占有很大的比重，如〈春月〉、〈痕跡〉、〈其人其夜〉、〈希望〉、〈我喜歡你〉、〈悔〉、〈呈小莎〉、〈X〉、〈覷——瞟〉、〈頌〉、〈對話〉等。這類詩作同當時的許多愛情詩一樣，沒有更多的社會內容，表現的往往是「五四」男女解放思想背景下，戀愛關係中的惆悵、嘆息、驚訝、痛苦與神秘，其中當然也不乏情欲的恣肆、冒險與失望，以及對青春美麗的虔誠歌頌。但表現手法卻豐富多彩，顯示出某些個性特徵。發表於一九二五年五月九日《晨報副刊》上的第一首新詩〈春月〉和稍後發表於《京報・文學周刊》上的〈痕跡〉和〈其人其夜〉，明顯地受著古典詞曲的影響，帶有較強的閨閣氣和脂粉氣，如「有軟軟東風，／飄裙拂鬢，／春寒似猶堪怯！／何處瀏亮笛聲，／若訴煩冤，／跑來庭院？」（〈春月〉）「朝來淡雨輕雷後，／獨向荼蘼前低頭小立，／前日的腳底蹤跡；／淚的濕漬，／不知在何時早就泯滅，／莫有尋處」（〈痕跡〉）。「曙曙曙，／去去去——／『游思不解留春住』；／疑疑疑，／息息息——／剩有浸窗碧月碧」（〈其人其夜〉）。辭藻的選擇，詩行的排列，韻律的齊整，均使之顯得「工穩美麗」。就其生活含量而言，三首詩也有所不同：〈春月〉抒寫的只是瞬息間的春情萌動；〈痕跡〉展現的是舊地重遊，觸景傷懷，讓「淡淡的悲哀痕跡」，「在斜陽微風中」漸次泯滅的心境；〈其人其夜〉傳達的則是從「盼」到「戀」到「別」到「空」的過程。但這些詩畢竟因為過於輕靡、纏綿、憂鬱而缺乏一種「獷悍興奮」的時代氣息，因而與時代的要求距離較遠。正像朱湘《草莽集》中的某些愛情詩那樣，最終只是以「形式的完整」和「文字的典則」引起人們的注意，證明著作者企圖從舊的形式中汲取營養創作新體詩的努力。

自〈希望〉（載一九二五年九月二十七日《晨報副刊》）一詩的發表，作者似乎在愛情詩創作上停止了這種嘗試，而是以直白的語言直接呼喚強烈的愛的心靈感受：「我不因失你而悲哭，／我不因得你而矜驕；／我腕臂摟箍中的你若欲他出，／除非是海將我骨頭蝕銷。」形式的工整，交錯韻的選擇雖一如既往，但現代詞彙中傳遞的愛情信息，卻更使之像「建設期」中的新詩了。在相同的詩風中，〈我喜歡你〉描繪了「我」在異性面前的「自卑情結」——想愛而又自慚形穢，只能在夜裡呼喚「你」的名字；〈呈小莎〉傳達了詩人對生命之源的女性「神」一般的虔誠，流露出對「自然」、「樸素」、「光明」、「日頭」宗教般的皈依，而這又都明顯地帶有沈從文個人性格和生活經驗的影子。〈悔〉寫的是青春生命的律動：「春天來時，一切樹木蘇生，發芽，／你是我的春天。／春天能去後歸來，／難道你就讓我長此萎悴下去嗎?」因此其節奏和韻律也都保持著自然的形態；而〈X〉語言則散中有整，詩中呼告語「妹子」以及以「路槐」比喻鍾情的女性，用溫馴的「羊」和「風吹日曬半死的葉子」比喻渴望愛情的「我」等修辭手法的運用，都鮮明地表現出從湘西的山歌謠曲中汲取了營養，從而豐富了愛情詩的表現技巧。

分別創作於一九二七年九月的〈覷——瞟〉、一九二八年十一月的〈頌〉和一九三一年九月的〈對話〉則標誌著沈從文愛情詩的完全成熟。它們不僅繼承了諸如周作人的〈高樓〉、康白情的〈草兒〉和汪靜之的〈蕙的風〉等愛情詩作的細微而又大膽、含蓄而又朗然的優點，同時又以富於個性的表現手法印證著它們與以上諸人詩作的不同。〈覷——瞟〉牢牢抓住一對戀人眼神的一覷一瞟，讓其透視出人物全部的心靈奧秘，尤其是聯覺的運用極為成功。如分別把眼神比作柔軟的手臂（觸覺），比作星兒的狡猾、水珠的流動（視覺），比作檸檬汁（味覺），比作尖銳的牛角（痛覺），細致入微地狀摹出瞬間的心靈信息。此外，規範的詩行和嚴整的韻律（全詩四節，每節四行，押交錯韻），更顯示了技巧的周密和表達的完美。〈頌〉頌揚的是青春生命的迸濺，表現的雖是性欲的衝動，但通篇全用比、賦的手法：「你是一株柳；／有風時是動，無風時是動；／但在大風搖你撼你一陣後，／你再也不能動了。／我思量永遠是風，是你的風。」使詩對男女媾合的描寫從自然主義的低俗展示昇華為一種純粹藝術的充滿美感想像的意境創造。〈對話〉一詩則全由相戀中的一對青年男女的對話構成，如中間至最後的詩行：

「你說水不會在春天沉默的，
它一定要響；
鳥不會在春天沉默的，
它一定要唱；

你為什麼自己默默的，
要我也默默的？」
「可是，你說的那草，
它也是默默的。」

造語如此輕柔熨貼，調子如此質樸自然，加上行雲流水般的音樂節奏、疊字與複韻的巧妙措置，成功地實踐了新月派「平靜、沖淡」的詩風。

同愛情詩相比，在沈從文全部新詩創作中，抨擊不合理的社會制度，抒發個人及年輕一代的內心苦悶、憤怒與抗爭的詩篇，所占比重更大。比如組詩〈到墳墓去的路〉，運用反語或直抒胸臆的告白言辭，通過「藝術」、「文人」、「志士」、「名流」、「女子」、「戀愛」、「生命」、「面目」、「勝利」、「朋友」、「願望」等名詞與意象的檢視，強烈地抨擊了社會各個層面上的虛偽造作，表達了詩人只願「這一切早點毀滅」的憤懣之情。在同樣的基調下寫成的組詩〈餘燼〉，雖然有的節段帶有哲理詩的意味，並且明顯地受到冰心仿泰戈爾小詩的影響，如：「釣魚的人，／鉤子懸著他的餌，／也懸著他的心。」，「北京的六月的雨呵，／雖然大也壞不了許多墻垣。」但總的可視作是「詩寫的雜感」，揭露的依然是充斥於當時社會中的自私、投機、虛偽、順從的種種人類惡德。〈長河小橋〉先寫一九二五年七月河北水災下的慘景，繼而是窮人與富人兩幅畫面的對比，通過一系列鮮明的意象，抨擊了社會制度的腐朽。而〈到墳墓裡去〉和〈舊約集句——引經據典談時事〉，則由對不合理的人生制度的批判上升到對具體的政治事件的抨擊與揭露。〈到墳墓裡去〉揭露的是「五卅」慘案後，「在群眾一致對外的口號裡」，社會上的一些不和諧的聲音和反動分子們「蛆蟲」般的行為。〈舊約集句〉則通過摘引《聖經》的章句，抨擊了一九二五年北京女師大風潮中包括教育總長、專制校長、保守派教授們養尊處優、沆瀣一氣，以學生為敵，以「部令」欺騙輿論，鎮壓學生的愛國行為的罪行，強烈地控訴了腐朽的教育制度。〈瘋婦之歌〉是一首典型的抗議社會不平的詩作，詩中塑造了一位如同魯迅〈狂人日記〉中的狂人一樣異常清醒的「瘋婦」形象，借她之口對資本主義制度從物質生活到包括教育在內的上層建築都進行了尖銳的批判，對上流社會中的貴人、老爺、太太、小姐的貪欲與矯情作了無情的嘲諷。「詩人才女為世界縫的衣裳也有穿蔽時，/給蛆去嚙去嘬是大家共負的老賬！」宿命的言語中傳達著作者憤懣的心聲。

除了上述直接抨擊社會制度、政治事件的詩作之外，沈從文還寫了一些抒發個人的苦悶、憤怒與抗爭的新詩。如〈「狒狒」的悲哀〉、〈愛〉、〈夢〉、〈囚人〉、〈寄柏弟〉等。其中〈「狒狒」的悲哀〉將厭絕的情緒注入嚴整的詩行與韻律，對躋身弱肉強食制度中的一個空虛、自私、貪婪的靈魂作了生動的描繪。〈愛〉的詩行與韻律雖同〈「狒狒」的悲哀〉一樣工麗嚴整，但抒發的卻是一個曾將「生命」與「驕傲」都當給了國家，只用「謙卑」的顏色裝飾自己的人，竟被黑暗的不人道的社會逼迫著去「追逐同類」，「弱肉強食」，於是他終於發出了屈原式的憤怒與抗爭：「請退還我當給你的那點驕傲」，從此，「我將披髮赤足而狂歌，/放棹乎沅湘覓紉佩之香草！」在看似古舊的情緒中傳遞的卻是一代被愚弄的熱血青年對現實的不滿情懷。發表於一九二六年四月八日《晨報副刊・詩鐫》上的一首題為〈夢〉的短詩，從形式而言最能體現聞一多所提倡的新格律詩的「三美」要求：

我夢到手足残缺是具屍骸！
不知是何人將我如此謀害！
人把我用粗麻繩子吊著項；
掛到株老桑樹上搖搖蕩蕩。

仰面向天我臉是藍灰顏色；
口鼻流白汁又流紫黑污血；

岩鷹啄我的背膊見了筋骨，
垂涎的野狗向我假裝啼哭。

「屍骸」、「謀害」、「粗麻繩」、「老桑樹」、「岩鷹」、「野狗」等意象所傳達的自然是對傳統的政治和黑暗的現實人生的詛咒，更重要的是抒發了詩人普羅米修斯式的受難者的痛苦與悲哀。字裡行間無不流露出聞一多〈死水〉般的情緒與胸襟。

在所有的文學體裁中，詩當然是一種最主情的文體，因此抒情詩常被人們視為詩的最高體式，但是「情」同時又是一個極為寬泛的字眼，愛情、友情、親子情、手足情、遊子情、故園情，固然都是情，而寄身自然、放浪形骸、品評時世、激濁揚清、披露真相、追憶既往，也都出於情，因此，只要對宇宙、人生、歷史、現狀，有所思、有所想、有所察、有所悟，而這些思、想、察、悟，又不論採用何種表達方式，描寫也罷，敘述也罷，議論也罷，說明也罷，同時也都是在抒情。正因為如此，所以同時作為小說家、散文家的沈從文在對詩歌體式的選取上，從來沒有像中國早期象徵派詩論家穆木天、王獨清等人那樣過分地強調「詩與散文的純粹的分界」，過分地擁戴所謂「純詩」的理論，反倒一貫主張「『詩』是一種無定形的東西」❸，因而將散文化很強的「敘事詩」也常納入其對不合理的人生制度的控訴之中，並名之為「敘事抒情詩」❹。如果說創作於一九二五年十一月，篇末注有「兵中回憶之三」的〈叛兵〉一首，尚屬於他的新體敘事抒情詩的試創作，它通過衛隊連第二排的四十二個叛兵，在往日相熟的軍法長和弟兄們的簇擁下，齊唱「腳色人，砍去了頭顱不過一塊疤」被坑殺的過程描繪，展現了生命形態仍處於蒙昧自在階段的湘西兵勇，在把「生與死」作等量齊觀時，固然顯示出生命的全部強悍與豪爽，但同時也表現出它的脆弱與黯淡——生命被任意拋擲，從而為作者日後創作《從文自傳》中的〈一個大王〉、〈清鄉所見〉等篇章，確立了情感走向，那麼，分別發表於一九二七年一月和一九二八年六月《現代評論》第二周年、第三周年紀念增刊上的堪稱姊妹篇的敘事抒情長詩〈曙〉和〈絮絮〉，則對舊社會普遍存在的腐朽制度之一的賣淫制，作了人道主義的深刻批判。〈曙〉長達二五七行，通篇以一個尚未泯滅真誠與同情心的青年嫖客的口吻展開敘事，詳盡地敘述了他在跟一位土娼一夜間嫖宿的情感體會，揭露了上流社會男女間的虛偽、做作及「閹雞式」的懦弱，讚揚了這種建立在金錢交易上的兩性關係尚殘留著的一絲真正的人情，從而把賣身的妓女看成是以「偉大的犧牲」

❸《談朗誦詩》，《沈從文文集》第十一卷，頁二四三，花城出版社，一九八四年七月第一版。

❹《我們怎麼樣去讀新詩》，《沈從文文集》第十二卷，頁九八、一〇二，花城出版社，一九八四年七月第一版。

洗刷人類「發了霉的感情」的「神聖」的全人，並借這個嫖客之口對以男性為中心的宗法社會提出了批判，認為正是那些倍受踐踏與蹂躪的妓女以其「偉大崇高的人性」使男人們變得「渺小，成了微塵」。從詩中提到的阿芒、瑪格麗脫等作品人物的名字上，似乎可以看出作者在創作此詩時正受著《茶花女》等戲劇和小說翻譯與介紹的思想影響。

〈絮絮〉共計十二段，四七三行，與〈曙〉相呼應，通篇以一個受盡摧殘與蹂躪的妓女的口吻展開敘事，不僅對罪惡的賣淫制進行了鞭撻：「如不是為我小時可以作丫頭，/長大可以當娼，/誰能讓我好好的活在這世上」，而且對妓女複雜的內心情感——真誠、善良，渴望做「人」的願望，以及靈魂深處殘留著的那份關心、愛護、體貼別人的美好人性與人情展開了細致入微的敘寫。在「使人不成其為人」的社會制度面前，為處於社會最低層的人們呼喚著做人的、愛的權力。〈曙〉和〈絮絮〉反映的都是畸形的都市生活，因此在這位妓女身上，自然主要體現了生活在由自私、虛偽、貪婪、狡猾、唯利唯實等人生景象構成的現代都市社會裡，精神和肉體受盡壓榨與凌辱的人們，妄圖從泥淖中爬出而苦苦掙扎的本質屬性，但同時彷彿又可以照見作者後來在小說《柏子》和散文《湘行散記》中以同情、憐憫乃至頌揚的筆調描繪的那些用全副身心去回報「多情水手」的「多情妓女」的身影。

跟〈絮絮〉的基調保持著某些相通之處而女主人公的身份卻由低賤的妓女變成閨閣少女

的〈微倦〉一詩，敘寫的雖然也是一個女人渴求真誠與愛情的「古舊情緒」，但全然脫離了〈絮絮〉的那種口語化和散文化很強的直白表達，而是以細膩地筆觸描繪了一個對生活感到「倦怠」的少女，獨自住在一個「寬闊」的、只有「庸陋平凡百物」的房中，本想以優美的詩詞打發時日，排遣感情，卻又情不自禁地渴求一個真實的活人前來溫存、親昵、擁抱，而當這一切又得不到實現時，只渴望屋外的清風入室為伴的細微心理。這首帶有很強的象徵主義色彩的詩，其思想意蘊似乎又可以跟作者的都市題材小說中的〈薄寒〉、〈如蕤〉等相參照。

就我個人的觀察，在沈從文的所有新詩創作中，最能體現作者個性主義色彩，充分體現出「沖淡而又深情」的總體創作風格的當屬於下列兩類題材的詩作：一類是以象徵主義手法，託物言志、謳歌自然與生命的詩作，如〈雲曲〉、〈月曲〉、〈薄暮〉和〈秋〉等；一類是自我畫像，充分展現個人的性格、思想、心跡和帶有強烈的思辯哲理色彩的詩作，如〈寄柏弟〉、〈給璇若〉、〈一個人的自述〉以及〈時與空〉、〈憂鬱的欣賞〉、〈蓮花〉、〈看虹〉等。

沈從文評價李金發的詩時指出：「從文言文狀事擬物名詞中，抽出種種優美處，以幻想的美麗作詩的最高努力，不缺象徵的趣味，是李金發詩的特點。」❺上述顯示沈從文創作個性的第一類詩作，也不自覺地顯露出李金發詩的某些特徵。作於一九二六年四月的〈雲

❺ 同注❹。

曲〉，通篇以象徵手法，以雲喻人，託物言志：「此剎那之生存，／又倏然其無蹤。／得微雨以烘托，／成美麗之長虹，……愛月而不遮月，／近山而不倚山；／遁窮谷與洞壑，／傷此身之弱小。」讚美了雲所獨有的自由、灑脫、美麗、自重和「為而不有」的高潔品德。緊接其後創作的〈月曲〉則讚頌月的清純以及它俯瞰人類，給人類以關愛與同情的品性，表達了作者對友誼、關懷與愛情的想往與追求。如果說〈雲曲〉在整齊如古典詩作的詩行中展開著豐富的想像，頗得《楚辭》的遺風，那麼〈月曲〉則在參差的詩句中注入了綿綿情思，頗具宋詞的風範。而同年六月創作的〈薄暮〉則完全是一處風景的狀摹：

一塊綢子，灰灰的天！
貼了小的「亮圓」，——
白紙樣剪成的「亮圓」！
　我們據了土堆，
　頭上草蟲亂飛。
平林漠漠，前樹模樣！

煙霧平平浮漾；——
長帛樣振蕩的浮漾！
　不見一盞小燈，
遙聞喚雞聲音。

詞語的清麗典雅、往復重疊，兩闋中包含的詩行對稱排列，儼然如元人的小令，創造出一種色彩鮮明、有動有靜、物我兩參、情景交融的優美意境，表達了作者對大自然的陶醉感情。寫於一九二七年中元節之夜的〈秋〉，則在對自然的歌頌中摻入了眾多的人生意象，通過對秋蟲、春鳥、詩人、政客、蒼蠅、戰士等具象的對比描摹，表達了作者對某些詩人、政客「逃避冬天」、投機、虛弱本質的鄙視，頌揚了拼死戰場雖像裸臥窗臺的蒼蠅那樣，不被人注意，但可以飼養虎狼的壯烈與勇往直前的精神。「詩言志」、「詩緣情」這類無論是謳歌雲、月，狀摹風景的短章，還是像魯迅的散文詩〈秋夜〉一樣，著力於鮮明意象創造的〈秋〉，都無不從不同的側面表達了作者的人格、胸懷、志趣與嚮想，都是作者人格力量的表徵。

至於第二類中屬於自畫像的一些詩作，更是對自己的具體生活境遇、性格情愫作了真切的描繪。一九二六年三月、五月作於北京西山上的〈囚人〉和〈寄柏弟〉兩首詩，前者實際上是作者個人困居香山慈幼院時淒清、寂寞、無聊無告生活的寫照，後者則通過「以拭淚之瘦手摸索——前進，／不用春天，不用光明；／到飢瘦使你僵仆，／讓喉嚨喑啞，／不用怨詛，不用呻吟」等詩句，抒發了作者面對困窘、絕望時的那種倔強與不屈的性格。作於一九二七年的組詩〈給璇若〉，是「自己致自己」的詩，它以一位正在熱戀著自己的女人體貼入微、又嗔又愛的口吻，對自己的孤傲、執拗、任性、狂癲、自戕又自尊的性格作了全面的檢視：「倘若是獨往又獨來，／盡可到曠野裡去徘徊，／凍死了也只是活該！」「難道是怕旁人的『施恩』／自己就甘做了一朵孤雲，／獨飄浮於這冷酷的人群？」在勸慰、關懷與體貼中流露出青年男女繾綣、牽纏的真摯感情。此詩節奏韻律工整，顯示出跟好友胡也頻這一時期的詩作間某些相似之處。

三十年代中後期，尤其是到了西南聯大之後，經歷了一系列成功與失敗，生離與死別，一向抱著獨立的創作原則養成孤獨性格的沈從文，對現實人生的思考開始由具象的顯現轉入「抽象」的思索，如同這一時期他的散文創作〈燭虛〉、〈水雲〉、〈綠魘〉、〈黑魘〉等一樣，其新詩創作也發生了顯著變化，即由對外部現實世界的直觀描摹轉入對個人內心的燭照，由對不合理人生制度的批判、抗爭到對人的生命形式與價值進行深入的哲理思辯。發表於一九四〇年一月十二日香港《大公報・文藝》上的〈一個人的自述〉，集中地概括了他個體生命中擁有的四大性格特徵：「愛旅行」——用頭腦走路，向光怪陸離的自然與人生「凝眸」；「常散步」——雖舉足無定，不時地去攀登小阜平崗，但更富於幻想，常跟隨一個陌生微笑的影子走進天堂；「有熱情」——青春的芳馥燃燒了自己，自己又把它寫成詩去點燃千萬人的心；「很孤獨」——因為「又醜、又蠢、又懶惰」的人間屢屢迫使自己向上帝發出「怎麼辦」的籲告，而上帝總告給他「他人的事你不用管」。富於幻想，熱愛自然生命，不停地向自然與人生的遠景「凝眸」以及到任何地方都以自己的「一把尺一桿秤」秤量一切的「鄉下人」脾性和強烈的憂患意識，的確成了沈從文生命和創作旅程的四大精神特質，只是到了三十年代末，這些精神特質顯露得更加充分而已。

發表於一九三六年八月和十月上海《大公報・文藝》副刊的〈時與空〉和〈憂鬱的欣賞〉，是兩首哲理性很強的詩。〈時與空〉的標題和詩前小序「人事有代謝，往來成古今」，本身就帶有一定的哲理氣息。詩借春夏秋冬四時的更替，寫人的生命、愛情由「萌發」到「成熟」到「枯萎」乃至最終化為「塵土」的過程，抒寫了作者明知「走向過去」的只有兩道橋——「夢與死」，但又情不自禁地渴望留住過去，喚回已逝的青春年華的矛盾心情，表達了某些「人生無常」的虛無主義人生觀念：人一旦「經驗到老年和冬天」，即便想把「露水收拾起穿作頸飾」，但這「不堅實的露水」也只徒有「虹彩和真珠光」，因而只能從「虛無證實自己」

生命的存在」。〈憂鬱的欣賞〉傳遞著作者如下的哲思：人們往往一看到海上群起群落的鷗鳥，就只知微笑地讚嘆這是一幅「美麗的圖畫」，殊不知這「混合著鹽質」的一汪大海，千萬年來融解下多少「鷗鳥的骨血」。因此一個被「憂鬱的殘骸」充斥心間的詩人，每當看到「海鷗離不開海」的景象，就總也不能將「憂鬱」從心頭挪開！如果說，〈時與空〉，還只是從時間的緯度，把人的自然生命看作與自然同律，看到了人生的無常無定，其中的「空」，更多的還只是釋家「色空」觀念中的「空」，即「虛無」，那麼這首〈憂鬱的欣賞〉，則從遼闊的大海——真正的「空間」緯度，看到了生命的沉積與永恒。而兩首詩結合起來，即共同地傳達了萬匯百物總是在不停的發展變化中保持著它那份永不磨滅的光輝的思想。在這裡，「憂鬱的欣賞」實質上成了沈從文常說的「美總是愁人的」那句話的很好注釋。這也是沈從文觀察和描繪湘西的總體情感走向。

〈蓮花〉是一首象徵比喻意義很強的詩，它跟散文〈燭虛〉各章寫在同一段時間，因此其思想基調很為相似。如果說在〈燭虛〉中作者常借一花一草窺探宇宙與生命的奧秘，那麼在這首詩中，詩人則從裝點春天的一朵蓮花看到了一個「完整、精巧」的青春生命的存在形式，抒發了作者向「道德」與「神」（即自然與造化）歸心低首的情懷，表達了作者對扼殺人的自然本性的「有形社會」和「無形觀念」的厭絕情緒以及渴望抽象（即妄想與幻想）的不安靈魂：「我想呼喚，想大聲呼號，／我在愛中，我需要愛」，但是「一切虛無／我看到的只是個人生命中／一點藍色的火，／火熄了剩一堆灰」發表於一九四一年底的〈看虹〉一詩，同樣採用比喻、象徵的手法，借「虹」的生成與消失的過程，抒發了作者對如詩如夢般美好往事、美好生命消亡的概喟，以及當「虹與夢」都在眼前消失之後，只圖以「孤單」、「靜」和「狠」來避開「思想的折磨」，重新來審視現實人生的平凡心態。它以詩的形式向人們證明，幽居昆明鄉下的作者，雖然常向「抽象的人生之域」凝眸，但偶爾也會回復到對「現實的燭照」中來，這就是為什麼在西南聯大期間作者除創作出〈燭虛〉、〈水雲〉、《七色魘》等一系列追求「抽象」的心志散文之外，還創作出諸如〈鄉城〉、〈王嫂〉、〈芸廬紀事〉、〈雪晴〉等現實主義較強的作品的根本原因。

除了上述愛情詩、社會批判詩和哲理詩之外，沈從文還寫了諸如〈讀夢葦的詩想起的那個「愛」字〉、〈卞之琳浮雕〉、〈何其芳浮雕〉以及〈想——鄉下的雪前雪後〉、〈北京〉等評價詩人、詩作和懷念家鄉及異地風土人情的詩，這些詩很像一幅幅白描的圖畫，以簡煉的語言，鮮明突出地勾勒出人物和風景風俗的主要特徵。

這裡需要特別提出並作簡要議論的還有作者的兩組特殊的詩作。一組是一九三一年十一月十九日徐志摩空難身亡後不久，為悼念亡友徐志摩而作的兩首詩，但作者生前一直壓於案頭從未發表。從手稿的文字看，前一首基本完整，後一首顯然沒有寫完。兩首詩均無標題，現在的標題〈死了一個坦白的人〉和〈他〉為《沈從文全集・詩歌卷》的編者所加。在〈死了一個坦白的人〉中，作者稱讚徐志摩是「慷慨的上帝」派到「占滿蒼白臉子的人間」的一個「希奇的春天」，是一個「友誼的魔術師」、「一首諷刺時代古怪體裁的長詩」。他雖然如「一顆向無極長隕的流星」，用一個「誇張的死」為自己匆匆忙忙押了一個「結實沉重的韻」，但留給人們的卻是永遠不能忘記的「華麗」——一個「光明如日頭，溫柔如棉絮，／美麗眩目／如掛在天上雨後新霽的彩虹」。這首詩將詩人與其詩作融為一體，互參互比，既讚頌了詩人的人格魅力又評價了其詩作的藝術光華，傾注其中的不僅是對亡友的一份真摯而具體的敬重之情，而且是對人類應該普遍存在的完美人格、完美藝術和完美生命形態的一種追求與嚮往。〈他〉顯然是一篇用詩的形式寫成的悼詞，同樣讚揚的是徐志摩的高尚人格：「無仇敵而有朋友」、「從各樣人中取得友誼」，在別人尚未發現自身的長處之前就「發現了別人的一切長處」，從不「使人難堪，使人討厭」，「不知道什麼是嫉妒」，永遠總是「過分的年青、熱心、富於感情」，永遠是那樣的「親切、灑脫」，「使一個生人也沒有拘束」。這些從品行方面對徐志摩作出的評價，在今天看來，是完全符合實際的，絕無任何阿諛之嫌。

另一組是分別寫於一九四九年五月和九月中旬與下旬的〈第二樂章——第三樂章〉、〈從悲多汶樂曲所得〉、〈黃昏與午夜〉三首未發表過的長篇詩作。一九四九年一月起，在內外因素的交互作用下，沈從文陷入精神失常，直到是年九月病才逐漸好轉。這三首詩真實地反映了作者從精神崩潰到情緒初步得到穩定好轉的過程。寫作〈第二樂章——第三樂章〉時，作者的病仍較嚴重。詩歌共九節，前三節還可以說作者隨同樂曲起伏升降的流動旋律，想到了諸如春雪融化、溪水漫流、植物萌生、馬躍草坡、風箏飄揚以及藍天、白雲、「流水」、「流音」等美好的事象物象，但從第四節至第六節，記錄的只是許多破碎的理性片段：「繩子斷碎了」，只從那「一堆散碎聲音中還起小小共鳴」，甚至發出了「我是誰」的呼籲。自第七節開始神志似乎又恢復清醒，意識到自己作為正常人時，需要友誼、愛情，用筆作事都「有板有眼」，「文字在我生命中，／正如同種種音符在一個偉大樂曲家／和指揮者手中一樣，／敏感而有情……」但是生病中的現在，卻對一切熟人皆生「生疏」感，深深地陷入「一切都不解」的靈魂迷亂之中。這應該說是沈從文當時極不穩定的病情的真實記錄。如果參照一九四九年五月三十日寫的〈五月三十下十點北京宿舍〉一文❻，則可更加清楚地窺知作者作此詩的病狀與心境。文中，作者一會兒說：「我難道又起始瘋狂？」一會兒又說：「我沒有瘋！」一方面面對書桌上的一幀舊照片——一九三一年胡也頻遇害兩個月後，自己護送丁玲母子回

❻ 此文收入《沈從文家書》，頁一五三，臺灣商務印書館，一九九八年二月版。

湖南常德，路過武漢，在武昌城頭跟淩叔華一家人的合影——回憶起當時的情景，如歷歷在目，十分清晰；一方面面對個人的存在時，又連「什麼是我？我在何處？我要什麼？我有什麼不愉快？我碰著了什麼事？……」都統統搞不清楚了。一方面認為自己「什麼都極分明」，尤其是「游離於群外」，「活在一種可怕的孤立中」；一方面又「不明白自己站在什麼據點上，在等待些什麼，希望些什麼」等等。

寫作〈從悲多汶樂曲所得〉時，作者的理性已初步復歸，病情已漸趨穩定。在一九四九年九月二十日〈致張兆和〉❼的信中，作者曾有如下的表述：是日半夜，他在妻子長期耐心地勸慰下，借助音樂的幫助，「我溫習到十六年來我們的過去，以及這半年中的自毀，與由瘋狂失常得來的一切，忽然像醒了的人一樣」。他清醒地意識到這是「正常的理性的回復」，「已通過了一種大困難」，心情變得空前的「柔和」、「善良」了。信中明確指出：為了「紀念這個生命回復的種種」，「寫了個分行小感想」。這裡所說的「分行小感想」，就是這首〈從悲多汶樂曲所得〉。這首詩共六章，詩前的題記是：「我思，我在，一切均相互存在。我沉默，我消失，一切依舊存在。」第一章寫自己放棄思索，隨同樂章「進行復進行」，逐漸將生命由「煩躁、矛盾、混亂」變得「澄清瑩碧，純粹而統一」的過程，於是「只記住一個原

❼ 同注❻，頁一五五。

則，/將一切情感的挫折，/與肉體的痛苦，一例沉默接受，/回報它以悲憫的愛」。第二章檢視了自己在「新和舊交替」的時代，如何在「由內而來或從外而至」的兩種力量的作用下，終於「與天穹列宿大循環完全游離」復又為「大力所吸引，所征服」，「又深深融會於歷史人民悲喜中」的轉化過程。如果說第一章敘寫的是「生命回復」過程中的個人內在因素，那麼第二章展現的則是造成這種回復的社會的外在力量。第三章，將一疊樂譜如何由「無秩序的紛亂」變成「連續的旋律與節奏」的情形跟自己如何在「愛人或友好的召喚低呼下」，通過對意象鮮明的如煙往事的整合，終於走上「希望悅樂和重生」的情形相比照，從而證明：一個作曲者必須懷著對「萬物深愛和榮枯彼此關聯的覺醒」，才可希望自己的樂曲對一個成熟生命施以深刻的影響；一個病人若想「久病新瘥」，必須對那些由「恩怨得失作成的」相爭、相妒、相學、相左作出透徹的理解，才可望「把生命轉譯成一片洪壯的溫柔」。第四章、第五章，分別描述的是走出病程的「我」，對結婚十六年的妻子「勇敢、單純、素樸」本質的稱揚和對自己因「負氣、褊持」終於像「失去方向的風箏」被罡風送入雲中終至「游離四散」的檢討，以及音樂對其個體生命所起到的「強大啟示和粘合」作用，其中尤其是記述自己在音樂的「比文字語言更公正純粹」的「共通情感」朗照下，對過去的充滿「友愛與至情」的各種事物的咀嚼與回味，如吳淞中國公學操坪中隨風擺動的波斯菊，青島太平岨小小的馬尾松，嶗山九水邊看到的後來成為翠翠原型的小女孩，以及在北京達子營四合院的棗樹下寫《邊城》第一行的情形……而這一切又無不伴隨著妻子從學生到少婦的身影，因此，它們看起來只是幾個意象的列舉，其實均包含著自己對妻子張兆和由相識到結為夫妻的無限美好往事的依戀情懷。第六章，是全詩的收束。如果說這首長詩也像一首由多個複雜的樂段構成的生命交響曲，那麼這一收煞，即點明了演奏的結束時間：「音樂停息，十二點已過半。／一切已結束，一切正開始。」又表明已經意識到「渺小」的自我，應該如何「貼近地面」，依附著宇宙，像億萬流星一樣變「一剎那」為「永恒常駐」的決心。

走出病程的沈從文，同時也走進了一個嶄新的時代、嶄新的社會，篇末注明「一九四九年九月二十二日寫，十月一日寫成」的〈黃昏與午夜〉，忠實地記錄下這時的心境。其中〈黃昏〉一章的開頭，雖使用的是詩的語言，記錄的卻是參加了「神武門」城樓上的一次政治報告後，對黨的方針政策極具個人色彩的理解與體會。接下來便以大量的篇幅敘寫了自己與「歷史」、「永恒」對面時，對「歷史的莊嚴和個人的渺小」的領悟與哲思，同時也流露出自己對如何適應這個「既熟悉又陌生」的時代的擔心與憂慮：「待春冰解凍，可不知春來時的風，／應當是向什麼方向吹！」最終作者還是從憂懼中走了出來，意識到人生既然「如此複雜多方」，「飽嘗人生辛苦憂患的過來人，／或由於脆弱，受傷後即倒下永不再起，／或由於堅強，於倒下後猶能重新上路」。因此，自己為了社會與家庭，都應該像青年人一樣，「充滿全生命的歡欣」。〈午夜〉一章的內容可跟〈從悲多汶樂曲所得〉參讀。它們都表現了音樂對個人「理性的粘合」和「生命重鑄」的巨大作用，都寫於聽完音樂的午夜，字句亦有許多相通處。但它們又畢竟是兩首詩，兩者相比較，〈午夜〉的具體意象描繪雖沒有〈從〉詩那樣豐富，但其精煉、純粹的程度以及對個人與歷史、時代、社會的認識都較〈從〉詩有所提高，它成了作者完全走出病程的一種標誌。

如前所述，詩的特殊體式規定了它的傳達功能主要在於抒情而不在於敘事。它承載的往往是詩人一時間的情感、徹悟與粹思。沈從文這三首作於病中與病後、微帶敘事成分（如聽音樂、聽報告等），但主要是抒情的長篇詩作，其特殊的存在價值，不僅僅只是因為它們對作者由精神失常到病情好轉的過程作了生動的文字表徵，更重要的是詩行中，借助對音樂這種特殊的藝術形式的偉大神力的頌揚，同時對「個體」、「生命」、「歷史」、「人生」、「死亡」、「新生」以及「愛與怨」、「弱與強」、「群與離」、「恒與變」、「單純與複雜」……作出了細致入微而又富含哲思的心靈品嘗。它們既是作者的一段生命特殊期的忠實記錄，又同時可以照見一代「飽嘗人生憂患」的知識分子共同的心程與路程。

(三)

沈從文的民歌體詩歌創作跟他的自由體新詩創作幾乎是同步進行的。就其文本存在形式而言，基本上可分成兩類：一類是為了描繪生活、塑造人物、印證自己的審美觀念被寫入湘西題材作品之中或文論之中的山歌、謠曲；一類是以單篇的形式發表於報刊上的民歌體詩作。這後一類詩作至今已收集到的共有九篇七十一首。其中又可分成兩個小類，一類是純屬個人以「鎮筸土話」自創的民歌，如發表於一九二五年七月、九月《國語周刊》上的〈鄉間的夏〉、〈鎮筸的歌〉、〈初戀〉，以及用方言對歌體寫成的詩劇《春》，用鎮筸土音試譯的《伐檀章今譯》和用鎮筸方言寫成的「擬楚辭之一」《還願》等；一類是經過收集、加工、整理並擇其「肥壯」者分別連載於一九二六年十二月和一九二七年八月《晨報副刊》上的〈筸人謠曲〉和〈筸人謠曲選〉等。

沈從文之所以對民歌體詩歌創作情有獨鍾，我想至少具有下述兩個方面的原因。

其一是他自幼生長於斯對其性格、愛好、審美理想和追求產生了重要塑造和影響作用的湘西，本身就是個詩歌遍野充滿古典浪漫氣息的地區。正如他在〈湘西苗族的藝術〉❽一文

---

❽ 此文收入《沈從文別集・抽象的抒情》集中，岳麓書社，一九九二年十二月第一版。原文分段表達，

中所描繪的那樣：「凡是到過中南兄弟民族地區居住過一陣的人，對於當地人民最容易保留到印象中的有兩件事：即愛美和熱情。」「愛美表現於婦女的裝束方面特別顯著……熱情多表現於歌聲中。任何一個山中地區，凡是有村落或開墾過的田土地方，有人居住或生產勞作的處所，不論早晚都可聽到各種美妙有情的歌聲。當地按照季節敬祖祭神必唱各種神歌，婚喪大事必唱慶賀悼慰的歌，生產勞作更分門別類，隨時隨事唱著各種悅耳開心的歌曲。至於青年男女戀愛，更有唱不完聽不盡的萬萬千千好聽山歌。即或是行路人，彼此漠不相識，有的問路攀談，也是用唱歌方式進行的。許多山村農民和陌生人說話時，或由於羞澀，或由於窘迫，口中常疙疙瘩瘩，辭難達意，如果換個方法，用歌詞來敘述，就即物起興，出口成章，簡直是個天生詩人。每個人似乎都有一種天賦，一開口就押韻合腔。」因此，生於斯長於斯且天生就具有這一地區少數民族「愛美與熱情」的詩人氣質和「不安於當前事務，卻傾心於現世光色」天性的沈從文，一旦以動情的文字，藝術地再現他所經驗過的湘西人生百態時，便在他的眾多代表作，諸如〈代狗〉、〈山鬼〉、〈蕭蕭〉、〈阿黑小史〉、〈雨後〉、〈龍朱〉、〈神巫之愛〉、〈月下小景〉、〈媚金、豹子和那羊〉、〈鳳子〉、《邊城》、《長河》乃至《斷虹・引言》等文藝評論作品中便情不自禁地寫入了一系列自幼就耳熟能詳的「美妙而有情」的民歌。當

為集中引用，連寫並作了刪節。

然這些山歌有的已收入他早年收集、加工、整理的〈筸人謠曲〉中，如〈謠曲〉中的第一首「大姐走路笑笑的」，第二首「天上起雲雲重雲」，第三首「嬌妹生得白又白」，第十一首「你歌莫有我歌多」，第十七首「嬌家門前一重坡」，第三十四首「三株楓樹一樣高」等就曾不止一次地寫進〈山鬼〉、〈蕭蕭〉、〈阿黑小史〉、〈雨後〉、《長河》等小說中，但也有些並沒有收入〈筸人謠曲〉和〈筸人謠曲選〉之中，可是顯然已在當地傳唱很廣，作者又經過一番加工整理寫入其小說之中的民歌，如〈代狗〉中鴨毛崽唱的那首「高坡高岰豎庵堂」、〈蕭蕭〉中花狗大唱的那首「天上起雲雲起花」以及〈神巫之愛〉中的神巫和《邊城》中的翠翠所唱的那首「你大仙，你大神，/睜眼看著我們這裡人」的「神巫之歌」等。

其二是他對民歌體詩歌所獨具的審美價值和特質有著獨特的理解和期望。在一九三一年初所寫的〈論劉半農《揚鞭集》〉❾一文中，他曾指出：「劉半農在詩歌上的試驗，有另外的成就」，這成就「不是如〈稻棚〉的描寫農村，不是如〈恥辱的門〉寫他的人道主義的悲憫與憤怒」。「他有長處，為中國十年來新文學作了一個最好的試驗，是他用江陰方言，寫那種方言山歌。用並不普遍的組織，唱那為一切成人所能領會的山歌，他的成就是空前的」。因此，「劉半農寫的山歌，比他其餘詩歌美麗多了」。為了印證自己的這種民歌審美價值觀，他

❾ 此文發表於《文藝月刊》第二卷第二期，後收入《文集》第十一卷。

還在此文中特意引用了他最欣賞的兩首鳳凰民歌，即「天上起雲雲重雲」和「大姐走路笑笑的」跟劉半農的江陰山歌相映照，從而得出結論說：「這類山歌，藝術方面完成的高點，並不在其他古詩以下」，對於新詩的創作來說，若想「從一切形式中去試驗，發現，完成，使詩可以達到一個理想的標準，這類歌謠可取法處，或較之詞曲還多些」。在後來所寫的《斷虹・引言》中，作者除了再次引用「天上起雲雲重雲」這首民歌外，還引用了廣泛流傳於全國各地的「月兒彎彎照九州」和「高山有好水，／平地有好花，／人家有好女，／無錢莫想她」。然後評論說：「幾節俗俚詩歌，在這裡也正如在其他中國經商當兵的農民情感中一樣，總括了一套離鄉背井悖時不走運的心境。燃燒著一點希望，纏縛著一點煩惱，也浸透了那個異鄉作客無可奈何的悲痛。倘若一切出自生命本來的呼聲，都有其莊嚴的意義，則我們從這個簡單表現中，還可看出一種較深沉的熱情的抑制和絕望。……或道路偶有所見，不由人不引起一點妄念與遐思……，或出於比事起興，稍作反省……心想『皇帝花子都是人做的，可都是個八字注定。八字上排定趕馬走長路，哪會憑空有天鵝肉落到口中？男子漢，大丈夫，沒有錢，說哪樣？』」因此，「一個對於色彩特具敏感而又富有生活趣味的藝術家，一個對於『人』性異同特具熱忱的文學作家，似乎更值得從這個結伴旅行中，得到一份經驗。這種經驗的用處，將不僅使他的工作見出特異的光輝，也許還可提供作其他多方面的引用！」[10]如果說，沈從文通過對劉半農創作的山歌的評論，強調的是民歌作為詩歌大家族中的一個門類所擁有的獨特審美創造價值，那麼，在這裡，沈從文則著重從反映世俗人生、傳達人的內心情感的深度與精度出發，突出了民歌體詩所具有的獨特審美功能。

或許正是由於上述的原因，所以沈從文在創作了他的第一首民歌體詩〈鄉間的夏——鎮筸土話〉之後，又特意加寫了一篇〈話後之話〉，進一步闡明自己的觀點。在他看來，新詩創作初期，詩壇上一度流行的「散文詩」，實在不能說是完全意義上的詩。至於稍後興起的「中間似乎又必須加上『雲雀、夜鶯、安琪兒、接吻、摟抱』才行」的「白話詩」，又因為距離自己的生活太遠，寫出來亦不免有「作假」之嫌，所以還不如用家鄉「土話」寫一點「與詩約略相似」的東西，能夠保有一點「真實的趣味」並使之「散到讀者心中去」。最後他特別強調指出：「我對文學的解釋是：用筆寫出來的比較新鮮，俏皮，真實的話而已。若因襲又因襲，文字的生命一天薄弱一天，又哪能找出一點起色？因此，我想來做一種新嘗試，若是這嘗試還有一條小道可走，大家都來開拓一下，也許寂寞無味的文壇要熱鬧一點呢。」由此可見，沈從文之所以熱衷於民歌體詩的創作與提倡，除了具有其獨特的審美價值取向外，還由於他力圖通過民歌體詩來匡正流習，另闢蹊徑，引導新詩創作沿著健康之路不斷發展繁

⑩《沈從文文集》第十一卷，頁五八～五九，花城出版社，一九八四年七月第一版。

榮的良苦用心。

下面我想著重談談沈從文的民歌體詩作內容與形式上的特徵，以及它們所達到的藝術高度。

沈從文曾以讚賞的口吻稱讚過劉半農的〈一個小農家的暮〉，認為它是一首將「散文的形式，浸在詩的氣息裡，平凡的看，平凡的敘述，表現一個平凡的境界，這手法是較之與他同時的作者的詩為純熟的」。但是沈從文同時又指出，若把這類詩跟劉半農以江陰方言創作的「方言山歌」放在一起加以比較，則前者卻在樸素的「純熟」中顯得過於「幼稚」，而後者卻因為「按歌謠平靜從容的節拍，歌熱情鬱怫的心緒」，忠實地記錄下「長江下游農村培養長大的靈魂，為官能的放肆而興起的欲望」，因而「美麗多了」⑪。依據沈從文的這個觀點來反觀他以「鎮筸方言」創作的〈鄉間的夏〉、〈鎮筸的歌〉以及〈初戀〉諸篇，我們就會發現，這些詩作，就其質樸、純熟的程度而言，並不亞於〈一個小農家的暮〉，但它們又完全不同於〈一個小農家的暮〉。因為〈一個小農家的暮〉畢竟屬於自由體新詩而不屬於民歌體詩，比如其第四節：「門對面青山頂上，／松樹的尖頭，／已露出了半輪的月亮。／孩子們在場上看著月，／還數著天上的星：／『一，二，三，四，……』／『五，八，六，兩，

---

⑪《沈從文文集》第十一卷，頁一三五，花城出版社，一九八四年七月第一版。

……』」雖然詞藻和意境創作都較通俗、鮮明，但骨子裡仍然保留古典詩詞「作」的痕跡，因此較之那些既能「駕馭口語」又能「驅遣新意」的方言民歌仍顯得幼稚而造作。但沈從文上述民歌體詩作，卻因為既反映著農村的題材，又採用了「歌謠平靜從容」的表現手段和方式，因而兼具了劉半農兩類詩歌創作的優長。

以〈鄉間的夏〉為例，它所展現的是一幅極富邊地特色的「農家樂」景象。詩中不僅有「溫文而雅」的狗崽、「遊手好閑」的雞公、「打著瞌睡」的小河、「咿咿呀呀」唱著歌的水車和「一天到晚坐在樹頭上，高喉嚨大嗓子吟詩」的雞鴨屎（即蟬）等靜態的景物描繪，還將「摸魚、築壩、澆水、打哈哈」的躬伢仔、腦殼上流著豆大汗珠匆忙趕路和「一個二個都願意來大樹下歇歇」的苗老庚，以及大熱天仍不忘「油皮滑臉」用略帶猥褻內容的情歌挑逗代帕、代姘的小伙子……都融合進這樣的環境中加以逼真的描摹，視角多樣，畫面開闊，詩的中間和結尾處引用的兩首鎮筸民歌——「大姐走路笑笑的」和「六月不吃觀音齋」——更把意境和氛圍創造得淋漓盡致，生動地再現了邊地山村的人情、物理與風俗。若從新詩發展的角度看，這類方言民歌體詩，固然不同於新詩創作之初的那種力圖使個人意識與時代相吻合，雖以其通俗、易懂使詩努力從舊詩空泛的詞藻、僵死的程式中掙脫出來，卻又普遍地注入人道主義觀念的幼稚的自由體「白話」詩，但也不同於包括沈從文在內的這一時期流行詩壇的，或以低迴反覆或以誇張驕矜的筆調描寫社會人生的情緒主義、象徵主義的新詩作品。它們只是以平靜的毫無誇張矜持的姿式，純熟地駕馭著方言土語和比興的手法，注意調動敏感的官能，捕捉住身內身外的一切事象物象，認真地編織著一幅風景與風俗、鄉音與鄉情多種色彩構成的錦屏，從而煥發出只有民歌體詩才具有的誘人的詩歌魅力。同樣，在〈鎮筸的歌〉中，詩人通過「賣油菜的苗姑娘」、剛出生的「八寶精」——侄兒、楊三的笨拙嘴巴以及「雨後」、「豆腐」、「鬥雞場」、「老韓的辣子」等粘合著鮮明地域特色的人物和景物描繪，創造出一種不僅使你去看去聽，而且使你去想像，去咀嚼、品味，去觸摸的整體意境和氛圍。〈初戀〉一詩，僅看標題或許以為是一首描繪愛情的新體詩，再看內容也似乎只是把廟裡年輕尼姑的眼光跟「我」手中抽打陀螺的鞭子相比附，寫了初戀中的「我」心中的那點「既怕羞又情願」的細微心理變化。但是當把這一點「欲望的恣肆」灌注於鎮筸民歌所特有的藝術形式之中，卻使詩所要傳達的意象與意境，擺脫了新舊詩歌的窠臼，達到了只有民歌才能達到的「新鮮、俏皮、真實」的藝術高點。

沈從文在小說《鳳子・神之再現》一章中，曾借作品人物之口總結了鎮筸（湘西）民歌最常見的三種體裁：第一種是七字四句頭或五句一轉頭的山歌，它們主要出自當地「看牛、砍柴和割豬草小孩子的隨意亂唱」；第二種是屬於駢偶體，歌詞具有雙關意義或引用「古語古事」的山歌，多為成年男女表示愛慕時所唱；第三種是「字少音長」、供「頌神致哀情形」下所唱。並且指出這三種民歌在歌唱時，「第一種要敏捷，第二種要熱情，第三種要好喉嚨」。依據這三種體裁分類，我們來看看沈從文除上述〈鄉間的夏〉、〈鎮筸的歌〉等之外的其他民歌創作，其中包括他收集、加工、整理並作出解釋的山歌。

首先是第一種體裁的山歌。這種體裁的山歌集中表現在一九二六年秋沈從文託當時正在湘西的土著部隊中當兵的小時的同伴和同學們幫助收集抄錄，然後由他加工、整理、注解並從中精選出代表者，連載於一九二六年十二月和一九二七年八月《晨報副刊》第一四九八～一五〇〇號和二〇三七～二〇四三號上的〈筸人謠曲〉和〈筸人謠曲選〉兩篇中。前一篇收山歌四十一首，除一首外，全為獨歌形式；後者收山歌十八首，全為「對唱歌」形式。這類謠曲就其內容而言，多繼承著《詩經・國風》，尤其是「鄭風」的傳統，因此頗帶有所謂「桑間濮上男女歡愛之歌樂」的某些內容特徵，用沈從文的話說，就是以親切的「緩和入耳」的調子，將挑逗的「欲望」借豐富的「比興」顯示出來，或是將看似「俚俗、猥褻、不莊重」的內容，通過詩的形式加以「淨化」與「整合」，把青春恣肆的生命欲望，以「微帶矜持又不無諧趣神情」唱出的山歌。我們之所以把這些山歌歸入第一種體裁的山歌，主要基於下面三個理由：一是從形式看，這些山歌除一兩首，如〈謠曲選〉之「歌八，決絕詞」外，全屬於「七字四句頭或五句一轉頭」的山歌。前者如「一把扇子兩面黃，／你當舅子我當郎；／你當舅子有酒飲，／我當新郎有婆娘」，後者如「苦竹崽，烏油傘，／桐子開花遍坡白；／我的妹，我的姊，你走娘家幾時回？／拿你真話告與我，／天晴落雨都來接」。即便其中有些詩句長達九字以上，也往往是由於「呼告」或唱起順口加上的「襯字」，如：「姐呀，十七十八正當時」，「(可憐我) 好似 (八月) 油麻開殘口」。二是沈從文在收集整理這些謠曲或在對它們作出解釋時曾屢屢強調：「此為砍柴小孩子在山上對唱相罵歌之一」。在〈筸人謠曲〉的「前文」中，沈從文還強調指出：這些山歌多為幫助他收集、抄錄並寄往北京來的一群「小補充兵」們三五成群「到外面搗些小亂，到山上去唱來撩逗女人的歌」，其中「有些是大家相沿唱下來的，又有些則屬於這猻猴子們的創造」。其實這些小補充兵的生活習性跟當地「看牛、砍柴、割豬草的小孩子」並沒有什麼兩樣，或者他們在當兵之前本來就是這樣的一群小孩子。三是在「前文」中沈從文同時還指出，在離開家的兩年多時間裡，故鄉的情形常常縈繫心頭，因此，很希望能在一兩年得到一點錢，「轉身去看看，把我們那地方比歌謠還要有趣味的十月間還儺願時酬神的喜劇介紹到外面來」，同時把「苗子有趣的習俗」以及「苗歌」介紹一點給世人。這就說明，分屬於鎮筸民歌中第二種和第三種體裁的山歌，即反映苗人「有趣習俗」的苗歌和「還儺願酬神」時所唱的民歌，是不包括在這些「謠曲」之內的。

其次再看第二種體裁的民歌。這類民歌雖不典型地存在於上述的〈筸人謠曲〉和〈筸人謠曲選〉中，卻存在於沈從文的小說創作和自創的民歌體詩作中。比如《鳳子》第八章，當那位以工程師的身分來到鎮筸的「新寨苗鄉」既勘探礦產又體察民情的「城裡人」，在栗樹林中跟被他譽為「天神的女兒」——苗族姑娘邂逅相遇時，即興所唱的一組表達「男女愛慕」之情的山歌：（男）「平時我只聽說有毒的菌子，/今天我親自聽到有毒的歌。」（女）「好菌子不過濕氣蒸成，誰知道明後日應雨應晴？/好聲音也不過一陣風，風過後這聲音留不了什麼腳蹤。」（男）「好燒酒能夠醉人三天，/好歌聲應當醉人三年。」（女）「不見過虎的人見貓也退，/不吃過酒的人見糟也醉。」……這類山歌多即景生情，出口成章，引譬連類，因勢而詠，既「駢偶」、「雙關」，又男女互問互答，句式長短不一，篇幅亦長短不限，不像「謠曲」那樣，因為輾轉承襲，不僅定字定句且內容也較固定。就內容看，這類民歌比較典雅清麗，舒緩自如，不像「謠曲」那樣夾雜著更多的「俚俗、猥褻、不莊重」的內容。

最能體現這類山歌的內容與形式特色的，應是沈從文以詩劇的形式創作並連載於一九二七年六月《晨報副刊》第一九八六、一九八七號上的〈春〉。這首以對唱的形式構成的詩劇，表現的是一對青年男女在春情萌發的三月間，在姑娘牧羊的山坡上，觸景生情，相互愛慕，先由男方用各種美麗的比喻讚美女方，到接受女方的種種試探與考驗，再到男方自願擔承下割禾、捕魚、釀酒、榨油、打豬草等勞動，最後使女方為之動心動情，終至相親相戀，實現了所謂「冤家結了實難丟」的過程。歌詞不僅洋溢著苗族青年男女特有的直率天真、青春跳岩的激情，而且充滿了苗鄉撩人心醉的風光描繪。其中尤其是隨劇情穿插進的幾首四句頭山歌（即〈筸人謠曲〉）——「你莫學坡上膏粱紅了眼！/你莫學園裡花椒黑了心！/你要學大山竹子朝上長，/我們是千條蠟燭一條芯！」等——更將第一種山歌和第二種山歌融為一體，再現了這一特異的地域文化氛圍下特有的婚戀形態及風情。

最後再看看第三種體裁的民歌。曾經被沈從文寫入《神巫之愛》、《邊城》等小說中的那首「神巫之歌」，大約要算是這類民歌的代表作，即在「頌神致哀情形下」必唱的神歌和悼慰之歌。這種民歌起源於遠古的巫舞伴唱，至少可追溯到屈原的〈九歌〉，是「詩和戲劇音樂的源泉」。它像一顆璀璨奪目的人類遠古文化的活化石，至今仍保留在那些「神尚未解體」的帶有原始洪荒氣息的內地和少數民族地區。按照沈從文在《鳳子・神之再現》一章中的描寫，湘西（鎮筸）的一場還儺願的「謝土儀式」，至少應包括「邀神」、「迎神」、「獻牲上表」、「娛神」和「送神」五個步驟，而每個步驟都伴隨著歌唱。上面所說的「神巫之歌」，實出現在「邀神」、「迎神」和「送神」的步驟中，因此歌詞中把當地民眾視為至高無上的大仙、大神（即儺公、儺母）以及「關夫子、尉遲恭、張果老、鐵拐李」乃至「洪秀全、李鴻章」等歷史人物、神話人物都列入被邀請的對象，恭請他們「慢慢吃，慢慢喝，／月白風清好過河！／醉時攜手同歸去，／我當為你再唱歌！」這類山歌雖由主持儀式的「神巫」（神之子）主唱，但由於參加者眾，故成了流行這一地區男女老幼人人會唱的民歌，以至於連《邊城》中年紀極輕的翠翠姑娘也能哼能唱。它們跟第一種和第二種體裁的民歌之間的主要區別在於，它們不承擔著世俗現世人生情愛信息的傳遞任務，只實現著人神的溝通，負載著人與神、人性與神性的交流與統一的任務。用沈從文的話說就是「引導人類觀念的轉移」和「哲學之再造」，即人類「若求永生，應了解自然和征服自然，不是征服另一族和消滅另一族」⑫。這類民歌在「儀式」中演唱時，往往要載歌載舞，伴以雄壯的金鼓聲。歌唱者聲音淒厲而激揚，散播原野，上通天庭。其場面的宏闊，裝束與動作的嚴肅與誇張，雜夾著齊聲的人語，造成一種人神共享的特有氣氛。沈從文曾以〈還願——擬《楚辭》之一〉一詩，描繪過這種酬神活動的另外一些場面：

鑼鼓喧闐苗子老庚酬儺神，

---

⑫ 參見《鳳子・神之再現》，《沈從文別集・阿黑小史》，岳麓書社，一九九二年十二月第一版。

代帕阿姸花衣花裙正年青：
舞若凌風一對奶子微微翹；
唱罷苗歌背人獨自微微笑。

儺公儺母座前嗩吶嗚嗚哭，
在座百人舉著一吃兩肥豬。
師傅白帶紅衣綠帽刺公牛，
大缸小缸舀來舀去色穀酒。

詩歌以一個「外鄉人」的眼光和口吻，對這種原始而又單純的「還儺願」儀式作出觀察與描繪，因此詩意中夾雜著某些詼諧與不尊重的意味，但那種「鑼鼓喧闐」、且舞且唱、既娛神又娛人、既祈禳鬼神又大吃大喝的熱鬧場面還是鮮明地浮現於人的眼前。

在沈從文創作的民歌體詩歌中，有一首發表於一九三二年四月三十日《文藝月刊》第三卷第四期上的〈黃昏〉，較為特別：

我不問烏巢河有多少長，
我不問螢火蟲有多少光；
你要去你莫騎流星去，
你有熱你永遠是太陽。

你莫問我將向那兒飛，
天下的岩鷹鴉雀都各有巢歸。
既是太陽到時候也應回山後，
你只問月亮：「明後裡你來不來?」

這首詩單獨地看，彷彿是一首意境優美而又朦朧的現代詩，但它早在頭一年就被作者寫進了《鳳子》第九章〈日與夜〉之中。它其實也是一首用來表現苗族青年男女在黃昏中分手時所唱的對唱歌。有時也成為那些跟隨當地的「神巫」各處跑的「僕人」獨唱的歌，只是在尾字上拖上如「些」字的韻律，使人聽起來彷彿是「《楚辭》的遺音」。由此，我們可以得出如下的啟示：所謂的「純詩」，本來就跟民歌之間存在著一種天然的割不斷的血緣關係。

德國狂飆突進文學運動的先驅者赫爾德 (J. G. Von Herder) 曾經指出：一個民族越是粗獷、活潑，就越富於創作的自由，「它的歌謠也就必然越粗獷」，「越活潑，越奔放，越具體，越富於抒情意味」，「這個民族的思想方法，語言和文字的表達方式越不是人為的，學術性的，它的歌謠也就必然更不適宜於寫到紙上，必然更不是一些僵死的形之於文字的詩篇。歌謠的本質，它的意圖，它全部的魅力是歌謠的抒情意味，活躍的氣氛以及同舞蹈的節奏分不開的，是同歌謠內容的各種情感的相互聯繫以及同時迫切的要求分不開的，是同語言的、音節的，甚至在某些音節字母上的對稱分不開的……這就是粗獷的阿波羅發射出來的箭，他用這些箭洞穿了人們的心，而他在箭上繫上了心靈和回憶」⑬。真是無獨有偶，沈從文在對湘西歌謠的人類學和發生學解釋，竟跟赫爾德十分相似。在沈從文看來，任何「莊嚴和美麗」的歌謠都具有它產生和存在的條件，「這條件就是人生情感的素樸，觀念的單純，以及環境的牧歌性」。沈從文這裡所說的「素樸」、「單純」和「牧歌性」，其實跟赫爾德的所謂「粗獷」、「活潑」和「富於抒情意味」頗有相通之處。正因為湘西山民的人生情感是素樸的，觀念是單純的，生存環境是極富「牧歌性」的，所以「這地方到處都是活的，到處都是生命，這生命洋溢於每一個最僻靜的角隅，泛濫到各個人心上。一切永遠是安靜的，但只需要一個人一點點

⑬ 伍蠡甫主編《西方文論選》(上卷)，頁四四〇～四四一，上海譯文出版社，一九七九年六月版。

歌聲，這歌聲就生了無形的翅膀各處飛去。凡屬歌聲所及處，就有光輝與快樂」。這就是說歌謠對於湘西的山民來說完全是一種生命的表徵，生命的歌呼，如同春草的發芽，鳥雀的啼唱一樣，完全出之於生命的本然。正因為如此，所以這種發源於心，流淌於口，無需寫成文字的生命歌呼，要比那些使用「貧乏的文字」，或「阿諛美麗詆毀罪惡」，只能「翻開宇宙一角一點光輝」，或「保留一點歷史的影子，以及為那些過分愚蠢的人，過分褊狹的人，告給一些自然的美同德性美」，但又「常常玷污到他所尊敬的不能稍稍凝固的生命」的詩歌作品，要美麗得多，神聖得多了⓮。這就是沈從文從生命的角度對湘西民歌所作的審美觀照，這也是沈從文之所以熱衷於民歌創作的更加深層的心理動因。

⓮ 以上引文均見《鳳子》，版本同注⓬。

附一：性格與情愫的真實記錄

——讀《從文家書——從文兆和書信選》

《從文家書——從文兆和書信選》❶是一部歷經戰火動亂幸而保存至今的家書彙編。它真實地記錄了沈從文、張兆和夫婦自一九三〇年至一九六一年三十餘年的足跡與心痕。本文運用闡釋的方法，對該書的八輯書信作了「取精摘尤」的分析與評述，突出地展現了沈從文這一時期獨特的生命體悟、性格特徵和複雜隱曲的心靈歷程。對人們在作品和文論之外全面認識沈從文具有一定的參考作用。

對於很多人來說，沈從文至今仍然是個謎。

❶ 此書由沈虎雛選編，張兆和審核，上海遠東出版社，一九九六年二月版。

這也難怪，因為理解人不容易，而理解這位一直信守著自己的一片思想園地、極富個性主義色彩的作家則更加困難。他那近於傳奇式的生活經歷、獨特的創作題材和作品風格、複雜曲折的心靈旅程以及幾近「頑固不化」的審美追求和審美價值判斷標準，都極容易使人們引用鑿鑿的證據但又是「毀」與「譽」截然相反的方向，對他作出扭曲、變形、縮小或放大的評價。

這一點，不僅對於我們這些雖然讀過他的一些作品但其實對他知之甚少的人來說是在所難免的，即便是對於《從文家書——從文兆和書信選》的作者之一、一九三三年就與他結縭、相濡以沫攜手走過了半個多世紀人生旅途的張兆和女士，也不免存在著這樣一種理解上的困惑。正如她在這本書的〈後記〉中所深情袒露的那樣——

> 從文同我相處，這一生，究竟是幸福還是不幸？得不到回答。我不理解他，不完全理解他。後來逐漸有了些理解，但是真正懂得他的為人，懂得他一生承受的重壓，是在整理編選他遺稿的現在。過去不知道的，現在知道了；過去不明白的，現在明白了。他不是完人，卻是個稀有的善良的人。對人無機心，愛祖國，愛人民，助人為樂，為而不有，質實素樸，對萬匯百物充滿感情。

> 照我想，作為作家，只要有一本傳世之作，就不枉此生了。他的佳作不止一本。越是從爛紙堆裡翻到他越多的遺作，哪怕是零散的，有頭無尾，有尾無頭的，就越覺斯人可貴。太晚了！為什麼在他有生之年，不能發掘他，理解他，……

從傳播學的角度看，日記是一種思想情感自由度最大的「自我」傳播方式，而書信尤其是「家書」則是一種思想情感自由度最大的「人際」傳播方式。因此，這部經歷了六十餘年顛沛流離、滄桑變化仍保存下來的包括「情書」在內的「家書」，就成了沈從文張兆和夫婦彌足珍貴的率性至情之作。它為我們在沈從文的大量創作和文論之外，認識和理解沈從文進而窺見他的心靈奧秘，打開了一扇清晰明亮的窗口。幾乎就在這本《家書》的最後一封家信（一九六一・七・二十三張兆和致沈從文）寫作的同時，沈從文在其散文〈抽象的抒情〉❷的開頭，曾經不無感慨地向讀者提出要求：「照我思索，能理解『我』。照我思索，可認識『人』。」現在就讓我們沿著《從文家書——從文兆和書信選》提供的一條過去鮮為人知的心靈線索，去盡可能地接近一個更為真實可信的沈從文。

❷ 這是一篇未寫完的遺作，根據沈從文與人的往來書信，可大致斷定寫於一九六一年七、八月間。後收入《沈從文別集・抽象的抒情》卷，岳麓書社，一九九二年十二月版。

(一)

關於沈從文對張兆和從追求到相愛到最終結為夫婦的過程，一直是一個傳說紛紜、撲朔迷離，至今仍為許多「訪問者」全神關注的話題。

以往，有關沈張婚戀較為真實可信的記載，除沈從文分別創作於一九三一年和一九三二年兩篇自傳性小說〈燥〉和〈賢賢〉之外，就是一九三一年六月曾以「廢郵存底㈠」為題發表於《文藝月刊》二卷第五～六期上的那封沈向張求愛的長信，以及張充和寫於一九八〇年底發表於美國《海內外》第二十八期上的回憶散文〈三姐夫沈二哥〉等。《從文家書——從文兆和書信選》（以下簡稱《家書選》）的《劫餘情書・日記》一輯，雖然也只輯錄了當年張兆和在日記中抄錄下來的幾封情書（其餘數百封毀於抗戰初期蘇州家中），但對我們窺知這一時期沈從文創作、教書生活之外的情感生活，提供了一定的依據。

從一九三〇年一月沈從文作為上海中國公學的教師向比他小八歲的學生張兆和發出第一封情書到一九三三年九月兩人在北京宣布結婚，其間整整經歷了三年零九個月的漫長道路。這期間作為作家的沈從文早已由最初的試筆習作階段邁進了創作的成熟期和豐收期。比如早在胡適延攬他到中國公學任講師之前，他就寫下了二百餘篇小說、散文、詩歌與劇本，結集出版了諸如《鴨子》、《蜜柑》、《阿麗思中國遊記》、《入伍後》、《老實人》、《不死日記》、《篁君日記》、《呆官日記》、《雨後及其他》、《神巫之愛》等。而在一九三〇年～一九三三年進入創作成熟期的沈從文更是寫下了諸如〈蕭蕭〉、〈丈夫〉、〈燈〉、〈薄寒〉、〈紳士的太太〉、〈龍朱〉、《石子船》、《鳳子》、〈三三〉、〈都市一婦人〉、〈阿黑小史〉、〈記胡也頻〉等小說散文的代表作，出版了《沈從文甲集》、《沈從文子集》、《沫沫集》等作品、評論集。但是在個人的情感生活領域，這段時間可以說是沈從文最為艱難困苦的時期。

首先是生活的困頓不堪。家道衰落，經濟來源枯竭，使沈從文自一九二七年起就不得不把母親和年幼的妹妹（九妹）帶在身邊一同生活，一家三口全靠沈從文的稿費維持。這種長時間的依靠「擠」與「榨」的賣文生活，固然一方面鍛煉了他駕馭藝術語言描繪生活的能力，使之一步步走向成熟並贏得了「多產作家」的稱號，一方面卻又極大地損害了這位「未成熟天才」的身體。他常常不得不擁著棉絮、忍著大量流鼻血的病痛，為當時的報紙、刊物不停地撰寫著每千字五角到一元的作品。生活的重負、身體的虛弱，同時也使沈從文的精神陷入了未老先衰的病態。他在給友人的信中曾真實地吐露出此時的心境：「我已經快三十了，人到三十雖是由身體成熟向人生事業開始邁步的日子，但我總覺得我所受的教育——一段長長的希奇古怪的生活——把我教訓得沒有天才的『聰明』，卻有天才的『古怪』，把我性格養成雖不『偉大』，卻是十分『孤獨』。善變而多感，易興奮也易於忘遺。」他雖然告訴友人他在上海「正愛著一個女人」（指張兆和），但同時又說自己感到生活無聊、無生趣，「雖不吃酒，卻如中毒一樣，半睡眠的狀態裡過日子。別人以為我應當整頓一下，應當快樂，應當規矩，應當感到幸福，我卻只是不快樂」。情緒低沉時甚至想到投浦江自殺❸。但或者由於自幼形成的湘西人的倔強，或者是因為在失望中還有希望存在，沈從文終於頑強地活了下來。但為了一家三口的生計，他在「小睡也仍然捏定筆桿」的情況下，又不得不輾轉於上海、武漢、青島之間幹著對他來說並不適宜的教書生活。

其次是自辦刊物夢想的破滅。沈從文、胡也頻、丁玲早在相識之初就一同做著自辦一個小小刊物的夢。這個夢想終於在他們一九二八年都來到上海以後實現了。經過幾個月緊張繁忙的籌備，他們主辦的《紅黑》雜誌和《人間》月刊分別於一九二九年一月十日和二十日與讀者見面了。同時又積極跟上海的書店聯繫籌劃編輯了《二百零四號叢書》（因他們共同租賃下薩坡路二〇四號公寓作為生活和工作用房而得名）。儘管辦刊伊始他們就抱定了不參與文學商業競爭的宗旨，聲明他們的刊物只是「幾個又窮又傻的人，不願受到利欲熏心的商人侮辱、節衣縮食想要改造這種唯利是圖的社會所進行的共同冒險」❹。但最終仍然在當時出

---

❸〈沈從文致王際真的六封信〉，《沈從文別集・友情集》，岳麓書社，一九九二年十二月版。

版業激烈的「商業競爭」中破了產。《人間》和《紅黑》分別出至四期和八期，便不得不宣布停刊。沈從文妄圖擺脫「文丐」命運的努力又一次化為泡影。也就是在這種情況下，他才被徐志摩引荐，胡適延攬進入中國公學任教的。胡、丁二人也經馮沅君、陸侃如夫婦的介紹，先後離開上海赴山東教書。

第三是摯友的被害與離世。一九三一年是沈從文人生經歷中倍受慘痛打擊的一年。是年年初，情同手足，患難與共的胡也頻被國民黨秘密殺害；年底，提攜自己走向文壇的摯友徐志摩又意外地死於飛機失事。這兩位好友所走的人生道路雖不相同，但他們一例地守住各自的理想，強健、勇猛、精進，表現出虎虎生氣。誰知到頭來竟都將生命結束於「不易想像的情景中」。相反，一些既虛偽又俗氣、「雄身而雌聲」的閹雞式人物，一些受金錢控制，朝秦暮楚，東食西宿的投機者，卻一個個占據著都市的人生舞臺，成了所謂社會中堅。面對這種是非顛倒的不合理人生景象，沈從文陷入了極度的孤獨與痛苦之中。孤獨使人悲哀，悲哀啟人思索，理性與情感、現實與夢想、偶然與必然，像他走出湘西前一樣，又一次在他的思想中展開激烈的鬥爭。有時理性告訴他：人應該有自信，一個人常常因為自己沒有自信，才希望從別人的相信中得到證明，「所以一失戀就自殺。這種人做了一件其蠢無以復加的事，還

❹ 丁玲《胡也頻》，福建人民出版社，一九八一年版。

以為是追求生命最高的意義……」。但有時情感又牢牢抓住自己，使他認為：「生命中還有比理性更具勢力的情感。一個人的一生可說即由偶然和情感乘除而來。你雖不迷信天命，新的偶然和情感，可將形成你明天的命運，決定你後天的命運。」❺

沈從文追求張兆和就是在上述的生活和心理背景中進行的。對於這種生活和心理背景，生活優裕、不諳世事、年僅十九歲的張兆和自然是不能和無從完全體會的，而沈從文在他的一封封情書中當然也不可能明白吐露。但從《兆和日記》中抄錄下來的幾封情書中，以及張之好友王華蓮、校長胡適之在兩人之間所起的作用中，卻仍然可以看出沈從文、張兆和當時的某些心跡。如果說出身名門、自幼受著先進的新式學校教育的張兆和，雖然對不公平的社會具有著強烈的愛憎，在父母、姐妹、親朋間也曾領受到愛的存在，但對這種「詩人小說家在書中低徊悱惻讚美的愛」，畢竟過於缺乏心理準備，以致感到惶恐、茫然。她甚至連一位公派留日學生的追求都以不理而決絕了，更何況這個「以前一直意想不到的愛」竟又突兀地來自比自己大八歲、出身經歷都近乎一個陌生傳奇的老師——沈從文！因此，她的內心極為矛盾：她承認沈先生「是一個有熱血心腸的人」，也知道他愛得熱誠，甚至還知道他「在失戀後將會怎樣的苦悶」，但是她又絕不願意輕易落入這個戀愛的「圈籠」和「機網」。她雖然

❺ 以上所引文字均見〈水雲〉，《沈從文散文選》，湖南人民出版社，一九八一年版。

十分敬重校長胡適之先生，但她卻不同意胡的僅僅把戀愛看作人生的一件普通的事，而堅持戀愛「雖非人生唯一的事，卻是人生唯一重要的一件事」的觀點。因此當她從胡先生那裡探知胡有點站在沈從文的一邊，有意促成此事時，她竟不顧這位有名學者的面子，直言不諱地對他說：如果對於像沈從文這樣崇拜她而她卻不愛的人一一加以對付，那她簡直就沒有讀書的機會了！結果使得胡適在給沈從文的信中只好無奈地嘆道：「這個女子不能了解你，更不能了解你的愛，你錯用情了。」「此人太年輕，生活經驗太少。」然而沈從文卻憑著他那鄉下人特有的韌勁，像在文學事業上追求成功一樣，在長達三年零九個月的時間內一直鍥而不捨地追求著他的理想的愛情。他相信，「她現在不感到生活的痛苦，也許將來她會要我，我願意等她，等她老了，到三十歲」。

當然，在張兆和很長時間的沉默拒絕中，他有時也曾流露出自卑的情緒，感到自己在生活中的「無用可憐」，不配愛這樣一個「完全的人」，從而希望把自己「放到一種新生活上苦幾年，若苦得有成就，我或許可以使她愛我，若我無用，則因為自卑緣故，也不至於再去追求這不可及的夢了」。在單方面的努力久久得不到反應時，他甚至也如很多失戀者一樣，在朋友面前流露出痛苦、憂傷、失態、絕望乃至自殺的情緒，從而使張兆和恐懼地感到「這兩個極端的固執，到頭來終會演成一場悲劇」。但是在更多的情況下，沈從文卻以真誠動情的文學語言，在讚美對方、剖白自己的「執迷」、「愚蠢」、「嘮叨」、「負疚」的同時，不斷地給對方以鼓勵，希望她能在拒絕他的愛的情況下仍能努力進取。比如在一九三〇年七月十二日的一封情書中，沈從文這樣寫道：「我願意你好好的讀書，莫僅僅以為在功課上對付得下去出人頭地就滿意……一個聰明的人，得天所賦既多，就莫放棄這特別權利，用一切前人做足下石頭，爬過前面去才是應當的行為。」「在成績上莫重視自己，在希望上莫輕視自己。我想再過幾年，我當可以有機會坐在卑微可笑的地位上，看你向上騰舉，為一切人所敬視的完人！」「如果被愛的理由，不僅僅是一點青春動人的丰姿，卻是品德智力一切的超越與完美，依我打算，卻不會因怕被更多人的傾心，就把自己位置在一個平庸流俗人中生活，不去求至高完美的。」

發自北平的〈由達園致張兆和〉（即上文所說的曾以「廢郵存底㈠」為題發表於《文藝月刊》的那封情書）可以說是沈從文情書的代表作。它寫於一九三一年六月，雖然距離第一封情書的發出已有一年半的時間，但距離沈從文與丁玲喬裝成夫妻護送丁、胡的遺孤回湖南返滬後僅有一個月左右的時間。在這封情書中，沈從文除一如既往地表達了他對張兆和刻骨銘心的愛慕之情，諸如「我說我很頑固地愛你，這種話到現在還不能用別的話來代替，就因為這是我的奴性」、「我行過許多地方的橋，看過許多次數的雲，喝過許多種類的酒，卻只愛過一個正當最好年齡的人」、「『萑葦』是易折的，『磐石』是難動的，我的生命等於『萑葦』，愛你的心希望它能如『磐石』」……之外，流露最多的情感卻仍然是希望對方能夠生活得更幸福，永遠能保持著一切真善美的「德性」，能夠不斷地「向上飛舉」。

精誠所至，金石為開，正是沈從文這種堅如磐石，矢志不移的追求，一向雅靜、平和但又不乏堅強、任性的張兆和，終於在沈從文苦苦等待了三年多之後來到了他的身邊。兩個「極端頑固」的靈魂，終於結出了完美的愛情果實。這其中自然也折射出沈從文性格中的某些最為可貴的光華。沈從文在散文〈水雲〉中談到自己的婚姻時，曾自豪地說：「關於這件事，我卻認為是意志和理性作成的。恰如我一切用筆寫成的故事，內容雖近於傳奇，由我個人看來，卻產生於一種計劃中。」

(二)

一九三三年夏，沈從文結束了青島大學的教期，偕張兆和同赴北京。應原青島大學校長楊振聲之邀，抱著給青少年「注入一點民族感情和做人勇氣」的願望，與楊振聲、朱自清等學者一起開始了為期四年多的替華北學生編寫中小學教材和基本讀物的工作。是年九月九日沈從文與張兆和在當時北平中央公園水榭宣布結婚。就在結婚的當月，沈從文便應天津《大公報》之聘，從當年的「學衡派」吳宓等人的手裡，接編起該報的《文藝》副刊。這塊文藝陣地的占有，無疑給沈的文學事業插上了另一隻翅膀，不僅此後他的許多作品和評論都發表在這個副刊上，而且還以此團結了一大批新老作家，形成了一個實力雄厚、陣容強大的「京派作家」群。這期間具有頗高文學創作修養和藝術鑒賞力的張兆和自然成了沈從文看稿、改稿的得力助手。愛情的完美，事業的成功，使沈從文的創造力得到了空前的發揮，他的生活和生命也因之進入了穩定期。他的許多傳世之作，諸如《湘行散記》、《從文自傳》、《邊城》、〈月下小景〉、〈八駿圖〉、《新與舊》、〈記丁玲女士〉等便都產生於這一時期。姚雪垠在追憶當時的情景時曾寫道：當時「在北京的年輕一代的『京派』代表是沈從文同志，他當時的地位之高，今日的讀者知道的很少。他為人誠懇樸實，創作上有特色，作品又多，主編刊物，獎掖後進，後來又是《大公報》文藝獎金的主持人，所以他能夠成為當時北平文壇的重鎮」❻。

一九三四年初，正在沈從文潛心於《邊城》創作的時候，接到了母親病重的家信，便匆匆告別了新婚的妻子，日夜兼程，返回了闊別十多年的故鄉。此時正逢國民黨對紅軍實行「圍剿」的高潮，路上很不安全，長沙剛打過仗，常德等地還可以看到懸賞捉拿毛澤東、朱德的告示。沈從文不僅在路途中受到過嚴密盤查，回家後，又被許多人疑心為「共產黨」，因此

❻ 姚雪垠〈學習追求五十年〉，《新文學史料》一九八〇年第三期。

經過二十多天的長途跋涉趕回家後，只在母親身邊守候了三天便又啟程回京。為了安慰遠在千里之外的新婦，免除她對自己的擔心，沈從文於往返途中將每處見聞寫成數十封（有時一日數封）家書寄給張兆和。回京後，便以這些家書為素材，經過加工整理創作了他的散文名作《湘行散記》。這些家書保存至今的仍有三十八封，直到一九九二年《沈從文別集》編輯出版時，才以〈湘行書簡〉為題編入《別集》中的《湘行集》。《家書選》中的〈湘行書簡〉一輯，雖然僅僅選編了其中的六篇，但從中卻可以使人們窺見這組家書的全斑面貌。

如果把《家書選》中的這六封信跟《湘行散記》中的有關章節加以對照比較，我們自然可以看到，作為散文代表作的《湘行散記》，在思想性和藝術性上固然要比作為其素材的〈湘行書簡〉深刻完善得多，但是作為率性至情之作的〈湘行書簡〉在個人情感的流露上卻比藝術散文《湘行散記》更加充分，更加自由。試舉下面兩段〈書簡〉的文字為證（省略號表示引者對原文的刪節）：

> 風大得很，我手腳皆冷透了，我的心卻很暖和。但我不明白什麼原因，心裡總柔軟得很。我要傍近你，方不至於難過。我彷彿還是十多年前的我，孤孤單單，一身以外別無長物，搭坐一只裝載軍服的船隻上行，對於自己前途毫無把握，我希望的只是一個

四元一月的錄事職務，但別人不讓我有這種機會。我想看點書，身邊無一本書，想上岸，又無一個錢。到了岸必須上岸去玩玩時，就只好穿了別人的軍服，……這就是我，這就是我！三三，一個人一生最美麗的日子，十五歲到廿歲，便恰好全是在那種情形中過去了，你想想看，是怎麼活下來的！萬想不到的是，今天我居然到這條河裡，這樣小船上，來回想溫習一切的過去！更想不到的是我今天卻在這樣小船上，想著遠遠的一個溫和美麗的臉兒，且這個黑臉的人兒，在另一處又如何懸念著我！人的命運真太可玩味了。——一九三四・一・十六第四信。

三三，我因為天氣太好了一點，故站在船後艙看了許久水，我心中忽然好像澈悟了一些，同時又好像從這條河中得到了許多智慧。……山頭夕陽極感動我，水底各色圓石也極感動我，我心中似乎毫無什麼渣滓，透明燭照，對河水，對夕陽，對拉船人同船，皆那麼愛著，十分溫暖的愛著！……我先前一時不還提到過這些人可憐的生，無所為的生嗎?不，三三，我錯了。這些人不需我們來可憐，我們應當來尊敬來愛。他們那麼莊嚴忠實的生，卻在自然上各擔負自己那份命運，為自己，為兒女而活下去。不管怎麼樣活，卻從不逃避為了活而應有的一切努力。……三三，我不知為什麼，我感動得很！我希望活得長一點，同時把生命完全發展到我自己這份工作上來。我會用我自己的力量，為所謂人生，解釋得比任何人皆莊嚴些與透入些！三三，……我覺得惆悵得很，我好像看得太深太遠，對於我自己，便成了受難者了。這時節我軟弱得很，因為我愛了世界，愛了人類。——一九三四・一・十八第二信。

這裡，「家書」所特有的「呼告」語言，以及信筆所之但又將過去、現在和對親人的思念無拘無束粘著在一起的表達方式，無疑比刻意追求思想性和藝術性的散文作品，更加呈現出「不衫不履」的風姿，因而給人以更加真實的感受。如果說《湘行散記》通過寫景抒情，勾沉索頤，在歷史與現實的交相輝映中，為我們繪製了一幅幅湘西民族特有的人生圖景，並且使我們透過這一幅幅鮮明的人生圖景，看到了生命中洋溢著楚人熱情奔放、富於幻想和詩情敏感的沈從文對故鄉人事懷有的那份熱戀、感嘆、沉憂與隱痛之情，那麼通過閱讀《家書選》中的《湘行書簡》，我們同樣可以獲得這一切，因為它們本身也就是一篇篇優美的散文。

特別值得一提的是，《湘行書簡》作為家書，還為我們揭示了沈從文一直隱蔽的一些心靈秘密。大家知道，沈從文在公開發表的文字中或回答訪問者的採訪時，是從來不對自己的作品尤其是早期的創作表示自我滿足自我欣賞的，相反他卻屢屢申明，自己的作品永遠是「習作」，早期的作品只具有「素材」的意味。即便是在《邊城・題記》和《小說習作選集・代序》這樣的文章中，也只是在批駁別人對他作品的曲解與貶斥時，才不得不表明自己的作品「或許」能經得起時間的考驗，有幸被後人閱讀等並非自賞的意見。因此，當一九三一年有人在報上撰文，說沈從文對自己的「作品及文體」十分「得意」時，沈從文還專門寫了〈感想〉❼一文加以否定與批駁。然而，在《湘行書簡》（一九三四年一月十八日第一信）中，面對自己的親人卻袒露了如下的心聲：「我想印個選集了，因為我看了一下自己的文章，說句公平話，我實在是比某些時下所謂作家高一籌的。我的工作行將超越一切而上。我的作品會比這些人的作品更傳得久，播得遠。我沒有方法拒絕。我不驕傲，可是我的選集的印行，卻可以使些讀者對於我作品取精摘尤得到一個印象。」接下來，他還按照題材內容，列舉了打算編入選集中的十篇作品的題目，即〈柏子〉、〈丈夫〉、〈夫婦〉、〈會明〉、〈龍朱〉、〈月下小景〉、〈都市一婦人〉、〈虎雛〉、〈黑夜〉、〈愛欲〉等，並自信選集的印行將會擁有十萬讀者。

自信是一個人對自己的成績和潛能的恰當估量，但是在複雜的人際關係中，這種自信卻往往只能向最親近的親人、知己才可以吐露。對於一向以「水」自喻其性格的沈從文來說，這一片心靈展示不正說明了這個頑固的「鄉下人」性格靈魂中的另一個側面嗎？

一九三七年「七七」蘆溝橋事變，揭開了中日戰爭的序幕。在這場驟然降臨的災難中，

❼ 此文載一九三一年六月一日《創作月刊》第一卷第二期，署名甲辰。

我們的國家和民族都被迫地接受著一份新的命運，沈從文一家也和廣大知識分子的家庭一樣，在戰爭狂濤的衝擊下，拔離了原來的根基，被拋向了顛簸不定的人生浪濤。此時，北平已不可久留，攜家逃難又極不方便。他的兩個孩子，一個不滿三歲，一個才只出生幾個月，張兆和覺得，與其一家人相互拖累陷入絕境，倒不如暫時分開。於是最終決定，沈從文一人先期離開北平，張兆和、九妹及兩個孩子以後等待時機再南下。於是一九三七年八月十二日凌晨，沈從文便跟楊振聲、朱光潛、錢端昇、張奚若等一批學者結伴，化裝逃離了北平。經天津、濟南、南京、武漢、長沙、沅陵，於次年四、五月間才最終到達昆明。而等到張兆和攜九妹及孩子經香港取道越南河內到達昆明時已是一九三八年十月底。《家書選》中〈飄零書簡〉一輯就是沈從文、張兆和在這一年多苦苦分離期間各自情感的忠實記錄。〈飄零書簡〉如同當年的「情書」一樣，雖然都是劫後殘餘，但選編的這二十一封家書（其中張致沈十三封，沈致張八封），卻對我們透視這一夫妻離散期沈從文的情感生活尤其是某些性格上的弱點提供了彌足珍貴的佐證。

夫妻畢竟是兩個各具鮮明性格特徵的生命個體的結合，因此，即便是世上再美滿和諧的婚姻，夫妻間尤其是在原有的生活秩序被打亂的非常時期，總不免發生性格上的某些碰撞與磨擦。不同的只是對於美滿婚姻來說，這種碰撞反而成了磨礪真誠的砥石，它將使雙方的情感生活通過磨礪達到更進一步的昇華。富於幻想又極為敏感可以說是沈從文最基本的性格特徵。這一性格既給他帶來過生活與創作的最大愉悅，也給他無端地惹來許多煩惱；既給他帶來過自豪與驕傲，也使他常常陷入自卑與懷疑的泥淖而不能自拔。〈飄零書簡〉一九三七年十一月六日致張兆和的信中，沈從文曾對自己的性格及其形成的原因作過這樣的描述與分析：

> 我這個原來就是悲劇性格的人物，近人情時極近人情，天真時透底天真，糊塗時無可救藥的糊塗，悲觀時莫明其妙的悲觀。想到的事情，所有的觀念，有時實在不可解。分析起來大致有數點原因：一是遺傳上或許有瘋狂的因子；二是年紀小時就過度生活在幻想裡；三是看書太雜，生活變動太大；四是鼻破血出，失血過多，用腦太過。綜合結果，似乎竟成了一種周期的鬱結，到某一時自己振作不起來，就好像什麼也不成功……

與沈從文的這種極易受情緒左右而呈現出某些波動的性格相比，一向嫻靜、平和的張兆和則更加顯示出女性所特有的細致縝密、周嚴鎮定的性格特徵。從〈飄零書簡〉中可以看出張兆和與沈從文的性格衝突，主要表現在兩個方面：一是不習慣於沈在日常家用上的全無計劃性，「吃東西買東西越講究越貴越好」的習慣，以及生活中過於散漫和對別人的過分依賴，而主張量入為出、未雨綢繆、精打細算過日子。她在家書中規勸沈從文：「由你信上看來，你是個愛清潔，講衛生，能耐勞，能節約的人，可是一到我一起便全不同了，臉也不洗了，澡也不洗了，衣服上全是油污墨跡。」「你有你的本色，不是紳士而冒充紳士總不免勉強，就我們情形能過怎樣的日子就過怎樣的日子。」「吃的東西無所謂好壞，穿的用的無所謂講究不講究，……一個寫作的人，精神在那些瑣瑣外表的事情上浪費了實在可惜。」「你本來是個好人，可惜給各種不合式的花樣給Spoil（損壞）了。」（一九三七・十・二十五致沈從文）二是不滿意於沈有時過於主觀過於感情用事，「想得細，但不周密，見到別人之短，卻看不到一己之病，說得多，做得少」的主觀隨意作風。由此而對沈從文在一段時間以來棄其所長，把本來可以寫成「天衣無縫，美麗動人」的小說題材，撕得「一絲絲一縷縷」、「支離破碎」寫成一篇篇「諷世譏人」的短文，感到「可惜心疼」（一九三七・十二・十七致沈從文）。

然而，沈從文自有他的頑固處。早在《阿麗思中國遊記》第一卷的〈後序〉中他就對自己生活過於散漫、全無計劃，作出過辯解：「為這個我自己也很窘。生活的痛苦，並不是不切身。經過窮，挨餓求人也總有過五十次，然而得錢又花，我就從不能為明天認真打算過一次。所有的難處，又不是全不記得，縱然明白也不能守著某一目的活下來。」他認為自己的脾氣既然在過去的生活中鑄定，現在「鞭策也不成」。他甚至申言：「我憎我自己的糊塗錯誤行為，就比一切人不歡喜我的總分量還多。」在一九三八年七月三十日致張兆和的家書中更是對自己的離群索居、甘守寂寞、不願在「泛泛往來上得到快樂」，常常沉浸於工作和幻想上的行為特徵視為應該，他說：「正因為大家不覺得必需如此，我就成為反常行為。瞿明德視為有神經病，你有時也覺得麻煩，尤其是在作事時不想吃飯，不想洗臉，不想換衣，這一類瑣事真夠麻煩。你可忘了生命若缺少這點東西，萬千一律，有什麼趣味可言。世界就是這種『發狂』的人造成的，一切最高的記錄，沒有它就不會產生。你覺得這是在『忍受』，我需要的卻是『了解』。你近來似乎稍稍了解得多一點了，再多一點就更好了。再多一點，你對我就不至於覺得凡事要忍受了。」

　　應該說，在中國現代作家中，沈從文是較早接受病態心理學的，早在二十年代末，他就系統地讀過朱光潛、高覺敷的心理學著作以及他們翻譯的弗洛依德的著作，抗戰之前他又閱讀過好友董秋斯翻譯的《弗洛依德與馬克思》（即《精神分析與辯證唯物論》）❽，而在《邊

❽〔美〕金介甫著，符家欽譯《沈從文史詩》，頁三八六，臺灣幼獅文化事業公司，一九九五年七月第一版。

城》、〈八駿圖〉、〈春〉、〈若墨醫生〉、〈薄寒〉、〈第四〉、〈自殺〉等小說創作中更是自覺地運用了弗洛依德的心理分析方法。因此，他在上述的家書中不僅要求對方能充分「了解」自己，而且還從「變態心理」與創作的關係上闡明了自己的觀點。他說：「凡筆下能在自己以外寫出另一人另一社會種種，就必然得把神經系統效率重造重安排，作到適於那個人那個社會的反應——自己呢，完全是『神經病』。」沈從文的這種觀點固然是對自己獨特性格的護衛，但的確也是與中外藝術史上的某些實際情形相吻合的。亞里士多德不早就斷言過「沒有發瘋，便沒有偉大的天才」嗎？

或許正是由於婚後生活中的這些性格磨擦，加上由非常時期造成的渴望團聚而又苦苦等不來的精神煎熬，喚起了一向富於想像疏於實際的沈從文性格中潛伏著的自卑意識，又由這種自卑意識發展到懷疑起自己與張兆和婚姻的牢固程度，從而在家書中無端地流露出對妻子的某些怨尤，甚至提出要她「自由選擇未來的生活」等等。但是這一切，都在張兆和嗔怒式的規勸批評下：「來信說那種廢話，什麼自由不自由的，我不愛聽，以後不許你講」，尤其是隨著家人團聚的到來，而完全化解了。不過這段情感生活中的曲折經歷，卻為我們把握沈從文性格深層中的雙重構成，提供了真實根據。

(三)

《家書選》的其餘五輯，從時間上看，〈霽清軒書簡〉記述的是一九四八年暑假沈從文舉家消夏於頤和園之霽清軒時，夫婦短暫分離時的家庭瑣事；〈囈語狂言〉真實地記錄了沈從文自一九四九年一月精神失常到是年九月病情逐漸好轉的行為表現。而〈川行書簡〉、〈南行通信〉和〈跛者通信〉則分別刻鏤下了作者自一九五一年到一九六一年十年間或參加土改、或因公出差、或隨團視察、或搜集創作素材乃至住院養病時的足跡與心痕。

一九四八年至一九四九年的兩年是沈從文的個體生命最為非常的時期。這時，隨著解放戰爭的最後決戰，文化思想戰線上的鬥爭也愈加激烈。沈從文長期游離於國共兩黨政治之外的中間立場，超越戰爭具象而以悲憫的眼光看待戰爭的殘酷性與破壞性，從而抹殺了這場戰爭的正義性與神聖性的言論，以及他的一貫的自由主義的文藝追求和所謂通過「治愚」的途徑，用「理性」來重造國家、重塑民族品德的書呆子打算，自然都與主流的文藝思想大潮發生了衝突，因而也就無可避免地要受到來自左翼文藝陣營的批判與清算。其中火力最猛的要數一九四八年三月發表於香港《大眾文藝叢刊》第一輯上的兩篇文章：一篇是乃超的〈略評沈從文的〈熊公館〉〉，一篇是郭沫若的〈斥反動文藝〉。前者給沈從文戴上了「清客文丐」、

「奴才主義者」和「地主階級弄臣」的帽子，後者則對沈從文由具體論點的駁正發展成對其「政治」目的的追求，從而給沈從文定下了類似死刑判決式的「一直有意識的作為反動派而活動著」的結論。面對這場逐步升級的批判與清算，沈從文深深地陷入惶惑與不解之中。醫治這種惶惑與不解的只能是兩個藥方：一是親人的安慰與關懷，一是自己的思索、反省與排解。從〈霽清軒書簡〉中，我們可以清楚地看到，結婚十五年來與沈相濡以沫的張兆和此時給了他最大的關懷與撫慰，以至使得被「厭」和「倦」深深包圍著的沈從文從張兆和的行為中看到了「真正聖母」的「人性」，看到了她對自己「完全理解的一致」，並希望把這種「聖母」的青春好好地保持下去，「在困難來時用幽默，在小小失望時用笑臉，在被他人所『倦』時用我們自己所習慣的解除方式，而更加上一點信心，對於工作前途的信心，來好好過一陣日子」。他甚至決心以這種完全一致的理解作為「新的起點」，「把生命好好追究一下，來重新安排，一定要把這愛和人格擴大到工作上去」。他不僅打算要再寫一篇〈主婦〉（一九三九年和一九四六年沈曾以張兆和為原形寫過兩篇〈主婦〉）來紀念這個新的起點，而且計劃今後要「好好的來寫一二十本」作品（一九四八年七月二十九日、三十日致張兆和）。至於沈從文對自己以往創作生涯的檢討、思索與反省，則可以從他一九四八年十二月七日寫給一位名叫「吉六」的青年作家的信中看出端倪。他曾清醒地意識到「從大處看發展，中國將進入一個嶄新的時代，則無可懷疑」，為了適應這種變化的新形勢，他明確表示自己過去的那種「傳統寫作方式以及對社會態度，值得嚴肅認真加以檢討，有所抉擇。對於過去種種，得決心放棄，從新起始來學習」。當然沈從文也同時看到了這種適應上的困難：「人近中年，情緒凝固，又或因情緒內向，缺乏適應能力，用筆方式，二十年三十年統由一個『思』字出發，此時卻必需用『信』字起步，或不容易扭轉。過不多久，即未被迫擱筆，亦終得把筆擱下。」❾這裡不難看出，即便是沈從文的「擱筆」打算也仍然是積極的，他的基本出發點是力圖適應新的時代前進的要求。

然而，沈從文的這種自我反省，終究抵擋不住來自外界的清算與聲討。隨著「清客文丐」、「地主階級弄臣」和「他一直作為反動派而活動著」的嚴厲責罵愈傳愈廣，隨著北大的進步學生社團將郭沫若的〈斥反動文藝〉全文抄出貼入壁報，隨著校園內張掛出了「打倒新月派、現代評論派、第三條路線的沈從文」的標語，沈從文終於陷入靈魂迷亂的悲境了。通過《家書選》中的〈囈語狂言〉一輯，我們固然看到了精神失常之初的沈從文在極度恐懼中，萬念俱灰，只圖早日結束自己生命的絕望情緒：「燈息了，罡風吹著，出自本身內部的旋風

---

❾ 此信的有關內容，轉引自汪曾祺〈沈從文轉業之謎〉，收入《長河不盡流》，湖南文藝出版社，一九八九年版。

也吹著，於是息了。一切如自然也如夙命。」但同時我們也看到了這位單純而富於幻想的「鄉下人」，對自己的生命從湘西的土壤中被連根拔起，移植入大都市後心靈的懺悔：「我應當和這些人（指湘西題材作品中的人物——引者注）生命在一處，移植入人事複雜之大都市，當然毀碎於一種病的發展中。」「當初最熟悉的本是這些事，一入學校，即失方向，從另一方式發展，越走越離本，終於迷途，陷入泥淖。待返本，只能見彼岸遙遙燈火，船已慢慢沉了。無可停頓，在行進中逐漸下沉。」（《家書選》，第一五八～一五九頁）或許正是這種「懺悔」，使病中的沈從文在悲哀與孤獨的包圍中，經常情不自禁地沉緬於對故鄉山水和自己對故鄉美好人事的描繪中去，重溫那片與自己的最初生命緊緊連接在一起的世界；而這種沉緬與重溫又往往是在美麗而又經典的音樂伴和下進行的（沈從文曾說過，在表現「抽象美」的意義上，「文字不如繪畫，繪畫不如數學，數學又似乎不如音樂」；在病中他仍認為音樂是「唯一用過程來說教，而不是以是非說教人改造人的工程師」）。事實證明，正是這些能夠「令人神智清明，靈魂放光，恢復情感中業已失去甚久之哀樂彈性」的沉緬與重溫，最終竟神奇般地將沈從文從靈魂的迷亂中喚醒，達到了「生命的回復」，即把他由「複雜矛盾而歸於單純」，「由謐靜而回復本性」（一九四九・九・二十致張兆和）。

沈從文早就意識到「楚人的血液」給他造就了一種「命定的悲劇性」。這種悲劇的最終鑄成，現在看來其根本就在於：一貫在頭腦中充滿著童心幻念的沈從文，原本只應依據著豐富的想像和獨特的題材精雕細刻他那些永遠美麗動人的大小故事，用以證明生命的意義，顯現「文學」的價值。但他卻出於對「有形社會、無形觀念」的憎惡，有時竟情不自禁地要對「政治」說三道四，以致「終於迷途，陷入泥淖」。假如他能早點聽信張兆和的忠告：揚其所長，棄其所短，或許可以減少一點這悲劇的份量。即便是出於「抽象的抒情」，有意「觸著生命本來的種種」，寫出諸如《七色魘》、《看虹錄》一類作品，也不至於在政治上為自己換來個「一直有意識的作為反動派而活動著」的惡謚！

走出靈魂迷亂的沈從文，同時也走進了一個新的社會，新的時代。以往人們談論起沈從文，多看到他一九四九年前潛心於文學創作，一九四九年後改攻文物研究，所謂「失之東隅，收之桑榆」，「獨輪車雖小，不倒永向前」，幹一行務求幹出成就的一面，但是通過《家書選》最後三輯（〈川行書簡〉、〈南行通信〉和〈跛者通信〉），我們卻可以突出地看到沈從文在解放之後一段很長的時間內並沒有忘情於文學創作的性格與情愫的另一面。

一九五一年十月二十五日，即將赴四川參加土改工作的沈從文，就向妻子表示「靠攏人民」、寫作新作品的願望，他在家書中寫道：「這次之行，是我一生重要的一回轉變，希望能好好的在領導下完成任務。並希望從這個歷史大變中學習靠攏人民，從工作上，得到一種新勇氣，來謹謹慎慎老老實實為國家做幾件事情，再學習，再用筆，寫一二本新的時代新的人民作品，補一補二十年來關在書房中胡寫之失。」一九五一年十一月十九日，剛剛到達川南內江土改駐地的沈從文就從「土地還家」這一巨大的前所未有的歷史變動中，重新喚起了要以妻子的堂兄——革命烈士張鼎和為主人公原形創作一部長篇小說的欲望。他曾如此激動地告訴張兆和：

> 三姐，這對照太動人了，我不知為什麼，獨自在懸崖上站著，竟只想哭。這一來，雖不曾去過四哥（指張鼎和——引者注）過去工作的地方，得不到大圩子印象，但是把四嫂敘述和這個景象一結合，有些東西在成熟了，在生長了，從朦朧中逐漸明確起來。我那個未完成的作品，有了完成的條件。大致回來如有半年時間可以自由使用，會生產一個新東西，也可能是我一生中僅有的成熟作品。

這個可望成為「一生中僅有的成熟作品」的強烈創作欲望，占據著沈從文的頭腦很久很久。直到一九六〇年六月和九月，患有高血壓的沈從文還兩下河北宣化，專程向烈士的親人們搜集創作素材。從〈跛者通信〉的有關家書中可以看到，第一次宣化之行作者就已累計記下了

「七萬字左右」的「大事記」；第二次宣化之行不僅把小說的「大架子」拉了出來，「只待貫串補充一些空白點」，而且準備試寫一、二章以驗寫作效果。然而，可惜的是這個創作計劃，連同沈從文眾多的文學創作打算（如一九六一年一月準備將「成熟的生命再好好使用幾年」寫出幾個「有分量的中篇」的打算），統統未能付之實現，給讀者和作者留下的只是「跛者不忘履」的遺憾！

究其原因，我想大致不外乎兩個：一是客觀上，由文學創作改治文物考古之後，任務繁重，時間不足。正如他在一九五七年五月二日的家書中所云：文物考古是一項嶄新的工作，走在前面的人很少，因此從事起來要比「寫點散文短篇故事，實在難得多」。即便要對某一文物專題寫上三五千字的研究說明，使之「又具歷史觀，又能旁徵博引文獻，結合論述，又能具有新的見解和立場，說來輕重得體，不容易。可是我卻想搞十個題目試試看，……只是待解決的卻不止十個，可能是二十個」。二是主觀上，仍存在著眾多的顧慮與擔心，這是最為主要的原因。俗話說：「一朝被蛇咬，十年怕草繩」，沈從文的最大擔心無過於再次挨清算，遭批判。這種擔心在一九五六年十二月十日致張兆和的信中，似乎集中地作了揭示：他一方面為自己這樣一隻曾經寫出過《湘行散記》的「好手筆」竟然「隱姓埋名」，不再「舞動手中的一支筆」感到「可惜，可惜」，認為簡直是一個「不大好猜的謎」。另一方面又由一千多年前的曹子建想到了自己，認為曹子建之所以沒能「多寫幾首好詩」，是因為當時「有許多人望風承旨，把他攻擊得不成樣子」，而「《湘行散記》的作者不能再寫文章，情形也許相同」。誠如汪曾祺先生在〈沈從文轉業之謎〉中所說的那樣：「就沈先生個人說，無所謂得失。就國家來說，失去一個作家，得到一個傑出的文物研究專家，也許是划得來的。但是從一個長久的文化角度來看，這算不算損失？如果是損失，那麼，是誰的損失？誰為為之？孰令致之？這個問題還是很值得我們深思的。」

當然，《家書選》的最後三輯，不僅僅只是為我們記下了沈從文解放之後沒有忘情於文學創作的事實。它其中所包含著的沈從文對接近群眾後的欣喜，對文物研究機構的工作意見，對外行領導內行、官僚主義作風的針砭，對反右鬥爭的看法，對工藝美術鑒賞的標準，以及從文化人類學的角度對各地的考察研究等等，都閃耀著種種真知灼見。它們同樣為我們認識和把握這段歷史、窺知一個獨特而真實的沈從文提供了某些依據。

附二：《沈從文全集・傳記卷》編後隨想

本人（王繼志）有幸被《沈從文全集》的主編張兆和女士招邀為編委之一，承擔了傳記、詩和雜文三卷的編輯工作。趁《全集》第十五卷，即《傳記卷》行將面世之機，將本人在編輯過程中的一點想法記述如下，以就正於廣大讀者。

(一)

《沈從文全集・傳記卷》，依作品發表的時間先後共收五個作品集，即《記胡也頻》、《記丁玲》、《記丁玲續集》、《從文自傳》、《從現實學習》。其中《記胡也頻》最初分三十四次連載於一九三一年十～十一月上海的《時報》上（前十一次題為「詩人與小說家」，自十二次始用「記胡也頻」），一九三二年五月由上海光華書局結集出版。《記丁玲》和《記丁玲續集》

最初曾以「記丁玲女士」為題分二十一節連載於一九三三年七～十二月天津的《國聞周報》上，一九三四年由良友圖書印刷公司結集出版，題目則由「記丁玲女士」改為「記丁玲」；但因受書報檢查機關的審查與扣壓，《記丁玲》實際上只印行了〈記丁玲女士〉的前十節文字，直到一九三九年九月連載文本的後十一節文字才得以《記丁玲續集》出版發行。〈從文自傳〉寫作於一九三一年八月，一九三四年七月由上海第一出版社出版發行。《從現實學習》為《傳記》卷中的新編集，本集除收入作者一九四六年十一月連載於天津《大公報・星期文藝》上的〈從現實學習〉這篇長文外，還將散見於別時別處沈從文撰寫的有關自己生平的「略傳」彙集其中。

如果僅就整體的文字風貌而論，似乎還應將作者發表於一九四七年三月天津《大公報・星期文藝》上的〈一個傳奇的本事〉收入《傳記》卷中，但是這篇長文除了運用類似於其他傳記作品的文字，生動地記述了其表兄黃玉書和表嫂楊光蕙長達三十年的人生片段外，還以很大的篇幅勾勒了有著二百餘年當兵和闖蕩習慣的家鄉人以及由這些家鄉人組成的「筸軍」，在近半個世紀的時代大悲劇中興衰浮沉的歷史蹤跡，抒寫了作者由此而感發的對於鄉人的一片深沉哀惋的「黍離之思」。因此就內容而言，這篇作品與其說是黃玉書一家的家世傳略，不如說是整個湘西軍人及鄉土知識分子隨時代變化浮沉的一部大傳奇。所以考慮再三，還是把它編入了《散文》卷。

從傳統的「文體」角度看，即便被收入《傳記》卷中的上述幾部作品，也並不能算是嚴格意義上的傳記。一般說來，凡傳記，則無論是以「質樸雅潔」的敘述語言寫成的帶有年表性質的「史傳」，還是「以史實為根據，但不排斥某些想像性描寫」、文學色彩較強的「傳記文學」，都往往要對傳主的全人，包括其家庭成員、社會關係、個人經歷、事業成就乃至思想演變過程等作出較全面翔實的記述。但沈從文的這幾部作品，且不說〈從現實學習〉一文只應看成是作者的一份自一九二二年離開湘西到一九四六年二十五年間都市生活的自傳提綱，而筆墨又僅限於「疏理個人游離於楊墨之外」的現實感受，用來回答當時的人們對他的所謂「脫離現實、追求抽象」的指責，因而呈現出強烈的思辨色彩，即使是三傳（《記胡也頻》、《記丁玲》、《從文自傳》），也多在遵循傳記文本的歷史真實的前提下，體現出較多的文體創造，尤其是十分突出地展現了藝術散文創作中的抒情與審美功能。

就三傳所含傳主的人生內容來看，《從文自傳》敘寫的僅僅是作者從出生到二十歲，即離開湘西到北京尋求新生活之前的一段生命旅程，而《記胡也頻》、《記丁玲》及其續集，則以頗似回憶錄式的文字，敘寫了作者一九二五年三月跟胡、丁初次相識，到一九三一年也頻被害，一九三三年丁玲失蹤短短八年間的交往與友誼。如果說《從文自傳》生動地記錄了作者二十歲以前的生命形態和理性世界如何由「自在」走向「自為」、由「蒙昧」走向「覺醒」的話，那麼《記胡也頻》和《記丁玲》及其續集則十分真實地記錄了沈從文的個體生命在邁上「自為」之後的第一階段的足跡與行程。就這個意義而言，《記胡也頻》和《記丁玲》也可以看成是沈從文自傳的另外一部分，是《從文自傳》的續篇。

就三傳的材料取捨和敘寫方式看，《從文自傳》雖然也較明晰地勾勒了二十歲以前的沈從文生活、思想、知識發展的確定軌跡，但整部作品的敘寫重點卻是採用類似於屠格涅夫《獵人筆記》和自己後來寫的《湘行散記》的藝術手法，細致入微地狀摹了故鄉鎮筸小城的自然風光和各色人等的生活作息。濃筆重彩地繪製了一幅幅湘西社會風情與人事的畫圖，諸如辰州的河街，常德的船隻，懷化的煉鐵爐，龍潭的大戲樓，以及顢頇軍人的「清鄉剿匪」，原始民性中的那份愛與怨、浪漫與嚴肅、美麗與殘忍。充分地展現了作者作為頑童和士兵時期的習性、愛好以及「永遠為現象所傾心」的獨特的感情樣式。與《從文自傳》相比，《記胡也頻》和《記丁玲》及其續集，雖然涉及到了更多的人事，但筆墨卻仍集中於對三個不同性格的熱愛文學的青年，從相識到生離死別數年間，休戚相關，患難與共的生活描繪。作品以三個人的文學活動為主線，組織進沈從文眼中的胡、丁兩人的愛情和革命活動，側重地記述了他們如何在「五四」新思潮的感召下，抱著擺脫人身依附，尋求個性解放、人格獨立與自由的社會理想，離鄉背井終於立足於文壇的經過，以及他們雖潦倒困頓但相濡以沫的生活情景；詳細地記錄了他們如何於衣食無著、文壇歧視、政治重壓下緊緊擁抱著文學不放，希望用自己的努力給「漸趨寂寞」的文壇注入一點清新與興奮的初衷與行動；追述了他們如何自籌資金創辦《紅黑》、《人間》雜誌，出版「二〇四號叢書」，最終卻不得不夭折的種種情形。同時也毫不掩飾地展示了由於自己始終抱定自由主義的文學理想而與胡、丁二人「直面人生」，心為「真實的大多數人而跳動」的革命理想之間的矛盾與分歧，以及這種分歧又終於沒有能夠影響相互間的體恤與關懷，即如胡也頻被捕後，沈、丁如何奔走營救，如何龍華探監，沈從文如何冒充胡也頻寫信去安慰丁母，如何護送丁玲母子回常德，如何在丁玲失蹤後以對友人的欽敬向國民黨當局發出強烈抗議等真實情景。

總之，作為「傳記」作品，《從文自傳》、《記胡也頻》和《記丁玲》（含續集）的共同點，都沒有如一般傳記那樣，花費主要筆墨在傳主的出身家世、家庭演變、社會關係等的考釋上，甚至對傳主的事業成就、經歷交遊也沒有廣徵博引詳盡陳述。而是僅就個人親見親歷的某些生活片段，融進作者強烈的主觀感情，有意地把對外部世界的狀摹與內心世界的抒寫結為一體，使主觀與客觀相互滲透、相互觀照，讓人們既可透過作品所描述的社會人事看到作者鮮明的情感取向，又可依據作者的情感自白進一步體會出社會生活事件的是非與底蘊。從而使這幾部作品在堅持記實原則的前提下，很大程度地突破了傳記文體的刻板程式，呈現出抒情議論散文的審美特徵，搖曳著郁達夫自敘傳式小說的藝術風姿。

沈從文在《記丁玲・跋》中，曾對《記胡也頻》的記述內容和敘寫方法作過如下的概括：「當時我所記下的，只多就我所知道的這個人的生活而言，雖不一定是最光輝的一面，卻實在是最人性的一面。那文章並不在敘述一個革命作家的英雄性與神性，卻記錄了他表面生活發展的秩序，同時且把他的同伴丁玲女士與我自己，也占去了篇幅一部分。」「我當時不過似乎用一種平實穩定的線，為那海軍學生性格靈魂作上若干素描的勾畫，畫出一個淡淡的輪廓。他的位置也不凝固於某一點上，有時似乎比我們重要些，有時又似乎比我們不重要些，……」沈從文的這個概括，可以說既是針對《記胡也頻》的，也是針對《記丁玲》及其續集的。因為後者所記寫的，不僅也是多就作者個人所知，使「我」在作品中占去很多篇幅，而且也同樣選擇了「最人性」的一面，力圖對丁玲的「性格靈魂作上若干素描的勾畫」。

然而，或許正由於沈從文所選取的這種獨特的敘事視角和對題材所作的精心剪裁，才使讀過《記胡也頻》和《記丁玲》的人們更加感受到了作品中人物形象的真實與可信。比如有的讀者指出：《記丁玲》中的丁玲「是比我從她自己的文章裡，和她許多朋友的嘴裡，得到的印象，要好得多，可愛得多。……那麼一個潑潑辣辣的有性格、有才華，有著女人的一切長處，又沒有女人的一般短處的女作家，簡直呼之欲出。而有關她私生活的種種傳說，在這本書裡都巧妙而得體地回避了，或者給一個最通情達理又使人信服的解釋，……還有那海軍學生，是多麼熱情、純潔、專一啊！對愛情如此，對事業也如此！這才是一個真正有血有肉，有長短優缺，而令人熱愛敬仰的青年革命志士形象呢」❶。有的研究者在指出《記丁玲》用筆上的某些「疏漏與矛盾」之後，也指出：「作為小說名家的沈先生，他筆下的丁玲從整體的塑造看，又是頗有藝術感染力，是可信和生動的。作者是善意、有感情地寫他筆下的人物的。」❷

(二)

《記胡也頻》、〈記丁玲女士〉以及後來良友圖書公司結集出版的《記丁玲》和《記丁玲續集》，在連載和出版的過程中，都因內容涉及胡、丁二人的政治生活描述和對「黨治獨裁」的不滿與抗議，遭到了當局及其書報檢查機關的嚴重刪改。因此在《傳記》卷的編輯過程中，

❶ 周健強〈記沈老給我信的前後〉，《散文世界》一九八九年第八期。

❷ 周良沛〈也談所謂的丁、沈「文壇公案」——與周健強先生商榷〉，《文藝報》一九九〇年四月二十一日。

對於兩「記」尤其是《記丁玲》及其續集，我們出於既尊重歷史又不導致產生新文本的考慮，均將連載文本和最初的結集本放在一起，加以參讀比較，然後以結集本為據，將連載文本在結集時被進一步刪除的內容以括注的形式補入其中。至於連載文本在發表過程中遭到當局刪除的內容，則因無文本根據只得闕如了。比如《記胡也頻》，作者本來一直寫到胡也頻被捕、被害的過程為止，但《時報》的連載文本和光華書局的結集本均結束於胡也頻被捕的當天，即胡到沈的住處商量為其房東死去的兒子寫挽聯，兩人分手後，未見歸來這件事情上。現在我們所看到的文本結束時那跨越「一月十七號」到「二月九號」的兩行長長的刪節號，便標示出了被當局刪除而今天無法補充的痕跡。為了這種刪除，沈從文在連載文的最後一節發表時，曾特意撰寫了一篇〈附誌〉，除說明寫作《記胡也頻》的緣由外，還以深沉激憤的言辭集中地對秘密殺害其友人的當局提出了強烈控訴。但這篇〈附誌〉的文字同樣遭到了當局的刪除。文中的「或如傳聞，……或如另一傳聞，……」兩個刪節號中的內容，就是因觸犯當局的血腥的屠殺手段而被刪掉的。

與《記胡也頻》相比，《記丁玲》及其續集，遭到的摧殘則更為嚴重。早在《國聞周報》發表〈記丁玲女士〉的連載文本時，即遭到了嚴重刪除。比如在敘述到丁玲因主編左聯刊物《北斗》而受到當局特務機關和租界的便衣偵探盯梢一節時，其文字有一段竟被刪除到這種地步：

她那麼被人注意，不外乎××××，××××，×××。××××，××，××××××，海軍學生若在，猶可說為了×××，×××××。×××，則不過×××××。但×××，××××也得×××，××××，×××××××！

一九三四年，當良友圖書印刷公司依據連載文本印行《記丁玲》時，送審過程中不僅全文被腰斬，後半部分被扣壓，而且又一次被當局大量刪除（連《續集》在內，據不完全統計，有百處之多，刪除近萬字）。難怪當魯迅看了《記丁玲》的樣書，於一九三四年九月一日寫給趙家璧的信中，曾經憤慨地指出「《記丁玲》中，中間既有刪節，後面又被截去這許多，原作簡直是遭毀了。以後的新書，有幾部恐怕也不免如此罷」❸。這裡，我們僅舉兩例，以見一斑——

一、連載文之「五」，當敘述到丁玲在寫了《在黑暗中》、〈韋護〉、〈水〉等作品之後，

❸《魯迅全集》第十二卷，頁五一三，人民文學出版社，一九八一年版。

自己覺得應暫時放下手中的筆，到工廠「去接受一點更嚴肅的教育」時，曾寫道：

（她）便毫不遲疑，毫不矜持，走入了廣大勞苦群眾的集團裡，在紡紗廠中，捲煙廠中，橡膠鞋廠中以及其他處所，沉默無言的作了一個工人。在極其自然的情形裡，去同那些作工女人共同生活，認識那些工人外表與靈魂，且幫助那些工人得到生存者必備的鬥爭知識。……有勇氣忠於理想能為理想出力的人既那麼少，故後來寫作生活與革命生活，成為她自己一份責任時，便感覺得「勇氣悍然」是一個現代人所不可少的一份技能了。

——這整段文字，被當局刪掉了。

二、連載文之「十二」，當敘述到作者因在南京、武昌等地看到了一些人犧牲於當局白色恐怖下的事實，因而為朋友的安全擔心時，曾緊接著「一頁新的歷史，應當用青年人的血去寫成，我明白我懂。可是，假如這血是非流不可的，必需如何去流方有意義？……如何來吝惜珍重這種人的血，避免無謂的犧牲……」一段議論後，曾寫道：

××方面則由於極端的顢頇，膽小，無能，對於文學思想左傾的潮流，既無能力樹立自己的旗幟，用作對抗，也不知運用政策，力圖分化。唯一政策就只是每月支出一筆閑錢，雇用若干閑人，身在上海租界內，與租界當局合作，各處偵查，等候機會捉人。把人捉來以後，就一律引渡出租界，只根據雇佣偵探與自首者的報告，按照習慣的辦法，將捉來的年青人分別殺頭或入獄。

——這一段文字，也被當局全部刪掉了。

的確，沈從文只是一介書生，一個並非完人但卻正直善良、「臨事莊肅、為而不有」的文人，一個無論到了哪裡都使用他固有的「一把尺、一桿秤」度量一切，頑固而又自信的「鄉下人」，一個將愛國愛民的思想融於文學和工作，對萬匯百物充滿幻想與熱情的作家。因此，在兩「記」中，出於自由主義的文學立場流露出對左翼文藝運動的某些個人成見，出於對朋友人身安全的考慮，表示出對胡、丁二人革命生活中的某些做法不盡同意，是完全可以理解的。加之嚴酷的革命環境使朋友不便將全部秘密告訴作者，因而缺乏更深層次上的心靈溝通，只能一任作者憑個人見聞闡發感受。但是，在白色恐怖異常濃重的一九三一和一九三三年，能夠公然站出來，指陳反動派殺戮青年的罪行，痛斥他們是一群「愚蠢」、「猛毒」的獸物，頌揚兩位朋友為了「光明與正義」不惜「赴湯蹈火」、「擔受不幸」，做出了「怵目驚心的犧牲」，並且號召廣大青年採用「各種抗議方法」來否定眼前的黑暗現實，……無論如何是不能看作怯懦的，更不是那些只會「站在高岸上品評在洶湧波濤中奮戰的英雄們」的高貴紳士所能做到的。它應該說是一位十分敬重和留戀友情、富於人道主義和正義感的正直作家面對野蠻黑暗的獨裁統治，發出的吶喊與反抗，是一個僅靠筆耕維持生活的弱者面對強權政治所能呈現出來的全部剛強。

(三)

然而，正是這本《記丁玲》（含其續集）竟終於成了導致丁玲與沈從文友誼清泉乾涸的直接原因。

在此，我們並不想重新陷入已成過去的那場所謂丁、沈「文壇公案」的爭論中去，因為那是一場在《記丁玲》之外又牽連到眾多人事、有些已「死無對證」，因而只能各執一端說不清道不明的爭論。我們只想始終圍繞《記胡也頻》與《記丁玲》的現成文字，談一點個人的看法。

沈從文在分別寫於一九三一年和一九三三年的《記胡也頻・附誌》和《記丁玲續集》的

最末一節中，曾兩次談到《記胡也頻》一書的寫作緣由及經過。概括起來有如下的事實：一、沈從文是應創刊於北京的一份英文周刊《中國簡報》的稿約而撰寫此文的，但文章寫成後《中國簡報》已停刊，後來便寄往上海由《時報》連載。二、沈接到稿約後，便寫信徵詢丁玲的意見，丁在回信中明確表示「我希望你寫」，並要求沈寫得少些，「寫時得小心點」，防止被她母親知道真實消息（因為丁母一直以為胡也頻去了俄國）；當文章將近寫成時，沈又曾去信告知文章的內容和字數，丁在復信中除表示「非常高興」外，希望能看一看稿子；十一月二十九日，連載結束的同一天，丁玲從上海寄來第三封信，除指出文章中有一節談到丁玲、胡也頻與房東太太之間的關係，寫得「太主觀了」之外，未提出別的異議。三、把《時報》的連載文字拿去光華書局出版是由丁玲一人經手的，沈從文曾向丁玲表示，若「認為文章有什麼錯誤，她要改的儘管改正」。但丁玲對原文並未「有所增減」，只按原來的稿樣付印了。這一切說明丁玲不僅通讀過《記胡也頻》的書稿，而且自始至終參與了該文的創作與出版過程。而該文作為後來的《記丁玲》的細綱和雛形，在主要事實的陳述上是沒有什麼出入、完全可以參照閱讀的。如果說沈從文在《記丁玲》中有故意對「革命者的歪曲與嘲弄」，那也應該從寫作《記胡也頻》時就有所「顯示」了，而丁玲在當時也就應該指出來才是！

至於《記丁玲》及其續集，早在《國聞周報》開始連載其原初本〈記丁玲女士〉時，沈從文就在給編者王雲五的信中闡明了自己的看法。這是我們迄今為止所能看到的沈從文對《記丁玲》的自我評價：

此文因綜合其人過去生活各方面而言，間於敘述中復作推斷與批評。在方法上，有時既像小說，又像傳記，且像論文。體裁雖若小說，所記則多可徵信，即秩序排比，亦不混亂。故私意此文以之作傳記讀，或可幫助多數讀者了解此女作家作品與革命種種因緣；以之作批評讀，或較之其他批評稍能說到肯竅。然此種寫作方法，究屬試作，處置題材文字時，雖十分謹慎細心，惟其得失，一己乃毫無把握。❹

不料事隔四十七年後，丁玲在發表於一九八〇年《詩刊》第三期上的〈也頻與革命〉一文中，開始就《記丁玲》一書對沈從文進行了猛烈的批評。文章先是摘錄了《記丁玲》中的兩段文字，然後又摘引了自己一九五〇年撰寫的《一個真實人的一生》中的有關片段，加以對照，從而對《記丁玲》及其作者沈從文作了如下的結論：「這是一部編得很拙劣的『小說』」；在對待胡也頻和她與革命的關係上，「毫無顧忌，信筆編撰」，「胡言亂語，連篇累牘，

❹ 編者《關於〈記丁玲女士〉》，一九三三年八月十四日《國聞周報》第十卷第三十二期。

不僅暴露了作者對革命的無知、無情，而且顯示了作者十分自得於自己對革命者的歪曲和嘲弄」。最後給沈從文戴上了三頂帽子：「貪生怕死的膽小鬼，斤斤計較個人得失的市儈，站在高岸上品評在洶湧波濤中奮戰的英雄們的高貴紳士！」不難想像，這一突然而至的嚴厲聲討對沈從文來說是異常勇猛的，也是出乎多數熟悉和了解《記丁玲》寫作和發表過程的人們的意料之外的。在創作和發表這部作品之初，沈從文雖認為它「體裁雖若小說」，但「所記則多可徵信」；編者王雲五亦認為，人們「從這篇類似小說的文章中，可以深切認識這位女作家的身世，人格，及時代背景」，因此「不僅可作丁玲女士小傳讀，簡直是為了這時代的一般青年男女寫照」❺。沈從文雖也承認作品「於敘述中復作推斷與批評」，但「處理題材文字時」卻是「十分謹慎細心」的；編發者王雲五亦認為文章在「談到這一對年青夫婦的某些生活（指兩個人的革命生活——引者注），這是很難著筆的，作者的文字甘苦，是我們應該領略的」❻。為什麼「很難著筆」，大約是因為它產生於國民黨白色恐怖異常濃重的年代！但它到了一九八〇年丁玲的眼中竟成了「毫無顧忌，信筆編撰」，「胡言亂語，連篇累牘」地「對革命者的歪曲與嘲弄」。

❺《編者後記》，一九三三年七月二十四日《國聞周報》第十卷第二十九期。

❻同注❺。

對於這些儼然出於個人好惡的主觀評價與表白，我們似乎已很難再作出評說。因為對待同一個事物，往往是仁者見仁，智者見智，無法勉強，很難統一的。但這並不等於從此即泯滅了是非。大概還是魯迅當年說得對：「凡是倒掉的，決不是因為罵，卻只為揭穿了假面。揭穿假面，就是指出了實際來，這不能混謂之罵。」❼這裡我們只想仿效丁玲女士的做法，再將《一個真實人的一生》與兩「記」的有關文字對照比較一番，看看它們在對革命者的評價上究竟存在著多少本質的區別與差異。

丁玲女士從《一個真實人的一生》中摘引的四段文字，最重要最顯眼的內容和字句是：胡也頻作為一個革命者有著他成長的歷史，他在自然與社會的懷抱中，「把他僅有的一點知識」加以「凝聚」，終於「朦朧的有了覺醒」，「對生活有了些意圖了」。他「覺得人不只是求生存的動物，人不應受造物的捉弄，人應該創造，創造生命，創造世界」。因此，當「他還不了解革命的時候，他就詛咒人生，謳歌愛情；但當他一接觸了革命思想之後，他就毫不懷疑，勤勤懇懇去了解那些他從來也沒有聽到的理論」。他走到青年學生中間去，「宣傳馬克思主義，宣傳唯物史觀，宣傳魯迅與雪峰翻譯的那些文藝理論，宣傳普羅文學」。「我曾問他對馬克思主義你都懂得嗎？」他回答道：「為什麼不懂得？」但是「我不相信他的話」，只「覺

❼《魯迅全集》第六卷，頁二二七，人民文學出版社，一九八一年版。

得他很有味道」，因為「當時我的確是不懂得他的」。直到他犧牲了，「我」才從他的信中想到了「他的勇猛，他的堅強，他的熱情，他的忘我」。他好不容易找到了真理，成了一名共產黨員，走上了光明大道，「可是從暗處伸來的壓迫，他們不准他走下去，他們不准他活」。因此，「我」為他傷心，為他痛哭，「我實在太可憐他了，以前我一點都不懂得他，現在我懂得了，他是一個偉大的人，但是他太可憐了！」

那麼沈從文在《記胡也頻》和《記丁玲》及其續集中又是怎樣對革命者進行「歪曲與嘲弄」的呢？——

> ……時代使人沉靜而且老成了許多，由於生活而來的風雨，並不使這兩個人頹唐。尤其那海軍學生，據我所觀察到的，覺得這個人每日所需要的糧食，已和我的稍稍不同了一點。……耳朵所聽到的，眼睛所見到的，有了一些新的機會，給他一些新的注意，因為另外一種營養，顯然的，慢慢的在改造這個人的靈魂，表面消瘦了許多，靈魂卻更健康許多了。
>
> ……他不追趕時髦，卻選擇許多自命為「聰明人」或根本瞧不上眼，或中途遺棄的一個方向。他望到他那個理想的山峰，是那麼遠，那麼同事實相懸絕，但他能目不旁瞬，

十分誠懇的在那理想裡度過每一個日子。這個近於自苦的決定，和尚一般謙遜的態度，勇氣悍然的生活，任何熟人多懷著敬重態度加以注意的。

……明白所謂紀念碑似的作品的生成，必需「把自己生活加入廣泛勞苦群眾的生活，自己的感情成為普遍群眾的感情，自己的欲望恰是群眾的欲望」，這樣年紀輕勇於生活勇於寫作者，並不是沒有人。然而這種人，幸而不被上海商人刻薄所餓死，便是被政府捕去所殺死。

……當海軍學生死去消息證實時，她在任何熟人面前，並不滴過一滴眼淚……讓各人在印象中，各留下一個堅韌強毅女孩子的印象……幾個極熟的朋友，就可以看得出她這種不將悲痛顯出，不要人同情憐憫的精神，原近於一種矜持。她其實仍然是一個多情善懷的女子，……但她卻要強，且能自持，把自己改造成一個結實硬朗的女人。

……他看準了他應取的方向，他對於他的犧牲便認為極其自然。他相信光明與正義所在，必不至於因為前面怵目驚心的犧牲了，就阻止了後面赴湯蹈火的繼續。他明白一頁較新的歷史，必須要若干年青人的血寫成的。……他們悍然的生，悲慘的死，是永遠不會為你們年輕人忘掉的！

白紙黑字，彰明較著。丁玲女士的那幾段話，不用說是最能代表她對胡也頻和自己的評價的，因為它要以自己所擁有的「真實」與「正確」來顯現沈從文的「胡言亂語」和對「革命的無知、無情」，並且證明沈從文是怎樣的一個「貪生怕死的膽小鬼，斤斤計較個人得失的市儈……」但是，不知為什麼，我們從中怎麼也看不出這些寫於一九五〇年的回憶文字，跟沈從文寫於一九三一、一九三三年白色恐怖環境中的上述文字，在對革命者胡也頻與丁玲的評價上有什麼更加崇高、正確的地方來！

我們絕不想回避丁玲曾經在《記丁玲》中摘引出來的那兩節文字，但是，依我們看來，即使是這些文字也構不成對革命者的有意「歪曲與嘲弄」。它壓根兒只能說是並非革命者的沈從文，根據個人在武昌、南京等地的有限見聞，出於對曾經相濡以沫的好友的關心而說之於當面的一份擔心與建議。如果真是出於對「革命的無知、無情」，對「革命者的歪曲與嘲弄」，他又為什麼要「發愁」？又何必規勸朋友對於「革命事業的認識，須要理智的機會，似乎比須要感情機會更多」？正因為如此，所以在丁玲摘引的那些文字的上下文中，沈從文還寫道：「關於這件事，我大約同他們討論過二十次。」「我作得少，懂得多。因此對於革命我不悲觀，但也不能過於事實所許可的樂觀。」「一頁新的歷史，應當用青年人的血去寫成，我明白我懂。可是，假如這血是非流不可的，必需如何去流方有意義？在別一方面的人看來，方法也許只是一個，便是捉來就砍。但在隨時都有被砍機會的一方面，人既那麼少，結實硬扎機警勇敢的人尤其不易多得，縱事到臨頭非流血不可，如何來吝惜珍重這種人的血，避免無謂的犧牲，不也就正是培養這個對人類較高理想的種子的一種最好方法？」透過這些文字，我們能夠領略到的只是沈從文熱切地希望朋友在從事革命活動時，能夠更加注意方式方法，更加認清敵人的兇殘本質，從而盡量「避免無謂的犧牲」。丁玲在文章中不是也說：也頻「可能是一個還不夠成熟的革命家」嗎？那麼出於對摯友人身安全的考慮，在頌揚其「勇氣悍然」，不怕「赴湯蹈火」的同時，表明自己的一份擔心，提出個人的一點建議，怎麼就成了對「革命者的歪曲與嘲弄」了呢？作為革命者的丁玲在胡也頻犧牲之後，可以一再地對他表示「可憐」，那麼作為朋友的沈從文為什麼就沒有權利對他「覺得可憐與可憫」呢？為什麼在對朋友從事革命鬥爭的方法上提點建議，就成了「膽小鬼」和「市儈」了呢？

沈從文與丁玲各以自己出色的文學創作實績，在中國現代文學史上營造了個人獨特的風景，樹立了讓後人仰慕的獨立峰巒，同時又是有著自己鮮明的性情、傾向、風格和品格的作家。對於這一切，我們均無暇也無需評述，只是僅就這一事一文說點個人的看法，但願不要因此招來節外生枝的種種是非。

附三：中國現代鄉土文學兩翼的比照

我們這裡所探討的「鄉土文學」不是指一種文學流派，也不是指一種文學現象，而是指一種客觀存在的文學規範。在現存的魯迅、茅盾、蹇先艾等作家的論述中，他們大多是從流派意義上去規範鄉土文學的。筆者以為，必須把鄉土文學納入世界文學的母題體系之中，進行美學的、文化學的、社會學的考察。因此當我們從世界文學潮流的整體格局中來審視鄉土文學這一藝術浪花時，就會發現有這樣幾個重要層面是不可或缺的：一、鄉土文學首先必須反映鄉土社會生活；二、要體現區域文化的差別性，即作家往往要經歷都市生活的熏陶，取得對現代文明的認識，從而形成一種參照系和距離感，產生真正的鄉土意識；三、具有風俗畫面的描繪。由此出發，我們來考察中國現代文學，就會清晰地理出鄉土文學的脈絡線索。

二十世紀二十——三十年代出現的「鄉土文學」是與當時社會的整體進程密不可分的，中國社會在進入民主主義革命階段後，城市鄉村都發生了劇烈的變動，此時的鄉土中國已與古代文人筆下描繪的農村社會大相徑庭了。這就賦予了「鄉土文學」以特殊的時代特徵和命意，時代、社會、傳統等大文化與作家個體文化相互作用、衝突、交融形成了他們的獨特的主體文化。中國大多數作家與生於斯長於斯的鄉村社會有著無法分割的血緣關係，當他們內心世界孤獨、焦慮、困惑等情緒湧動之時，很容易將故鄉作為審美觀照的焦點，面對豐富的鄉土生活這塊可塑性極強的膠泥，不同的藝術家揉捏出的藝術品也不相同。以魯迅、茅盾為代表的一派作家實踐的是一套自我完備的鄉土文學體系，在《新文學大系·小說二集》序言中，魯迅突出了鄉土文學兩個主要方面：「僑寓異地」，「隱現著鄉愁」。而茅盾則表述得更為具體，他把「鄉土文學」納入了「為人生」的軌道，強調「在特殊的風土人情之外，應當還有普遍性的與我們共同的對於命運的掙扎」❶。我們把魯迅、茅盾關於鄉土文學的論斷綜合起來考察就會發現，他們的鄉土文學觀念中包蘊著這樣幾個層面：一、抑鬱情調，這是鄉土文學必然的色調或音調；二、風俗畫面的描寫，這是用地域特徵來標示鄉土文學的民族性；三、為人生之目的，這是要求作家明確創作總的方向和主題。在這一種鄉土文學觀念的影響下，王魯彥、蹇先艾、許欽文、臺靜農、許傑等一批被稱「鄉土文學派」作家都將藝術的觸角伸向了農村，形成了一股植根鄉野的鄉土文學潮流。這派作家以寫實見長，「左聯」及抗戰時期是文學的主流，甚至連蕭紅、蕭軍以及趙樹理等都曾直接或間接地受其影響。這裡我

❶ 茅盾《關於「鄉土文學」》，《文學》第六卷第二號，一九三六年二月。

們姑且稱這一批作家為「鄉土寫實派」。與此同時，另一種鄉土文學觀念也被一些作家實踐著，這就是周作人倡導的「地方文學」。周作人主張寫風土，強調作品的「土氣」，用地方特色來渲染民俗性、民族性。應當說他的觀點與世界鄉土文學的整體格局比較接近，集中起來說他突出了鄉土作品的自然美、風土美、個性美。周作人自己在散文小品領域所作的嘗試，具有較高的品味，給予後來的廢名、沈從文、田濤等作家以極大的啟發。這些作家沒有照搬當時已成為文壇時尚的寫實模式，而是站在「返歸自然」的立場上，沿著田園詩風的道路走下去，這裡我們暫且稱之為鄉土抒情寫意派，可以歸入這一派的作家還有蕭乾、孫犁等。應當看到，鄉土文學史上的這兩個派系雖然在文學觀念上相去較遠，但在中國現代文學史上他們是並行不悖的兩股力量，是現代鄉土文學的兩翼，忽略任何一方，現代鄉土文學史就會不完整。然而，作為兩種創作體系、兩種文學觀念、兩班人馬、兩種文本，他們在理論與實踐上究竟有哪些差異呢？

鄉土文學是時代的產物，因此，不可避免地要帶有時代的特徵。「五四」一代作家大都受過文化啟蒙思想的影響，他們從中國現代小說試驗期開始就將啟蒙思想引入了小說創作領域，即使作者不多，但每位作家「大概也都保持著啟蒙運動者的態度」❷。「他們每作一篇，

❷ 鄭伯奇《中國新文學大系・小說三集》導言。

都是『有所為』而發，是在用改革社會的器械，——雖然也沒有設定終極目標」❸。更為明確的是，「五四」時期把「勞工神聖」作為一個響亮的口號提出，這曾得到作家、藝術家們的廣泛響應，除了都市社會人生外，農村生活自然也成為他們表現的重要領域，「為人生」的創作對於思想啟蒙在當時具有直接的現實意義。觀察這一時期的文壇，從事鄉土文學創作的主要是一些「僑寓作家」，他們大都是「五四」以後成長的新青年在「勞工神聖」思想的感發下，把與勞工為伍作為崇尚的信條，一方面他們回憶、批判傳統、落後的鄉村文化；另一方面也表現著此間自我心理上出現的物質的、精神的衝突、焦灼、痛苦及心理調適，在情感領域內對於故土的懷念與痛恨情緒往往交織在一起，形成一種「情結」。魯迅的小說〈風波〉、〈阿Q正傳〉、〈祝福〉等作品橫空出世，產生了廣泛的影響，被這些作家視作「為人生」文學的典範，因而，那些在舊中國農村具有普遍性的阿Q的故事、祥林嫂的故事，在許欽文、王魯彥、蹇先艾等人的筆下演化為駱毛、阿長、鼻涕阿二的悲歡情節。但雖然這些作家受到魯迅直接或間接的影響，甚至在沈雁冰對於鄉土文學作了多維的界定規範之後，他們有意識地進行創作，但他們作品的總體意圖與魯迅的構想仍然大相徑庭。眾所周知，〈阿Q正傳〉、〈故鄉〉、〈風波〉、〈祝福〉等作品被魯迅收入《吶喊》、《徬徨》集中，這些作品都是把揭示

❸ 魯迅《中國新文學大系·小說二集》導言。

「沉默的國民魂靈」作為創作的基本指導思想，魯迅自己曾說：「就是我的小說，也是論文，我不過採用短篇小說的體裁罷了。」他創作的運思過程，始終與這一思想密切相關，〈阿Q正傳〉的主題實際上已進入更高層次的追求，即它已上升到一種哲學文化層次的審美觀照，雖然這一作品與〈祝福〉、〈故鄉〉等作都統屬於揭示「靈魂的深」這樣一個意圖體系，但顯然〈祝福〉、〈故鄉〉、〈孔乙己〉都與〈阿Q正傳〉所探討的問題不在同一個層面。當時的鄉土寫實作家並沒有領悟〈阿Q正傳〉的深刻內涵，看不到它與其他幾部作品之間的差別，即包融有尼采、叔本華等西方二十世紀哲學思想合理內核的新人文主義精神力量對於作品的理性灌注。所以當他們把魯迅的鄉土題材作品作為參照的摹本時，也僅僅局限於對傳統文人的人道主義精神的追求，他們的作品從情感形態上說，始終是「隱現著鄉愁」。「鄉愁」是作家們的情感原型，這一原型的特點是魯迅所說的，故意「尋得冷靜和詼諧，來做悲憤的衣裳，裹起來，聊且當作『看破』」。「在玩世的衣裳下，還閃露著地上的憤懣」❹從作品最終所要達到的目的看，乃是茅盾所點明的「對於命運的掙扎」即把「為人生」、「反帝反封建」視作創作的終極目標。我們清楚地看到，鄉土寫實派作家他們都有相似的人生經歷、文化素養，並且在心靈深處都浸透了強烈的人道主義和啟蒙主義思想，加之魯迅、茅盾這些文學先驅者

❹《魯迅全集》第六卷，頁二四六。

的示範，這些眾多方面的因素構成合力，促使他們不論用「主觀或是客觀的方法」去反映他們曾經經歷過的鄉土社會生活，都必然帶上「為人生」的創作宗旨。到了三十年代中後期，特別是「左聯」成立後這批鄉土作家的表現意圖發生了轉型。「左聯」通過傳播民主主義思想和介紹蘇俄、歐美民主主義文學，對於作家世界觀的改造，起了很大的作用，二十年代卓有成效的鄉土作家，如許傑、王魯彥、吳組緗都開始了自我的蛻變，新出現的作家如沙汀、艾蕪、葉紫等正以全新的思維方式，描寫自己所熟悉的農村、邊地生活，三十年代鄉土文學的新格局，正是以許傑的〈七十六歲的祥福〉、沙汀的〈老人〉、葉紫的〈豐收〉等作品所塑造的一批具有反抗意識的、覺醒的農民形象的誕生為標誌。鄉土文學的新老作家都開始自覺地把自己納入反帝反封建的文學創作軌道，更加鮮明地以「一個具有一定的世界觀與人生觀的作者」進行創作。自然而然地，作家的情感模式也發生了相應的變化，在他們的作品中，愛憎情感得到充分的突出，而屬於主體性範疇的「返鄉」、「鄉戀」、「鄉愁」等深層情感內容卻不斷地被淡化。可以劃入鄉土寫實作家系列的丁玲、趙樹理，他們許多作於四十年代反映西北農民生活的作品，開創了中國現代文學的新天地，他們的創作是對〈講話〉精神的直接貫徹，把鄉土寫實文學導入了一種新的模式。這裡限於篇幅，不再展開討論。

作為鄉土文學的另一翼，以周作人、廢名、沈從文為代表的鄉土抒情寫意派作家，雖然以藝術上的精深造詣而著稱於世，但在他們的作品的自然美、風土美、文體美的表徵下，潛藏著濃郁而又深刻的意蘊指向。廢名直接受周作人的言傳身教，完全繼承了周作人的衣鉢，深得周作人藝術創造的要領，因而在創作所要表現的思想內容上，他的作品取向，明顯帶有周作人的趣味。他對於湖北農村自然經濟衰敗下宗法制社會現實有著清醒的認識。然而，他的創作試圖用一種溫柔敦厚的形式去表現那種故土的純樸的人性，同情農民苦難的人生。〈竹林的故事〉、〈桃園〉等作都將其主題歸屬於這個意圖體系中，而在他的情感領域，是對普遍意義上的封建倫理道德的認同，這自然也包含那種對傳統文人的隱逸、出世情調的把握，以此呼喚理想的王國。作為廢名的繼承者，沈從文一開始就把理性介入、主題先行視作創作的禁忌，他用一種純自然、純天真的視角對湘西世界進行審美觀照。這方面他較之其他鄉土作家有著得天獨厚的優越條件。他曾處於漢苗混雜的特定文化區域，那種「遊俠精神」和「宗教情緒」為特徵的文化沃土，哺育了他獨特的個性。他的品德中具有著野蠻人的血性，使他始終與都市文明「隔膜」，這使得他的作品永遠保留著「鄉下人」的敘事者形象。而他個人所具有的文化人類學深度，使他採取了對痛苦的超越。從繁瑣、庸俗、充滿悲劇色彩的現實世界中逃脫出來。他回避了被當時的文學家炒得很熱的流行主題，以一種冷眼觀世界的姿態，攫取了人性這一敏感問題，對宗法制農村社會人的生命現狀進行社會學的更是美學的觀照。

鄉土抒情寫意派作家從廢名到孫犁，一個共同點是，他們的創作動力往往都是來源於傳統文化美學的召喚，而這種召喚總與嚴峻的現實扭結在一起，情感深處的認同意識與憂患意識此漲彼消。面對來自現實的痛苦，沈從文「特意加上一點牧歌的諧趣」❺來加以中和。孫犁也聲稱：「看到真善美的極致，我寫了一些作品，看到邪惡的極致，我不願意寫這些東西。」❻而是去抒發一種樂觀向上的精神情緒，選取普通人的生活情景，表現他們純樸的、善良的品性。這也可以看作是孫犁對沈從文的回歸和照應。更具有審美價值的是鄉土抒情寫意派作家的創作主題呈隱蔽狀態，他們往往通過轉換視角取得一種中性情感，一反鄉土寫實派作家對於典型人物、中心人物的青睞，而轉入對生命意識的弘揚，對於「生命流注」純自然的追求，從局部的象徵走向整體的象徵。這是這派作家捍衛文學尊嚴，不願圖解政治、做「傳聲筒」的有效途徑。

魯迅對於鄉土文學的貢獻是巨大的，最突出之處在於他為鄉土文學創立兩套話語體系：一是以〈故鄉〉、〈社戲〉、〈從百草園到三味書屋〉等以童年回憶為文體特徵，以善意的人道主義為思想內涵，表現的是在卸去了傳統文化重重的盔甲後，顯露出的種種輕鬆趣味，展示

❺ 沈從文《長河・題記》，《沈從文文集》第七卷。

❻ 孫犁〈文學和生活的路〉，載《文藝報》一九八〇年第六期。

那種生命的野美、俗美、諧趣美。另一種是以〈阿Q正傳〉、〈祝福〉等為代表，以「苦悶的象徵」為情感原型，以反諷、調侃、隱喻、象徵等「曲筆」為外觀的鄉土寫實。「五四」以後，文學擔負了思想啟蒙的重任，小說不可避免地要染上政治功利色彩，魯迅以〈阿Q正傳〉為代表的敘事話語，成為一種貼近現實，進行思想啟蒙的行之有效的模式。鄉土寫實派作家正是繼承了這一小說的敘事模式。而鄉土抒情寫意派作家則完全發展了前一種話語體系並在美學形態上使這一體系達到了自身的完型。魯迅所創立的鄉土寫實話語所追求的往往不是停留在古典主義美學範疇的悲劇效果上，而是潛意識裡對人的生存本身的詰難。在古典悲劇精神的基礎上，魯迅還接受了尼采、叔本華的悲劇觀，並把它引入了生命的觀照體驗之中。在〈阿Q正傳〉中，喜劇是小說文本最外在的層次，讀者決不會滿足於一笑置之的喜劇因素，但如把「同情與憐憫」作為該小說的終結結論顯然又是膚淺的，因為作家在同情中求得的是悲劇快感的「淨化」過程，完成的是對朗吉弩斯的「崇高美」的追求。魯迅創作這些作品時的精神苦鬥，被一些效法者理解為對作品的直接的情感介入，在他們的筆下，模式化的情感顯露，使小說敘事成了一種「矯情」。鄉土寫實派作家大多未能突破古典悲劇精神的囿拘，往往用一種杜甫式普泛的人道主義精神去觀照中國鄉村社會的現實。許傑的〈慘霧〉、王任叔的〈暴風雨下〉、臺靜農的〈新墳〉等都是選取典型的場面描寫，來渲染心中的痛苦，引起讀者靈魂的震顫。作家所處的視點位置，決定了他們所追求的是「同情與憐憫」的基調。儘管像許欽文〈父親的花園〉、王魯彥〈秋雨的訴苦〉等作不乏表現的成份，但寫實的框架始終未能改變，悲劇的高潮則通常是定格的——控訴的意旨得以表達。推而論之，一直包括四十年代的鄉土文學創作由於觀照的出發點不同（由於時代、社會背景的影響），他們的作品都未達到魯迅的哲學文化學高度。鄉土抒情寫意派作家廢名、沈從文、田濤、蕭乾、孫犁等他們發展了魯迅鄉土回憶、鄉土抒情的話語體系，但這派作家用以構築話語體系的成份也頗為複雜。社會的巨大變革，給予廢名的心理衝擊是很大的，然而他的「看破」是建立在對於封建文化的認同基礎上的，因此他作品的語境都透露出消極遁世的隱士情調，但他很看中語境的張力，使文本如同籠上一層薄紗。沈從文在吸取廢名美學經驗的同時，對他的這種情調有著清醒的認識，在他的早期如〈牛〉、〈菜園〉、〈蕭蕭〉以及〈在別一個國度裡〉中灌注的不僅是普遍的人道主義精神，而且也滲透了人本主義思想的某些特質。沈從文試圖在潛意識裡酒神精神的放縱過程中消除人的隔膜，以達到人與自然的契合和天人合一的境界。因此他的創作思維是在「童心幻念」的情緒記憶裡展開的。廢名、沈從文表現出的是超階級功利的原始道德價值判斷，清新淡雅的田園風情與夢境的融合，烘托出了宗法社會農村的人生畫卷。奇怪的是，對於這一派作家來說，越是理性徹悟，他們越是要選擇藝術的直覺把握，這確實是一種悖論！其實，無論廢名、沈從文還是蕭乾、孫犁，他們都有意識地規避了理性的糾纏，不是抽象地概括生活，而是帶露採花，將那些鮮活的富有詩意的生活場景、民俗風情、人物行為具象化，提供給讀者的是一種樂觀向上、輕鬆自在的小說文本。

山水景物、香草美人作為文學的象徵，是從賦比興開始的中國文學傳統。鄉土文學丟棄了對於風俗畫——鄉土地方特色的描摹，就會失去它的個性。無論魯迅、茅盾所開闢的鄉土寫實派，還是以廢名、沈從文為代表的鄉土抒情寫意派都很看重這一點，所不同的是在鄉土寫實派作家那裡，風景畫、風俗畫是為主題、故事、情節服務的，沒有人物的行為、動作，也就沒有鋪陳風俗畫、風景畫的必要。茅盾認為「地方色彩是地方的自然背景和社會背景的『錯綜相』不但有特殊的色，並且有特殊的味」。「故事托足的地方色彩，當然能增加故事的真實性和趣味……」❼從這一系列的作家的許多作品來看，風俗畫面與作品藝術整體是剝離的，甚至成為小說主題的潤滑劑。正唯如此，情節型、故事型結構是他們主要的文體結構形式；整體感、立體感以及強烈色彩的形象塑造成為這派作家追求的審美目標。鄉土抒情寫意派作家則不同，他們沒有使地方色彩的繪製停留在俚俗習慣、方言土語的抒寫上，而是要尋找一種神韻、一種境界。沈從文曾為他的情緒記憶所激動：「（地方）人事能燃起我感情的

---

❼ 茅盾《小說研究ABC》。

地方太多了，我的寫作就是頌揚一切與我同在的人類美麗與智慧。」❽在他的作品中都市、鄉村兩種文化氛圍往往形成一種反差，造成了「陌生化效果」。他創造了山水寫意畫般的神韻，訴諸讀者的不僅是視覺的而是一種視聽味綜合感受。為了適應這一藝術效果，廢名、沈從文、蕭乾、田濤、孫犁等都不主張那種「太像小說」的刻意描摹，卻注重於平實的，不講究戲劇性情節而又散溢著詩情畫意的典型環境描寫。同時現代小說技巧、手法也滲透進他們的創作中。卡夫卡的象徵，伍爾夫對氛圍心情的捕捉，喬伊斯的聯想，海明威的明快，複調小說、意識流手法等都為他們的作品增添了不少藝術魅力。可以說，像沈從文的《邊城》、蕭乾的〈夢之谷〉、孫犁的〈白洋澱紀事〉等都是在一個統一主旋律統率下跳動的不同音符！悠揚婉轉，裊娜多姿的抒情色彩使他們的作品具備了共同的審美情趣，散文化、詩化的文體產生了詩畫統一的意境。因此，他們的創作中風俗畫、風景畫與小說的人物性格、主題以及散文化、詩化的結構形式水乳交融地構成了一個藝術整體。

值得一提的是，有許多鄉土寫實作家在自己的創作未陷入模式前都曾有過較為純真的藝術嘗試。茅盾前期就曾寫過〈泥濘〉、〈曉霧〉的小說，王魯彥也寫過〈秋夜〉。這些作品都把社會的真實事件與人物內心的迷茫，人物性格與風俗畫融為一體，消彌了真與幻，夢境與

❽ 沈從文《籬下集・題記》，《沈從文文集》第十一卷。

現實的界線，把寫實與寫意、表現與再現有機地統一起來，增強了鄉土小說文體的內在張力。成為他們整個創作中一個空前絕後的里程碑。由此看來，也正是這樣的創作才真正體現出「民族性」、「民族氣派」，才真正成為「世界的」文學。

後記

這裡記錄的是八十年代以來，我們在「沈從文研究」上所走過的道路。

吸引我們走進「沈從文的文學世界」的是沈先生筆下的邊城故事，更是他的人格。那種「不折不從」的人格正是當下中國社會所缺少的。沈從文先生在三、四十年代動蕩的中國社會中能堅持文學的獨立性，反對文學與政治、商業結盟的觀點，至今仍然具有特殊的意義，這些獨特的人格與文格也是形成沈從文作品特異性的源泉。選擇沈從文作為我們的研究目標，對我們做人、為文都大有裨益，所以我們無怨無悔。

這幾年作家研究正日漸趨冷，沈從文研究也不似以前那樣熱。商品社會大潮淹沒了整個中國，人們於「沈從文熱」中所萌發的一點人性良知也逐漸淡去。我們的這些文字能在這個「非主流」的時代出版已屬相當幸運了。這裡我們把它作為對「沈從文餘熱」的一點芹獻！

回顧中國沈從文研究的漫長歷程，有三種方法在不同的發展階段表現得較為明顯。其一是文本研究。早在三十年代蘇雪林的《沈從文論》中即已採用此種方法對作家的創作技巧、講故事的方式、結構模式等作出鞭辟入裡的分析。它能幫助人們看到沈從文創作中的某些獨到之處，如散文化小說、小說化散文耐人尋味、發人深思之所在。但這類研究只能到此為止，很難再深入下去。

其二是社會學、政治學研究。這種方法自然是從五十年代以來研究魯迅、茅盾等作家的套路中照搬而來。研究者從時代背景、政治環境、風俗民情、家庭關係等方面入手研究沈從文的創作，又從沈從文作品中去窺探當時的社會風貌。也有從政治鬥爭、階級分析角度來研究的。總之，這類研究較傳統，新材料也較匱乏，且易受庸俗政治學、庸俗社會學的影響，沈從文在中國文學史上一直未有客觀公正的地位和評價，即能說明這一點。國外的社會學研究，以美國學者金介甫的〈沈從文的奧德賽歷程〉（《沈從文傳》）為最具影響。

其三以審美為主兼容他法的研究。九十年代以來一些西方的學術方法和其他學科的方法諸如比較文學方法、精神分析學方法、敘事學方法被引入沈從文研究中，這是沈研走向開放、走向深入的一種選擇。

我們的研究沒有具體定位，可以說上述三種都有。在寫作過程中，我們力求規避那種「炒冷飯」、人云亦云的批評態度和不良傾向，努力在條分縷析中把握到作家真正的創作個性，從中凸顯我們自己的寫作個性。

這裡必須提到「三民書局」的出版家們以及其他一切熱心、善良的朋友們，正是他們伸出了無私援助之手，才使拙著得以付梓。在此，謹向他們致以深切的謝忱！

我們做得還很不夠，在沈研著述中只能算是滄海一粟。書中或許有些內容還帶有時代的印記，有些地方缺點、乖誤定然不少，十分祈盼學界朋友批評、指正。

作　者・一九九九・四

三民叢刊書目

93 陳冲前傳　嚴歌苓著
94 面壁笑人類　祖　慰著
95 不老的詩心　夏鐵肩著
96 雲霧之國　合山　究著
97 北京城不是一天造成的　喜　樂著
98 兩城憶往　楊孔鑫著
99 詩情與俠骨　莊　因著
100 文化脈動　張　錯著
101 桑樹下　繆天華著
102 牛頓來訪　石家興著
103 深情回眸　鮑曉暉著
104 新詩補給站　渡　也著
105 鳳凰遊　李元洛著
106 文學人語　高大鵬著
107 養狗政治學　鄭赤琰著
108 烟　塵　姜　穆著
109 河　宴　鍾怡雯著
110 滬上春秋　章念馳著
111 愛廬談心事　黃永武著
112 吹不散的人影　高大鵬著
113 草鞋權貴　嚴歌苓著
114 是我們改變了世界　張　放著
115 夢裡有隻小小船　夏小舟著
116 狂歡與破碎　林幸謙著
117 哲學思考漫步　劉述先著
118 說　涼　水　晶著
119 紅樓鐘聲　王熙元著
120 寒冬聽天方夜譚　保　真著
121 儒林新誌　周質平著
122 流水無歸程　白　樺著
123 偷窺天國　劉紹銘著
124 倒淌河　嚴歌苓著
125 尋覓畫家步履　陳其茂著
126 古典與現實之間　杜正勝著
127 釣魚臺畔過客　彭　歌著
128 古典到現代　張　健著
129 帶鞍的鹿　虹　影著
130 人文之旅　葉海煙著

⑬¹ 生肖與童年　小民著　喜樂圖
⑬² 京都一年　林文月著
⑬³ 山水與古典　林文月著
⑬⁴ 冬天黃昏的風笛　呂大明著
⑬⁵ 心靈的花朵　戚宜君著
⑬⁶ 親　戚　韓　秀著
⑬⁷ 清詞選講　葉嘉瑩著
⑬⁸ 迦陵談詞　葉嘉瑩著
⑬⁹ 神　樹　鄭　義著
⑭⁰ 琦君說童年　琦　君著
⑭¹ 域外知音　張堂錡著
⑭² 遠方的戰爭　鄭寶娟著
⑭³ 留著記憶・留著光　陳其茂著
⑭⁴ 滾滾遼河　紀　剛著
⑭⁵ 王禎和的小說世界　高全之著
⑭⁶ 永恆與現在　劉述先著
⑭⁷ 東方・西方　夏小舟著
⑭⁸ 嗚咽海　程明琤著

⑭⁹ 沙發椅的聯想　梅　新著
⑮⁰ 資訊爆炸的落塵　徐佳士著
⑮¹ 沙漠裡的狼　白　樺著
⑮² 風信子女郎　虹　影著
⑮³ 塵沙掠影　馬　遜著
⑮⁴ 飄泊的雲　莊　因著
⑮⁵ 和泉式部日記　林文月譯・圖
⑮⁶ 愛的美麗與哀愁　夏小舟著
⑮⁷ 黑　月　樊小玉著
⑮⁸ 流香溪　季　仲著
⑮⁹ 史記評賞　賴漢屏著
⑯⁰ 文學靈魂的閱讀　張堂錡著
⑯¹ 抒情時代　鄭寶娟著
⑯² 九十九朵曇花　何修仁著
⑯³ 說故事的人　彭　歌著
⑯⁴ 日本原形　齊　濤著
⑯⁵ 從張愛玲到林懷民　高全之著
⑯⁶ 莎士比亞識字不多？　陳冠學著
⑯⁷ 情思・情絲　龔　華著

⑯⑧說吧，房間　林　白著
⑯⑨自由鳥　鄭　義著
⑰⓪魚川讀詩　梅　新著
⑰①好詩共欣賞　葉嘉瑩著
⑰②永不磨滅的愛　楊秋生著
⑰③晴空星月　馬　遜著
⑰④風　景　韓　秀著
⑰⑤談歷史　話教學　張　元著
⑰⑥兩極紀實　位夢華著
⑰⑦遙遠的歌　夏小舟著
⑰⑧時間的通道　簡　宛著
⑰⑨燃燒的眼睛　簡　宛著
⑱⓪月兒彎彎照美洲　李靜平著
⑱①愛廬談諺詩　黃永武著
⑱②劉真傳　黃守誠著

⑱ 天涯縱橫

位夢華　著

以兩極生態氣候的研究為基礎，作者建構了此書的論理與想像世界。內容從極地景致、開拓艱辛及天文物理觀念，引申至有關宇宙天人及環保的許多想法，包容科學與文學，兼具知性與感性。讓您在詼諧而深切的筆調中，激發對地球的關懷與熱愛。

⑱ 新詩論

許世旭　著

中國詩歌，無論新舊，是一座甘泉，若不掬飲，口渴神焦，……。作者係韓國人士，長年沈浸在中國文學之中，對於在中國新詩的源起及兩岸新詩風格的異同，均有獨到而精闢的見解。是讀者拓寬視野，更深入了解中國新詩之發展所必備的好書。

⑱ 天　譴

張　放　著

「一不埋怨天，二不埋怨地，只是咱家命不濟，生長在這亂世裡。」于祥生，一位山東流亡學生，民國三十八年隨政府搭乘濟和輪來到澎湖，卻萬萬沒料到會遭逢一場史無前例的政治騙局，他的人生、情愛就在這時代悲劇與宿命的安排下，無奈地上演。

⑱ 綠野仙蹤與中國

賴建誠　著

一本融和理性與感性的著作，以經濟分析的專業素養，將關懷的筆觸，延著供需曲線帶進閱讀的天空。那一篇篇翔實的數據，是驗證生活的另一種形式；那一篇篇雋詠的小品，則是理性思維的靠墊。不管你來自士農工商，本書都能提供一場知性洗禮。

⑱⑦ 標題飆題

馬西屏 著

一個出色的報紙標題不僅要精簡準確地傳達新聞訊息，更要能表現文字的優美和趣味，這可是一門藝術。近年來報紙解禁，各種充滿巧思創意的標題紛紛跳上版面，等著要攫取你的注意。小心！一場報刊標題的革命正在編輯枱上悄悄進行……

⑱⑧ 詩與情

黃永武 著

詩以情為主，作者長期浸淫於古典情詩，擷採珠玉，編綴出男女的愛情、家人的親情、入世的世情與出世的忘情種種世態人情。文中所引，首首如新摘茶筍，簇新可喜，且解說精要，切緊詩旨，能帶給您全新的視野與怡然的感受。

⑱⑨ 鹿 夢

康正果 著

從大陸西安到新大陸東岸的小鎮，不同的國度有著不同的風土民情，但在作者細膩的心思與敏銳的觀察力之下，它們之間起了微妙的關聯。長期旅居海外的作者，將他生活中的點點滴滴，轉化成一篇篇清雅的散文精品，將讓您領會閱讀的雋永與甘美。

⑲⓪ 蝴蝶涅槃

海 男 著

「一個生活在舊時代的女人，她生活在男人之中不如說是生活在戰爭之中，她生活在戰爭之中不如說是生活在蝴蝶之中。一個生活在蝴蝶之中的穿中國旗袍的女人，其靈魂終究會像蝴蝶一樣四處飛翔。」而她的歸宿，竟在何方？

⑲ 半洋隨筆

林培瑞 著

本書是林培瑞教授一篇篇關於他對中國的研究、感想、社論、訪問等合集。作者熱愛中國文化，對當代中國的社會、政治、文學、藝術等無不關心；綠眼黃髮，是位十足的「洋人」，但他對中國的關懷，無不流露在字裡行間，值得我們細細品味與深思。

⑲ 沈從文的文學世界

王繼志
陳龍 著

沈從文，一個身處於三〇年代的作家，如何在這動盪的中國社會環境中，發揮自己創作及人格上的獨特性，以享有「中國的大仲馬」的美譽呢？作者由政治學、社會學、美學等多種不同角度切入，帶領我們逐步探索沈從文謎一般的文學世界。

⑲ 送一朵花給您

簡宛 著

本書作者自離臺赴美留學後，便長期旅居美國，迄今已逾二十年。書中有著許多海外生活的點滴，又有往來中國大陸、美國、臺灣所觀察到的各種社會現狀，有針砭亦有從關懷出發的諄諄叮嚀，使得全書層次豐富，文趣盎然。

⑲ 波西米亞樓

嚴歌苓 著

作者為生於上海、旅居海外的優秀作家。本書除蒐羅其在美生活點滴、寫作歷程及心得，更有對書作、電影之所感所懷。洗鍊的文筆、豐華的文采，加之發自心靈深處的感動，這一篇篇雋永、情摯的佳作，縮短了作者與讀者間的距離。

⑲⑤ 化妝時代

陳家橋　著

陳，在一次陌生人闖入的情形下，成為一個殺人的疑犯，他必須找尋凶手，找尋這個和他打扮一樣的陌生人；就在他從化妝師那尋找線索時，他落入一個如真似幻的情境，在無法自拔時，他被指為瘋子，被控謀殺，他要如何去面對這一切的問題……。

⑲⑥ 寶島曼波

李靜平　著

年少時天真得令自己淪為笑柄的悲慘遭遇，事過境遷後往往反為記憶中開心的片段。本書中收錄著作者兒時的種種突發奇想，那屬於孩提時代的天真、忘我，有的令人噴飯，有些令人莞爾。在兒時距我們越來越遠的當兒，本書絕對讓你返老還童。

⑲⑦ 只要我和你

夏小舟　著

本書作者早年負笈日本，而後旅居美國。儘管足跡從保守的東方跨入開放的西方，但作者對兩性情感世界的關注卻不曾稍減。書中所收一篇篇帶著遺憾的真實故事，不甚完美的結局，恰能提供你我一個正視情感與人性的機會。

⑲⑧ 銀色的玻璃人

海男　著

「林玉媚走進了花園深處，她想看看吹奏薩克斯風的這個人是誰？……」是什麼樣一段不為人知的記憶，輕輕撩撥這即將邁入三十的女醫生心絃？循著四月天的癌症病房，她慢慢鋪陳出一段段似有若無的感情軌跡，讓心隨著它一同飛翔。

⑲⑨ 小歷史

——歷史的邊陲

林富士 著

想窺視求符籙、作法事、占夢等流傳已久的巫覡傳統嗎？想了解中元普渡傳統祭典的現代性格嗎？屎尿、頭髮與人肉又有哪些有趣的象徵意義呢？處於多元化的社會，這些「邊緣」文化所表現出民眾對鬼神及自然界不可知力量的敬畏，值得您深入探討。

國家圖書館出版品預行編目資料

沈從文的文學世界／王繼志,陳龍著.
--初版.--臺北市：三民，民88
面；　公分.--(三民叢刊;192)
ISBN 957-14-2965-1 (平裝)

1. 沈從文-作品集-評論　2. 沈從文-傳記

848.6　　88000360

網際網路位址　http://www.sanmin.com.tw

著作人　王繼志　陳　龍
發行人　劉振强
著作財產權人　三民書局股份有限公司
臺北市復興北路三八六號
發行所　三民書局股份有限公司
地　址／臺北市復興北路三八六號
電　話／二五〇〇六六〇〇
郵　撥／〇〇〇九九九八──五號
印刷所　三民書局股份有限公司
門市部　復北店／臺北市復興北路三八六號
重南店／臺北市重慶南路一段六十一號
初　版　中華民國八十八年五月
編　號　S 81085
基本定價　伍元肆角
行政院新聞局登記證局版臺業字第〇二〇〇號

ISBN 957-14-2965-1 (平裝)